suhrkamp taschenbuch 2756

Howard Phillips Lovecraft wurde am 20. August 1890 in Providence, Rhode Island, geboren. Er führte das Leben eines Sonderlings, der den Kontakt mit der Außenwelt scheute und mit seinen Freunden und gleichgesinnten Autoren fast nur schriftlich verkehrte. Er starb am 15. März 1937, und sein hinterlassenes Werk ist nicht umfangreich. Zu seinen Lebzeiten erschien nur ein einziges Buch, *The Shadow over Innsmouth*. Etwa 40 Kurzgeschichten und 12 längere Erzählungen veröffentlichte er in Magazinen, vor allem in der Zeitschrift »Weird Tales« (Unheimliche Geschichten). Lovecrafts Ruhm als Meister des Makabren ist ständig gewachsen, und seine unheimlichen Geschichten wurden inzwischen in viele Sprachen übersetzt. In deutscher Sprache liegen nunmehr alle seine Erzählungen und zahlreiche Essays im Suhrkamp Taschenbuch Verlag vor.

»Tief im Inneren der arabischen Wüste liegt die Stadt ohne Namen, verfallen und stumm, ihre niederen Mauern vom Sand ungezählter Zeitalter fast verborgen. Es muß schon genau so gewesen sein, bevor Memphis gegründet wurde und als Babylons Ziegel noch nicht gebrannt waren.«

Tief in die Vergangenheit zurück führt H. P. Lovecraft seine Leser. In eine Vergangenheit, in der vormenschliche Wesen und Gottheiten von fernen Sternen die Erde bevölkerten. Sie hinterließen Spuren wie Brandmale, es ist gefährlich, sich den unheiligen Überresten ihrer Zivilisation auch nur zu nähern. Aber gerade das ist die Profession der Lovecraftschen Helden, allesamt versponnene Privatgelehrte oder Abenteurer, sich der Gefahr auszusetzen. Immer wieder in den Kurzgeschichten dieses Bandes stoßen sie auf das Unerklärliche, Bedrohliche, auf etwas, was der mehr oder weniger friedlich dahinlebenden Menschheit unvorstellbaren Schaden, ja, den Tod bringen kann, wenn es aus seinem zeitenlangen Schlaf geweckt wird.

»In den Erzählungen von H. P. Lovecraft mischen sich raffiniert Rationalität und purer Schrecken.«

Frankfurter Rundschau

H.P. Lovecraft
Stadt ohne Namen

Horrorgeschichten

Mit einem Nachwort von
Dirk W. Mosig

Phantastische Bibliothek
Band 346

Suhrkamp

Deutsch von Charlotte Gräfin von Klinckowstroem
Stadt ohne Namen erschien erstmals in deutscher Sprache
innerhalb der *Bibliothek des Hauses Usher*
im Insel Verlag 1973

Umschlagfoto:
Harry Gruyaert/Magnum/Focus

suhrkamp taschenbuch 2756
Erste Auflage 1997
Copyright-Vermerke und Originaltitel der Geschichten
am Schluß des Bandes
Alle Rechte der deutschen Ausgabe
Suhrkamp Verlag Frankfurt am Main
für das Nachwort © 1979 by Dirk W. Mosig
für die deutsche Übersetzung
© Suhrkamp Verlag Frankfurt am Main 1981
Suhrkamp Taschenbuch Verlag
Alle Rechte vorbehalten, insbesondere das
der Übersetzung, des öffentlichen Vortrags sowie
der Übertragung durch Rundfunk und Fernsehen,
auch einzelner Teile.
Kein Teil des Werkes darf in irgendeiner Form
(durch Fotografie, Mikrofilm oder andere Verfahren)
ohne schriftliche Genehmigung des Verlages reproduziert
oder unter Verwendung elektronischer Systeme verarbeitet,
vervielfältigt oder verbreitet werden.
Druck: Nomos Verlagsgesellschaft, Baden-Baden
Printed in Germany
Umschlag: Göllner, Michels, Zegarzewski
ISBN 3-518-39256-5

5 6 7 8 9 10 – 10 09 08 07 06 05

Inhalt

Stadt ohne Namen 7

Dagon 25

Der Hund 33

Das Fest 44

Das merkwürdig hochgelegene Haus im Nebel 57

Grauen in Red Hook 70

Das Bild im Haus 101

Herbert West – der Wiedererwecker 113

Der Tempel 157

Er 176

Die lauernde Furcht 191

Arthur Jermyn 221

Nyarlathotep 234

Das gemiedene Haus 239

Nachwort von Dirk W. Mosig 278

Stadt ohne Namen

Als ich mich der Stadt ohne Namen näherte, wußte ich sofort, daß sie verflucht sei. Ich reise bei Mondschein durch ein ausgedörrtes und fürchterliches Tal und sah sie von ferne unheimlich aus dem Sand emporragen, so wie Teile eines Leichnams aus einem eilig ausgehobenen Grab emporragen mögen. Furcht sprach aus den zeitbenagten Steinen dieses altersgrauen Überbleibsels der Sintflut, dieser Urahne der ältesten Pyramide, und eine unsichtbare Ausstrahlung stieß mich ab und befahl mir, mich von den antiken und düsteren Geheimnissen zurückzuziehen, die kein Mensch zu Gesicht bekommen soll und die noch niemand zu sehen gewagt hatte.
Tief im Inneren der Arabischen Wüste liegt die Stadt ohne Namen, verfallen und stumm, ihre niederen Mauern vom Sand ungezählter Zeitalter fast verborgen. Es muß schon genauso gewesen sein, bevor Memphis gegründet wurde und als Babylons Ziegel noch nicht gebrannt waren. Es gibt keine noch so alte Sage, um ihr einen Namen zu geben oder daran zu erinnern, daß sie je mit Leben erfüllt war; aber es wird am Lagerfeuer im Flüsterton darüber gesprochen, und alte Frauen murmeln davon in den Zelten der Scheichs, so daß alle Stämme sie meiden, ohne genau zu wissen, warum. Es war dieser Ort, von dem der verrückte Dichter Abdul Alhazred in der Nacht träumte, bevor er sein unerklärbares Lied sang:

»Das ist nicht tot, was ewig liegt,
Bis daß die Zeit den Tod besiegt.«

Ich hätte erkennen müssen, daß die Araber guten Grund hatten, die Stadt ohne Namen zu meiden, dennoch bot ich ihnen Trotz und zog mit meinem

Kamel in die unbetretene Öde hinaus. Ich allein habe sie gesehen, weshalb kein anderes Gesicht einen derartigen Ausdruck des Schreckens trägt wie das meine; warum kein anderer so gräßlich zittert, wenn der Nachtwind an den Fenstern rüttelt. Als ich in der fürchterlichen Stille des ewigen Schlafes darauf stieß, sah sie mich fröstelnd im kalten Mondschein inmitten der Wüstenhitze an. Und als ich den Blick erwiderte, vergaß ich den Triumph, sie gefunden zu haben, und hielt mit meinem Kamel an, um die Morgendämmerung abzuwarten.

Ich wartete stundenlang, bis der Osten sich grau färbte, die Sterne verblaßten, und das Grau verwandelte sich in rosiges Licht mit goldenen Rändern. Ich hörte ein Stöhnen und sah einen Sandsturm sich zwischen den uralten Steinen bewegen, obwohl der Himmel klar und der weite Wüstenraum ruhig war. Dann erschien plötzlich über dem entfernten Wüstensaum der leuchtende Rand der Sonne, den ich durch den winzigen, vorüberwehenden Sandsturm erblickte, und in meinem fiebrig erregten Zustand bildete ich mir ein, irgendwo aus der entfernten Tiefe den Lärm metallener Musikinstrumente zu vernehmen, um die aufgehende Feuerscheibe zu grüßen, wie Memnon sie von den Ufern des Nils begrüßt. Meine Ohren klangen und meine Phantasie war im Aufruhr, als ich mein Kamel langsam zu der stummen Stätte führte, jener Stätte, die ich als einziger der Lebenden gesehen habe.

Ich wanderte zwischen den formlosen Fundamenten der Häuser und Plätze ein und aus, fand aber nirgends ein Bildwerk oder eine Inschrift, die von diesen Menschen kündete, so es Menschen waren, die diese Stadt erbauten und vor so langer Zeit bewohnten. Die Altertümlichkeit des Ortes war unerträglich und ich sehnte mich danach, irgendein Zeichen oder eine Vorrichtung aufzufinden, um zu beweisen, daß die Stadt wirklich von menschlichen Wesen errichtet wurde. Es gab in den Ruinen gewisse *Proportionen* und *Dimensionen,* die mir nicht behagten.

Ich hatte viel Werkzeug dabei und grub viel innerhalb der Mauern der verschwundenen Gebäude, aber ich kam nur langsam vorwärts, und nichts von Bedeutung kam ans Licht. Als die Nacht und der Mond wiederkehrten, fühlte ich einen kühlen Wind, der neue Furcht mit sich brachte, so daß ich mich nicht traute, in der Stadt zu verweilen. Als ich die altertümlichen Mauern verließ, um mich zur Ruhe zu begeben, entstand hinter mir ein kleiner, seufzender Sandsturm, der über die grauen Steine wehte, obwohl der Mond leuchtend schien und die Wüste größtenteils ganz still war.

Ich erwachte im Morgengrauen aus einer Folge schrecklicher Träume, und meine Ohren sangen, wie von irgendeinem metallischen Schall. Ich sah die Sonne durch die letzten Windstöße des kleinen Sandsturms, der über der Stadt ohne Namen hing, rot hindurchscheinen und nahm die Stille der übrigen Landschaft wahr. Erneut wagte ich mich in diese unheilschwangeren Ruinen, die sich unter dem Sand abhoben, wie ein Oger unter einer Decke, und grub wiederum vergeblich nach den Überresten einer verschwundenen Rasse. Mittags ruhte ich mich aus und verbrachte am Nachmittag viel Zeit damit, den Mauern und den früheren Straßen und den Umrissen nahezu verschwundener Gebäude nachzuspüren. Ich sah, daß die Stadt in der Tat mächtig gewesen war, und hätte gern den Ursprung ihrer Größe gekannt. Ich stellte mir selbst den Glanz eines Zeitalters vor, so entlegen, daß sich die Chaldäer seiner nicht erinnerten, und dachte an Sarnath die Verdammte im Lande Mnar, als die Menschheit jung war, und an Ib, das aus grauem Stein gehauen wurde, ehe die Menschheit bestand.

Plötzlich stieß ich auf einen Ort, wo das felsige Fundament sich bloß über den Sand erhob und eine niedere Klippe formte, und hier erblickte ich mit Freude, was weitere Spuren dieses vorsintflutlichen Volkes zu verheißen schien. Aus der Vorderfläche der Klippe waren unmißverständlich Fassaden verschie-

dener kleiner niederer Felsenhäuser oder Tempel herausgehauen, deren Inneres die Geheimnisse von Zeitaltern, zu weit zurückliegend, um sie zu berechnen, bewahren mag, obwohl Sandstürme schon vor langer Zeit alle Bildhauerarbeiten ausgelöscht hatten, die sich eventuell auf der Außenseite befunden hatten.
All die dunklen Öffnungen in meiner Nähe waren sehr niedrig und sandverstopft, ich machte eine davon mit meinem Spaten frei und kroch hinein, ich hatte eine Fackel dabei, um zu enthüllen, was für Geheimnisse sie verbergen möge. Als ich mich im Inneren befand, sah ich, daß die Höhle wirklich ein Tempel war, und erblickte einfache Symbole der Rasse, die hier gelebt und ihre Götter verehrt hatte, bevor die Wüste zur Wüste wurde. Primitive Altäre, Säulen und Nischen, merkwürdig niedrig, fehlten nicht, und obwohl ich keine Skulpturen und Fresken erblickte, gab es viele eigentümliche Steine, die mit künstlichen Mitteln zu Symbolen gestaltet worden waren. Die Niedrigkeit der ausgehauenen Kammer war äußerst merkwürdig, denn ich konnte kaum aufrecht knien, aber das ganze Gebiet war so groß, daß meine Fackel mich jeweils nur einen Teil erkennen ließ. In einigen der hintersten Winkel überkam mich ein befremdlicher Schauder, denn bestimmte Altäre und Steine suggerierten vergessene Riten schrecklicher, abstoßender und unerklärlicher Art, und ich fragte mich, was für ein Menschenschlag einen derartigen Tempel errichtet und benutzt haben mochte. Als ich alles gesehen hatte, was der Ort enthielt, kroch ich wieder hinaus, im Eifer, herauszufinden, was der Tempel erbringen möge.
Die Nacht war nah, dennoch verstärkten die greifbaren Dinge, die ich gesehen hatte, eher meine Neugier, denn meine Furcht, so daß ich die langen Schatten nicht floh, die der Mond warf und die mich zuerst erschreckt hatten, als ich die Stadt ohne Namen zum erstenmal erblickte. Ich legte im Zwielicht eine andere Öffnung frei und kroch mit einer neuen Fak-

kel hinein, noch mehr unbestimmbare Steine und Symbole auffindend, aber nichts Bestimmteres, als der andere Tempel enthalten hatte. Der Raum war genauso niedrig, aber viel enger und endete in einem sehr schmalen Gang, der mit obskuren und rätselhaften Schreinen verstellt war. Ich erforschte gerade diese Schreine, als das Geräusch des Windes und meines Kamels draußen die Stille durchbrach und mich hinaustrieb, um nachzusehen, was das Tier erschreckt haben könnte.
Der Mond strahlte hell über den urtümlichen Ruinen und beleuchtete eine dichte Sandwolke, die vor einem starken, aber bereits abflauenden Wind von irgendeiner Stelle entlang der mir gegenüber liegenden Klippe hertrieb. Ich wußte, es war dieser kühle, sandvermischte Wind, der das Kamel erschreckt hatte, und ich war dabei, es an einen Ort zu bringen, der besseren Schutz bot, als ich zufällig nach oben blickte und wahrnahm, daß oberhalb der Klippe kein Wind herrschte. Dies erstaunte mich und ließ mich wieder ängstlich werden, aber ich entsann mich sofort der plötzlichen, lokal begrenzten Winde, die ich vor Sonnenaufgang oder -untergang gesehen und gehört hatte, und kam zu dem Schluß, daß es etwas ganz Normales sei. Ich entschied, daß er aus einer Felsenspalte kam, die zu einer Höhle führte, und beobachtete den bewegten Sand, um ihn zu seinem Ursprung zu verfolgen, und bemerkte, daß er aus der schwarzen Öffnung eines Tempels, beinah außer Sichtweite, südlich aus großer Entfernung kam. Der erstickenden Sandwolke entgegen ging ich mühsam auf den Tempel zu, der, als ich näherkam, höher als die übrigen aufragte und einen Eingang erkennen ließ, der längst nicht so stark mit verbakkenem Sand verweht war. Ich wäre hineingegangen, wenn nicht die außerordentliche Stärke des eisigen Windes meine Fackel beinah zum Erlöschen gebracht hätte. Er blies wie wahnsinnig aus dem dunklen Tor heraus, unheimlich wimmernd, als er den Sand verwehte und zwischen die unheimlichen Ruinen

drang. Bald wurde er schwächer und der Sand kam immer mehr zur Ruhe, bis er sich schließlich ganz gelegt hatte; aber etwas Anwesendes schien durch die geisterhaften Steine der Stadt zu schleichen, und als ich einen Blick auf den Mond warf, schien er zu verschwimmen, als ob er sich in bewegtem Wasser spiegelte. Ich war erschrockener, als ich mir erklären konnte, aber nicht genug, um meinen Durst nach dem Wunder zu vermindern, so daß ich, sobald sich der Wind ganz gelegt hatte, in den dunklen Raum hinüberging, aus dem er geweht hatte.
Dieser Tempel war, wie ich mir seiner Außenseite nach vorstellte, größer als einer von denen, die ich vorher besucht hatte, und war vermutlich eine natürliche Höhle, da er Winde von irgendwoher mitbrachte. Hier konnte ich ganz aufrecht stehen, aber ich sah, daß die Steine und Altäre so nieder waren, wie in den anderen Tempeln. An Mauern und Dach nahm ich zum erstenmal Spuren von Malerei dieser alten Rasse wahr, sich merkwürdig kräuselnde Farbstriche, die beinah verblaßt oder abgefallen waren; aber an zweien der Altäre sah ich mit steigender Erregung ein Labyrinth eingehauener Kurvenlinien. Als ich meine Fackel hochhielt, erschien mir die Form des Daches zu regelmäßig, um natürlichen Ursprungs zu sein, und ich fragte mich, was die vorgeschichtlichen Steinmetzen wohl zuerst bearbeitet hatten. Ihre Ingenieurkunst muß umfassend gewesen sein. Dann zeigte mir ein helleres Aufleuchten der launenhaften Flamme das, wonach ich gesucht hatte; eine Öffnung zu den fernen Abgründen, aus denen der plötzliche Wind geblasen hatte, und mir wurde schwach, als ich sah, daß es eine kleine, unzweifelhaft künstlich angelegte Tür war, die aus dem soliden Fels ausgehauen war; ich hielt meine Fackel hinein und erblickte einen schwarzen Tunnel mit tiefhängendem Dach und einer Flucht unebener und sehr kleiner, zahlreicher und steil abfallender Stufen. Ich werde auf ewig diese Stufen in meinen Träumen sehen, denn ich erfuhr durch sie, was sie

bedeuteten. Damals wußte ich kaum, ob ich sie Stufen oder bloße Stützen für die Füße nennen sollte, die da jäh hinabführten. Mein Geist wirbelte von verrückten Ideen und die Worte und Warnungen der arabischen Propheten schienen durch die Wüste vom Land, das den Menschen vertraut ist, zur Stadt ohne Namen, die niemand zu kennen wagt, herüberzudringen. Dennoch zögerte ich nur einen Augenblick, bevor ich das Tor durchschritt und vorsichtig den steilen Gang rückwärtsgehend, wie auf einer Leiter, hinunterzuklettern begann.

Nur in schrecklichen Wahnvorstellungen, im Drogenrausch oder Delirium, kann ein Mensch solch einen Abstieg, wie den meinen, erleben. Der schmale Gang führte endlos nach unten, wie ein geheimnisvoller, verwunschener Brunnen, und die Fackel, die ich über den Kopf hielt, vermochte nicht, die unbekannten Tiefen auszuleuchten, auf die ich zukroch. Ich verlor jeden Zeitsinn und vergaß, auf die Uhr zu sehen, obwohl es mir Angst einjagte, wenn ich an die Strecke dachte, die ich durchmessen haben mußte. Die Richtung und Steilheit wechselte, und einmal stieß ich auf einen langen, niederen, ebenen Gang, wo ich mich mit den Füßen voran über den felsigen Grund durchwinden mußte; indem ich die Fackel auf Armeslänge hinter meinen Kopf hielt. Der Ort war nicht einmal zum Knien hoch genug. Nachher folgten noch mehr steile Stufen und ich krabbelte noch immer endlos abwärts, als meine schwach gewordene Fackel erlosch. Ich glaube, ich bemerkte es im Augenblick gar nicht, denn als es mir auffiel, hielt ich sie immer noch empor, als ob sie noch brenne. Ich war infolge meines Drangs nach dem Seltsamen und Unbekannten, der mich zum Weltenwanderer und eifrigen Besucher ferner, urtümlicher und gemiedener Orte hatte werden lassen, etwas aus dem seelischen Gleichgewicht.

Im Dunkeln blitzten Bruchstücke aus meinem sorgsam gehegten Schatz an dämonischen Kenntnissen durch meinen Geist; Sentenzen aus Alhazred, dem verrückten Araber, Abschnitte aus den apokryphischen Nachtstücken des Damascius und abscheuliche Verszeilen aus dem wahnwitzigen *Image du Monde* des Walther von Metz. Ich wiederholte merkwürdige Auszüge und murmelte von Afrasiab und den Dämonen, die mit ihm den Oxus (Amu-darja) hinabtrieben, und zitierte später wieder und wieder einen Satz aus einer Erzählung des Lord Dunsany – »Die stumme Schwärze des Abgrundes«. Einmal, als der Abstieg außerordentlich steil wurde, rezitierte ich eintönig etwas aus Thomas Moore, bis ich Angst bekam, mehr davon zu zitieren:

»Ein Reservoir der Dunkelheit, so schwarz.
Wie Hexenkessel, die gefüllt,
Mit Mondrausch, in der Finsternis gebraut
Sich neigend, ob zu seh'n, ob Schritte nah'n
Durch diesen Abgrund, den ich unten sah,
Soweit der Blick erkunden kann
Die Gagatseiten glatt wie Glas,
Als seien sie erst frisch lackiert
Mit schwarzem Pech, das Hölle wirft
Empor zum schlamm'gen Ufer.«

Die Zeit hatte für mich zu bestehen aufgehört, als meine Füße wieder auf ebenen Boden trafen und ich mich an einem Ort befand, der etwas höher war als die Räume der beiden kleineren Tempel, die jetzt so unberechenbar hoch über mir lagen. Ich konnte nicht ganz stehen, aber aufrecht knien und rutschte im Finstern aufs Geratewohl hin und her. Ich bemerkte bald, daß ich mich in einem schmalen Gang befand, an dessen Wänden hölzerne Kisten mit Glasfronten standen. Daß ich an diesem paläozoischen und abgründigen Ort derartige Dinge wie poliertes Holz und Glas finden würde, ließ mich schaudern, wenn ich an die möglichen Schlußfolgerungen dachte. Die Kisten waren offenbar in regelmäßigen Abständen entlang den Seiten des Ganges aufgestellt, sie waren länglich und waagrecht liegend entsetzlich sargähnlich in Form und Größe. Als ich zwei oder drei für

weitere Untersuchungen zu verschieben versuchte, fand ich, daß sie befestigt waren.
Ich bemerkte, daß der Gang sehr lang war, deshalb tappte ich in zusammengekauertem Lauf rasch vorwärts, der, hätte ein Auge mich in der Finsternis beobachten können, schrecklich gewirkt haben müßte, wobei ich gelegentlich von einer Seite zur anderen hinüberwechselte, um meine Umgebung zu ertasten und mich zu vergewissern, daß die Mauern und die Reihen von Kisten sich noch fortsetzten. Der Mensch ist es gewöhnt, visuell zu denken, so daß ich beinah nicht mehr an die Dunkelheit dachte und mir den endlosen Korridor aus Holz und Glas in seiner niedrigen Einförmigkeit vorstellte, als ob ich ihn sehen könnte.
Und dann, in einem Augenblick unbeschreiblicher Erregung, sah ich ihn wirklich.
Wann genau meine Vorstellungen in richtiges Sehen übergingen, vermag ich nicht zu sagen; aber nach und nach erschien vorne ein Lichtschimmer, und ich bemerkte plötzlich, daß ich die schwachen Umrisse des Korridors und der Kisten, sichtbar gemacht durch eine unbekannte unterirdische Phosphoreszenz erkennen konnte. Kurze Zeit war alles genauso, wie ich es mir vorgestellt hatte, da der Lichtschimmer sehr schwach war, aber als ich ganz mechanisch weiter auf das merkwürdige Licht zustolperte, wurde mir klar, daß meine Vorstellungen nur sehr ungenau gewesen waren. Die Halle war kein rohes Überbleibsel, wie die Tempel in der Stadt oben, sondern ein Denkmal wunderbarster und exotischster Kunst, eindrucksvolle und kühn phantastische Entwürfe und Bilder ergab ein fortlaufendes Schema von Wandmalereien, deren Linienführung und Farben nicht zu beschreiben waren. Die Kisten bestanden aus merkwürdig goldfarbenem Holz, mit wunderbaren Glasfronten und enthielten die mumifizierten Gestalten von Wesen, die in ihrer Groteskheit die wildesten menschlichen Träume überboten.
Von diesen Monstrositäten einen Eindruck wieder-

zugeben, ist unmöglich. Sie waren reptilienartig, mit Körperumrissen, die manchmal an ein Krokodil, manchmal an einen Seehund denken ließen, aber an gar nichts von den Dingen, von denen der Naturwissenschaftler oder der Paläontologe je gehört hat. In der Größe reichten sie an einen kleinen Menschen heran, und ihre Vorderbeine trugen zarte und offensichtlich menschliche ganz merkwürdige Füße, wie menschliche Hände und Finger. Aber ihre Köpfe, die einen Umriß aufwiesen, der allen bekannten biologischen Grundsätzen hohnzusprechen schien, waren das Allermerkwürdigste. Man konnte diese Geschöpfe mit nichts vergleichen – blitzartig gingen mir Vergleiche mit der Vielfältigkeit der Katzen, der Bulldoggen, dem sagenhaften Satyr und dem Menschen auf. Nicht einmal Jupiter selbst hat eine solch ungeheuer vorspringende Stirn. Dennoch stellten das Fehlen der Nase und die alligatorähnlichen Kiefer diese Wesen außerhalb jeder klassifizierten Kategorie. Ich debattierte eine Zeitlang mit mir selbst über die Echtheit der Mumien, halb in der Erwartung, daß sie künstliche Götzenbilder seien; entschied aber bald, daß sie wirklich eine vorgeschichtliche Spezies darstellten, die gelebt hatte, als die Stadt ohne Namen noch bestand. Um ihrem grotesken Aussehen die Krone aufzusetzen, waren sie in prachtvolle, kostbare Gewänder gekleidet und üppig mit Schmuckstücken aus Gold, Juwelen und einem unbekannten, glänzenden Metall überladen.

Die Bedeutung dieser Kriechtiere muß groß gewesen sein, denn sie nahmen unter den unheimlichen Darstellungen der Fresken an Mauern und Decken die erste Stelle ein. Mit unvergleichlichem Geschick hatte der Künstler sie in ihrer eigenen Welt dargestellt, in der sie sich Städte und Gärten geschaffen hatten, die ihrer Größe angepaßt waren; ich konnte nicht umhin, zu denken, daß ihre bildlich dargestellte Geschichte allegorisch sei, die vielleicht die Entwicklung der Rasse zeigte, die sie verehrt hatte. Diese Geschöpfe, so sagte ich mir, waren den Menschen der Stadt ohne Namen das, was die Wölfin für Rom bedeutet oder was irgendein Totem-Tier einem Indianerstamm bedeutet. Mit Hilfe dieser Ansicht konnte ich in groben Umrissen das wundervolle Epos der Stadt ohne Namen nachzeichnen; die Geschichte einer mächtigen Küstenmetropole, die über die Welt herrschte, bevor Afrika aus den Wogen auftauchte, und von ihren Kämpfen, als die See zurückwich und die Wüste in das fruchtbare Tal eindrang, wo sie stand. Ich sah ihre Kriege und Triumphe, ihre Schwierigkeiten und Niederlagen und ihren nachfolgenden schrecklichen Kampf gegen die Wüste, als Tausende von Menschen, hier allegorisch als groteske Reptilien dargestellt – gezwungen wurden, sich mit dem Meißel in erstaunlicher Weise einen Weg durch das Felsgestein in eine andere Welt zu bahnen, von der ihre Propheten ihnen gekündet hatten. Alles war eindrucksvoll unheimlich und realistisch, und der Zusammenhang mit dem furchtbaren Abstieg, den ich bewältigt hatte, war unmißverständlich. Ich erkannte sogar die Gänge wieder. Als ich durch den Korridor dem helleren Licht zukroch, erblickte ich spätere Abschnitte des gemalten Epos – den Abschied der Rasse, die in der Stadt ohne Namen und dem sie umgebenden Tal zehn Millionen Jahre gewohnt hatte; deren Seelen davor zurückschreckten, einen Ort zu verlassen, wo ihre Körper so lang geweilt hatten und wo sie sich als Nomaden niedergelassen hatten, als die Welt jung war, und wo sie in den unberührten Fels diese natürlichen Schreine eingehauen hatten, die sie nie aufhörten, zu verehren. Nun, da das Licht besser war, studierte ich die Bilder genauer, wobei ich mir ins Gedächtnis rief, daß die seltsamen Reptilien die unbekannten Menschen darstellen sollten, und dachte über die Bräuche der Stadt ohne Namen nach. Vieles war sonderbar und unerklärlich. Die Kultur, die ein geschriebenes Alphabet einschloß, war offenbar zu größerer Höhe emporgestiegen, als die unabschätzbar späteren Kulturen in Ägypten und Chaldäa, dennoch gab es merkwürdige Unterlassungen. Ich konnte z. B. keine Bilder entdecken, die den Tod oder Bestattungsbräuche darstellten, außer solchen, die sich auf Krieg, Gewalttätigkeit und Seuchen bezogen, ich wunderte mich über die Zurückhaltung, die sie dem natürlichen Tod gegenüber zeigten. Es war, als sei ein Ideal der Unsterblichkeit als aufmunternde Illusion genährt worden.

Noch näher am Ende des Ganges fanden sich gemalte Darstellungen, die außerordentlich malerisch und ungewöhnlich waren, kontrastreiche Ansichten der Stadt ohne Namen in ihrer Verlassenheit und zunehmendem Verfall und das seltsame neue Paradiesesreich, zu dem diese Rasse sich durch den Stein ihren Weg gebahnt hatte. In diesen Ansichten wurden die Stadt und das Wüstental stets bei Mondschein dargestellt, goldener Schein schwebte über den geborstenen Mauern und enthüllte halb die Vollkommenheit vergangener Zeiten, geisterhaft und unwirklich vom Künstler dargestellt. Die paradiesischen Szenen waren beinah zu ungewöhnlich, um sie für echt zu halten, sie stellten eine verborgene Welt immerwährenden Tages dar, erfüllt von wundervollen Städten und ätherischen Hügeln und Tälern. Zu allerletzt glaubte ich Zeichen eines künstlerischen Abstiegs wahrzunehmen. Die Gemälde waren längst nicht so gut ausgeführt und viel bizarrer als selbst die unwirklichsten der früheren Darstellungen. Sie schienen einen allmählichen Verfall des alten Geschlechtes widerzuspiegeln, gepaart mit einer zunehmenden Grausamkeit gegenüber der Außenwelt, aus der es durch die Wüste vertrieben worden war. Die Gestalten der Menschen – stets durch die heiligen Reptilien repräsentiert – schienen nach und nach zu verkümmern, obwohl ihr Geist, der noch über den Ruinen schwebte, im gleichen Verhältnis zunahm. Ausgemergelte Priester, als Reptilien in prächtigen Roben abgebildet, verfluchten die Luft oben und alle, die sie atmeten, und eine schreckliche Abschluß-Szene zeigte einen primitiv wirkenden Menschen, vielleicht einen Pionier des antiken Irem, der Stadt der Säulen, wie er von den Angehörigen der älteren Rasse in Stücke gerissen wird.

Ich dachte daran, wie sehr die Araber die Stadt ohne Namen fürchten, und war froh darüber, daß, abgesehen von dieser Stelle, die grauen Mauern und Decken blank waren.

Während ich das Schaugepränge dieser historischen Wandgemälde betrachtete, hatte ich mich dem Ende der niedrigen Halle fast genähert und bemerkte ein Tor, durch das all dieses phosphoreszierende Licht drang. Darauf zukriechend stieß ich über das, was dahinter lag, einen Ruf höchster Verwunderung aus, denn anstelle neuer und hellerer Räume lag dahinter eine endlose Leere gleichmäßig strahlenden Glanzes, wie man sie sich vorstellen könnte, wenn man vom Gipfel des Mount Everest auf ein Meer sonnenbestrahlten Nebels blickt. Hinter mir lag ein so enger Gang, daß ich darin nicht aufrecht stehen konnte, vor mir lag eine Unendlichkeit unterirdischen Glanzes. Vom Gang in den Abgrund hinabführend, befand sich der obere Teil einer Treppenflucht – kleiner, zahlreicher Stufen, wie jene in den dunklen Gängen, die ich durchmessen hatte – aber nach einigen Fuß verbargen die leuchtenden Dämpfe alles Weitere. Gegen die linke Wand zu geöffnet, befand sich eine massive Messingtür, unglaublich dick und mit phantastischen Flachreliefs geschmückt, die, wenn geschlossen, die ganze innere Lichtwelt von den Gewölben und Felsgängen abschließen konnte. Ich sah mir die Stufen an und wagte im Augenblick nicht, sie zu betreten. Ich berührte die offene Messingtür, konnte sie jedoch nicht bewegen. Dann sank ich flach auf den Steinboden nieder, mein Geist entflammt von wunderbaren Erwägungen, die selbst meine todesähnliche Erschöpfung nicht zu bannen vermochte.

Als ich mit geschlossenen Augen ruhig dalag, ganz meinen Gedanken hingegeben, fiel mir manches, das ich auf den Fresken nur beiläufig wahrgenommen hatte, in neuer und schrecklicher Bedeutung wieder ein – Darstellungen, die die Stadt ohne Namen in ihrer Glanzzeit zeigten – die Vegetation des umgebenden Tales und die entfernten Länder, mit denen ihre Kaufleute Handel trieben. Die Allegorie dieser kriechenden Kreaturen gab mir durch ihr allgemeines Vorherrschen Rätsel auf, und ich fragte mich, warum man ihr in dieser so wichtigen gemalten Historie so genau folgte. In den Fresken war die Stadt ohne Namen in Größenverhältnissen dargestellt, die denen der Reptile entsprachen. Ich fragte mich, wie ihre wirklichen Ausmaße und ihre Großartigkeit gewesen sein mochten, und dachte einen Augenblick über gewisse Ungereimtheiten nach, die mir in den Ruinen aufgefallen waren.

Ich fand die Niedrigkeit der urtümlichen Tempel und unterirdischen Korridore merkwürdig, die zweifellos aus Rücksichtnahme auf die dort verehrten Reptil-Gottheiten so ausgehauen worden waren, obwohl sie zwangsweise die Anbeter zum Kriechen nötigten. Vielleicht erforderten die dazugehörigen Riten das Kriechen, um diese Geschöpfe nachzuahmen. Keine religiöse Theorie konnte indessen einigermaßen erklären, warum die waagrechten Gänge in diesen schrecklichen Abstiegen so niedrig sein mußten wie die Tempel, oder niedriger, da man darin nicht einmal knien konnte. Als ich dieser kriechenden Geschöpfe gedachte, deren schreckliche, mumifizierte Körper mir so nahe waren, überkam mich erneutes Angstbeben, Gedankenzusammenhänge sind etwas Merkwürdiges, und ich schrak vor dem Gedanken zurück, daß vielleicht mit Ausnahme des armen Primitiven, der auf dem letzten Bild in Stücke gerissen wurde, ich das einzige Wesen in Menschengestalt unter all den Überbleibseln und Symbolen urtümlichen Lebens sei.

Aber wie noch stets während meines ungewöhnlichen Wanderlebens, vertrieb Verwunderung alsbald die Furcht; denn der lichterfüllte Abgrund und was er enthalten möge, stellten eine Aufgabe dar, die des

größten Forschers würdig war. Daß eine unheimliche Welt des Geheimnisses weit unterhalb der Flucht so merkwürdig kleiner Stufen liegen würde, bezweifelte ich nicht, und ich hoffte, Andenken an die Menschen zu finden, die die Malereien des Korridors nicht enthalten hatten. Die Fresken hatten unglaubhafte Städte und Täler dieses unterirdischen Reiches wiedergegeben, und meine Phantasie weilte bei den reichen und mächtigen Ruinen, die meiner harrten.
Meine Ängste bezogen sich in Wirklichkeit mehr auf die Vergangenheit, denn auf die Zukunft. Nicht einmal das physische Unbehagen meiner Körperhaltung in dem engen Korridor toter Reptilien und vorsintflutlicher Fresken, Meilen unterhalb der mir bekannten Welt und einer anderen Welt unheimlichen Lichtes und Nebels mich gegenüber sehend, konnten sich mit der tödlichen Bedrohung messen, als ich die abgrundtiefe Altertümlichkeit des Schauplatzes und dessen Wesen erfühlte. Ein Altertum, so ungeheuer, daß es nur wenig Schätzungsmöglichkeiten bietet, schien von den urtümlichen Steinen und aus dem Fels gehauenen Tempeln der Stadt ohne Namen auf mich herunterzuschielen, während die letzte der erstaunlichen Karten auf den Fresken Meere und Kontinente zeigte, von denen der Mensch nicht mehr weiß, lediglich hier und dort sah man eine vertraute Kontur. Was in den geologischen Zeitaltern geschehen sein mochte, seitdem die Malerei aufgehört und die dem Tod abgeneigte Rasse sich widerwillig dem Verfall beugte, vermag niemand zu sagen. Diese alten Höhlen und das leuchtende Reich darunter hatten einst von Leben gewimmelt, jetzt war ich mit den beredten Überresten allein, und ich zitterte bei dem Gedanken an die unendlichen Zeitalter, in deren Verlauf diese Überbleibsel stumm und verlassen Wacht gehalten hatten.
Plötzlich überkam mich erneut ein Anfall akuten Angstgefühls, das mich in Abständen überwältigte, seit ich zum erstenmal das schreckliche Tal und die Stadt ohne Namen im kalten Mondlicht erblickt hatte,

und trotz meiner Erschöpfung richtete ich mich ungestüm zu einer sitzenden Stellung auf und starrte den finsteren Korridor entlang in Richtung des Tunnels, der zur Außenwelt emporführt. Meine Empfindungen waren die gleichen wie die, die mich die Stadt ohne Namen zu nächtlicher Stunde hatten meiden lassen, und waren ebenso unerklärlich wie ausgeprägt. Im nächsten Augenblick bekam ich indessen noch einen Schock in Form eines bestimmten Tones – des ersten, der die völlige Stille dieser Grabestiefen unterbrach. Es war ein tiefes, leises Klagen, wie von einer entfernten Schar verdammter Geister, und er kam aus der Richtung, in die ich starrte. Seine Lautstärke nahm rapide zu, bis es bald schrecklich durch den niederen Gang widerhallte, und gleichzeitig wurde ich mir eines zunehmenden kalten Luftzuges bewußt, der gleichermaßen aus dem Tunnel und der Stadt oben herkam. Die Berührung dieser Luft schien mein Gleichgewicht wiederherzustellen, denn ich entsann mich augenblicklich der plötzlichen Windstöße, die sich am Eingang des Abgrundes bei jedem Sonnenuntergang und -aufgang erhoben, deren einer mir den verborgenen Tunnel angezeigt hatte. Ich schaute auf die Uhr und sah, daß der Sonnenaufgang nah war, weshalb ich mich zusammennahm und dem Sturm widerstand, der in seine Höhlenheimat hinabfegte, wie er am Abend aufwärts gefegt war. Meine Furcht schwand wieder, denn eine Naturerscheinung hat die Tendenz, die Grübeleien über das Unbekannte zu zerstreuen.
Immer rasender ergoß sich der kreischende, klagende Nachtwind in den Abgrund des Erdinnern. Ich legte mich wieder hin und versuchte vergebens, mich in den Boden einzukrallen, aus Furcht, durch das offene Tor in den leuchtenden Abgrund gefegt zu werden. Eine derartige Wucht hatte ich nicht erwartet, und als ich bemerkte, daß mein Körper wirklich auf den Abgrund zurutschte, erfaßten mich tausend neue Schrecken von Befürchtungen und Phantasien. Die Bösartigkeit des Sturmes erweckte unglaubliche Vor-

stellungen, ich verglich mich erneut schaudernd mit dem einzigen Menschenabbild in diesem schrecklichen Korridor, dem Mann, der von der namenlosen Rasse in Stücke gerissen wurde, denn in dem teuflischen Griff des wirbelnden Luftzuges schien eine vergeltungslüsterne Wut zu liegen, um so stärker, als sie größtenteils machtlos war. Ich glaube, ich schrie am Ende wie wahnsinnig – ich verlor beinah den Verstand – aber wenn ich ihn verlöre, würden sich meine Schreie in diesem Höllen-Babel heulender Windgeister verlieren. Ich versuchte, gegen den mörderischen, unsichtbaren Strom anzugehen, aber ich war völlig machtlos, als ich langsam und unerbittlich auf die unsichtbare Welt zugedrückt wurde. Ich muß endlich völlig übergeschnappt sein, denn ich plapperte eins ums andere Mal das unverständliche Lied des verrückten Arabers Alhazred, der von der Stadt ohne Namen ahnte:
»Das ist nicht tot, was ewig liegt,
Bis daß die Zeit den Tod besiegt.«
Lediglich die grimmig brütenden Wüstengötter wissen, was sich wirklich ereignete, was für unbeschreibliche Kämpfe und Widrigkeiten ich im Dunkeln erduldete und welcher Höllenengel mich ins Leben zurückführte, wo ich mich stets erinnern und im Nachtwind beben muß, bis die Vergessenheit – oder Schlimmeres mich fordert. Grauenhaft unnatürlich und riesig war die Geschichte – zu weit von menschlichen Vorstellungen entfernt, um geglaubt zu werden, außer in den stillen, verdammten frühen Morgenstunden, wenn man keinen Schlaf findet.
Ich sagte, die Wut des tobenden Windes sei infernalisch gewesen – kakodämonisch – und daß seine Stimmen fürchterlich klangen von der angestauten Bösartigkeit trostloser Ewigkeiten. Plötzlich schienen diese Stimmen, während sie von vorn noch chaotisch klangen, hinter mir meinem pulsierenden Gehirn sprachliche Formen anzunehmen und tief unten im Grab ungezählter, seit Äonen vergangener Altertümer, Meilen unterhalb der von Morgendämme-

rung erhellten Menschenwelt, hörte ich gräßliches Fluchen und Knurren fremdzüngiger Unholde. Als ich mich umwandte, erkannte ich, sich gegen den leuchtenden Äther des Abgrundes abhebend, was gegen den dunklen Hintergrund des Korridors nicht sichtbar gewesen war – eine alpdruckähnliche Horde heranrasender Teufel; haßverzerrt, grotesk herausgeputzt, halb durchsichtige Teufel einer Rasse, die niemand verwechseln kann – die kriechenden Reptilien der Stadt ohne Namen.

Und als der Wind abflaute, wurde ich in die von Geistern erfüllte Finsternis des Erdinnern getaucht, denn hinter dem letzten der Geschöpfe schlug die bronzene Tür mit einem betäubenden, metallischen Klang zu, dessen Widerhall in die Welt hinausdrang, um die aufgehende Sonne zu begrüßen, wie Memnon sie von den Ufern des Nils begrüßt.

Dagon

Ich schreibe dies unter bemerkenswertem seelischem Druck, da ich heute abend nicht mehr sein werde. Mittellos und am Ende des Vorrats meiner Droge, die allein das Leben erträglich macht, kann ich die Qualen nicht länger ertragen und werde mich aus dem Fenster meiner Dachstube auf die schmutzige Straße unten stürzen. Glaube nicht, daß ich wegen meiner Abhängigkeit vom Morphium ein Schwächling oder Degenerierter bin. Wenn du diese hastig gekritzelten Zeilen gelesen hast, wirst du vielleicht ahnen, ohne dir je ganz klar darüber zu werden, warum ich Vergessenheit oder den Tod suche.

Es geschah in einem der weitesten und am wenigsten befahrenen Teile des großen Pazifik, daß der Dampfer, auf dem ich Frachtaufseher war, das Opfer eines deutschen Kaperschiffes wurde. Der große Krieg hatte damals gerade erst begonnen, und die Seestreitkräfte der Deutschen waren noch nicht zu ihrer späteren Erniedrigung herabgesunken, weshalb unser Schiff zur rechtmäßigen Beute wurde, während wir, die Schiffsbesatzung, mit all dem Anstand und der Rücksichtnahme, die uns als Seekriegsgefangene zustand, behandelt wurden. Die Disziplin unserer Aufbringer war in der Tat so großzügig, daß es mir fünf Tage nach unserer Gefangennahme in einem kleinen Boot, versehen mit Wasser und Vorräten für längere Zeit, zu fliehen gelang.

Als ich mich schließlich frei und den Wellen preisgegeben fand, hatte ich keine Ahnung, wo ich war. Niemals ein guter Navigator, konnte ich nur beiläufig nach der Sonne und den Sternen erraten, daß ich irgendwo südlich des Äquators war. Ich verstand nichts von Längengraden, und Insel- oder Küstenlinie war keine in Sicht. Das Wetter blieb schön, und während ungezählter Tage trieb ich ziellos unter der sengenden Sonne dahin; darauf wartend, daß entweder ein Schiff vorbeikäme oder daß ich an die Küste bewohnten Landes gespült würde. Aber weder Schiff noch Land tauchten auf, und ich begann in meiner Einsamkeit und der wogenden Unendlichkeit der ungebrochenen Bläue zu verzweifeln.

Der Wechsel trat ein, während ich schlief. Einzelheiten werde ich nie erfahren, denn mein Schlaf, obwohl gestört und von Träumen heimgesucht, wurde nicht unterbrochen. Als ich schließlich erwachte, fand ich mich halb in die morastige Fläche höllisch schwarzen Sumpfes hinabgezogen, der sich in monotonen wellenförmigen Erhebungen erstreckte, so weit das Auge reichte und in dem mein Boot in einiger Entfernung auf Grund lag.

Obwohl man sich vorstellen kann, daß mein erstes Gefühl über diesen erstaunlichen und unerwarteten Szenenwechsel Verwunderung war, war ich in Wirklichkeit mehr entsetzt als erstaunt, denn in der Luft und dem verfaulten Grund lag etwas Düsteres, das mich bis ins Mark erschauern ließ. Die Gegend stank nach den Kadavern verwesender Fische und nach anderen, nicht näher zu beschreibenden Dingen, die ich aus dem scheußlichen Dreck der unendlichen Fläche herausragen sah. Vielleicht kann ich gar nicht darauf hoffen, mit Worten die unsagbare Scheußlichkeit zu beschreiben, die in dieser völligen Stille und unfruchtbaren Unendlichkeit liegen kann. Nichts war in Hör- oder Sehweite als die riesige schwarze Schlammfläche, mehr noch, die Vollkommenheit der Stille und die Einförmigkeit der Landschaft drückte mich mit übelkeiterregender Furcht nieder.

Die Sonne brannte von einem Himmel hernieder, der mir in seiner wolkenlosen Unerbittlichkeit beinah schwarz erschien, als reflektierte er den tintenschwarzen Sumpf unter meinen Füßen. Als ich in mein gestrandetes Boot kroch, wurde mir klar, daß nur eine Theorie meine Lage erklären könne. Infolge einer nie dagewesenen vulkanischen Bodenanhebung wurde ein Stück des Meeresgrundes an die Oberfläche emporgetragen und Regionen bloßgelegt, die für ungezählte Millionen von Jahren in unergründlichen Tiefen verborgen gelegen waren. Die Ausdehnung des neuen Landes, das unter mir emporgetaucht war, war derart groß, daß ich nicht das geringste Brandungsgeräusch hören konnte, auch wenn ich die Ohren noch so sehr spitzte. Auch waren da keine Seevögel, sich die toten Dinge als Beute zu holen.

Mehrere Stunden saß ich nachdenkend und brütend im Boot, das auf der Seite lag und etwas Schatten spendete, während die Sonne über den Himmel wanderte. Im Laufe des Tages verlor der Boden etwas von seiner Klebrigkeit, und es schien wahrscheinlich, daß er in kurzer Zeit zur Fortbewegung trocken genug sein würde. In dieser Nacht schlief ich nur wenig, am nächsten Tag machte ich mir ein Päckchen zurecht, das Eßwaren und Wasser enthielt, als Vorbereitung für eine Reise über Land, um das verschwundene Meer und Rettungsmöglichkeit zu suchen.

Am dritten Morgen fand ich den Grund trocken genug, um bequem darauf gehen zu können. Der Fischgestank war unangenehm, aber ich war mit schwerwiegenderen Dingen beschäftigt, um mir aus solch einem kleinen Übel viel zu machen, und ging kühn auf ein unbekanntes Ziel los. Ich hielt mich den ganzen Tag nach Westen, geleitet von einem weit entfernten Hügel, der höher als die anderen Erhebungen aus der welligen Einöde aufragte. Ich kampierte des nachts und ging am folgenden Tag immer noch auf den Hügel zu, obwohl das Ziel kaum näher schien als zu dem Zeitpunkt, da ich es zuerst erspäht hatte. Am vierten Abend erreichte ich den Fuß des Hügels, der sich als viel höher erwies, als er von weitem ausgesehen hatte, ein dazwischenliegendes Tal ließ ihn sich in scharfem Umriß von der allgemeinen Umgebung abheben. Zu müde, um aufzusteigen, schlief ich im Schatten des Hügels.

Ich weiß nicht, warum meine Träume in jener Nacht

so unruhig waren, aber schon war der abnehmende Mond in Halbphase weit über der östlichen Ebene emporgestiegen, ich lag in kaltem Schweiß wach, entschlossen, nicht mehr einzuschlafen. Solche Visionen, wie ich sie durchlebt hatte, waren zuviel, um sie noch einmal zu erdulden. Beim Schein des Mondes sah ich, wie unvernünftig ich gewesen war, bei Tage zu wandern. Ohne das blendende Licht der ausdörrenden Sonne hätte meine Reise mich viel weniger Kraft gekostet, ich fühlte mich in der Tat jetzt durchaus imstande, den Aufstieg zu vollenden, von dem der Sonnenuntergang mich abgehalten hatte. Ich nahm mein Päckchen und brach zum Hügelkamm auf.

Ich habe gesagt, daß die ununterbrochene Monotonie der welligen Ebene eine Quelle unbestimmbaren Grauens für mich gewesen sei. Ich glaube, das Grauen war noch stärker, als ich den Gipfel des Hügels erreichte und auf der anderen Seite in eine Art unermeßlicher Höhle oder Canyon hinuntersah, für dessen schwarze Tiefen der Mond noch nicht hoch genug stand, um sie auszuleuchten. Ich fühlte mich wie am Ende der Welt, als ich über den Rand in das unergründliche Chaos ewiger Nacht spähte. Durch mein Grauen flossen merkwürdige Erinnerungen an das »Verlorene Paradies« und Satans schreckliche Klettertour durch das urtümliche Reich der Dunkelheit.

Als der Mond höher am Himmel emporstieg, konnte ich sehen, daß die Abhänge des Tales nicht ganz so steil waren, wie ich mir eingebildet hatte. Vorsprünge und Felsvorsprünge gaben den Füßen beim Abstieg leidlich guten Halt, während nach einem Abfall von ein paar hundert Fuß der Neigungswinkel sehr flach wurde. Von einem Impuls vorwärtsgetrieben, den ich nicht richtig analysieren kann, kraxelte ich mit Mühe über die Felsen und stand auf dem sanfteren Abhang darunter, in stygische Tiefen starrend, wohin noch nie ein Lichtstrahl gedrungen war.

Mit einem Male wurde meine Aufmerksamkeit von einem großen, merkwürdigen Objekt auf dem ge-

genüberliegenden Hang gefesselt, das ungefähr hundert Yard vor mir steil aufragte und das im Schein der neugeschenkten Strahlen des höhersteigenden Mondes weiß schimmerte. Ich versicherte mich sehr bald, daß es nur ein riesiger Stein war, aber ich war mir eines bestimmten Eindrucks bewußt, daß seine Konturen und sein Standort nicht ausschließlich Werk der Natur waren. Eine nähere Untersuchung erfüllte mich mit Empfindungen, die ich nicht auszudrücken vermag; denn trotz der ungeheueren Größe und seines Standorts an dem Abgrund, der auf dem Meeresboden geklafft hatte, seit die Welt jung war, stellte ich außer allem Zweifel fest, daß das seltsame Objekt ein wohlgeformter Monolith war, dessen riesige Masse Handwerkskunst und vielleicht die Verehrung lebender und denkender Kreaturen erfahren hatte.
Benommen und erschrocken, dennoch nicht ohne einen gewissen Entzückensschauer des Wissenschaftlers oder Archäologen, untersuchte ich meine Umgebung genauer. Der Mond, nun dem Zenit nahe, schien unheimlich und lebhaft über der ragenden Tiefe, die den Abgrund säumte, und enthüllte die Tatsache, daß eine ausgedehnte Wassermasse am Grunde dahinfloß, die sich nach beiden Seiten dem Auge verlor und die beinah meine Füße benetzte, als ich auf dem Abhang stand. Auf der anderen Seite des Abgrundes umspülten die Wellchen das Fundament des zyklopischen Monolithen, auf dessen Oberfläche ich jetzt beides, Inschriften und rohe Skulpturen ausmachen konnte. Die Schrift war in einer Art Hieroglyphen, die mir unbekannt und mit nichts vergleichbar war, das ich je in Büchern gesehen hatte, sie bestand zum größten Teil aus stilisierten Wassersymbolen, wie Fischen, Aalen, Kraken, Schalentieren, Mollusken, Walen und dergleichen. Einige Zeichen repräsentierten offenbar Dinge des Meeres, die unserer modernen Welt unbekannt sind, aber deren verwesende Körper ich auf der dem Meer entstiegenen Ebene bemerkt hatte.

Es waren indessen die bildlichen Darstellungen, die mich am meisten in Bann zogen. Wegen ihrer enormen Größe über das dazwischenliegende Wasser gut zu erkennen, war eine Reihe von Flachreliefs, deren Darstellungen den Neid eines Doré erweckt haben würden. Ich glaube, daß diese Dinge Menschen darstellen sollten – zum mindesten eine bestimmte Sorte Menschen, obwohl diese Geschöpfe sich wie Fische in einer Unterwasserhöhle vergnügend dargestellt wurden, oder wie sie einem monolithischen Schrein Ehren erwiesen, der sich anscheinend ebenfalls unter Wasser befand. Ich wage es nicht, ihre Gesichter und Gestalten im einzelnen zu schildern, denn die bloße Erinnerung daran läßt mich schwindlig werden. Grotesk über die Einbildungskraft eines Poe oder Bulwer hinaus, waren sie in großen Umrissen verdammt menschlich, trotz Schwimmflossen an Händen und Füßen, widerlich dicker und schlaffer Lippen, glasig hervorquellender Augen und anderer Züge, die der Erinnerung wenig angenehm erscheinen. Merkwürdigerweise waren sie im Verhältnis zu ihrer dargestellten Umgebung völlig unproportioniert ausgemeißelt worden; denn eines der Geschöpfe wurde dargestellt, wie es dabei ist, einen Wal zu töten, der nur wenig größer ist, als es selbst.

Ich bemerkte, wie gesagt, ihr groteskes Aussehen und ihre merkwürdige Größe, entschied aber augenblicklich, daß sie lediglich die Phantasiegötter eines primitiven Fischervolkes oder eines seefahrenden Stammes seien, irgendeines Stammes, dessen letzter Nachkomme lange Zeit, bevor der erste Ahne des Piltdown-Menschen oder Neandertalers geboren wurde, umgekommen war. Erfüllt von heiliger Scheu über diesen Blick in eine Vergangenheit, die außerhalb des Fassungsvermögens auch des kühnsten Anthropologen liegt, stand ich nachdenklich da, während der Mond groteske Reflexe in die stillen Wasser vor mir warf.

Dann erblickte ich es plötzlich. Mit nur leichter Wellenbewegung, die sein Aufsteigen zur Oberfläche anzeigte, glitt das Ding über dem dunklen Wasser in mein Blickfeld. Riesig, einem Polyphem gleich und abstoßend, schoß wie ein erstaunliches Ungeheuer aus einem Alptraum auf den Monolithen zu, den es mit seinen riesigen, schuppigen Armen umschlang, während es sein häßliches Haupt neigte und deutliche, gemessene Töne ausstieß. Ich glaube, da verlor ich den Verstand.

Von meinem überstürzten Ersteigen des Abhangs und der Klippen, von meiner wahnwitzigen Wanderung zurück zum gestrandeten Boot, ist mir nur wenig erinnerlich. Ich glaube, ich sang häufig und lachte komisch, wenn es mir nicht gelang zu singen. Ich habe undeutliche Erinnerungen an einen heftigen Sturm, einige Zeit, nachdem ich das Boot erreichte, auf alle Fälle weiß ich, daß ich Donnerschläge und andere Geräusche hörte, welche die Natur in ihrer wildesten Stimmung hervorbringt.

Als ich aus dem Schatten heraustrat, war ich in einem Hospital in San Francisco; wohin mich der Kapitän des amerikanischen Schiffes gebracht hatte, das mich mitsamt meinem Boot mitten im Meer aufgefischt hatte. Ich hatte im Delirium viel gesprochen, aber herausgefunden, daß man meinen Worten kaum Beachtung geschenkt hatte. Meine Retter wußten nichts von Land, das mitten im Pazifik emporgetaucht war, ich hielt es auch nicht für nötig, auf etwas zu bestehen, von dem ich wußte, daß sie es nicht glauben würden. Ich besuchte dann einen berühmten Ethnologen und amüsierte ihn mit seltsamen Fragen, die Bezug auf eine alte Legende der Philister nahmen, von Dagon, dem Fisch-Gott, aber da ich bald bemerkte, daß er hoffnungslos konventionell eingestellt war, gab ich meine Nachforschungen auf.

Ich sehe das Ding besonders nachts, wenn der Mond in abnehmender Halbphase ist. Ich habe es mit Morphium versucht, aber die Droge gewährt mir nur vorübergehend Erleichterung, und ich bin als hoffnungsloser Sklave in ihren Klauen gefangen. Deshalb werde ich dem allen ein Ende machen, nachdem ich eine ausführliche Schilderung zur Information oder zum herablassenden Amüsement meiner Mitmenschen niedergeschrieben habe. Ich frage mich häufig, ob es nicht ein reines Hirngespinst gewesen sein könnte – ein bloßer Fiebertraum, als ich nach meiner Flucht von dem deutschen Kriegsschiff mit Sonnenstich tobend im offenen Boot lag. Dies frage ich mich selbst, aber immer pflegt dann vor mir eine entsetzlich lebhafte Vision als Antwort aufzutauchen. Ich kann nicht an die Tiefsee denken, ohne vor den namenlosen Geschöpfen zu schaudern, die vielleicht gerade in diesem Augenblick auf ihrem schlammigen Grunde herumkriechen und zappeln, die ihre alten Stein-Idole verehren und ihr scheußliches Abbild in unterseeische Obelisken aus wasserdurchtränktem Granit einmeißeln. Ich träume von dem Tage, wo sie sich über die Wogen erheben werden, um in ihren nassen Klauen die Reste einer schwächlichen, von Kriegen erschöpften Menschheit hinunterzuziehen – ein Tag, wenn das Land versinken und der finstere Meeresboden inmitten weltweiten Pandämoniums emporsteigen wird. Das Ende ist nah. Ich höre ein Geräusch an der Türe, als ob ein ungeheurer, schlüpfriger Körper sich dagegendrückt. Es soll mich nicht finden. Gott, *die Hand*! Das Fenster! Das Fenster!

Der Hund

In meinen gequälten Ohren klingt unaufhörlich ein geisterhaftes Schwirren und Flattern und das schwache, entfernte Bellen eines riesigen Hundes. Es ist kein Traum – es ist, so fürchte ich, nicht einmal Wahnsinn – denn zuviel ist schon geschehen, um mir diese barmherzigen Zweifel zu gestatten.
St. John ist ein zerfleischter Leichnam. Nur ich weiß, warum, und mein Wissen geht so weit, daß ich mich, aus Angst, ich könnte genauso zerfleischt werden, erschießen will. Der schwarze, formlose Schatten der Nemesis, die mich zur Selbstvernichtung treibt, fegt durch die dunklen, endlosen Korridore gespenstischer Phantasie.
Möge mir der Himmel die Torheit und krankhafte Sucht vergeben, die uns beide diesem grauenvollen Schicksal zugeführt hat! Übersättigt von den Alltäglichkeiten einer prosaischen Welt; wo selbst die Freuden der Liebe und des Abenteuers bald schal werden, waren St. John und ich begeistert jeder ästhetischen und intellektuellen Tätigkeit gefolgt, die uns Erlösung von unserer verheerenden Langeweile verhieß. Die Rätsel der Symbolisten und die Ekstasen der Präraffaeliten standen uns zu ihrer Zeit alle zu Gebote, aber jede neue Laune wurde bald ihres ablenkenden Neuigkeitsreizes entkleidet.
Lediglich die düstere Philosophie der Dekadenten vermochte uns zu helfen, auch dies fanden wir nur wirksam genug, wenn wir nach und nach die Intensität und das Teuflische unseres Eindringens verstärkten. Baudelaire und Huysmans hatten bald an Reiz verloren, bis uns zum Schluß nur noch der unmittelbare Anreiz außergewöhnlicher Erfahrungen und Abenteuer blieb. Es war dieses schreckliche, emotionelle Bedürfnis, das uns später auf den ab-

scheulichen Kurs brachte, den ich selbst in meinen gegenwärtigen Ängsten nur mit Scham und Zurückhaltung erwähne. Diesem schrecklichen Grenzfall menschlicher Greueltaten, der verabscheuungswürdigen Ausübung der Grabräuberei.
Ich kann die Einzelheiten unserer ekelerregenden Expeditionen nicht enthüllen, oder auch nur teilweise die scheußlichsten Trophäen anführen, welche das namenlose Museum zieren, das wir in dem großen Steinhaus einrichteten, das wir gemeinsam, allein und ohne Dienstboten bewohnten.
Unser Museum war ein gotteslästerlicher, unvorstellbarer Ort, wo wir mit dem satanischen Geschmack neurotischer Virtuosen ein Universum des Grauens und Verfalls eingerichtet hatten, um unsere abgestumpften Sinne zu erregen. Es war ein Geheimraum, tief, tief unter der Erde, wo riesige, geflügelte, aus Basalt und Onyx ausgehauene Dämonen aus ihren breiten, grinsenden Mäulern unheimliches grünes oder oranges Licht ausspien und verborgene Druckröhren die Reihen der blutigen Friedhofsprodukte, die Hand in Hand in die üppigen, schwarzen Behänge eingeflochten waren, in einen kaleidoskopartigen Tanz versetzten. Aus diesen Rohren drang nach Wunsch der Geruch, den unsere Stimmung am meisten verlangte, manchmal der Geruch bleicher Begräbnis-Lilien, manchmal der betäubende Weihrauch imaginärer orientalischer Schreine toter Könige und manchmal – wie widerwillig ich daran denke! – der gräßliche, seelenaufwühlende Gestank des geöffneten Grabes. Rund um die Wände dieses abstoßenden Raumes standen antike Mumiensärge, abwechselnd mit hübschen, lebensähnlichen Leichen, durch die Kunst des Präparators vollkommen ausgestopft und haltbar gemacht und mit Grabsteinen, die aus den ältesten Friedhöfen der Welt entwendet worden waren. Verstreute Nischen enthielten Schädel aller Formen und Köpfe, konserviert in verschiedenen Stadien der Auflösung. Man konnte hier den verrottenden Kahlkopf eines berühmten Adeligen und fri-

sche, strahlende, goldhaarige Köpfe noch nicht lang begrabener Kinder finden.
Es gab da Statuen und Gemälde, alles scheußliche Objekte, einige davon waren von St. John und mir ausgeführt worden. Eine verschlossene Mappe, in gegerbte Menschenhaut gebunden, enthielt gewisse unbekannte und unbeschreibliche Zeichnungen von denen das Gerücht ging, daß Goya sie geschaffen, aber nicht anzuerkennen gewagt habe. Da waren widerwärtige Musikinstrumente, Streichinstrumente, Blas- und Holzblasinstrumente, auf denen St. John und ich manchmal Dissonanzen von exquisiter Morbidität und kakodämonischer Schrecklichkeit erzeugten, während in einer Menge eingelegter Ebenholzschränkchen sich die unglaublichste und unvorstellbarste Auswahl von Grabesbeute befand, die menschlicher Wahnsinn und Perversität je zusammengebracht hat. Besonders von dieser Beute wage ich nicht zu sprechen – Gott sei Dank fand ich den Mut, sie zu vernichten, lang bevor ich daran dachte, mich selbst zu vernichten!
Die Raubzüge, auf denen wir unsere unaussprechlichen Schätze sammelten, waren stets künstlerisch bemerkenswerte Ereignisse. Wir waren keine gewöhnlichen Grabräuber, sondern arbeiteten nur unter bestimmten Bedingungen von Laune, Landschaft, Umgebung, Wetter, Jahreszeit und Mondschein. Diese Kurzweil war für uns die exquisiteste Form ästhetischen Ausdrucks, und wir verwandten große Sorgfalt auf die technischen Einzelheiten. Eine ungeeignete Stunde, ein störender Lichteffekt oder ungeschickte Handhabung des feuchten Bodens zerstörte in uns fast völlig den ekstatischen Kitzel, der der Exhumierung eines schrecklichen Geheimnisses der Erde folgte. Unsere Suche nach neuartigen Schauplätzen und aufreizenden Begebenheiten war fieberhaft und unersättlich – St. John war stets der Anführer, und er war es auch, der mir schließlich auf dem Weg zu dem spöttisch herausfordernden, verfluchten Ort voranging, der uns unser schreckliches

und unvermeidliches Verderben brachte.
Welch übelwollendes Schicksal lockte uns in diesen schrecklichen Friedhof in Holland? Ich glaube, es waren die dunklen Gerüchte und Sagen, die Erzählungen von einem, der seit fünf Jahrhunderten begraben ist, der selbst zu seiner Zeit ein Grabräuber gewesen war und einen starken Zauber aus dem Grab eines Mächtigen gestohlen hatte. Ich entsinne mich des Schauplatzes in diesen letzten Minuten – des gleichen Herbstmondes über den Gräbern, der lange, schreckliche Schatten warf, der grotesken Bäume, die sich finster neigten und auf das ungepflegte Gras und die verfallenen Grabplatten herabhingen, der ungeheuren Scharen merkwürdig riesiger Fledermäuse, die den Mond umflatterten, der uralten efeubewachsenen Kirche, die einen riesigen Geisterfinger gegen den fahlen Himmel reckte, der Leuchtinsekten, die wie Totenfeuer unter den Eiben in einer entfernten Ecke tanzten, des Geruchs von Fäulnis, Vegetation und schwerer erklärbaren Dingen, die sich von fernen Sümpfen und Meeren schwach mit dem Nachtwind vermischten und was das Schlimmste war, des schwachen, tieftönenden Bellens eines riesigen Hundes, den wir weder sehen, noch genau ausmachen konnten. Wir schauderten, als wir dieses andeutungsweise Bellen hörten, uns der Erzählungen der Bauern erinnernd, denn der, den wir suchten, war vor Jahrhunderten genau an dieser Stelle gefunden worden, zerrissen und zerfleischt von den Krallen und Zähnen einer unbeschreiblichen Bestie.
Ich erinnere mich, wie wir uns mit den Spaten in das Grab des Grabräubers hineinarbeiteten und wie erregt wir waren, als wir uns uns selbst vorstellten, das Grab, den bleich herniederblickenden Mond, die schrecklichen Schatten, die grotesken Bäume, die riesigen Fledermäuse, die tanzenden Totenfeuer, die übelkeiterregenden Gerüche, das leise Klagen des Nachtwindes und das seltsame, halb hörbare richtungslose Bellen, über dessen tatsächliches Vorhandenseins wir nicht einmal sicher sein konnten.

Dann trafen wir auf eine Substanz, die härter war als der feuchte Moder, und erblickten eine zerfallende, längliche Kiste, mit Mineralabsonderungen des lange unberührten Bodens verkrustet. Sie war unglaublich widerstandsfähig und dick, aber so alt, daß wir sie schließlich aufsprengten und unsere Augen an dem Inhalt weiden konnten.
Viel – erstaunlich viel war trotz der verstrichenen fünfhundert Jahre von dem Objekt übriggeblieben. Das Skelett, obwohl stellenweise von den Kiefern des Geschöpfs, das es getötet hatte, zermalmt, hielt noch mit überraschender Festigkeit zusammen und wir weideten uns an dem sauberen, weißen Schädel mit den langen, kräftigen Zähnen, mit seinen leeren Augenhöhlen, die einst im Friedhofsfieber geglüht hatten, wie unsere eigenen. Im Sarg lag ein Amulett von merkwürdigem und exotischem Muster, das der stille Schläfer offenbar um den Hals getragen hatte. Es war die seltsam konventionell dargestellte Figur eines zusammengekauerten, geflügelten Hundes oder einer Sphinx mit einem halbhündischen Gesicht und war in altorientalischer Arbeitstechnik wunderbar aus einem kleinen Stück grünem Jade geschnitzt. Der Gesichtsausdruck war äußerst abstoßend, es hatte gleichzeitig einen Beigeschmack von Tod, Bestialität und Übelwollen. Rund um die Standplatte befand sich eine Inschrift aus Zeichen, die weder St. John noch ich zu identifizieren vermochten, und auf der Bodenplatte war nach Art eines Herstellersiegels ein grotesker und schrecklicher Schädel eingraviert.
Sofort, nachdem wir das Amulett erblickt hatten, wußten wir, daß wir es besitzen müßten, daß ausschließlich dieser Schatz die uns zustehende Beute aus dem jahrhundertealten Grab sein müsse. Es war in der Tat jeder Art von Literatur unbekannt, die geistig gesunde und seelisch ausgeglichene Leser kennen, aber wir erkannten es als das Ding, das im verbotenen *Necronomicon* des verrückten Arabers Abdul Alhazred angedeutet wird, das gräßliche Seelensymbol des leichenfressenden Kults im unzu-

gänglichen Leng in Zentralasien.
Nur allzu gut konnten wir den unheimlichen Zeilen folgen, die von dem alten arabischen Dämonologisten beschrieben werden, Zeilen, so schrieb er, ausgezogen aus irgendwelchen obskuren übernatürlichen Offenbarungen der Seelen derer, welche Tote quälten und anknabberten.
Das grüne Jadestück ergreifend, warfen wir einen letzten Blick auf das gebleichte, höhlenäugige Gesicht seines Besitzers und verschlossen das Grab wieder so, wie wir es gefunden hatten. Als wir dem abscheulichen Ort entflohen, das gestohlene Amulett in St. Johns Tasche, glaubten wir die Fledermäuse geschlossen auf den Grund niedergehen zu sehen, den wir kurz vorher beraubt hatten, als suchten sie irgendeine verfluchte und unheilige Nahrung. Aber der Herbstmond schien schwach und bleich, so konnten wir dessen nicht sicher sein.
Deshalb glaubten wir auch, als wir am nächsten Tag per Schiff von Holland nach Hause fuhren, das schwache entfernte Bellen, wie von einem riesigen Hund, im Hintergrund zu vernehmen. Der Herbstwind klagte traurig und düster, deshalb konnten wir dessen nicht sicher sein.
Knapp eine Woche nach unserer Rückkehr nach England begannen merkwürdige Dinge zu passieren. Wir lebten wie Einsiedler, ohne Freunde, allein und ohne Hausangestellte, in einigen Zimmern eines alten Herrenhauses in einem trostlosen, wenig besuchten Moor, so daß nur selten ein Besucher bei uns an die Tür klopfte.
Jetzt wurden wir indessen durch etwas, was uns wie ein häufiges nächtliches Herumtasten vorkam, gestört, nicht nur an den Türen, sondern auch an den Fenstern, den oberen wie den unteren. Einmal bildeten wir uns ein, daß ein großer, durchsichtiger Körper das Bibliotheksfenster verdunkle, als der Mond daraufschien, und ein andermal glaubten wir einen schwirrenden und flatternden Ton nicht weit weg zu hören. Jedesmal ergab die Untersuchung nicht das

geringste, und wir begannen, diese Vorfälle unserer Einbildung zuzuschreiben, die in unseren Ohren noch immer das schwache, entfernte Bellen nachklingen ließ, das wir auf dem holländischen Friedhof zu hören geglaubt hatten. Das Jade-Amulett lag nun in einer Nische des Museums, und wir verbrannten manchmal eine merkwürdige Kerze davor. Wir lasen in Alhazreds *Necronomicon* viel über seine Eigenschaften und über die Beziehungen der Geisterseelen zu den Dingen, die es versinnbildlichte, und waren beunruhigt über das, was wir lasen.

Dann kam der Schrecken.

In der Nacht des 24. September 19—, klopfte es an meiner Zimmertür. In der Meinung, es sei St. John, forderte ich den Anklopfenden auf, einzutreten, aber lediglich schrilles Gelächter antwortete mir. Niemand befand sich im Korridor. Als ich St. John aus dem Schlaf weckte, beteuerte er, von dem Ganzen nichts zu wissen, und er war genau so beunruhigt wie ich. In dieser Nacht wurde das schwache, entfernte Bellen über dem Moor für uns zur unumstößlichen und gefürchteten Gewißheit.

Vier Tage später, als wir beide gerade im verborgenen Museum waren, ertönte ein leises, vorsichtiges Scharren an der einzigen Tür, die zu der geheimen Bibliothekstreppe führte. Unsere Furcht war nunmehr zwiefacher Natur, denn außer der Furcht vor dem Unbekannten hatten wir auch stets Angst gehabt, daß unsere grausliche Sammlung entdeckt werden könnte. Wir löschten alle Lichter, gingen zur Tür und stießen sie plötzlich auf, worauf wir einen unerklärlichen Luftzug verspürten und hörten, als ob langsam zurückweichend, weit entfernt eine merkwürdige Mischung von Rascheln, Kichern und deutlich hörbarem Geplapper. Ob wir verrückt waren, träumten oder bei Vernunft, wagten wir nicht zu entscheiden. Nur eines wurde uns voll schwärzester Vorahnung klar, daß das offensichtlich körperlose Geplapper *in holländischer Sprache* geführt wurde.

Wir lebten danach in wachsendem Entsetzen und Faszination. Wir klammerten uns meist an die Theorie, daß wir beide durch unser Leben unnatürlicher Reize dabei waren, verrückt zu werden, aber manchmal zogen wir es vor, uns als Opfer einer schleichenden und gräßlichen Verdammnis vorzukommen. Seltsame Kundgebungen waren nun zu häufig, um sie zählen zu können. Unser einsames Haus war erfüllt von der Anwesenheit eines bösen Wesens, dessen Natur wir nicht erraten konnten, und jede Nacht drang das dämonische Bellen über das windverwehte Moor, lauter und immer lauter. Am 29. Oktober fanden wir in der weichen Erde unterhalb des Bibliotheksfensters eine Anzahl Fußabdrücke, die unmöglich zu beschreiben sind. Sie waren genauso rätselhaft wie die Scharen großer Fledermäuse, die das alte Herrenhaus in nie gesehener und zunehmender Anzahl heimsuchten.

Am 18. November erreichte das Grauen einen Höhepunkt, als St. John, nach Einbruch der Dunkelheit auf dem Heimweg von der trostlosen Bahnstation, von einem gräßlichen, fleischfressenden Wesen ergriffen und in Fetzen gerissen wurde. Seine Schreie waren bis zum Haus gedrungen, und ich war zu dem schrecklichen Schauplatz geeilt, gerade noch rechtzeitig um Flügelschwirren zu hören und ein unbestimmbares schwarzes Etwas sich gegen den aufgehenden Mond abheben zu sehen.

Mein Freund lag im Sterben, als ich ihn ansprach, aber er konnte nur unzusammenhängend antworten. Alles, was er fertigbrachte, war, zu flüstern, »Das Amulett – das verdammte Ding –.«

Dann brach er zusammen, eine bewegungslose Masse zerrissenen Fleisches.

Ich begrub ihn zur nächsten Mitternacht in einem unserer vernachlässigten Gärten und murmelte über seinem Leichnam einige der teuflischen Riten, die er im Leben so gern gehabt hatte. Und als ich den letzten der dämonischen Sätze aussprach, hörte ich von ferne auf dem Moor das schwache Bellen eines riesigen Hundes. Der Mond stand am Himmel, aber ich wagte nicht, zu ihm aufzusehen. Und als ich auf dem schwach beleuchteten Moor einen großen, nebelhaften Schatten von Hügel zu Hügel huschen sah, schloß ich die Augen und warf mich mit dem Gesicht nach unten zu Boden. Als ich mich, wieviel später, weiß ich nicht, zitternd erhob, wankte ich ins Haus zurück und brachte dem im Schrein eingeschlossenen grünen Jade-Amulett eine schockierende Verehrung dar.

Da ich mich nicht traute, in dem einsamen Haus im Moor allein zu leben, reiste ich am nächsten Tage nach London. Ich nahm das Amulett mit, nachdem ich die übrige gotteslästerliche Sammlung im Museum teils verbrannt, teils vergraben hatte. Aber nach drei Nächten hörte ich das Bellen erneut, und ehe eine Woche herum war, fühlte ich seltsame Augen auf mich gerichtet, wenn immer es dunkel war. Als ich eines abends das Victoria Embankment entlangschlenderte, um dringend benötigte frische Luft zu schöpfen, sah ich einen schwarzen Schatten den Widerschein einer Lampe im Wasser verdunkeln. Ein Wind, stärker als der Nachtwind, fegte vorbei, und ich wußte, daß das, was St. John zugestoßen war, auch mir bald passieren würde.

Am nächsten Tag wickelte ich das grüne Jade-Amulett sorgfältig ein und nahm ein Schiff nach Holland. Welche Art von Vergebung ich erlangen würde, wenn ich das Ding seinem stummen, schlafenden Besitzer zurückbrächte, wußte ich nicht, aber ich fühlte, ich müsse jeden nur möglichen vernünftigen Schritt tun. Was der Hund war und warum er mich verfolgt hatte, waren noch unbestimmbare Fragen; aber ich hatte das Bellen zum erstenmal in dem alten Friedhof gehört, und jedes darauffolgende Ereignis, einschließlich St. Johns sterbenden Flüsterns, hatte dazu beigetragen, den Fluch mit der Entwendung des Amuletts in Verbindung zu bringen. Infolgedessen versank ich in abgrundtiefe Verzweiflung, als ich in einem Gasthof in Rotterdam entdeckte, daß Diebe mich des einzigen Erlösungsmittels beraubt hatten.

Das Bellen war an diesem Abend sehr laut, und in der Frühe las ich von einer schrecklichen Untat im verrufensten Viertel der Stadt. Der Mob war verschreckt, denn roter Tod hatte eine übelbeleumundete Behausung befallen, schlimmer als die scheußlichsten vorangegangenen Verbrechen in dieser Nachbarschaft. In einer schmutzigen Diebeshöhle war eine ganze Familie von einem unbekannten Wesen, das keine Spuren hinterließ, in Stücke gerissen worden, und die in der Umgebung Wohnenden hatten die ganze Nacht einen schwachen, tiefen andauernden Ton wie von einem riesigen Hund gehört.

So stand ich nun endlich wieder in dem heruntergekommenen Friedhof, wo ein bleicher Mond schreckliche Schatten warf, die blattlosen Bäume sich düster dem verwitterten, gefrorenen Gras und den geborstenen Grabplatten zuneigten, die efeuumrankte Kirche reckte einen herausfordernden Finger zum unfreundlichen Himmel empor, und der Nachtwind heulte wie wild von den gefrorenen Sümpfen und der eisigen See herüber. Das Bellen war nur noch schwach, um ganz aufzuhören, als ich mich dem alten Grab, das ich einst geschändet hatte, näherte, und ich verscheuchte eine riesengroße Schar Fledermäuse, die neugierig um es herumflatterten.

Ich weiß nicht, warum ich dorthin ging, es sei denn, um zu beten oder dem stillen weißen Ding, das darin lag, irre Bitten und Entschuldigungen vorzuplappern, aber, was immer der Grund, ich machte mich über den halbgefrorenen Boden mit einer Verzweiflung her, die teilweise meine eigene und teilweise die eines beherrschenden Willens außerhalb meines eigenen war. Das Ausgraben war viel leichter, als ich erwartet hatte, nur an einer Stelle erlebte ich eine seltsame Unterbrechung, als ein magerer Geier aus dem kalten Himmel herabstieß und wie wild an der Graberde pickte, bis ich ihn mit einem Spatenhieb erschlug. Endlich erreichte ich die verfallene, längliche Kiste und entfernte den feuchten, salpeterverkrusteten Deckel. Dies ist die letzte vernunftgemäße Handlung, die ich je vollbrachte.

Denn zusammengekauert in dem jahrhundertealten Sarg, umgeben von einem dichtgepackten alptraumähnlichen Gefolge riesiger, sehniger, schlafender Fledermäuse, lag das Knochenwesen, das mein Freund und ich beraubt hatten, nicht sauber und friedlich, wie wir es gesehen hatten, sondern bedeckt mit geronnenem Blut und Fetzen fremden Fleisches und Haaren und schaute mich aus seinen phosphoreszierenden Augenhöhlen und scharfen, blutbefleckten Hauern, die im Spott ob meiner unvermeidlichen Verdammnis verzerrt waren, mit höhnischem Bewußtsein an. Und als es aus seinen grinsenden Kiefern ein tiefes, bitteres Bellen, wie das eines riesigen Hundes ertönen ließ und ich sah, daß es in seinen blutigen, schmierigen Klauen das verlorene, verhängnisvolle grüne Jade-Amulett hielt, schrie ich nur noch und rannte wie blödsinnig hinweg, bald gingen meine Schreie in hysterische Lachsalven über.

Wahnsinn weht im Sturmwind ... Klauen und Zähne, jahrhundertelang an Leichen geschärft ... bluttriefender Tod reitet auf einem Bacchanal von Fledermäusen aus den nachtdunklen Ruinen und versunkenen Tempeln von Belial ... Nun, da das Bellen dieses toten, fleischlosen Ungeheuers lauter und lauter wird und das verstohlene Schwirren und Flattern dieser verfluchten Flughäuter mich enger und enger umkreist, werde ich mit Hilfe meines Revolvers das Vergessen suchen, das meine einzige Zuflucht vor dem Ungenannten und Unnennbaren ist.

Das Fest

Efficiut Daemones, ut qua non sunt, sic tamen quasi sint, conspicienda hominibus exhibeant.

Lactantius

Ich war weit von zu Hause weg, und das Ostmeer zog mich in seinen Bann. Ich hörte es im Zwielicht an die Felsen schlagen, und ich wußte, daß es gleich hinter den Hügeln lag, wo die verkrümmten Weiden sich gegen den aufklarenden Himmel und die ersten Abendsterne wanden. Und weil meine Väter mich zu der alten Stadt dahinten gerufen hatten, stapfte ich durch den dünnen, frischgefallenen Schnee die Straße entlang, die einsam dorthin anstieg, wo Aldebaran zwischen den Bäumen blinkte; weiter auf die sehr alte Stadt zu, die ich zwar nie gesehen, aber von der ich oft geträumt hatte.
Es war die Zeit des Julfestes, das die Menschen Weihnachten nennen, obwohl sie im innersten Herzen wissen, daß es älter ist als Bethlehem und Babylon, älter als Memphis und die ganze Menschheit. Es war die Zeit des Julfestes, und ich war endlich zu der alten Stadt am Meer gekommen, wo meine Leute gewohnt und in früheren Zeiten, als Feste verboten waren, Feste gefeiert hatten; wo sie auch ihren Söhnen befohlen hatten, einmal in jedem Jahrhundert ein Fest abzuhalten, damit die Erinnerung und die frühesten Geheimnisse nicht vergessen würden. Meine Familie war sehr alt, und sie war schon alt, als dieses Land vor dreihundert Jahren besiedelt wurde. Sie waren wunderlich, denn sie waren als dunkle, verschlagene Leute aus betäubenden südlichen Orchideengärten gekommen und sprachen in anderer Zunge, ehe sie die Zunge der blauäugigen Fischer lernten. Nun waren sie zerstreut und nahmen nur noch an den geheimnisvollen Riten teil, die keiner der Lebenden versteht. Ich war der einzige, der in jener Nacht in die alte Fischerstadt zurückkehrte, wie die Sage es gebot, denn nur die Armen und Ein-

samen erinnern sich.
Dann sah ich Kingsport hinter dem Hügelkamm sich schneebedeckt in der Abenddämmerung ausbreiten, das schneeige Kingsport mit seinen alten Wetterfahnen und Kirchtürmen, Firstbalken und Kaminaufsätzen, Werften und kleinen Brücken, Weiden und Friedhöfen, endlosen Labyrinthen steiler, schmaler, verwinkelter Straßen und dem schwindelerregenden kirchgekrönten Mittelgipfel, dem die Zeit nichts anhaben kann; endlose Irrgärten von Kolonialhäusern, in allen Winkeln und Höhenlagen angehäuft und zerstreut, wie die durcheinandergeworfenen Spielklötze eines Kindes; Altertümlichkeit schwebte auf grauen Flügeln über den schneeverzuckerten Giebeln und Walmdächern, Oberlichten und kleinscheibigen Fenstern, eines nach dem andern in der kalten Abenddämmerung aufleuchtend, um sich dem Orion und den uralten Sternen anzuschließen. Und die See brandete gegen die verfallenden Werften, die geheimnisvolle unsterbliche See, aus der meine Angehörigen in früheren Zeiten gekommen waren.
Neben dem höchsten Punkt der Straße erhob sich ein noch höherer Gipfel, trostlos und windverweht, und ich sah, daß es der Begräbnisplatz war, wo schwarze Grabsteine geisterhaft durch den Schnee emporragten, wie verrottende Fingernägel eines riesigen Leichnams. Die keine Fußspuren aufweisende Straße war gänzlich verlassen und ein paarmal glaubte ich in der Ferne ein schreckliches Knarren, wie von einem Galgen im Wind, zu vernehmen. Sie hatten 1692 vier meiner Angehörigen wegen Zauberei gehängt, aber ich wußte nicht genau, wo.
Als die Straße sich auf dem der See zugewandten Abhang abwärts schlängelte, lauschte ich nach dem fröhlichen Lärm einer Gemeinde zur Abendzeit, aber ich hörte nichts. Dann gedachte ich der Jahreszeit und hatte das Gefühl, diese alten Puritaner könnten sehr wohl Weihnachtsbräuche haben, die mir fremd sind, ausgefüllt mit stillem Gebet am Kamin. Deshalb lauschte ich nun nicht mehr nach Fröhlichkeit und

schaute nicht mehr nach Wanderern aus, setzte meinen Weg nach unten fort, vorbei an gedämpft beleuchteten Farmhäusern und im Schatten liegenden Steinmauern, dorthin, wo die Schilder alter Läden und Matrosenkneipen in der salzigen Brise knarrten und die seltsam geformten Klopfer an säulengestützten Eingängen entlang der verlassenen, ungepflasterten Wege im Licht kleiner, mit Vorhängen versehener Fenster aufglänzten.
Ich hatte Stadtpläne gesehen und wußte deshalb, wo ich das Heim meiner Familie finden würde. Man erzählte, daß man mich erkennen und willkommen heißen würde, denn die Ortslegende hat ein langes Gedächtnis; deshalb eilte ich durch die Back Street zum Circle Court und auf dem frischgefallenen Schnee über das einzige, ganz mit Platten belegte Pflaster, dorthin, wo der Green Lane hinter dem Markthaus abzweigt. Der alte Stadtplan ließ mich nicht im Stich und ich hatte keine Schwierigkeiten; obwohl sie in Arkham gelogen haben mußten, als sie sagten, daß Straßenbahnen zu dem Ort verkehrten, da ich keine Oberleitungen sah. Der Schnee würde die Schienen auf jeden Fall verdeckt haben. Ich war froh, daß ich mich entschlossen hatte, zu Fuß zu gehen, denn der verschneite Ort war mir vom Hügel aus sehr schön erschienen, und jetzt freute ich mich darauf, an die Tür meiner Angehörigen zu klopfen, dem siebten Haus zur Linken in Green Lane, mit altem Spitzdach und vorspringendem zweitem Stockwerk, vor 1650 erbaut.
Im Haus brannte Licht, als ich näherkam, und ich schloß aus den rautenförmigen Fensterscheiben, daß man es beinah in seinem alten Zustand belassen hatte. Der obere Teil überhing die schmale, grasbewachsene Straße und stieß beinah mit dem überhängenden Teil des gegenüberliegenden Hauses zusammen, so daß ich mich fast in einem Tunnel befand, wodurch die niederen steinernen Türstufen ganz schneefrei waren. Es gab keinen Bürgersteig, aber viele Häuser hatten hochgelegene Türen, die man

durch doppelte Treppenfluchten mit Eisengeländern erreichte. Es war eine merkwürdige Szene und da New England mir fremd war, hatte ich nie etwas Ähnliches kennengelernt. Obwohl es mir gefiel, hätte ich es mehr genossen, hätte es Fußabdrücke im Schnee, Menschen in den Straßen und ein paar Fenster ohne zugezogene Vorhänge gegeben.
Als ich den uralten Eisenklopfer betätigte, hatte ich beinah Angst. Irgendeine Furcht war in mir aufgestiegen, vielleicht wegen der Fremdartigkeit meiner Erbmasse, der Trostlosigkeit des Abends und des Schweigens in dieser alten Stadt seltsamer Gebräuche. Und als sich auf mein Klopfen die Tür auftat, hatte ich richtig Angst, weil ich, bevor die Tür sich knarrend öffnete, keine Fußtritte gehört hatte. Aber ich hatte nicht lange Angst, denn der alte Mann im Türrahmen, in Schlafrock und Pantoffeln hatte ein gütiges Gesicht, das mich beruhigte, und obwohl er mir durch Zeichen zu verstehen gab, daß er stumm sei, schrieb er einen wunderlichen, altfränkischen Willkommensgruß mit einem Griffel auf ein Wachstäfelchen, das er bei sich trug. Er winkte mich in ein niederes, kerzenerleuchtetes Zimmer mit massiven, sichtbaren Deckenbalken und dunklen, steifen, spärlich verteilten Möbeln des siebzehnten Jahrhunderts. Hier war die Vergangenheit lebendig, denn nicht ein Attribut fehlte. Da war ein höhlenartiger Kamin und ein Spinnrad, an dem eine gebeugte Alte in einem weiten Umhang und einem großen Schutenhut mit dem Rücken zu mir saß und trotz der festlichen Jahreszeit schweigend spann. Es schien irgendwie feucht im Hause zu sein, und ich wunderte mich, daß kein Feuer loderte. Eine Ruhebank mit hoher Rückenlehne stand einer Reihe vorhangbedeckter Fenster, die sich links befanden, gegenüber, und jemand schien darauf zu sitzen, obwohl ich dessen nicht sicher war. Ich war nicht mit allem, was ich ringsherum sah, einverstanden, und ich empfand erneut die Furcht wie vorher. Diese Furcht wuchs gerade durch das, was sie vorher vermindert hatte, denn je mehr ich das güti-

ge Gesicht des alten Mannes anschaute, um so mehr erschreckte mich gerade diese Sanftmut. Die Augen bewegten sich überhaupt nicht, und die Haut sah zu wachsgleich aus. Am Ende war ich sicher, daß es überhaupt kein Gesicht, sondern eine boshafte, verschlagene Maske sei. Aber die kraftlosen, merkwürdig behandschuhten Hände schrieben freundlich auf das Wachstäfelchen, und man teilte mir mit, ich müsse noch ein wenig warten, bevor man mich zum Ort der Feierlichkeiten führen würde. Indem er auf einen Stuhl und einen Bücherstapel deutete, verließ der alte Mann jetzt das Zimmer. Als ich mich niedersetzte, um zu lesen, sah ich, daß die Bücher weißlich und schimmlig waren und daß sie des alten Morryster konfuse *Marvells of Science*, das schreckliche *Saducismus Triumphatus* von Joseph Glanvil, 1681 veröffentlicht, die haarsträubende *Daemonolatreia* des Remigius, gedruckt 1595 zu Lyon, und als Allerschlimmstes, das unglaubliche *Necronomicon* des verrückten Arabers Abdul Alhazred, in Olaus Wormius' (Ole Worm 1588–1654) Küchenlatein-Übersetzung, ein Buch, das ich nie gesehen, von dem ich aber furchtbare Dinge hatte flüstern hören, enthielten. Niemand sprach mit mir, aber ich konnte das Knarren der Schilder draußen im Wind hören und das Schnurren des Rades, als die Alte mit dem Hut fortfuhr zu spinnen, spinnen. Ich fand das Zimmer, die Bücher und die Leute äußerst krankhaft und beunruhigend; aber da eine alte Tradition meiner Väter mich zu seltsamen Festen gerufen hatte, war ich entschlossen, merkwürdige Dinge zu erwarten. Ich versuchte deshalb zu lesen und war bald von etwas aufgeregt gefangengenommen, das ich in dem verfluchten *Necronomicon* fand; einen Gedanken und eine Legende, die für die Vernunft und das Bewußtsein zu schrecklich sind, aber es war mir gar nicht angenehm, als ich mir einbildete, daß eines der Fenster geschlossen wurde, die der Ruhebank gegenüber lagen, als sei es vorher heimlich geöffnet worden. Es schien einem Schwirren oder Schnurren gefolgt zu sein, das nicht vom Spinnrad der Alten herrührte. Es war indessen unbedeutend, denn die Alte spann sehr eifrig, und die alte Uhr hatte gerade geschlagen. Danach verlor ich das Gefühl, daß auf der Ruhebank Leute säßen, und las gerade angespannt und mich gruselnd, als der alte Mann, in Stiefeln und in weite, altertümliche Gewänder gekleidet, wiederkam und sich gerade auf dieser Ruhebank niederließ, so daß ich ihn nicht sehen konnte. Es war bestimmt ein nervenzermürbendes Warten, und das gotteslästerliche Buch in meiner Hand machte die Dinge nicht besser. Indessen, als es elf Uhr schlug, stand der alte Mann auf, glitt zu der massiven geschnitzten Truhe im Eck und holte zwei Kapuzenmäntel heraus, von denen er einen selbst anzog, während er den anderen der Alten, die ihr monotones Spinnen einstellte, um die Schultern legte. Dann gingen sie beide auf die Außentür zu; die Alte humpelnd dahinkriechend, indem der alte Mann, nachdem er gerade das Buch, in dem ich gelesen hatte, vom Tisch nahm, mir ein Zeichen machte, während er die Kapuze über dieses unbewegliche Gesicht oder die Maske zog. Wir gingen in das mondlose, verwinkelte Straßennetz dieser unglaublich alten Stadt hinaus, wir gingen hinaus, als die Lichter hinter den vorhangbedeckten Fenstern nach und nach verschwanden, und der Hundsstern schaute auf die Menge kapuzenverhüllter, in Umhänge gekleideter Gestalten hernieder, die sich schweigend aus jeder Tür ergossen und die eine ungeheuere Prozession durch diese und jene Straßen bildeten, vorbei an den knarrenden Schildern und vorsintflutlichen Giebeln, den strohgedeckten Dächern und rautenförmigen Fensterscheiben, fädelten sich durch steile Wege, wo verfallene Häuser sich aneinanderschmiegten und gemeinsam zerfielen, sie glitten über offene Höfe und durch Friedhöfe, wo die schwankenden Laternen geisterhafte, trunkene Gruppen bildeten. Inmitten dieser schweigenden Menge folgte ich meinen Führern, geschubst von Ellbogen, die unnatürlich weich schienen und von Brustkästen und

Bäuchen gedrückt, die abnorm schwammig schienen; aber ich sah niemals ein Gesicht, noch hörte ich ein Wort. Hinauf, hinauf, hinauf glitten die unheimlichen Kolonnen, und ich sah, daß alle die Reisenden zu uns stießen, als sie auf eine Art Brennpunkt verkommener Gassen auf dem Gipfel eines hohen Hügels im Stadtzentrum zustrebten, wo eine große, weiße Kirche thronte. Ich hatte sie vom Hügelkamm aus erblickt, als ich auf Kingsport in der frühen Abenddämmerung heruntersah, und es ließ mich schaudern, weil der Aldebaran einen Augenblick auf dem geisterhaften Turm zu balancieren schien.

Um die Kirche herum war freier Raum, teilweise ein Friedhof mit geisterhaften Grabsäulen und teilweise ein halbgepflasterter Platz, den der Wind nahezu vom Schnee gesäubert hatte, mit unnatürlich uralten Häusern, die Spitzdächer und überhängende Giebel hatten. Totenfeuer tanzten über den Gräbern, schreckliche Ausblicke enthüllend, die aber seltsamerweise keine Schatten warfen. Hinter dem Friedhof, wo keine Häuser mehr standen, konnte ich über den Gipfel des Hügels hinunterblicken und das Schimmern der Sterne auf dem Hafenwasser beobachten, obwohl die Stadt im Dunkel nicht zu sehen war. Nur hie und da schwankte eine Laterne durch die sich schrecklich schlängelnden Gassen, unterwegs, um die Menge zu überholen, die jetzt schweigend in die Kirche schlüpfte. Ich wartete, bis die Menge sich in das dunkle Tor ergossen hatte und bis alle Nachzügler ihr gefolgt waren. Der alte Mann zupfte mich am Ärmel, aber ich war entschlossen, der letzte zu sein. Während ich die Schwelle zu dem menschenwimmelnden Tempel unbekannter Dunkelheit überschritt, drehte ich mich noch einmal um, einen Blick auf die Außenwelt zu werfen, da das phosphoreszierende Leuchten des Friedhofs einen kränklichen Schein auf das Pflaster der Hügelkuppe warf. Als ich dies tat, schauderte mir. Denn obwohl der Wind nicht viel Schnee übriggelassen hatte, waren ein paar Stellen nahe der Tür geblieben und bei diesem flüchtigen Zurückblicken er-

schien es meinen bestürzten Augen, daß sie keine Fußspuren zeigten, nicht einmal meine eigenen.
Die Kirche war von all den Laternen, die hereingekommen waren, kaum erleuchtet, denn der Hauptteil der Menge war bereits verschwunden. Sie waren zwischen den hohen Kirchenbänken durch den Mittelgang zur Falltür des Gewölbes geströmt, die genau vor der Kanzel schrecklich offen gähnte, und schlängelten sich jetzt geräuschlos hinein. Ich folgte ihnen stumm die abgetretenen Stufen hinunter in die dunkle, erstickende Krypta. Das Ende dieser sich schlängelnden Reihe nächtlicher Marschierer schien sehr schrecklich, und als ich sah, daß sie sich in ein ehrwürdiges Grab hineinwand, erschien sie mir noch schrecklicher. Dann bemerkte ich, daß der Boden des Grabes eine Öffnung hatte, durch die die Menge hindurchglitt, und in kurzer Zeit stiegen wir alle eine gefährliche Treppe aus rohbehauenen Steinen hinunter; eine schmale Wendeltreppe, feucht und merkwürdig riechend, die sich endlos ins Innere des Hügels, vorbei an triefenden Steinblöcken und zerbröckelndem Mörtel abwärts wand. Es war ein schweigender, schockierender Abstieg, und ich bemerkte nach einem gräßlichen Zeitabstand, daß die Mauern und Stufen ihr Aussehen veränderten, als seien sie aus dem soliden Fels ausgehauen. Was mich am meisten bekümmerte, war, daß die Myriaden von Schritten kein Geräusch verursachten und kein Echo hatten. Nach weiteren Äonen des Abstiegs sah ich einige Seitenpassagen oder Gänge, die aus unbekannten schwarzen Tiefen zu diesem Schacht nächtlicher Geheimnisse führten. Bald wurden ihrer immer mehr, wie gottlose Katakomben von namenloser Bedrohlichkeit und ihr scharfer Fäulnisgeruch wurde beinah unerträglich. Ich wußte, daß wir durch den ganzen Berg und den Boden von Kingsport hinabgestiegen sein mußten, mir schauderte, daß eine Stadt so alt und mit unterirdischem Übel wie mit Maden durchsetzt sein könne.
Dann sah ich einen unheimlichen Schimmer bleichen

Lichtes und hörte heimliches Plätschern dunkler Wasser. Wiederum schauderte mir, denn mir gefielen die Dinge nicht, die die Nacht uns beschert hatte, und ich wünschte bitterlich, daß keiner meiner Vorfahren mich zu diesen uralten Riten herbeigerufen hätte. Als der Gang und die Stufen sich verbreiterten, hörte ich einen anderen Ton, die dünne wimmernde Nachahmung einer schwachen Flöte, und plötzlich breitete sich vor mir der grenzenlose Ausblick auf eine innere Welt aus – ein riesiges, schwammbestandenes Ufer, erleuchtet von einer aufschießenden, kränklichen Flammensäule und von einem öligen Fluß bespült, der aus schrecklichen, nicht zu erahnenden Tiefen floß um sich mit den schwärzesten Abgründen des ewigen Ozeans zu vereinen.

Einer Ohnmacht nah und nach Luft ringend, blickte ich auf diesen unheiligen Erebus titanischer Giftpilze, das aussätzige Feuer, das schlammige Wasser und sah, wie die in Umhänge gehüllte Menge sich in einem Halbkreis um die Flammensäule formierte. Es war der Julbrauch, älter als der Mensch und dazu bestimmt, ihn zu überleben, der uralte Brauch der Sonnenwende und der Verheißung des Frühlings nach der Zeit des Schnees, der Brauch mit Feuer und Immergrün, Licht und Musik. Und in der stygischen Grotte sah ich sie den Brauch ausüben und die kränkliche Flammensäule verehren, sah sie Hände voll der ausgerissenen schwammigen Vegetation ins Wasser werfen, das in dem bleichen Lichtglanz grün glitzerte. Dies sah ich, und dann erblickte ich etwas Gestaltloses weit weg vom Licht kauern, scheußlich auf einer Flöte blasend, und während das Ding blies, glaubte ich ein unangenehmes, gedämpftes Flattern in der übelriechenden Dunkelheit zu hören, wo ich nichts sehen konnte. Aber was mir am meisten Angst einjagte, war die Flammensäule, die vulkanisch aus tiefen und unvorstellbaren Abgründen emporschoß, die keinen Schatten warf, wie eine richtige Flamme und die das salpeterartige Gestein mit einem häßlichen, giftigen Grünspan überzog. Denn in all dieser bro-

delnden Verbrennung lag keine Wärme, sondern lediglich die feuchte Kühle des Todes und der Verwesung.
Der Mann, der mich hergebracht hatte, quetschte sich jetzt zu einem Platz direkt neben der schrecklichen Flamme durch und machte in Richtung des ihm gegenüberstehenden Halbkreises steife, zeremonielle Gesten. In bestimmten Stadien des Rituals warfen sie sich vor ihm huldigend nieder, besonders dann, wenn er das widerwärtige *Necronomicon*, das er mitgebracht hatte, über den Kopf hielt, und ich mußte an der Huldigung teilnehmen, denn ich war zu diesem Fest von meinen Vorfahren schriftlich eingeladen worden. Dann gab der alte Mann dem in der Dunkelheit fast unsichtbaren Flötenspieler ein Zeichen, worauf besagter Spieler von seinem schwächlichen Summen zu einem etwas lauteren Summen in einer anderen Tonart überging, womit er ein undenkbares und unerwartetes Grauen heraufbeschwor. Ob dieses Grauenhaften sank ich beinah auf den flechtenbewachsenen Boden nieder, von einem Schrecken gelähmt, der weder von dieser noch irgendeiner anderen Welt, sondern nur aus den verrückten leeren Räumen zwischen den Sternen herkam.
Aus der unvorstellbaren Schwärze hinter dem verderbten Leuchten dieser kalten Flamme, aus den Meilen des Tartarus, durch die jener ölige Fluß sich unheimlich wälzte, flatterten rhythmisch, unhörbar und unerwartet, bastardähnliche geflügelte Geschöpfe, die kein normales Auge ganz begreifen kann oder deren sich ein gesundes Gehirn jemals ganz erinnern könnte. Sie waren weder Krähen noch Maulwürfe, noch Bussarde, noch Ameisen, noch verweste Menschenleiber, sondern etwas, an das ich mich weder erinnern kann, noch darf. Sie flatterten müde hin, halb mit ihren Schwimmhautfüßen und halb mit ihren häutigen Schwingen, und als sie die Menge der Feiernden erreichten, wurden sie von den kapuzenverhüllten Gestalten ergriffen und bestiegen, dann flog eine nach der anderen in die Weiten des unbeleuchteten

Flusses in Höhlen und Gänge der Panik, wo vergiftete Quellen schreckliche und unentdeckbare Wasserfälle speisen.
Die alte Spinnerin war mit der Menge verschwunden, und der alte Mann blieb nur deshalb, weil ich mich geweigert hatte, als er mir ein Zeichen machte, eines der Tiere zu ergreifen und wie die übrigen davonzufliegen. Als ich mich taumelnd auf die Füße erhob, sah ich, daß der gestaltlose Flötenspieler sich außer Sichtweite gewälzt hatte, aber daß zwei der komischen Tiere geduldig warteten. Als ich mich sträubte, zog der Mann seinen Griffel und das Täfelchen hervor und schrieb, daß er wirklich der Sendbote meiner Väter sei, die die Julverehrung an diesem uralten Ort gegründet hatten, daß beschlossen worden sei, ich solle zurückkehren, und daß die innersten Mysterien noch nicht vollzogen seien. Er schrieb das in einer ganz veralteten Schrift, und als ich noch immer zögerte, zog er aus seinem weiten Gewand einen Siegelring und eine Uhr, beide mit dem Wappen meiner Familie, um zu beweisen, daß er der sei, der er zu sein vorgab.
Aber es war ein furchtbarer Beweis, denn ich wußte aus alten Papieren, daß diese Uhr mit meinem Urururururgroßvater 1698 begraben worden war. Gleich schob der alte Mann seine Kapuze zurück und deutete auf die Familienähnlichkeit seines Gesichts, aber mir schauderte lediglich, denn ich war sicher, daß das Gesicht nur eine teuflische Wachsmaske sei. Die flatternden Tiere scharrten jetzt ungeduldig im Moos, und ich sah, daß der alte Mann beinah genau so unruhig war. Als eines der Geschöpfe zu watscheln und sich zu entfernen begann, wandte er sich rasch um, um es aufzuhalten, so daß die Plötzlichkeit der Bewegung die Wachsmaske von der Stelle verschob, wo sein Kopf hätte sein sollen. Und dann, weil der Standort des schrecklichen Wesens mich von der Steintreppe abschnitt, die ich heruntergekommen war, warf ich mich in den öligen Unterweltfluß, der irgendwie den Höhlen am Meer zugurgelte, warf

mich in die übelriechende Brühe der innersten Schrecken dieser Erde, bevor meine verrückten Schreie all diese Friedhofslegionen herbeirufen würde, die diese Pesthöhle beherbergen könnte.
Im Krankenhaus erzählte man mir, man habe mich in der Morgendämmerung halb erfroren im Hafen von Kingsport aufgefunden, einen treibenden Sparren umklammernd, den der Zufall geschickt hatte, um mich zu retten. Sie sagten mir, ich hätte in der Nacht vorher die falsche Gabelung der Hügelstraße eingeschlagen und sei bei Orange Point über die Klippen gestürzt, eine Tatsache, auf die sie nach den Fußabdrücken im Schnee schlossen. Ich konnte nichts erwidern, denn alles war verkehrt, das breite Fenster zeigte mir ein Meer von Dächern, unter denen nur eines von fünf alt war, und das Geräusch der Trambahnen und Motoren auf der Straße unten. Sie bestanden darauf, daß dies Kingsport sei, und ich konnte es nicht leugnen. Als ich in ein Delirium verfiel, nachdem ich gehört hatte, daß das Krankenhaus nahe bei dem alten Friedhof auf dem Central Hill liege, verlegten sie mich ins St. Mary's Hospital in Arkham, wo ich bessere Pflege haben würde. Mir gefiel es dort, denn die Ärzte waren großzügig, und sie benutzten in meinem Interesse ihren Einfluß, um aus der Bibliothek der Miskatonic-Universität das sorgsam gehütete Exemplar von Alhazreds anrüchigem *Necronomicon* für mich auszuleihen. Sie sagten etwas von einer »Psychose« und stimmten zu, es sei besser, diese mich bedrängenden Besessenheiten aus meinem Geist zu verbannen.
Deshalb las ich das schreckliche Kapitel, und es schauderte mich doppelt, weil es mir in der Tat nicht unbekannt war. Ich hatte es schon vorher gesehen, sollen die Fußabdrücke auch sonstwas verraten, und wo ich es gesehen hatte, soll lieber vergessen sein. Im Wachzustand war da niemand, der mich daran erinnern konnte, aber meine Träume sind wegen der Sätze, die ich nicht zu zitieren wage, von Schrecken erfüllt. Ich wage nur einen Absatz zu zitieren und

will ihn in ein Englisch übertragen, wie ich es mit meinem ungeschickten Latein zuwege bringe.

»Die untersten Höhlen«, schrieb der verrückte Araber, »sollen nicht mit Augen, die da sehen, ergründet werden, denn ihre Wunder sind seltsam und schrecklich. Verflucht der Boden, auf dem tote Gedanken wieder neu in seltsamer Verkörperung leben, und übel ist der Geist, der nicht in einem Kopfe wohnt. Weise sagte der alte Ibn Schacabao, daß glücklich das Grab ist, wo kein Zauberer gelegen ist, und glücklich bei Nacht die Stadt, deren Zauberer alle Asche sind. Denn es ist ein altes Gerücht, daß die Seele der vom Teufel gekauften sich nicht von ihrer irdischen Hülle hinweghebt, sondern *gerade den Wurm, der nagt* unterweist, bis aus dem Verfall schreckliches Leben entspringt und finstere Aasfresser der Erde geschickt die Oberhand bekommen, um sie zu quälen, und ungeheuer anschwellen um sie heimzusuchen. Heimlich werden große Löcher gebohrt, wo die Poren der Erde ausreichen sollten, und Dinge haben das Gehen gelernt, die kriechen sollten.«

Das merkwürdige hochgelegene Haus im Nebel

In der Frühe steigt Nebel von der See bei den Klippen hinter Kingsport auf. Weiß und federig steigt er aus der Tiefe zu seinen Brüdern, den Wolken empor, voller Träume von saftigen Weiden und den Höhlen des Leviathan. Und später verstreuen die Wolken in sanften Sommerregen Teile dieser Träume über die steilen Dächer von Poeten, daß die Menschen nicht ohne Ahnung von alten, seltsamen Geheimnissen und Wundern leben sollen, die die Planeten anderen Planeten nur des Nachts erzählen. Wenn Geschichten dicht in den Grotten der Tritonen herumschwärmen und Muschelhörner in Seetang-Städten wilde Melodien blasen, die sie von den Ältesten gelernt haben, dann steigen dicke, eifrige Nebel beladen mit Kunde gen Himmel, und Augen, die auf den Felsen seewärts blicken, sehen nichts als mystische Weiße, als ob der Rand der Klippe der Rand der ganzen Welt sei und als ob die feierlichen Glokken der Bojen freischwebend im Feenland des Äthers ertönten.
Nun steigen nördlich des alten Kingsport die Felsen hoch und merkwürdig empor, Terrasse auf Terrasse, bis die nördlichste wie eine erstarrte, graue Windwolke am Himmel hängt. Sie ist völlig allein, eine trostlose Spitze, die in den endlosen Raum vorstößt, denn an der Stelle, wo der Miskatonic sich aus den Ebenen von Arkham vorbei ergießt, macht die Küste eine scharfe Biegung und bringt Waldlegenden und kleine, seltsame Erinnerungen an New England mit. Die Seefahrer in Kingsport schauen zu dieser Klippe empor, wie andere Seefahrer zum Polarstern und stimmen ihre Nachtwachen nach der Art ab, in der sie dem Großen Bären, die Kassiopeia und den Drachen entweder verbirgt oder sichtbar werden

läßt. Unter ihnen ist sie eins mit dem Firmament, und sie wird wirklich davon abgeschnitten, wenn der Nebel die Sterne oder die Sonne verhüllt. Einige dieser Klippen lieben sie, wie jene, deren groteskes Profil sie Vater Neptun nennen, oder die, deren pfeilerumsäumte Stufen sie den »Dammweg« nennen, aber sie fürchten sie, weil sie dem Himmel so nah ist. Die portugiesischen Matrosen, die von einer Reise den Hafen anlaufen, bekreuzigen sich, wenn sie sie das erste Mal erblicken, und die alten Yankees glauben, es würde viel Schwerwiegenderes als den Tod bedeuten, sie zu erklimmen, so dies überhaupt möglich wäre. Trotzdem steht ein altes Haus auf der Klippe, und abends sehen die Menschen Licht in den Fenstern mit den kleinen Scheiben.

Das alte Haus ist immer dagewesen, und die Leute sagen, darin wohne einer, der sich mit den Morgennebeln unterhält, die aus der Tiefe emporsteigen, und vielleicht erblickt er in Richtung Ozean seltsame Dinge, zu Zeiten, wenn der Rand der Klippe zum Rand der ganzen Erde wird und feierliche Bojen freischwebend im weißen Äther des Feenlandes ertönen. Sie berichten dies vom Hörensagen, denn die abweisende Klippe wird nie besucht, und die Einheimischen richten nicht gern ihre Fernrohre dorthin. Sommergäste haben sie wirklich mit sorglosen Ferngläsern betrachtet, haben jedoch nie mehr gesehen als das graue, urtümliche Dach, spitz und schindelgedeckt, dessen überhängende Dachkanten beinah bis zu dem grauen Fundament hinabreichen, und das gedämpfte gelbe Licht der kleinen Fenster, die unter den Dachkanten im Dämmer hervorlugen. Diese Sommergäste glauben nicht, daß derselbe Eine seit Hunderten von Jahren in dem alten Haus wohnt, können aber ihre häretischen Ideen einem echten Kingsporter nicht begreiflich machen. Selbst der schreckliche alte Mann, der sich mit bleiernen Pendeln in Flaschen unterhält, seine Lebensmittel mit jahrhundertealtem spanischem Gold kauft und der steinerne Götzenbilder im Hof seines vorsintflutlichen Häuschens in der Water Street

stehen hat, kann nichts weiter sagen, als daß die Dinge schon genauso waren, als sein Großvater ein Bub war, und das muß vor urdenklichen Zeiten gewesen sein, als noch Belcher oder Shirley oder Pownall oder Bernard Gouverneure der Provinz seiner Majestät an der Massachusetts-Bay waren.
Dann kam eines Sommers ein Philosoph nach Kingsport. Sein Name war Thomas Olney, und er lehrte gewichtige Dinge an einem College an der Narragansett-Bay. Er kam mit einer dicken Frau und lebhaften Kindern, und seine Augen waren etwas müde davon, jahraus, jahrein dasselbe zu sehen und die selben wohlgeordneten Gedanken zu denken. Er blickte auf den Nebel von Vater Neptuns Diadem und versuchte, über die riesigen Stufen des Dammweges in ihre geheimnisvolle, weiße Welt hineinzuwandern. Morgen auf Morgen pflegte er auf den Klippen zu liegen und über den Rand der Welt in den rätselhaften Äther dahinter zu blicken, während er Geisterglocken und den wilden Schreien lauschte, die möglicherweise von Seemöwen stammten. Dann, wenn sich der Nebel hob und die See prosaisch mit dem Rauch von Dampfern erkennbar wurde, seufzte er und stieg zur Stadt hinab, wo er sich gerne durch die schmalen, alten Gassen hügelauf und hügelab hindurchschlängelte und die verrückten, schiefstehenden Giebel und Eingänge mit merkwürdigen Pfeilern studierte, die so viele Generationen kräftiger Seefahrer beherbergt hatten. Er unterhielt sich sogar mit dem schrecklichen alten Mann, der sich nichts aus Fremden machte, und wurde in das fürchterlich alte Haus eingeladen, wo niedere Zimmerdecken und wurmstichige Täfelungen in den dunklen frühen Morgenstunden das Echo beunruhigender Monologe vernehmen.
Es war natürlich unvermeidlich, daß Olney das graue unbesuchte Haus am Himmel, an dieser düsteren, nordwärts gelegenen Klippe, die eins ist mit dem Nebel und dem Firmament, bemerken würde. Auf ewig hing sie über Kingsport und immer wieder flüsterte man sich in den krummen Gassen Kingsports ihre

Geheimnisse zu. Der schreckliche alte Mann krächzte eine Geschichte hervor, die sein Vater ihm erzählt hatte, von einem Blitz, der eines Nachts von dem spitzgiebeligen Haus zu den Wolken des höheren Himmels emporzuckte und Oma Orne, deren winzige Giebeldachbehausung in der Ship Street ganz von Moos und Efeu überzogen ist, krächzte etwas hervor, das ihre Großmutter aus zweiter Hand erfahren hatte, von Gestalten, die aus dem östlichen Nebel direkt in die schmale, einzige Tür des unerreichbaren Ortes hineingeflattert seien – denn die Türe ist nahe am Rande des Felsens nach der See zu angebracht, und sie kann nur von Schiffen auf See gesehen werden.

Schließlich faßte Olney, da er auf neue, seltsame Dinge erpicht war und sich weder durch die Ängste der Kingsporter noch durch die übliche Gleichgültigkeit der Sommergäste zurückhalten ließ, einen schrecklichen Entschluß. Trotz seiner konservativen Erziehung – oder vielleicht gerade deswegen, da ein eintöniges Leben nachdenkliche Sehnsüchte nach dem Unbekannten hervorbringt – schwor er einen großen Eid, die gemiedene Nordklippe zu erklettern und das übernatürlich alte Haus am Himmel zu besuchen. Sein vernünftigeres Selbst argumentierte einleuchtend, daß das Haus von Leuten bewohnt sein müsse, die es von der Festlandseite her am leichter begehbaren Grat neben der Mündung des Miskatonic erreichten. Vielleicht kauften sie in Arkham ein, da sie wußten, wiewenig Kingsport ihren Wohnsitz schätzte, oder vielleicht, weil es unmöglich war, auf der nach Kingsport zu gelegenen Seite der Klippe hinunterzuklettern. Olney wanderte die kleinen Klippen entlang dorthin, wo die große Klippe herausfordernd emporragt, um sich mit himmlischen Dingen zu verbinden, und es wurde ihm völlig klar, daß keines Menschen Fuß diesen vorspringenden Südabhang erklettern oder hinabsteigen könne. Nach Osten und Norden stieg sie Tausende von Fuß senkrecht aus dem Wasser empor, deshalb blieb nur die westliche,

nach Arkham zu gelegene Inlandseite.
An einem frühen Morgen im August brach Olney auf, um einen Weg zu dem unzugänglichen Gipfel zu finden. Er arbeitete sich nordwestlich durch freundliche Hintergassen, am Hoopers Pond und an dem alten, aus Ziegeln gebrannten Pulverturm vorbei zu der Stelle, wo Weiden sich die Abhänge über dem Miskatonic hinaufziehen und einen lieblichen Ausblick auf Arkhams weiße georgianische Kirchtürme über Meilen von Fluß und Wiesen hinweg bieten. Hier fand er eine schattige Straße nach Arkham, aber nicht die geringste Spur in Richtung See, die er suchte. Wälder und Felder drängten sich ans hohe Ufer der Flußmündung und trugen keine Spur menschlicher Anwesenheit; nicht einmal eine Steinmauer oder eine verirrte Kuh, sondern hohes Gras und riesige Bäume und Massen von Heidekraut, das vielleicht schon die ersten Indianer gesehen haben mochten. Als er langsam östlich weiterkletterte, höher über der Flußmündung zur Linken und näher und näher zur See, fand er den Weg zunehmend schwieriger, bis er sich fragte, wie die Bewohner des unbeliebten Ortes es fertigbrächten, die Außenwelt zu erreichen, und ob sie oft zum Einkaufen nach Arkham kämen.
Dann wurden die Bäume spärlicher und weit unter ihm zur Rechten sah er die Hügel und die alten Dächer und Türme von Kingsport. Sogar Central Hill sah aus dieser Höhe wie ein Zwerg aus, und er konnte gerade den alten Friedhof beim Gemeinde-Hospital ausmachen, unter dem, wie das Gerücht besagte, einige schreckliche Höhlen und Gänge lauerten. Vor ihm lag dürftiges Gras und verkrüppelte Blaubeerbüsche und dahinter der nackte Fels der Klippe und die dünne Spitze des gefürchteten grauen Hauses. Der Grat wurde jetzt schmäler, und Olney schwindelte ob seiner Einsamkeit am Himmel, südlich von ihm lag der fürchterliche Steilabhang über Kingsport, nördlich von ihm ein senkrechter Absturz von nahezu einer Meile bis zur Flußmündung. Plötzlich tat

sich eine große Spalte, zehn Fuß tief, vor ihm auf, so daß er sich mit den Händen hinunterarbeiten mußte, auf einen abschüssigen Boden fiel und dann gefährlich einen natürlichen Hohlweg an der entgegengesetzten Wand hinaufklettern mußte. So, dies war der Weg, auf dem die Bewohner des unheimlichen Hauses zwischen Himmel und Erde gehen mußten!

Als er aus der Spalte herauskletterte, zog sich ein Morgennebel zusammen, aber er sah deutlich das hochragende, unheilige Haus vor sich; die Wände so grau wie der Fels und der hohe Giebel gegen die milchweißen Dämpfe von der Seeseite. Und er bemerkte, daß an der Landseite sich keine Tür befand, sondern nur einige kleine Gitterfenster mit blinden Butzenscheiben, die nach der Art des siebzehnten Jahrhunderts mit Blei gefaßt waren. Um ihn herum war nichts als Wolken und Chaos, und er konnte hinter der Weiße des unbegrenzten Raumes nichts erkennen. Er war mit diesem merkwürdigen und beunruhigenden Haus am Himmel allein, und als er sich zur Vorderseite schlich und sah, daß die Mauer mit dem Klippenrand eine Senkrechte bildete, so daß die einzige schmale Tür nur vom leeren Raum aus erreichbar war, empfand er einen deutlichen Schrecken, den die Höhe allein nicht ganz erklärlich machte. Es war äußerst sonderbar, wie derart wurmzerfressene Schindeln noch halten oder derart zerbröckelnde Ziegel noch einen aufrechtstehenden Kamin bilden konnten.

Als der Nebel sich verdichtete, schlich Olney an die Fenster an der Nord-, West- und Südseite und probierte sie, fand sie aber alle verschlossen. Er war fast froh, daß sie verschlossen waren, denn je mehr er von dem Haus sah, um so weniger hatte er den Wunsch, ins Innere zu gelangen. Dann ließ ein Ton ihn aufmerksam werden. Er hörte das Klappern eines Schlosses und das Öffnen eines Riegels und ein langes Knarren folgte, als ob eine schwere Tür langsam und vorsichtig geöffnet würde. Das alles geschah

an der dem Ozean zugekehrten Seite, die er nicht sehen konnte, wo das schmale Portal sich in den leeren Raum hinaus Tausende von Fuß im nebligen Himmel über den Wolken öffnete.
Dann folgte ein schweres, bedächtiges Herumtrampeln im Haus und Olney hörte, wie die Fenster geöffnet wurden, erst die an der Nordseite ihm gegenüber, dann die an der Westseite gerade ums Eck herum. Als nächstes würden die Südfenster drankommen, die unter dem tiefgezogenen Dach, wo er stand, und man muß betonen, daß er sich bei dem Gedanken an das abscheuliche Haus auf der einen und den leeren Raum der oberen Atmosphäre mehr als unbehaglich fühlte. Als jemand an den nächstgelegenen Fensterflügeln herumtastete, kroch er wieder zur Westseite hinüber und drückte sich neben dem nunmehr offenen Fenster gegen die Mauer. Es war klar, daß der Besitzer heimgekommen war, aber er war nicht von der Landseite her gekommen und auch nicht mit einem Ballon oder Luftschiff, das man sich vorstellen könnte. Wieder ertönten Schritte, und Olney drückte sich zur Nordseite herum, aber bevor er einen sicheren Hafen finden konnte, rief eine Stimme leise nach ihm, und er wußte, daß er nun seinem Gastgeber gegenübertreten müsse.
Aus dem Westfenster schaute ein großes, schwarzbärtiges Gesicht heraus, dessen Augen mit einem Ausdruck leuchteten, der von unerhörten Anblicken sprach. Aber die Stimme war sanft und von seltsam altfränkischer Art, so daß Olney nicht zurückschreckte, als eine braune Hand sich herausstreckte, um ihm über den Sims in das niedrige Zimmer mit schwarzen Eichentäfelungen und geschnitzten Tudormöbeln hineinzuhelfen. Der Mann war sehr altmodisch gekleidet und hatte einen unbestimmten Nimbus von Seesagen und Träumen von alten Galeonen um sich. Olney erinnert sich nicht mehr an all die Wunder, die er erzählte, oder auch wer er war; aber er sagt, daß er fremdartig und gütig war und erfüllt vom Zauber unergründlicher Weiten von Zeit und Raum.

Das kleine Zimmer erschien in einem wäßrig-grünen Licht, und Olney sah, daß die nach Osten gelegenen Fenster nicht offen, sondern gegen die neblige Luft mit dunklen, dicken Scheiben wie die Böden von alten Flaschen geschlossen waren.

Sein bärtiger Gastgeber schien jung zu sein, dennoch blickten seine Augen wie von alten Geheimnissen durchdrungen, und nach den Geschichten von alten Wunderdingen, die er erzählte, muß man annehmen, daß die Leute im Ort recht hatten, wenn sie behaupteten, er habe sich mit den Nebeln der See und den Wolken des Himmels unterhalten, seitdem es einen Ort gab, der sein schweigendes Wohnen von der Ebene unten beobachten konnte. Und der Tag ging weiter, und Olney lauschte noch immer den Geschichten aus alter Zeit und von fernen Gegenden und vernahm, wie die Könige von Atlantis mit schlüpfrigen, gotteslästerlichen Geschöpfen kämpften, die aus Spalten im Meeresboden emporkrochen, und wie die mit Pfeilern versehenen, tangbehangenen Tempel Poseidons von verlorenen Schiffen immer noch zu mitternächtlicher Stunde erspäht werden können, die bei ihrem Anblick wissen, daß sie verloren sind. Die Jahre der Titanen wurden heraufbeschworen, aber sein Gastgeber wurde zurückhaltend, als er vom dunklen Uralter des Chaos sprach, ehe die Götter oder die Ältesten geboren wurden und als *die anderen Götter* kamen, um auf dem Gipfel des Hathey-Kla in der steinigen Wüste bei Ulthar, hinter dem Flusse Skai zu tanzen.

An dieser Stelle klopfte es an der Tür, dieser alten Tür aus nägelbeschlagener Eiche, unter der nur der Abgrund der weißen Wolken lag. Olney fuhr erschreckt in die Höhe, aber der bärtige Mann machte ihm ein Zeichen, still zu sein und ging auf Zehenspitzen zur Tür, um durch ein winziges Guckloch hinauszuspähen. Was er sah, gefiel ihm nicht, weshalb er den Finger an die Lippen legte und auf Zehenspitzen herumging, um die Fenster zu schließen und zu versperren, bevor er zu der alten Sitzbank neben seinem Gast zurückkehrte. Dann sah Olney vor den durchsichtigen Vierecken der kleinen Fenster nacheinander einen seltsamen schwarzen Umriß auftauchen, als der Besucher sich neugierig herumbewegte, ehe er wieder fortging, und er war froh, daß sein Gastgeber auf das Klopfen hin nicht geöffnet hatte. Denn es gibt Merkwürdiges im großen Abgrund, und der Traumsucher muß aufpassen, daß er nicht das Falsche aufstöbert oder ihm begegnet.

Dann begannen die Schatten dichter zu werden, zuerst kleine, verstohlene unter dem Tisch, dann etwas frechere in den dunklen, getäfelten Ecken. Der bärtige Mann machte rätselhafte Gebetsgesten und entzündete große Kerzen in merkwürdig gearbeiteten Messingleuchtern. Er warf häufig Blicke zur Tür, als ob er jemand erwarte, und schließlich schien sein Blick durch ein einzigartiges Klopfen beantwortet zu werden, das offenbar einem alten Geheimcode folgte. Diesmal schaute er nicht einmal durchs Guckloch, sondern drehte den großen Eichenbalken herum, schob den Riegel zurück, schloß die schwere Tür auf und öffnete sie weit den Sternen und dem Nebel.

Dann schwebten beim Ton dunkler Harmonien aus der Tiefe all die Träume und Erinnerungen an die versunkenen Mächtigen der Erde in den Raum. Goldene Flammen tanzten über tangbehangenen Locken, so daß Olney wie geblendet war, als er ihnen Ehrerbietung erwies. Neptun mit dem Dreizack war da, muntere Tritonen und phantastische Nereiden, und auf dem Rücken von Delphinen thronte eine riesige, gerippte Muschelschale, in der die graue, schreckliche Gestalt des uralten Nodens, des Herrn der großen Tiefe, saß. Und die Muschelhörner der Tritonen erschollen unheimlich, und die Nereiden produzierten seltsame Töne, indem sie auf die grotesken, widerhallenden Schalen unbekannter lauernder Bewohner aus schwarzen Höhlen des Meeres schlugen. Dann streckte der silberhaarige Nodens seine dünne Hand aus und half Olney und dessen Gastgeber in die riesige Muschel, worauf die Muschelhörner und Gongs

mit wildem und fürchterlichem Lärm einsetzten. Hinaus in den endlosen Äther wirbelte der mythische Zug, und der Lärm seiner Schreie verlor sich im Echo des Donners.
Die ganze Nacht beobachtete man in Kingsport die hohe Klippe, wenn Sturm und Nebel den Blick darauf freigaben, und als gegen die frühen Morgenstunden sich die kleinen, düsteren Fenster verdunkelten, wisperte man von Bedrohung und Unglück. Und Olneys Kinder und seine dicke Frau beteten zum gütigen, regulären Gott der Baptisten und hofften, daß der Reisende sich einen Schirm und Gummizeug ausleihen würde, wenn nicht der Regen in der Frühe aufgehört hätte. Dann schwamm die Morgendämmerung tropfend und nebelbeladen aus der See, und die Bojen erklangen feierlich in Tiefen weißen Äthers. Und mittags erklangen elfische Hörner über dem Ozean, als Olney, trocken und leichtfüßig, die Klippen hinab zum alten Kingsport kletterte, mit einem Ausdruck ferner Weiten im Auge. Er konnte sich nicht erinnern, was er in der Hütte des noch immer namenlosen Eremiten unter dem Himmel geträumt habe, oder sagen, wie er diesen Felsen hinuntergeklettert sei, der noch nie von einem anderen Fuß durchquert worden war. Noch konnte er über die Sache sprechen, außer mit dem schrecklichen alten Mann, der danach merkwürdige Dinge in seinen langen, weißen Bart murmelte und schwor, daß der Mann, der von dem Felsen herabgestiegen war, nicht mehr ganz der Mann sei, der hinaufgestiegen war, und daß irgendwo unter dem grauen Spitzdach oder inmitten unfaßbarer Bereiche des unheimlichen weißen Nebels immer noch der verlorene Geist dessen verweilte, der Thomas Olney war.
Und seit jener Stunde hat der Philosoph sich durch die sich eintönig dahinschleppenden Jahre des grauen Alltags und der Mühseligkeit abgearbeitet, gegessen und geschlafen und ohne Murren die einem Staatsbürger zukommenden Pflichten erfüllt. Er sehnt sich nicht mehr nach dem Zauber ferner Hügel oder

seufzt nach Geheimnissen, die wie grüne Riffe aus der bodenlosen See hervorlugen. Das Gleichmaß seiner Tage macht ihm keinen Kummer mehr, und wohlgeordnete Gedanken genügen seiner Einbildungskraft. Sein gutes Weib wird immer dicker und die Kinder älter, prosaischer und nützlicher und er unterläßt es nie, zur gegebenen Zeit stolz und korrekt zu lächeln. In seinem Auge ist kein ruheloses Leuchten mehr, und wenn er je nach feierlichen Glocken oder fernen, elfischen Hörnern lauscht, dann nur des Nachts, wenn alte Träume herumwandern. Er ist nie mehr nach Kingsport zurückgekehrt, denn seine Familie mochte die komischen alten Häuser nicht und beklagte sich, daß das Abflußsystem schlecht und unmöglich sei. Sie besitzen jetzt einen schmucken Bungalow in den Bristol Highlands, wo keine hohen Felsen sich auftürmen und die Nachbarn städtisch und modern sind.

Aber in Klingsport gehen seltsame Geschichten um, und selbst der schreckliche alte Mann gibt etwas zu, das ihm sein Großvater nicht erzählt hat. Denn nun, wenn der Wind ungestüm von Norden her am hochgelegenen alten Haus vorbeifegt, das eins ist mit dem Firmament, ist nun endlich das bedeutungsvolle, brütende Schweigen gebrochen, welches die Bewohner der kleinen Hütten am Meer unruhig machte. Alte Leute berichten von lieblichen Stimmen, die sie dort singen hören, und von Gelächter, das von überirdischer Freude überquillt, und sie sagen, daß des Abends die kleinen, niederen Fenster heller erleuchtet seien als früher. Sie sagen auch noch, daß eine kräftige Morgenröte öfter dort erscheint, die im Norden blau mit Visionen erstarrter Welten erstrahlt, während die Klippe und das Haus schwarz und phantastisch sich gegen das wilde Aufleuchten abheben. Und die Nebel der Morgendämmerung sind dicker, und die Matrosen sind sich nicht völlig sicher, ob all das gedämpfte Läuten in Richtung See das der feierlichen Bojen ist.

Sie wünschen nicht, daß die Seelen ihrer jungen Leute den heimischen Herd und die Tavernen mit Giebeldächern des alten Kingsport verlassen, aber sie wünschen auch nicht, daß das Lachen und Singen in diesem hochgelegenen Felsenhort lauter werde. Denn da die Stimme, die neu erschienen ist, neue Nebel von der See und aus dem Norden neues Licht gebracht hat, so meinen sie, daß noch mehr Stimmen noch mehr Nebel und mehr Licht bringen werden, bis vielleicht die alten Götter (deren Existenz sie nur flüsternd andeuten, aus Angst, der Gemeindepfarrer könnte es hören) aus der Tiefe aus dem unbekannten Kadath in der kalten Wildnis kommen und sich auf diesem so übel geeigneten Felsen zwischen den sanften Hügeln und Tälern voll ruhiger, einfacher Fischersleute einnisten könnten. Dies wünschen sie nun gar nicht, denn einfachen Leuten sind Dinge, die nicht von dieser Welt sind unwillkommen, und nebenbei, der schreckliche alte Mann erinnert sich oft daran, was Olney ihm über ein Klopfen erzählte, das der einsame Bewohner fürchtete und von einem Schatten, der sich schwarz und neugierig gegen den Nebel durch diese merkwürdigen durchscheinenden Butzenscheibenfenster erkennen ließ.

All dies können indessen nur die Ältesten entscheiden, und in der Zwischenzeit zieht der Nebel noch immer zu dem einsamen, schwindelnden Gipfel mit dem alten Haus hoch oben empor, diesem grauen Haus mit dem herabgezogenen Dach, wo niemand zu sehen ist, aber wo der Abend verstohlene Lichter hervorbringt, während der Nordwind von seltsamem Jubel erzählt. Weiß und federig steigt er aus der Tiefe zu seinen Brüdern, den Wolken, empor, voller Träume von saftigen Weiden und den Höhlen des Leviathan. Und wenn Geschichten dicht in den Grotten der Tritonen herumschwärmen und Muschelhörner in Seetang-Städten wilde Melodien blasen, die sie von den Ältesten gelernt haben, dann steigen dicke, eifrige Nebel, beladen mit Kunde zum Himmel, und Kingsport, das sich unbehaglich an die niederen Klippen unter dieser schrecklichen, ragenden

Felsschildwache duckt, sieht in Richtung Ozean nichts als eine mystische Weiße, als ob der Rand der Klippe der Rand der ganzen Erde sei und die feierlichen Glocken der Bojen freischwebend im Feenland des Äthers ertönten.

Grauen in Red Hook

Es gibt um uns Mysterien des Guten wie des Bösen, und wir leben und bewegen uns nach meiner Ansicht in einer unbekannten Welt, einem Ort, wo es Höhlen und Schatten und Bewohner im Zwielicht gibt. Es ist möglich, daß der Mensch manchmal den Weg der Entwicklung zurückgeht, und es ist meine Meinung, daß ein schreckliches überliefertes Wissen noch nicht tot ist.

Arthur Machen

I

Erst vor einigen Wochen lieferte ein großer, kräftig gebauter, gesund aussehender Fußgänger an einer Straßenecke der Gemeinde Pascoag durch eine sonderbare Fehlreaktion viel Grund zum Nachdenken. Es schien, als sei er den Hügel neben der Straße nach Chepachet heruntergekommen und war, als er auf ein dichtbewohntes Viertel stieß, nach links in die Hauptstraße eingebogen, wo einige bescheidene Blocks von Geschäftshäusern den Eindruck des Städtischen hervorrufen. An dieser Stelle beging er ohne sichtbaren Anlaß seinen erstaunlichen Lapsus, er starrte für eine Sekunde das größte Gebäude vor ihm komisch an und begann dann mit einer Anzahl hysterischer, verschreckter Schreie wie wild davonzurennen, stolperte schließlich und fiel an der nächsten Kreuzung hin. Nachdem hilfreiche Hände ihn aufgehoben und abgestaubt hatten, fand man, daß er wieder bei Vernunft, körperlich unverletzt und offensichtlich von seinem plötzlichen Nervenanfall geheilt war. Er murmelte einige verlegene Erklärungen von einer großen Überanstrengung, die er durchgemacht habe, dann ging er mit niedergeschlagenen Augen wieder die Chepachet Street hinauf, er ging langsam weiter, ohne sich noch einmal umzusehen. Es war seltsam, daß solch einem großen, robusten, normal und tüchtig wirkenden Mann so etwas passieren konnte, und das Seltsame daran wurde durch die Bemerkung eines Zuschauers nicht gemildert, der in ihm den Mieter eines wohlbekannten Meiereibesitzers aus der Umgebung von Chepachet erkannte. Er war, so stellte sich heraus, ein Polizei-Detektiv aus New York namens Thomas F. Malone, der jetzt bei medizinischer Behandlung nach einem übermenschlich anstrengenden Auftrag an einem schrecklichen lokalen Kriminalfall, den ein Unglück hatte dramatisch werden lassen, einen langen Krankheitsurlaub machte. Während einer Polizeirazzia, an der er teilnahm, waren einige alte Ziegelbauten eingestürzt und die ungeheueren Menschenverluste, sowohl unter den Gefangenen, wie unter seinen Kameraden, hatten ihn außerordentlich entsetzt. Er hatte daraufhin einen akuten und unnatürlichen Abscheu vor Gebäuden bekommen, die auch nur im entferntesten an die erinnerten, welche eingestürzt waren, so daß schließlich Spezialisten für Geisteskrankheiten ihm den Anblick derartiger Dinge auf unbestimmte Zeit untersagten. Ein Polizeichirurg, der in Chepachet Verwandte hatte, schlug den malerischen Weiler aus hölzernen Kolonialstil-Häusern als idealen Ort für seelische Erholung vor; der Leidende hatte sich dorthin verfügt, nachdem er versprochen hatte, sich nie in die mit Ziegelhäusern bestandenen Straßen größerer Gemeinden zu begeben, bis es ihm der Spezialist in Woonsocket, mit dem er sich in Verbindung gesetzt hatte, erlauben würde. Sein Spaziergang nach Pascoag, um Zeitschriften zu holen, war ein Fehler gewesen, und der Patient hatte für seinen Ungehorsam mit Angst, Abschürfungen und Demütigungen bezahlt.

Soviel war dem Klatsch von Chepachet und Pascoag bekannt, und soviel glaubten auch die gelehrten Spezialisten. Aber Malone hatte zuerst den Spezialisten viel mehr erzählt, und er hörte nur damit auf, als er merkte, daß ihm lediglich völlige Ungläubigkeit zuteil wurde. Danach hielt er den Mund und protestierte überhaupt nicht, als man allgemein übereinkam, daß der Einsturz gewisser unsauberer Ziegelhäuser im Red-Hook-Viertel von Brooklyn und der daraus resultierende Tod so vieler tapferer Polizei-

beamter sein nervöses Gleichgewicht erschüttert hatte. Alle sagten, er habe zu angestrengt gearbeitet, als er versuchte, diese Brutstätten der Unruhe und Gewalt auszukehren; manche Einzelheiten waren gewiß schockierend genug, und die unerwartete Tragödie hatte ihm den Rest gegeben. Dies war die einfache Erklärung, die jedermann verstehen konnte und da Malone nicht dumm war, bemerkte er, daß er es dabei solle bewenden lassen. Würde er phantasielosen Leuten gegenüber Andeutungen über Schreckliches jenseits des menschlichen Begriffsvermögens machen – des Grauen der Häuser und Häuserblocks und der Städte, die vom Übel, das aus einer früheren Welt stammt, zerfressen und krebsig sind –, man würde ihn in eine gepolsterte Zelle stecken, anstatt ihn einen ruhigen Landurlaub machen zu lassen, und Malone war trotz seines Hanges zum Mystischen ein vernünftiger Mann. Er besaß den Weitblick des Kelten für das Unheimliche und Verborgene, aber das aufmerksame Auge des Logikers für das nach außen hin Unwahrscheinliche, eine Verbindung, die ihn in den zweiundvierzig Jahren seines Lebens weit vom Weg abgebracht hatte und die ihn für einen Mann der Dublin Universität, der in einer georgianischen Villa beim Phoenix-Park geboren wurde, in eine fremde Welt versetzt hatte.
Und nun, da er die Dinge überdachte, die er gesehen, empfunden und wahrgenommen hatte, begnügte sich Malone damit, ein Geheimnis für sich zu behalten, das einen furchtlosen Kämpfer in ein zitterndes Nervenbündel verwandeln könnte, das aus alten Slums mit Ziegelhäusern und einem Meer dunkler, schwer deutbarer Gesichter einen Alptraum von geisterhafter Vorbedeutung machen könnte. Es wäre nicht das erste Mal, daß er seine Gefühle für sich behalten mußte – war nicht schon das Untertauchen im Abgrund der Vielsprachigkeit der New Yorker Unterwelt ein Einfall jenseits jeder vernünftigen Erklärung? Was konnte er den Prosaischen von alten Hexenkünsten und unglaublichen Wundern erzählen,

die nur dem empfänglichen Auge inmitten des Giftkessels sichtbar werden, wo der mannigfaltige Abschaum verderbter Zeitalter sein Gift mischt und seinen abstoßenden Terror fortsetzt? Er hatte die grüne Flamme geheimer Wunder in diesem lärmenden Tumult äußerlicher Gier und innerlicher Gotteslästerlichkeit gesehen, und er hatte sanft gelächelt, als alle New Yorker, die er kannte ihn wegen seiner Experimente in der Polizeiarbeit verspottet hatten. Sie waren witzig und zynisch gewesen, hatten seine phantastische Suche nach unbekannten Geheimnissen verlacht und ihm versichert, daß New York heutzutage nichts als Wertloses und Gewöhnliches bietet. Einer von ihnen hatte eine große Summe mit ihm gewettet, daß er nicht einmal – trotz vieler prickelnder Dinge in der *Dublin Review*, die ihm Ehre machten – eine wirklich interessante Geschichte über das Leben der New Yorker Unterwelt schreiben könne, und jetzt stellte er rückblickend fest, daß eine ungeheuere Ironie die Worte des Propheten rechtfertigte, während sie gleichzeitig im geheimen ihre leichtfertige Bedeutung widerlegte. Das Grauen, auf das er endlich einen Blick geworfen hatte, reichte nicht für eine Geschichte – denn wie das Buch, das ein deutscher Poe-Kenner zitiert, »es läßt sich nicht lesen – es erlaubt es nicht, gelesen zu werden«.

II

Bei Malone war der Sinn für die verborgenen Geheimnisse, die es gibt, stets gegenwärtig. In der Jugend hatte er die verborgene Schönheit und Verzükkung der Dinge empfunden und war Dichter geworden, aber Armut, Sorgen und Exil hatten seinen Blick auf dunkle Regionen gerichtet, und es hatte ihn angesichts des Anteils des Bösen in der Welt um uns geschaudert. Das tägliche Leben war für ihn ein Blendwerk makabrer Schatten-Studien geworden, das jetzt in verborgener Vollkommenheit glitzerte und nach bester Beardsley-Manier höhnisch blickte, und dann wieder auf Schreckliches hinter den gewöhnlichsten Formen und Gegenständen wie in den subtileren und nicht so offenkundigen Arbeiten eines Gustave Doré hindeutete. Er betrachtete es häufig als Gnade Gottes, daß die meisten Menschen von großer Intelligenz sich über die innersten Geheimnisse lustig machen; denn so erklärte er, wenn überlegene Geister wirklich mit den Geheimnissen in vollen Kontakt kämen, den alte und niedere Kultrichtungen sich erhalten haben, dann würden die daraus entstehenden Unnatürlichkeiten nicht nur die Welt vernichten, sondern die Lauterkeit des Universums selbst bedrohen. Alle diese Überlegungen waren zweifellos krankhaft, aber scharfe Logik und ein eingewurzelter Sinn für Humor glichen es gut wieder aus. Malone gab sich damit zufrieden, seine Ahnungen, halberspähte und verbotene Gesichte bleiben zu lassen, mit denen man oberflächlich spielt und die Hysterie überkam ihn erst, als die Pflicht ihn zu plötzlich und heimtückisch, ohne Möglichkeit, daraus zu entrinnen, in eine Hölle der Offenbarungen schleuderte. Er war vor einiger Zeit der Butler-Street-Polizeistation in Brooklyn zugeteilt worden, als er von der Red-Hook-Angelegenheit erfuhr. Red Hook ist ein Irrgarten vermischten Unrats nahe am alten Uferbezirk gegenüber von Governors Island, mit schmutzigen öffentlichen Straßen, die den Hügel von den Werften aus zu höher gelegenem Grund erklimmen, wo die verfallenen Strecken der Clinton und Court Street nach Borough Hall abgehen. Die Häuser sind meist aus Ziegeln und stammen aus dem ersten Viertel oder der Mitte des neunzehnten Jahrhunderts und einige der dunkleren Gassen und Seitenwege haben eine anziehende, alte Atmosphäre, die die Literatur gewöhnlich »Dickenssch« nennt. Die Bevölkerung ist ein hoffnungsloses Durcheinander und Rätsel, syrische, spanische, italienische und negroide Bestandteile treffen aufeinander, und Fragmente skandinavischer und amerikanischer Viertel liegen nicht weit davon. Es ist ein Babel der Geräusche und des Schmutzes und sendet als Antwort auf das Schwappen der öligen Wogen an seinen schmutzigen Piers und die ungeheueren Orgellitaneien der Dampfpfeifen im Hafen seltsame Schreie aus. Hier war vor langer Zeit das Bild noch heiterer, da waren die kläräugigen Seeleute in den unteren Straßen und Heimstätten von Geschmack und Gehalt, wo die größeren Häuser den Hügel entlang stehen. Man kann den Überbleibseln dieser glücklichen Zeit in der sauberen Linienführung der Gebäude, hier und dort einer anmutigen Kirche und den Zeugnissen echter Kunst und einem Hintergrund von Einzelheiten hier und dort, nachgehen, eine abgenützte Treppenflucht, ein beschädigter Torbogen, ein wurmstichiges Paar alter Pfeilersäulen, oder die Überreste eines einstigen Rasenstückes, mit verbogenem und verrostetem Eisengeländer. Die Häuser bestehen für gewöhnlich aus soliden Steinblöcken, und da und dort erhebt sich eine Kuppel mit vielen Fenstern, die von Zeiten berichtet, als die Haushaltsmitglieder von Kapitänen und Schiffseignern die See beobachteten.

Aus diesem Durcheinander gegenständlicher und geistiger Fäulnis steigen die Gotteslästerungen von Hunderten von Dialekten gen Himmel. Scharen von Herumtreibern wanken schreiend und singend die Wege und Hauptstraßen entlang, gelegentlich löschen Hände verstohlen und unvermittelt das Licht und ziehen den Vorhang herunter, und dunkelhäutige, von Sünden zerfressene Gesichter verschwinden von Fenstern, wenn Besucher des Weges kommen. Polizisten verzweifeln ob der Ordnung oder der Reformen und versuchen lieber, nach außen hin Schranken zu errichten, um die Außenwelt vor Ansteckung zu bewahren. Der Klang der Patrouille wird mit einer Art von geisterhaftem Schweigen beantwortet, und die Gefangenen, die gemacht werden, sind nie sehr mitteilsam. Die sichtbaren Vergehen sind so verschieden, wie die Dialekte der Gegend, und durchlaufen die Skala vom Rumschmuggel zu unerwünschten Ausländern, durch die verschiedenen Stadien von Gesetzlosigkeit und heimlichem Laster zu Mord und Verstümmelung in ihren abstoßendsten Formen. Daß diese sichtbaren Affären nicht häufiger sind, ist nicht das Verdienst der Umgebung, wenn die Kunst des Verschleierns nicht eine Kunst ist, der Verdienst gebührt. Es kommen mehr Leute nach Red Hook, als es verlassen – oder, die es zum mindesten auf dem Landwege verlassen – und die, welche nicht geschwätzig sind, haben die größte Aussicht, es wieder zu verlassen. Malone entdeckte in diesem Stand der Dinge den kaum merklichen Gestank von Geheimnissen, die schrecklicher sind als einige der Sünden, die von den Bürgern gebrandmarkt und von Priestern und Philanthropen bejammert werden. Er war sich, wie jemand, der Phantasie mit wissenschaftlichen Kenntnissen verbindet, bewußt, daß moderne Menschen unter gesetzlosen Bedingungen unweigerlich dazu neigen, die dunkelsten Instinktvorbilder primitiver Halbaffenwildheit in ihrem täglichen Leben und ihren rituellen Feiern zu wiederholen, und er hatte oft mit dem Abscheu des Anthropologen den singenden, fluchenden Prozessionen triefäugiger und pockennarbiger junger Männer zugesehen, die sich in den dunklen frühen Morgenstunden dahinschlängelten. Man sah ständig Gruppen dieser jungen Leute, manchmal standen sie lauernd an Straßenecken Wache, ein andermal in Torbögen, wo sie seltsam auf billigen Musikinstrumenten spielten, manchmal dumpf vor sich hindösend oder unanständige Zwiegespräche rund um den Tisch eines Selbstbedienungsrestaurants in der Nähe von Borough Hall führend und manchmal in geflüsterter Unterhaltung um schäbige Taxi herum, die an den hohen Freitreppen verfallener alter Häuser mit geschlossenen Fensterläden vorgefahren waren. Sie erschreckten und faszinierten ihn mehr, als er gegenüber seinen Mitarbeitern bei der Polizei sich zuzugeben getraute, denn er schien in ihnen den riesigen Faden geheimer Unendlichkeit zu sehen, irgendein bösartiges, geheimnisvolles, uraltes Vorbild, das völlig jenseits und unter der Menge unerfreulicher Tatsachen sowie den Gewohnheiten und Aufenthaltsorten lag, die mit solch gewissenhafter technischer Sorgfalt von der Polizei notiert werden. Sie müssen, so fühlte er innerlich, Erben irgendeiner schrecklichen und urzeitlichen Tradition sein; die Teilhaber entarteter und zerbrochener Reste von Kulten und Zeremonien, die älter sind als die Menschheit. Ihr Zusammenhalten und ihre Eindeutigkeit ließen daran denken, und es zeigte sich in der einzigartigen Andeutung von Ordnung, die sich unter ihrer schmutzigen Unordnung verbarg. Er hatte nicht umsonst Abhandlungen wie Miß Murrays *Witch Cult in Western Europe* (Hexenkult in Westeuropa) gelesen, und er wußte, daß bis in die letzte Zeit unter den Bauern und dem heimlichen Volk ein schreckliches und geheimes System von Versammlungen und Orgien überlebt hatte, das auf dunkle Religionen vor der Zeit der Indogermanen zurückgeht, die in volkstümlichen Legenden als schwarze Messe und Hexensabbat auftauchen. Daß diese höllischen Wurzeln alter turanisch-asiatischer Magie und Fruchtbarkeitskulte jetzt völlig tot seien, nahm er nicht einen Augenblick an, und er wunderte sich häufig, wieviel älter und schwärzer als die schlimmsten der gesammelten Erzählungen manche von ihnen sein könnten.

III

Es war der Fall Robert Suydam, der Malone mitten in die Dinge in Red Hook hineinversetzte. Suydam war ein gelehrter Eigenbrötler aus alter holländischer Familie, die ursprünglich kaum genügend Mittel besessen hatte, er war der Bewohner eines zwar geräumigen, aber schlecht erhaltenen Wohnsitzes, den sein Großvater in Flatbush errichtet hatte, als diese Siedlung wenig mehr als eine gefällige Gruppe Kolonialhäuser war, die sich um die efeubewachsene reformierte Kirche mit ihrem eisengeländerumgebenen Hof und niederländischen Grabsteinen drängten. In seinem einsamen Haus, das ein wenig von der Martense Street zurück inmitten eines Hofes mit ehrwürdigen Bäumen stand, hatte Suydam seit über sechzig Jahren gelesen und grübelt, mit Ausnahme einer Zeit, die eine Generation zurücklag, als er sich per Schiff in die Alte Welt begeben hatte und dort acht Jahre verschwunden blieb. Er konnte sich keine Dienstboten leisten und sah in seiner völligen Einsamkeit nur wenige Besucher, indem er alte Freunde mied und seine wenigen Bekannten in einem der drei Parterrezimmer empfing, die er in Ordnung hielt – eine riesige Bibliothek mit hoher Decke, deren Wände mit beschädigten Büchern von gewichtigem, altem und etwas abstoßendem Aussehen vollgepackt waren. Das Wachstum der Stadt und schließlich ihre Einbeziehung in den Brooklyn-Distrikt, hatte Suydam nichts bedeutet, und er wurde in der Stadt immer weniger bekannt. Ältere Leute pflegten noch auf der Straße auf ihn hinzuweisen, aber für den größten Teil der neueren Bevölkerung war er lediglich ein merkwürdiger, beleibter alter Knabe, dessen ungepflegtes weißes Haar, Stoppelbart, speckige schwarze Kleidung und Stock mit Goldknauf ihm amüsierte Blicke einbrachten, aber nicht mehr. Malone hatte ihn nicht einmal vom Sehen gekannt, bis die Pflicht ihn in den Fall verwickelte, aber er hatte indirekt von ihm als einem ausgezeichneten Kenner mittelalterlichen Aberglaubens gehört, und er hatte so nebenbei daran gedacht, ein vergriffenes Pamphlet über die Kabbala und die Faustsage bei ihm einzusehen, aus dem ein Freund nach dem Gedächtnis zitiert hatte.

Suydam wurde zum »Fall«, als entfernte einzige Verwandte eine gerichtliche Entscheidung bezüglich seines Geisteszustandes zu erreichen suchten. Der Außenwelt erschien ihre Handlungsweise unerwartet, war aber wirklich erst nach langer Beobachtung und bekümmerten Debatten eingeleitet worden. Sie fußte auf bestimmten merkwürdigen Veränderungen seiner Redeweise und seiner Gewohnheiten, gefährlichen Andeutungen auf bevorstehende Wunder und unerklärliche häufige Besuche in einer verrufenen Gegend Brooklyns. Er war mit den Jahren immer schäbiger geworden und schlich nun wie ein wahrhaftiger Bettler herum; wurde gelegentlich von beschämten Freunden in Untergrundbahnstationen gesehen, oder wie er sich auf den Bänken um Borough Hall herumdrückte und sich mit Gruppen dunkelhäutiger, übelaussehender Fremder unterhielt. Wenn er sprach, dann schwatzte er von unbegrenzten Mächten, die beinah in seiner Reichweite lägen, und wiederholte mit wissendem Seitenblick solch mystische Worte oder Namen wie »Sephiroth«, »Ashmodai« und »Samaël«. Der Prozeß enthüllte, daß er sein Einkommen aufbrauche und sein Kapital verschleudere, um merkwürdige Bücher zu kaufen, die er aus London und Paris kommen ließ, und für den Unterhalt einer schmutzigen Parterrewohnung im Red-Hook-Distrikt, wo er fast jede Nacht verbrachte und merkwürdige Abordnungen, gemischt aus Radaubrüdern und Ausländern, empfing und wo er offensichtlich hinter den grünen Läden seiner geheimnisvollen Fenster eine Art feierlicher Handlung vollzog. Detektive, die den Auftrag hatten, ihn zu beschatten, berichteten von merkwürdigen Schreien, Gesang und tanzenden Füßen, Geräuschen dieser mitternächtlichen Riten, die auf die Straße drangen, und sie schauderten ob der merkwürdigen Ekstase und Hingabe, trotz der Alltäglichkeit unheimlicher Orgien in dieser verkommenen Gegend. Als die Sache indessen zur Verhandlung kam, brachte Suydam es fertig, in Freiheit zu bleiben. Vor dem Richter waren seine Manieren gewandt und vernünftig, und er gab sein merkwürdiges Benehmen und die extravagante Ausdrucksweise, die er sich durch außerordentliche Hingabe an seine Studien und Untersuchungen angewöhnt hatte, offen zu. Er sei, so sagte er, mit der Untersuchung gewisser Einzelheiten europäischer Tradition beschäftigt, die engen Kontakt mit Ausländergruppen und ihren Liedern und Volkstänzen notwenig mache. Der Gedanke, daß irgendeine niedere Geheimgesellschaft ihn ausnütze, wie seine Verwandten angedeutet hatten, sei offenbar absurd und zeige, wie wenig Verständnis sie für ihn und seine Arbeit hätten. Nachdem er mit seinen ruhigen Erklärungen gesiegt hatte, durfte er ungehindert gehen und die von den Suydams, Corlears und van Brunts bezahlten Detektive wurden mit resigniertem Abscheu zurückgezogen.

An diesem Punkt traten Bundesinspektoren gemeinsam mit der Polizei, unter ihnen Malone, in den Fall ein. Das Gesetz hatte die Suydam-Angelegenheit mit Interesse beobachtet und war in vielen Fällen gebeten worden, den Privatdetektiven zu helfen. Während dieser Arbeit stellte sich heraus, daß Suydams neue Verbündete zu den schwärzesten und lasterhaftesten Verbrechern in Red Hooks abseits gelegenen Gassen gehörten und daß mindestens ein Drittel davon bekannte Wiederholungstäter in Sachen wie Dieberei, Ruhestörung und Einschmuggeln illegaler Emigranten waren. Es wäre tatsächlich nicht übertrieben, zu sagen, daß der besondere Personenkreis um den alten Gelehrten fast völlig mit der schlimmsten der organisierten Cliquen übereinstimmte, die gewissen namenlosen Abschaum aus Asien an Land schmuggelten, der von Ellis Island klugerweise abgewiesen worden war. In den wimmelnden Elendsquartieren von Parker Place – der seitdem umbenannt wurde –, wo Suydam seine Parterrewohnung hatte, war eine ungewöhnliche Kolonie unbestimmbarer schlitzäugiger Leute entstanden, die sich des arabischen Alphabets bedienten, die aber von der großen Masse der Syrer in und um die Atlantic Avenue lautstark abgelehnt wurden. Sie hätten alle aus Mangel an Papieren ausgewiesen werden können, aber das Gesetz arbeitet langsam, und man beunruhigt Red Hook nicht, wenn nicht die Öffentlichkeit dazu zwingt, es zu tun. Diese Kreaturen besuchten eine heruntergekommene

Steinkirche, die an jedem Mittwoch als Tanzsaal benutzt wurde und die ihre gotischen Strebepfeiler nahe dem verkommensten Teil des Uferbezirkes emporreckte. Sie war dem Namen nach katholisch; aber Priester in ganz Brooklyn sprachen dem Ort jeden Rang und jede Rechtsgültigkeit ab, und Polizisten stimmten ihnen zu, wenn sie den Geräuschen lauschten, die nachts aus ihr drangen. Malone pflegte sich einzubilden, gräßliche, verstimmte Baßtöne von einer Orgel, die sich weit unter der Erde befand, zu hören, wenn die Kirche leer und unbeleuchtet dastand, während alle Zuschauer das Schreien und Trommeln fürchteten, das den offen abgehaltenen Gottesdienst begleitete. Als man Suydam befragte, sagte er, er glaube, das Ritual sei ein Überbleibsel nestorianischen Christentums, gefärbt mit tibetischem Schamaismus. Die meisten der Leute, so mutmaßte er, seien mongolischer Rasse und stammten irgendwo aus der Nähe von Kurdistan – und Malone konnte nicht umhin, sich zu erinnern, daß Kurdistan das Land der Yezidis, der letzten Überlebenden der persischen Teufelsanbeter, ist. Wie immer es auch gewesen sein mag, die Unruhe der Suydam-Untersuchung machte es zur Gewißheit, daß diese ungebetenen Neuankömmlinge Red Hook in immer größerer Zahl überschwemmten, indem sie durch ein Komplott unter den Seeleuten, an das die Zollbeamten und die Hafenpolizei nicht herankamen, an Land gelangten, sie überrannten Parker Place, breiteten sich rasch über den Hügel aus und wurden mit merkwürdiger Brüderlichkeit von den anderen zusammengewürfelten Bürgern dieser Region willkommen geheißen. Ihre untersetzten Gestalten und charakteristischen Physiognomien mit den zugekniffenen Augen, die sich mit der auffallenden amerikanischen Kleidung zu komischer Wirkung verbanden, tauchten immer zahlreicher unter den Müßiggängern und herumziehenden Gangstern der Borough-Hill-Gegend auf, bis man es schließlich für notwendig hielt, ihre Zahl zu erfassen, ihre Hilfsquellen und Beschäftigungen festzustellen und eine Möglichkeit zu finden, sie zusammenzutreiben und bei den zuständigen Einwanderungsbehörden abzuliefern. Malone wurde mit dieser Aufgabe in Übereinkunft der Bundes- und städtischen Polizei betraut, und als er seine Untersuchungen in Red Hook begann, fühlte er sich am Rande namenlosen Schreckens, mit der schäbigen, ungepflegten Gestalt Robert Suydams als Erzfeind und Gegner.

IV

Polizeimethoden sind vielseitig und durchdacht. Durch unauffälliges Herumschweifen, sorgfältig zwanglose Unterhaltungen, zeitlich gut abgestimmte Angebote von Schnaps aus der Hüfttasche und wohldurchdachte Unterhaltungen mit verschreckten Gefangenen erfuhr Malone viele Einzeltatsachen über die Bewegung, die ein solch bedrohliches Aussehen angenommen hatte. Die Neuankömmlinge waren tatsächlich Kurden, sie sprachen einen unbekannten Dialekt, der die exakten Philologen vor ein Rätsel stellte. Diejenigen von ihnen, die einer Arbeit nachgingen, waren meist Dockarbeiter oder Hausierer ohne Lizenz, sie bedienten indessen häufig in griechischen Restaurants und betrieben Zeitungskioske an Straßenecken. Die meisten von ihnen hatten jedoch keine erkennbaren Unterhaltsmittel und waren offenbar mit Unterwelt-Beschäftigungen, von denen Schmuggel, vor allem Alkoholschmuggel, noch die am wenigsten unbeschreiblichen waren, beschäftigt. Sie waren mit Dampfern, wahrscheinlich Trampfrachtern, angekommen und in mondlosen Nächten heimlich in Ruderboote verfrachtet worden, die sich unter einer bestimmten Werft hindurchstahlen und einem verborgenen Kanal bis zu einem unterirdischen Teich folgten, der sich unter einem Hause befand. Es gelang Malone nicht, diese Werft, den Kanal und das Haus zu lokalisieren, denn das Gedächtnis seiner Informanten war äußerst verwirrt, während ihre Sprechweise größtenteils auch

für den fähigsten Dolmetscher unverständlich war;
auch konnte er keine wirklichen Angaben über ihren
systematischen Zuzug bekommen. Sie waren bezüglich ihres genauen Herkunftsortes sehr zurückhaltend
und ließen nie genügend die Vorsicht außer acht, um
die Agenturen zu nennen, die sie ausgewählt und ihren Weg bestimmt hatten. Sie zeigten tatsächlich
plötzlich so etwas wie Angst, wenn man sie nach
dem Grund ihrer Anwesenheit fragte. Gangster anderer Herkunft waren genauso schweigsam, und alles,
was man sich zusammenreimen konnte, war, daß irgendein Gott oder eine große Priesterschaft ihnen
unerhörte Macht, überirdischen Ruhm und Herrschaft in einem fremden Land versprochen hatte. Sowohl die Neuankömmlinge, wie die alten Gangster
nahmen regelmäßig an den scharf überwachten
nächtlichen Zusammenkünften bei Suydam teil, und
die Polizei erfuhr sehr bald, daß der ehemalige Sonderling zusätzliche Wohnungen gemietet hatte, um
Gäste unterbringen zu können, die sein Losungswort
kannten, diese nahmen mindestens drei ganze Häuser
ein und beherbergten viele seiner seltsamen Begleiter
als Dauermieter. Er verbrachte nur noch wenig Zeit
in seinem Heim in Flatbush, offenbar ging er nur
noch dorthin, um Bücher zu holen oder zurückzubringen, und sein Gesicht und Benehmen hatten den
Ausdruck erschreckender Wildheit angenommen.
Malone befragte ihn zweimal, wurde aber jedesmal
schroff abgewiesen. Er wisse nichts von geheimnisvollen Verschwörungen oder Bewegungen, sagte er,
und er habe keine Ahnung, warum die Kurden eingewandert seien und was sie wollten. Es sei seine
Aufgabe, ungestört die Folklore aller Einwanderer
des Distrikts zu studieren, eine Angelegenheit, die
die Polizei nichts angehe. Malone sprach von seiner
Bewunderung für Suydams alte Broschüre über die
Kabbala und andere Mythen, aber der alte Mann
taute nur vorübergehend auf. Er glaubte, man wolle
sich ihm aufdrängen, und ließ den Besucher in einer
Weise abfahren, daß Malone sich voll Abscheu zu-

rückzog und sich anderen Informationsquellen zuwandte.

Was Malone ans Licht gezogen, wenn er an dem Fall hätte weiterarbeiten können, wird man nie erfahren. Ein alberner Konflikt, der sich plötzlich zwischen den städtischen und den Bundesbehörden entwickelte, hob die Untersuchungen für mehrere Monate auf, während dieser Zeit war der Detektiv mit anderen Aufgaben beschäftigt. Aber er verlor zu keiner Zeit das Interesse daran, noch konnte er umhin, sich zu wundern, was mit Robert Suydam vor sich ging. Genau zu einer Zeit, als eine Welle von Entführungen und Verschwinden Erregung in New York verbreitete, begann der ungepflegte Gelehrte mit einer Metamorphose, die ebenso erstaunlich wie widersinnig war. Eines schönen Tages sah man ihn nahe Borough Hall mit glattrasiertem Gesicht, gut geschnittenem Haar und geschmackvoller, untadeliger Kleidung, und an jedem darauffolgenden Tag stellte man irgendeine unmerkliche Verbesserung bei ihm fest. Er erhielt seine neuerworbene Makellosigkeit ununterbrochen aufrecht, fügte noch einen ungewöhnlich strahlenden Blick und eine Schlagfertigkeit der Rede hinzu und begann nach und nach seine Beleibtheit zu verlieren, die ihn so lang entstellt hatte. Er wurde jetzt häufig für jünger gehalten, und er gewöhnte sich einen elastischen Gang und eine Lebhaftigkeit des Benehmens an, die zur neuen Tradition paßte und man sah sein Haar dunkler werden, ohne daß man dabei an Färbung dachte. Als die Monate vergingen, begann er sich immer weniger konservativ zu kleiden und setzte schließlich seine neuen Freunde in Erstaunen, als er seinen Wohnsitz in Flatbush renovieren und neu ausstatten ließ, den er mit einer Reihe von Empfängen eröffnete. Er lud dazu alle Bekannten ein, deren er sich erinnerte, und hieß seine Verwandten, denen er inzwischen völlig vergeben hatte, besonders herzlich willkommen, die ihn erst unlängst hatten einsperren lassen wollen. Einige nahmen aus Neugier teil, andere aus Verpflichtung;

aber alle waren plötzlich bezaubert von dem neuerworbenen Charme und der Weltgewandtheit des früheren Einsiedlers. Er habe, versicherte er, seine geplante Arbeit größtenteils vollendet, und da er soeben von einem beinah vergessenen europäischen Freund einen Besitz geerbt habe, wolle er darangehen, die ihm verbleibenden Jahre in einer strahlenderen zweiten Jugend zu verbringen, die Ausgeglichenheit, Sorgfalt und Diät ihm geschenkt hatten. Man sah ihn immer seltener in Red Hook, und er bewegte sich mehr und mehr in der Gesellschaft, in der er geboren war. Polizisten bemerkten, daß die Gangster jetzt mehr dazu neigten, in der alten Steinkirche und im Tanzsaal, anstatt in der Parterrewohnung in Parker Place zusammenzutreffen, obwohl die letztere mitsamt ihren Anbauten noch immer von ungesundem Leben überquoll.

Dann traten zwei Ereignisse ein – weit voneinander entfernt, aber in Malones Augen beide von großem Interesse für den Fall. Eines war die unauffällige Ankündigung im *Eagle* von Robert Suydams Verlobung mit Miß Cornelia Gerritsen aus Bayside, einer jungen Dame in hervorragender Lebensstellung und mit dem ältlichen Bräutigam entfernt verwandt, während das andere von einer Polizeirazzia auf die Tanzsaalkirche berichtete, die auf eine Meldung hin erfolgt war, man habe flüchtig das Gesicht eines entführten Kindes an einem Parterrefenster gesehen. Malone hatte an dieser Razzia teilgenommen, und er studierte den Ort sehr sorgfältig, als er darinnen war. Nichts wurde gefunden – das Gebäude war tatsächlich völlig verlassen, als man es aufsuchte – aber der sensible Kelte war durch viele Dinge im Innern leise beunruhigt. Da waren primitiv bemalte Tafeln, die die Gesichter von Heiligen mit merkwürdig weltlichem und höhnischem Ausdruck darstellten und die sich manchmal Freiheiten herausnahmen, die selbst das Anstandsgefühl eines Laien nicht hingehen lassen konnte. Dann war auch die griechische Inschrift an der Wand über der Kanzel nicht nach seinem Geschmack, eine alte Zauberformel, auf die er einmal in seiner Zeit am Dublin College gestoßen war und die, wörtlich übersetzt, so lautete,

»*O Freund und Gefährte der Nacht, du, den das Bellen des Hundes und das vergossene Blut erfreut, der inmitten der Schatten zwischen den Gräbern wandelt, der nach Blut lechzt und den Sterblichen Schrecken bringt, Gorgo, Mormo, Mond mit tausend Gesichtern, schaut gnädig auf unser Opfer!*«

Ihn schauderte, während er dies las, und er dachte nebenbei an die verstimmten Baßorgeltöne, die er unterhalb der Kirche in gewissen Nächten zu hören geglaubt hatte. Ihn schauderte erneut beim Anblick des Rostes am Rande eines Metallbeckens, das auf dem Altar stand, und blieb unruhig stehen, als seine Nase irgendwo in der Nachbarschaft einen sonderbaren und schrecklichen Gestank wahrnahm. Diese Erinnerung an die Orgel verfolgte ihn, und er durchforschte den Keller mit besonderer Gründlichkeit, bevor er ging. Der Ort war ihm zuwider, und dennoch, waren die gotteslästerlichen Tafeln und Inschriften mehr als Geschmacklosigkeiten, ausgeführt von Unwissenden?

Als Suydams Hochzeit herannahte, war die Entführungsepidemie ein öffentlicher Zeitungsskandal geworden. Die meisten Opfer waren Kinder der untersten Klasse, aber die steigende Zahl der Entführungen hatte ein Gefühl größten Zornes ausgelöst. Journalisten riefen die Polizei zum Handeln auf, und das Butler-Street-Polizeirevier ließ erneut seine Leute über Red Hook nach Indizien, Entdeckungen und Verbrechern ausschwärmen. Malone war glücklich, wieder auf der Spur zu sein, und war stolz darauf, in einem von Suydams Parker-Place-Häusern eine Razzia durchführen zu dürfen. Man fand dort tatsächlich keines der gestohlenen Kinder, trotz der Berichte von Schreien und einer roten Schärpe, die man in der Hintergasse gefunden hatte, aber die Malereien und rohen Inschriften an den abblätternden Wänden der meisten Zimmer und das einfache chemische Labor im Speicher, alles trug dazu bei, den Detektiv zu überzeugen, daß er auf der Spur von etwas Ungeheuerlichem sei. Die Malereien waren abscheulich – schreckliche Ungeheuer jeder Form und Größe und Parodien menschlicher Umrisse, die nicht geschildert werden können. Die Schrift war rot und wechselte zwischen arabischen, griechischen, römischen und hebräischen Buchstaben. Malone konnte das meiste davon nicht lesen, aber was er entzifferte, war unheimlich und kabbalistisch genug. Ein häufig wiederholtes Motto war in einer Art hebraisiertem Griechisch und ließ auf schreckliche Teufelsbeschwörungen der alexandrinischen Dekadenz schließen.

»HEL. HELOYM. EMMANVEL. SABAOTH. AGLA. TETRAGRAMMATON. AGYROS. OTHEOS. ISCHYROS ATHANATOS. JEHOVA. VA. ADONAI. SADAY. HOMOVSION. MESSIAS. ESCHEREHEYE.«

Kreise und Pentagramme waren überall zu sehen und berichteten zweifellos von dem merkwürdigen Glauben und Trachten derer, die hier in diesem Schmutz hausten. Das Merkwürdigste fand man indessen im Keller – einen Haufen echter Goldbarren, nachlässig, mit Sackleinwand zugedeckt, die auf ihrer glänzenden Oberfläche die selben seltsamen Hieroglyphen trugen, die auch die Wände schmückten. Die Polizisten stießen während der Razzia von seiten der schmaläugigen Orientalen, die aus jeder Tür herausströmten, lediglich auf passiven Widerstand. Da sie nichts Wichtiges fanden, ließen sie alles, wie es war, aber der Hauptmann des Polizeireviers schrieb an Suydam einige Zeilen, den Charakter seiner Mieter und Schützlinge im Hinblick auf den wachsenden öffentlichen Unmut genauer zu prüfen.

V

Dann kam die Junihochzeit und die große Sensation. Flatbush war zur Mittagszeit in fröhlicher Stimmung, und bewimpelte Autos drängten sich in den Straßen bei der alten holländischen Kirche, wo eine Markise sich von der Kirchentür bis zur Fahrbahn erstreckte. Kein örtliches Ereignis hat je die Suydam-Gerritsen Hochzeit an Kolorit und Niveau übertroffen, und die Menge, die Braut und Bräutigam zum Cunard Pier geleitete, war wenn auch nicht die eleganteste, so doch mindestens eine gedrängte Seite aus dem Handbuch der Gesellschaft. Um fünf Uhr winkte man Abschied und der riesige Dampfer glitt von dem langen Pier hinweg, wandte die Nase langsam seewärts, entließ den Schlepper und machte sich auf den Weg zu den großen Wasserflächen, die einen zu den Wundern der Alten Welt bringen. Bis zum Abend hatte man den Außenhafen hinter sich und Passagiere, die noch auf Deck waren, sahen, wie die Sterne über dem unverschmutzten Ozean zwinkerten.

Ob es der Trampdampfer oder der Schrei war, was zuerst Aufmerksamkeit erregte, vermag niemand zu sagen. Vielleicht geschah beides gleichzeitig, aber es hat nicht viel Sinn, darüber nachzudenken. Der Schrei kam aus der Kabine der Suydams, und der Matrose, der die Tür aufbrach, hätte vielleicht Schreckliches erzählen können, wenn er nicht sofort völlig übergeschnappt wäre, statt dessen schrie er lauter als die beiden Opfer und rannte danach dümmlich lächelnd durchs Schiff, bis man ihn einfing und in Eisen legte. Der Schiffsarzt, der die Kabine betrat und einen Moment später Licht machte, wurde zwar nicht verrückt, aber er erzählte niemandem, was er gesehen hatte, erst später, als er mit Malone in Chepachet korrespondierte. Es war Mord durch Erwürgen, aber man braucht nicht extra zu betonen, daß der Klauenabdruck an Mrs. Suydams Hals weder von ihrem Mann, noch von einer anderen Menschenhand stammen konnte oder daß auf der weißen Wand für einen Augenblick eine scheußliche rote Inschrift aufblitzte, die, als sie später nach dem Gedächtnis niedergeschrieben wurde, nichts weniger bedeutete als die furchtbaren chaldäischen Buchstaben des Wortes »LILITH!. Man braucht diese Dinge nicht zu erwähnen, weil sie schnell wieder verschwanden – was Suydam betraf, so konnte man wenigstens andere von dem Raum fernhalten, bis man wußte, wie man selbst darüber dachte. Der Doktor hat Malone ausdrücklich versichert, daß er ES nicht gesehen hat. Das offene Bullauge war, kurz bevor er das Licht anknipste, für eine Sekunde durch ein schwaches Leuchten verschleiert, und einen Moment schien in der Nacht draußen die Andeutung eines schwachen, teuflischen Gekichers widerzuhallen, aber das Auge nahm nichts Greifbares wahr. Als Beweis deutet der Doktor auf seine ungebrochene geistige Gesundheit hin. Dann zog der Trampdampfer die ganze Aufmerksamkeit auf sich. Ein Boot wurde ausgesetzt, und eine Horde dunkelhäutiger, unverschämter Schurken in Offizierskleidung ergoß sich an Bord des vorübergehend angehaltenen Cunard-Dampfers. Sie wollten Suydam oder seine Leiche haben – sie hatten von seiner Reise gewußt und waren aus bestimmten Gründen sicher, daß er sterben werde. Das Kapitänsdeck war beinah ein Chaos, denn in der Zeit zwischen dem Bericht des Doktors über die Vorgänge in der Kabine und der Forderung der Leute vom Trampdampfer, wußte selbst der klügste und gesetzteste Seemann nicht recht, was er tun solle. Plötzlich zog der Anführer der anwesenden Seeleute, ein Araber mit scheußlich negroidem Mund ein schmutziges, zerknittertes Papier hervor und übergab es dem Kapitän. Es war von Robert Suydam unterschrieben und trug folgende Botschaft:

Für den Fall eines plötzlichen oder unerklärlichen Unfalls oder Todes meinerseits, händigen Sie bitte mich selbst oder meine Leiche dem Überbringer oder seinen Gefährten aus, ohne Fragen zu stellen. Für mich, oder vielleicht auch für Sie hängt alles von Ihrer bedingungslosen Willfährigkeit ab. Erklärun-

gen folgen später – lassen Sie mich jetzt nicht im Stich

Robert Suydam

Der Kapitän und der Doktor sahen einander an, dann flüsterte letzterer dem ersteren etwas zu. Schließlich nickte er ziemlich hilflos und führte sie zur Kabine der Suydams. Der Doktor lenkte den Blick des Kapitäns in eine andere Richtung, als er die Tür aufschloß und die fremden Seeleute einließ, und er atmete erleichtert auf, als sie mit ihrer Last nach einer ungewöhnlich langen Vorbereitungszeit wieder herauskamen. Sie war in Bettzeug von den Schlafkojen eingewickelt, und der Doktor war froh darüber, daß der Umriß nicht viel erahnen ließ. Irgendwie brachten die Leute das Ding über die Seite des Schiffes und zu ihrem Trampdampfer hinüber, ohne den Inhalt bloßzulegen. Der Cunard-Dampfer setzte seine Fahrt fort, und der Doktor, sowie der Leichenbestatter des Schiffes suchten die Suydamkabine auf, um das Letzte zu tun, was sie noch tun konnten. Noch einmal war der Arzt zur Zurückhaltung und sogar Lügenhaftigkeit gezwungen, denn etwas Höllisches war passiert. Als der Leichenbestatter ihn fragte, warum er bei Mrs. Suydam das ganze Blut abgezapft habe, unterließ er es, zu sagen, daß er es nicht getan habe; noch wies er auf den leeren Platz im Regal hin, wo Flaschen gestanden hatten, oder auf den Geruch im Ausguß, der die rasche Entleerung des ursprünglichen Flascheninhalts verriet. Die Taschen dieser Menschen – falls es wirklich Menschen gewesen waren – waren verdammt ausgebeult gewesen, als sie das Schiff verließen. Zwei Stunden später, und die Welt erfuhr über den Rundfunk alles, was sie von der schrecklichen Angelegenheit erfahren durfte.

VI

Am gleichen Juniabend war Malone, ohne daß er das geringste von den Ereignissen auf See erfahren hatte, verzweifelt in den Gassen von Red Hook tätig. Eine plötzliche Erregung schien den Ort zu durchdringen, und als seien sie durch Flüsterpropagandatelegraphie verständigt worden, drängten sich die Bürger erwartungsvoll um die Tanzsaalkirche und die Häuser am Parker Place. Drei Kinder waren gerade wieder verschwunden -- blauäugige Norweger aus den Straßen nach Gowanus zu -, und es liefen Gerüchte um, daß sich aus den kräftigen Wikingern der Gegend eine Menge zusammenrotte. Malone hatte seine Kollegen seit Wochen gedrängt, eine durchgreifende Säuberungsaktion zu unternehmen, und sie hatten endlich, aufgeschreckt durch Zustände, die ihrem gesunden Menschenverstand offenkundiger erschienen als die Mutmaßungen des Träumers aus Dublin, zugestimmt, zum letzten Schlag auszuholen. Die Unruhe und Bedrohung des Abends hatten den Ausschlag gegeben, und ungefähr um Mitternacht brach ein Razzienkommando, aus drei Polizeibezirken zusammengezogen, über Parker Place und dessen Umgebung herein. Türen wurden eingeschlagen, Herumtreiber verhaftet und kerzenbeleuchtete Zimmer wurden gezwungen, unglaubliche Mengen der schiedensten Ausländer in verzierten Roben, Mitra und anderen unerklärlichen Geräten auszuspeien. In dem Durcheinander ging vieles verloren, denn Gegenstände wurden hastig in nicht vermutete Schächte geworfen und verräterische Gerüche wurden durch schnelles Anzünden von beißendem Weihrauch unterdrückt. Aber überall fand sich verspritztes Blut und Malone schauderte, wann immer er ein Kohlenbecken oder einen Altar erblickte, von dem noch Rauch aufstieg. Er hätte an vielen Stellen gleichzeitig sein mögen und entschied sich für Suydams Parterrewohnung erst dann, als ein Bote berichtet hatte, daß die verfallene Tanzsaalkirche völlig leer sei. Die

Wohnung, nahm er an, müsse irgendeinen Hinweis auf den Kult enthalten, dessen Mittelpunkt und Führer der okkulte Gelehrte offenbar geworden war; und er durchsuchte die muffig riechenden Zimmer mit wirklicher Erwartung, bemerkte ihren vagen Leichenhausgeruch und untersuchte die merkwürdigen Bücher, Instrumente, Goldbarren, die Flaschen mit Glasstöpseln, die nachlässig überall herumgestreut waren. Einmal lief ihm eine magere, schwarzweiße Katze zwischen die Füße und ließ ihn stolpern, gleichzeitig warf sie einen Becher um, der zur Hälfte mit einer roten Flüssigkeit gefüllt war. Der Schock war ungeheuer, und Malone weiß bis heute nicht so recht, was er sah, aber er sieht die Katze noch immer in seinen Träumen, wie sie davonrannte, während sie sich schrecklich und sonderbar veränderte. Dann kam die versperrte Kellertür und die Suche nach etwas, um sie einzuschlagen. Ein schwerer Hocker stand in der Nähe, und eine solide Sitzfläche war mehr als genug für die alten Türfüllungen, es bildete sich ein Sprung, dann gab die ganze Tür nach – aber von der *anderen Seite*, von wo ein heulender Tumult eiskalten Windes mit all dem Gestank unergründlicher Tiefen heraufdrang und als er eine Saugkraft erreichte, die weder irdischen noch himmlischen Ursprungs war, die sich gefühlvoll um den wie gelähmten Detektiv wickelte, ihn durch die Öffnung hinunter in unergründliche Räume zerrte, die mit Flüstern und Wehklagen und Ausbrüchen von Spottgelächter erfüllt waren. Natürlich war es nur ein Traum. Alle Spezialisten hatten es ihm gesagt, und er hatte nichts, um das Gegenteil zu beweisen. Es wäre ihm in der Tat sogar lieber, denn der Anblick alter Ziegelslums und dunkler, ausländischer Gesichter würde sich nicht so tief in seine Seele einfressen. Aber damals war alles schreckliche Wirklichkeit, und nichts kann je die Erinnerung an diese nachtschwarzen Krypten, die riesigen Bogengänge und diese halberschaffenen Höllengestalten, die schweigsam und riesig vorbeigingen, halb Aufgegessenes festhaltend, dessen noch lebende Teile um

Gnade baten oder im Wahnsinn lachten. Gerüche von Weihrauch und Fäulnis mischten sich zu einem ekelerregenden Zusammenklang, und die schwarze Luft war mit der nebelhaften, halb sichtbaren Masse formloser Elementargeister mit Augen belebt. Irgendwo schwappte dunkles, klebriges Wasser gegen einen Pier aus Onyxmarmor, und einmal erklang das zitternde Klingeln heiserer Glöckchen, um das Wahnsinnskichern eines nackten, phosphoreszierenden Geschöpfes zu begrüßen, das schwimmend auftauchte, ans Ufer kletterte und ein goldenes Piedestal im Hintergrund erklomm, auf dem es höhnisch grinsend saß.
Breite Strahlen unendlicher Nacht schienen nach allen Seiten abzuzweigen, bis man sich hätte vorstellen können, daß hier die Wurzel der Ansteckung lag, dazu bestimmt, Städte krank zu machen und zu verschlingen und ganze Völker mit dem Gestank der Mischlingspest zu umgeben. Hier ist die allumfassende Sünde eingeflossen und hat, zerfressen von unheiligen Riten, ihren grinsenden Todesmarsch begonnen, die uns alle zu schwammartigen Abnormitäten verrotten lassen wird, die zu schrecklich sind, als daß das Grab sie halten könnte. Hier hielt Satan hof, wie in Babylon, und im Blut fleckenloser Kindheit wurden die aussätzigen Glieder Liliths gebadet. Incubi und Succubae heulen Hekate Lob, und kopflose Mondkälber blöken die große Mutter an. Ziegen hüpften beim Klang dünner, verfluchter Flöten und Aegypane jagten mißgestaltete Faune über Felsen, verformt wie geschwollene Kröten. Moloch und Ashtaroth fehlten nicht; denn in dieser Quintessenz der Verdammung sind die Bewußtseinsgrenzen aufgehoben, und der menschlichen Einbildungskraft liegen Ausblicke auf jedes Reich des Schreckens und jeder verbotenen Dimension offen, die das Üble zu formen vermag. Welt und Natur waren hilflos gegen solche Angriffe aus den aufgebrochenen Brunnen der Nacht, auch konnte kein Zeichen oder Gebet den Walpurgisaufstand des Grauens aufhalten, der eintrat, als ein Weiser mit dem abscheulichen Schlüssel zufällig auf

die Horde mit dem versperrten und randvollen Kasten überlieferter Dämonenlehre stieß.
Plötzlich schoß ein Strahl wirklichen Lichtes durch diese Phantastereien, und Malone hörte inmitten der Gotteslästerlichkeit der Dinge, die eigentlich tot sein sollten, das Geräusch von Rudern. Ein Boot mit einer Laterne am Heck schoß in sein Blickfeld, machte an einem Eisenring an dem schlammigen Steinpier fest und spie eine Anzahl dunkler Männer aus, die eine langgestreckte, in Bettzeug gehüllte Last trugen. Sie trugen sie zu dem nackten, phosphoreszierenden Geschöpf auf dem geschnitzten goldenen Piedestal, das Geschöpf kicherte und tätschelte das Bettzeug. Dann wickelten sie sie aus und setzten vor das Piedestal die brandige Leiche eines dicken Mannes mit ungepflegtem weißem Haar hin. Das phosphoreszierende Wesen kicherte erneut, und die Männer zogen Flaschen aus ihren Taschen und rieben seine Füße rot ein, während sie danach die Flaschen dem Wesen gaben, damit es davon trinke. Plötzlich drang aus dem Bogengang, der ins Endlose führte, das dämonische Klappern und Keuchen einer gotteslästerlichen Orgel, die in höhnischem, verstimmtem Baß allen Spott der Hölle herauswürgte und polterte. Augenblicklich war jedes sich bewegende Geisterwesen wie elektrisiert, und indem sie sich zu einer zeremoniellen Prozession aufstellte, glitt die Alptraumhorde hinweg, um dem Ton nachzugehen – Geiß, Satyr und Aegypan, Incubus, Succubus und Lemur, verbildete Kröte und der formlose Elementargeist, der hundsgesichtige Heuler und der schweigsam in der Dunkelheit Einherstolzierende – alle angeführt von dem scheußlichen, nackten, phosphoreszierenden Wesen, das auf dem geschnitzten goldenen Thron gesessen hatte und das nun frech dahinschritt und in seinen Armen den Leichnam des dicken alten Mannes mit den glasigen Augen trug. Die fremden, dunklen Männer tanzten als Nachhut, und die ganze Kolonne sprang und hüpfte mit dionysischer Raserei, Malone stolperte ihnen, delirierend und benommen, ein paar

Schritte nach, ohne sich seines Platzes in dieser Welt oder einer anderen sicher zu sein. Dann wandte er sich um, taumelte und sank auf den kalten, feuchten Stein nieder, nach Luft schnappend und zitternd, während die Teufelsorgel fortkrächzte, und das Heulen und Trommeln und Klirren der verrückten Prozession wurde schwächer und schwächer.

Vage war er sich im Chor gesungener Scheußlichkeiten und schrecklichen Krächzens weit weg bewußt. Ab und zu drang ein Klagen oder Wimmern zeremonieller Andacht durch den schwarzen Bogengang zu ihm durch, während manchmal die schreckliche griechische Beschwörung erklang, deren Text er über der Kanzel der Tanzsaalkirche gelesen hatte. »*O Freund und Gefährte der Nacht, du, den das Bellen des Hundes* (hier brach schreckliches Geheul aus) *und das vergossene Blut erfreut* (hier wetteiferten namenlose Töne mit schrecklichem Gekreisch), *der inmitten der Schatten zwischen den Gräbern wandelt* (hier wurde ein pfeifender Seufzer hörbar), *der nach Blut lechzt und den Sterblichen Schrecken bringt* (kurze, scharfe Schreie aus unzähligen Kehlen), *Gorgo* (als Antwort wiederholt) *Mormo* (ekstatische Wiederholung), *Mond mit tausend Gesichtern* (Seufzer und Flötentöne), *schaut gnädig auf unser Opfer!*«

Als der Chorgesang zu Ende war, erhob sich ein vielfältiger Schrei, und zischende Laute übertönten beinah das Krächzen der verstimmten Baßorgel. Dann kam ein Keuchen aus vielen Kehlen und ein Babel gebellter und geblökter Worte – »Lilith, große Lilith, sieh hier den Bräutigam an!« Mehr Schreie, der Lärm eines Aufruhrs und die scharfen, klickenden Schritte einer laufenden Gestalt. Die Schritte kamen näher, und Malone stützte sich auf den Ellbogen um etwas zu sehen.

Das Leuchten der Krypta, das erst nachgelassen hatte, hatte wieder leicht zugenommen, und in diesem Teufelslicht tauchte eine flüchtende Gestalt auf, die eigentlich weder fliehen noch fühlen, noch atmen sollte – der glasigäugige, brandige Leichnam des dikken alten Mannes, der nun keiner Stütze mehr bedurfte, sondern der durch irgendeine Höllenzauberei des soeben beendeten Ritus wiederbelebt worden war. Hinter ihm raste das nackte, kichernde, phosphoreszierende Geschöpf, das auf das geschnitzte Piedestal gehörte, und noch weiter hinten keuchten die dunklen Männer und die ganze Schreckensschar belebter Widerlichkeit.

Der Leichnam lief seinen Verfolgern davon und schien auf ein bestimmtes Ziel loszurennen, er strebte mit jedem verrotteten Muskel auf das geschnitzte goldene Piedestal zu, dessen nekromantische Bedeutung offenbar sehr groß war. Noch einen Augenblick, und er hatte sein Ziel erreicht, während die ihm folgende Menge sich zu verzweifelter Geschwindigkeit aufraffte. Aber sie waren zu spät daran, denn in einer letzten Kraftanstrengung, die Sehne von Sehne riß und seine scheußliche Masse in einem Zustand gallertartiger Auflösung zu Boden warf, hatte der starrende Leichnam, der Robert Suydam gewesen war, sein Ziel erreicht und seinen Triumph vollendet. Der Stoß war ungeheuerlich gewesen, aber seine Kraft hatte standgehalten, und während der Stoßende zu einem schmutzigen Verwesungsfleck zusammensank, hatte das Piedestal, das er umgestoßen hatte, geschwankt, war umgekippt und war schließlich von seiner Onyxbasis in die trüben Wasser unten gestürzt, es sandte zum Abschied einen Schimmer geschnitzten Goldes nach oben, ehe es schwer in der unvorstellbaren Tiefe des unteren Tartarus verschwand. In diesem Augenblick verblaßte auch das ganze Grauen vor Malones Augen zu nichts, und er wurde inmitten eines donnernden Krachens, das das ganze üble Universum auszulöschen schien, ohnmächtig.

VII

Malones Traum, den er in voller Länge erlebt hatte, bevor er von Suydams Tod und seiner Übernahme auf See gehört hatte, wurde merkwürdig durch einige seltsame Wirklichkeiten des Falles ergänzt, obwohl dies kein Grund ist, daß jemand ihn glauben solle. Die drei alten Häuser am Parker Place, zweifellos schon lang vom Verfall in seiner heimtückischsten Form angenagt, stürzten ohne sichtbare Ursache in sich zusammen, während die Hälfte der an der Razzia Beteiligten und die meisten der Gefangenen sich darin befanden und von beiden Gruppen wurde der größte Teil augenblicklich getötet. Nur im Parterre und den Kellerräumen konnte man viele Lebende retten, und Malone hatte Glück, daß er sich tief unter Robert Suydams Haus befand. Denn er war wirklich dort, und niemand hat die Absicht, dies zu leugnen. Sie fanden ihn bewußtlos am Rande des nachtschwarzen Teiches, inmitten eines grotesken, grauenhaften Haufens von Verfall und Knochen, den man nur an Hand des Zahnersatzes, der ein paar Fuß entfernt danebenlag, als den Körper von Suydam identifizierte. Der Fall war sonnenklar, denn hierher führte der unterirdische Schmugglerkanal, und hierher hatten ihn die Männer heimgebracht, die Suydam vom Schiff heruntergeholt hatten. Sie selbst wurden nie gefunden, oder mindestens nie identifiziert, und der Schiffsarzt ist mit der einfachen Überzeugung der Polizei noch nicht zufriedengestellt.

Suydam war offensichtlich der Anführer eines ausgedehnten Menschenschmuggelunternehmens, denn der Kanal zu seinem Haus war nur einer von verschiedenen unterirdischen Wasserläufen und Tunnels in der Gegend. Es gab einen Tunnel von seinem Haus zur Krypta unter der Tanzsaalkirche, eine Krypta, die von der Kirche aus nur durch einen engen Geheimgang in der Nordwand zu erreichen war und in deren Kammern seltsame und schreckliche Dinge entdeckt wurden. Dort befand sich auch die krächzende Orgel, ebenso wie eine große, gewölbte Kapelle mit Holzbänken und einem merkwürdig geformten Altar. An den Wänden fanden sich in einer Reihe kleine Zellen, in siebzehn davon wurden – schrecklich zu sagen – Einzelgefangene in einem Zustand völliger Verblödung angekettet gefunden, darunter vier Mütter mit kleinen Kindern von beunruhigend seltsamem Aussehen. Die kleinen Kinder starben bald, nachdem man sie ans Licht gebracht hatte; ein Umstand, den die Ärzte als Gnade des Schicksals betrachteten. Unter denen, die sie untersuchten, erinnerte sich nur Malone der düsteren Frage des alten Deltio: »*An sint unquam daemones incubi et succubae et an ex tali congressu proles nascia queat?*«

Bevor man die Kanäle zuschüttete, wurden sie gründlich abgefischt, und sie erbrachten eine sensationelle Anzahl zersägter und aufgespaltener Knochen aller Größen. Man hatte die Entführungsepidemie, unzweifelhaft zu ihrem Ursprung verfolgt, obwohl nur zwei der überlebenden Gefangenen vom Gesetz in Verbindung damit gebracht werden konnten. Diese Männer sind jetzt im Gefängnis, da sie nicht als Helfershelfer bei den eigentlichen Morden verurteilt werden konnten. Das geschnitzte goldene Piedestal oder der Thron, das von Malone so häufig als von hervorragender okkulter Bedeutung erwähnt wurde, wurde nie gefunden, obwohl man an einer Stelle unter dem Suydamhaus fand, daß der Kanal in einen Brunnen überging, der zu tief war, ihn abzufischen. Seine Mündung wurde verstopft und mit Zement verstrichen, als die Keller für die neuen Häuser angelegt wurden, aber Malone denkt oft darüber nach, was sich wohl darunter befindet. Die Polizei, zufrieden damit, eine gefährliche Bande von Verrückten und Menschenschmugglern zerschlagen zu haben, lieferte die noch nicht verurteilten Kurden an die Bundespolizei aus, man stellte vor ihrer Ausweisung einwandfrei fest, daß sie zu dem Yezidi-Clan von Teufelsanbetern gehörten. Der Trampdampfer und seine Mannschaft blieben ein unlösbares Rätsel, obwohl verbitterte Detektive wieder bereit sind, ihre Schmuggel und Rumschmuggel-Unternehmungen zu bekämpfen. Malone findet, daß diese Detektive wegen ihres Mangels an Verwunderung ob der vielen unerklärbaren Einzelheiten und der vielsagenden Unverständlichkeit des ganzen Falles einen beklagenswert engen Gesichtskreis beweisen, obwohl er den Zeitungen genauso kritisch gegenübersteht, die nur eine krankhafte Sensation sahen und sich an einem unwichtigen sadistischen Kult weiden, den sie zum Grauen aus dem Innern des Universums abgestempelt haben. Aber er ist es zufrieden, still in Chepachet der Ruhe zu pflegen, sein Nervensystem zu beruhigen und zu beten, daß die Zeit seine schrecklichen Erlebnisse aus dem Reich der gegenwärtigen Realität in malerische und halbmythische Entrücktheit verwandelt.

Robert Suydam ruht neben seiner Frau auf dem Greenwoodfriedhof. Für die auf so merkwürdige Weise zurückgegebenen Gebeine wurde keine Leichenfeier abgehalten, und die Verwandten sind dankbar, daß der Fall als Ganzes so schnell der Vergessenheit anheimfiel. Die Verbindung des Gelehrten mit dem Grauen in Red Hook wurde nie durch legale Beweise ausposaunt, da sein Tod die Verhandlung verhinderte, der er sich sonst hätte stellen müssen. Man spricht nicht viel über sein Ende, und die Suydams hoffen, daß die Nachwelt sich seiner nur als des liebenswürdigen Sonderlings erinnert, der sich harmlos mit Magie und Folklore beschäftigte.

Was Red Hook betrifft – es ist immer das gleiche. Suydam kam und ging, ein Schrecken kam auf und entschwand; aber der böse Geist der Dunkelheit und des Schmutzes brütet unter den Bastarden in den alten Ziegelhäusern weiter, und herumschweifende Banden ziehen mit unbekanntem Ziel an Fenstern vorbei, wo Lichter und verzerrte Gesichter unerklärlich auftauchen und verschwinden. Uraltes Grauen ist wie eine Hydra mit tausend Köpfen, und die Kulte der Finsternis sind in Gottlosigkeiten verwurzelt, tiefer als der Brunnen des Demokritus. Die Seele des Tieres ist allgegenwärtig und siegreich, und Red Hooks Scharen einfältiger, pockennarbiger junger Leute singen noch immer im Chor und fluchen und heulen, wenn sie von Abgrund zu Abgrund ziehen, kein Mensch weiß, warum und wohin, von blinden Lebensgesetzen vorwärts getrieben, die sie selbst nie verstehen werden. Ganz wie früher kommen mehr Leute nach Red Hook, als es auf dem Landwege wieder verlassen, und es existieren schon Gerüchte von neuen Kanälen, die unterirdisch zu gewissen Zentren des Handels mit Schnaps und weniger erwähnenswerten Dingen führen.

Die Tanzsaalkirche ist jetzt hauptsächlich Tanzsaal, und merkwürdige Gesichter sind nachts an ihren Fenstern aufgetaucht. Unlängst äußerte ein Polizist die Ansicht, man habe die aufgefüllte Krypta wieder ausgeschaufelt, und für keinen recht erkennbaren Zweck. Wer sind wir, Gifte bekämpfen zu wollen, die älter sind als Geschichte und Menschheit? Affen tanzten in Asien nach diesem Grauen, und der Krebsschaden lauert aus sicherem Hintergrund und breitet sich aus, wo sich das Verstohlene in Reihen verfallener Ziegelhäuser verbirgt.

Malone schaudert nicht ohne Ursache – denn erst vor wenigen Tagen hörte ein Polizist, wie eine dunkle, schielende Hexe einem kleinen Kind im Schatten eines Durchganges eine geflüsterte Formel beibrachte. Er lauschte und fand es merkwürdig, daß sie immer noch einmal wiederholte.

»O Freund und Gefährte der Nacht, du, den das Bellen des Hundes und das vergossene Blut erfreut, der inmitten der Schatten zwischen den Gräbern wandelt, der nach Blut lechzt und den Sterblichen Schrecken bringt, Gorgo, Mormo, Mond mit tausend Gesichtern, schaut gnädig auf unser Opfer!«

Das Bild im Haus

Forscher, die hinter dem Grauen her sind, halten sich gern in ungewöhnlichen fernen Gegenden auf. Sie interessieren sich für die Katakomben des Ptolemäus und die gemeißelten Mausoleen, in Ländern, die einen Alpdruck verursachen. Sie besteigen die mondbeschienenen Türme von Burgruinen am Rhein und taumeln schwarze, spinnwebverhangene Stufen unter den verstreuten Steinen vergessener Städte in Asien hinab. Der Spukwald und der trostlose Berg sind ihre Heiligtümer, und sie verweilen bei den düsteren Monolithen einsamer Inseln. Aber der wahre Feinschmecker des Schrecklichen, dem ein neuer Erlebnisschauer Hauptzweck und Daseinsberechtigung ist, schätzt am allermeisten die uralten, einsam gelegenen Farmhäuser des hinterwäldlerischen New England, denn dort vereinigen sich die dunklen Elemente von Intensität, Einsamkeit, Verschrobenheit und Unwissenheit zur Vollkommenheit des Grauens.

Den schrecklichsten Anblick bieten die kleinen, ungestrichenen Holzhäuser, fernab der begangenen Straße, die gewöhnlich auf einem feuchten Grasabhang stehen oder sich an einen riesigen Felsausbiß anlehnen. Zweihundert Jahre und länger stehen oder lehnen sie schon dort, während die Ranken an ihnen emporgeklettert und die Bäume dicker und breitästiger geworden sind. Sie sind jetzt beinah in ungebändigt üppigem Grün und schützend umhüllenden Schatten versteckt, aber die Fenster mit den winzigen Scheiben starren noch immer furchteinflößend, als ob sie durch eine tödliche Betäubung hindurch blinzelten, die den Wahnsinn in Schach hält, indem sie die Erinnerung an unangenehme Dinge abstumpft.

In solchen Häusern haben Generationen merkwürdiger Leute gewohnt, wie ihresgleichen die Welt nie gesehen hat. Von einem düsteren und fanatischen Glauben ergriffen, der sie von ihresgleichen trennte, suchten ihre Ahnen der Freiheit wegen die Wildnis auf. Hier gediehen die Sprößlinge einer Erobererrasse frei von Beschränkungen durch ihre Mitmenschen, aber sie beugten sich der erschreckenden Sklaverei der Trugbilder des eigenen Geistes. Abseits der Aufklärung der Zivilisation wurden die Kräfte dieser Puritaner in seltsame Kanäle gelenkt, und in ihrer Isolierung, krankhaften Selbstunterdrückung und im Lebenskampf mit der erbarmungslosen Natur wuchsen in ihnen dunkle, heimliche Charakterzüge aus den vorgeschichtlichen Tiefen ihres kalten nordischen Erbes. Aus Notwendigkeit praktisch und von strenger Lebensauffassung, waren diese Leute in ihren Sünden nicht gerade bewundernswert. Irrtümern unterworfen, wie alle Sterblichen, zwang sie ihr strenger Ehrenkodex, die Dinge um jeden Preis zu verbergen, so daß sie immer weniger Geschmack entwickelten, in dem, was sie zu verbergen hatten. Nur die schweigenden, schläfrigen, glotzenden Häuser in den Hinterwäldern können davon erzählen, was seit den frühesten Zeiten dort verborgen liegt, und sie sind nicht sehr mitteilsam, da sie nicht gern die Verschlafenheit abschütteln, die ihnen vergessen hilft. Man hat manchmal das Gefühl, daß es Barmherzigkeit wäre, diese Häuser niederzureißen, denn sie müssen viel träumen.

Es war an einem Nachmittag im November 1896, daß ich in ein solches von der Zeit angeschlagenes Gebäude durch einen Regen von kalter Ergiebigkeit getrieben wurde, denn jedes Obdach war besser als der Aufenthalt im Freien. Ich war schon einige Zeit auf der Suche nach bestimmten genealogischen Angaben inmitten der Bevölkerung des Miskatonic Valley gereist, und ich hatte es wegen der abgelegenen, verwickelten Eigenart meiner Reiseroute für bequem gehalten, trotz der vorgerückten Jahreszeit ein Fahrrad zu benutzen. Ich befand mich jetzt offenbar auf einer einsamen Straße, die ich als Abschneider nach

Arkham gewählt hatte, und wurde vom Sturm an einer Stelle eingeholt, die weit weg von jeder Stadt entfernt lag, und sah mich keinem anderen Obdach gegenüber als dem alten und abstoßenden Holzgebäude, das mich mit blinden Fenstern zwischen zwei riesigen, kahlen Ulmen nahe dem Fuß eines Felsenhügels anblinkerte. Obwohl es von jeder Straße weit ablag, beeindruckte mich dieses Haus nichtdestoweniger sehr unangenehm, gleich in dem Augenblick, als ich seiner ansichtig wurde. Ehrliche, anständige Bauten starren den Reisenden nicht so verschlagen und beunruhigend an, und in meinen genealogischen Forschungen war ich auf Legenden des vergangenen Jahrhunderts gestoßen, die mich gegen Orte dieser Art einnahmen. Dennoch war die Wucht der Elemente derart, daß sie meine Zweifel besiegte, und ich zögerte nicht, mein Rad die verunkrautete Steigung zu der geschlossenen Tür hinaufzuschieben, die gleichzeitig vielsagend und geheimnisvoll aussah.
Ich hatte es irgendwie für selbstverständlich gehalten, daß das Haus unbewohnt sei, dennoch war ich nicht ganz sicher, als ich mich ihm näherte, denn obschon die Wege wirklich völlig verunkrautet waren, waren sie doch noch zu gut erhalten, um für völliges Verlassensein zu sprechen. Deshalb klopfte ich, anstatt die Klinke niederzudrücken, und fühlte dabei eine Beklommenheit, die ich mir gar nicht erklären konnte. Während ich auf dem rauhen, bemoosten Felsstück wartete, das als Türschwelle diente, schaute ich die Fenster auf der Seite und im Oberlicht über mir an und bemerkte, daß, obwohl sie alt, klappernd und vor Dreck beinah undurchsichtig waren, keines davon zerbrochen war. Das Gebäude mußte demnach trotz seiner einsamen Lage und der allgemeinen Vernachlässigung bewohnt sein. Indessen reagierte niemand auf mein Klopfen, weshalb ich, nachdem ich es noch ein paarmal wiederholt hatte, die rostige Klinke niederdrückte und entdeckte, daß die Tür nicht versperrt war. Innen befand sich ein kleines Vestibül mit Wänden, von denen der Verputz abfiel und durch

die Eingangstür drang ein schwacher, aber besonders unangenehmer Geruch. Mein Fahrrad tragend, trat ich ein und schloß die Tür hinter mir. Vor mir führte eine schmale Stiege nach oben, flankiert von einer kleinen Tür, wo es wahrscheinlich in den Keller ging, während sich zur Linken und Rechten geschlossene Türen befanden, die zu Parterrezimmern führten.

Nachdem ich mein Rad an die Wand gelehnt hatte, öffnete ich die Tür zur Linken und betrat ein kleines Zimmer mit niedrigem Plafond, das von zwei staubigen Fenstern nur schwach erhellt wurde und in der kargsten und primitivsten Weise möbliert war. Es schien eine Art Wohnzimmer zu sein, denn es enthielt einen Tisch und mehrere Stühle sowie einen riesigen Kamin, über dem auf dem Sims eine antike Uhr tickte. Es gab wenig Bücher und Papiere, und ich konnte in der herrschenden Düsternis die Titel nicht sofort erkennen. Was mich interessierte, war das einheitlich altertümliche Aussehen, das sich in jeder sichtbaren Einzelheit kundtat. Ich hatte in den meisten Häusern dieser Gegend viele Altertümer entdeckt, aber hier war die Altertümlichkeit auf merkwürdige Weise vollkommen, denn ich konnte im ganzen Zimmer nicht einen einzigen Gegenstand entdecken, der aus der Zeit nach der Revolution stammte. Wäre die Ausstattung weniger bescheiden gewesen, der Ort hätte ein Paradies für Sammler sein können.

Als ich mich in der seltsamen Behausung umsah, fühlte ich, wie meine Abneigung zunahm, die zuerst durch das trostlose Äußere des Hauses hervorgerufen worden war. Was es genau war, das ich fürchtete oder verabscheute, konnte ich keineswegs definieren, aber irgend etwas in der Atmosphäre gemahnte an ungeweihtes Alter, an unerfreuliche Unvollkommenheit und an Geheimnisse, die man vergessen sollte. Ich hatte nicht den Wunsch, mich hinzusetzen, und ging herum, um die verschiedenen Gegenstände, die mir aufgefallen waren, zu untersuchen. Das erste Ziel meiner Neugier war ein Buch von mittlerer Größe, das auf dem Tisch lag und einen derart vorsintflutlichen Anblick bot, daß ich mich wunderte, es außerhalb eines Museums oder einer Bibliothek zu finden. Es war in Leder gebunden, hatte Metallbeschläge und war in ausgezeichnetem Erhaltungszustand, es war überhaupt ein zu ungewöhnliches Buch, um es in einem so bescheidenen Heim anzutreffen. Als ich es beim Titelblatt aufschlug, nahm meine Verwunderung noch mehr zu, denn es erwies sich als keine andere Rarität, als Pigafettas Bericht über die Gegend am Kongo, nach Aufzeichnungen des Matrosen Lopex in Latein geschrieben und in Frankfurt im Jahre 1598 gedruckt. Ich hatte von diesem Werk mit seinen merkwürdigen Illustrationen der Brüder De Bry oft gehört, deshalb vergaß ich für kurz mein Unbehagen über dem Wunsche, die Seiten vor mir umzublättern. Die Stiche waren wirklich interessant, ganz nach der Phantasie und unzulänglichen Beschreibungen gezeichnet, sie stellten Neger mit weißer Haut und indogermanischen Gesichtszügen dar, und ich hätte das Buch sobald nicht zugeklappt, hätte nicht ein äußerst geringfügiger Umstand meine ermüdeten Nerven erregt und n ein Gefühl der Unruhe wiederaufleben lassen. Was mich ärgerte, war lediglich die hartnäckige Neigung des Buches, bei Tafel XII auseinanderzufallen, die in grauslichen Details einen Metzgerladen der kannibalischen Anziques darstellte. Ich schämte mich etwas ob meiner Eindrucksfähigkeit durch so etwas Unwichtiges, aber die Zeichnung beunruhigte mich trotzdem, besonders im Zusammenhang mit einigen dazugehörigen Abschnitten, welche die Gastronomie der Anziques schildern.

Ich hatte mich dem Regal daneben zugewandt und untersuchte seinen dürftigen literarischen Inhalt – eine Bibel aus dem achtzehnten Jahrhundert, ein »Pilgrims Progress« aus derselben Zeit mit grotesken Holzschnitten, gedruckt von dem Almanachhersteller Isaiah Thomas, die morsche Masse von Cotton Mathers »Magnalia Christi Americana« und einige andere Bücher von offensichtlich gleichem Alter – als

meine Aufmerksamkeit durch das unmißverständliche Geräusch von Schritten aus dem Zimmer über mir geweckt wurde. Zunächst in Anbetracht der Nichtbeantwortung meines Klopfens von vorhin erstaunt und erschrocken, kam ich sofort danach zu dem Schluß, daß der Herumgehende soeben aus einem gesunden Schlaf erwacht sei, und war nicht mehr so überrascht, als Fußtritte auf der knarrenden Stiege hörbar wurden. Der Schritt war schwer, dennoch schien er etwas merkwürdig Vorsichtiges an sich zu haben, eine Eigenschaft, die mir um so mehr mißfiel, weil der Schritt so schwer war. Als ich das Zimmer betreten hatte, hatte ich die Tür hinter mir geschlossen. Nun hörte ich, nach einem Augenblick der Stille, in der der Wanderer vielleicht mein Fahrrad in der Diele inspiziert hatte, ein Tasten an der Klinke und sah, wie die Tür aufging.
Im Türrahmen stand ein menschliches Wesen von derart sonderbarem Aussehen, daß ich wahrscheinlich einen lauten Ausruf getan hätte, hätte nicht meine gute Erziehung mich daran gehindert. Alt, weißbärtig und zerlumpt, besaß mein Gastgeber eine Haltung und Konstitution, die gleichzeitig Verwunderung und Respekt einflößte. Seine Größe konnte nicht weniger als sechs Fuß betragen und trotz des allgemeinen Aussehens von Alter und Armut war er dick und kräftig in den Proportionen. Sein Gesicht, das ein langer weißer Bart, der sich hoch an den Backen hinaufzog, beinah verbarg, erschien ungewöhnlich frisch und weniger faltig, als man erwartet hätte; während über die hohe Stirn ein Schopf weißen Haares fiel, der im Lauf der Jahre nur wenig dünner geworden war. Seine blauen Augen, obwohl ein bißchen blutunterlaufen, schienen unerklärlich scharf und brennend. Wäre nicht die schreckliche Ungepflegtheit gewesen, der Mann hätte ebenso bedeutend wie eindrucksvoll gewirkt. Diese Ungepflegtheit machte ihn trotz seines Gesichtes und seiner Erscheinung widerwärtig. Woraus seine Kleidung eigentlich bestand, konnte ich kaum feststellen, für mich schien es nicht

mehr als ein Lumpenbündel, das über einem Paar hoher, schwerer Stiefel begann, und sein Mangel an Reinlichkeit übertraf jede Beschreibung.
Die äußere Erscheinung dieses Mannes und die instinktive Furcht, die er einflößte, ließen mich auf etwas wie Feindseligkeit gefaßt sein, so daß es mich fast vor Überraschung und einem Gefühl unheimlicher Widersinnigkeit schauderte, als er mich durch eine Bewegung aufforderte, Platz zu nehmen, und mich mit dünner, schwacher Stimme voll unterwürfigen Respekts und gewinnender Gastfreundlichkeit ansprach.
»Der Regen hat Sie wohl überrascht, nicht wahr?« begrüßte er mich. »Bin froh, daß Sie in der Nähe des Hauses waren und soviel Vernunft hatten, einfach reinzugehen. Ich nehme an, daß ich schlief, sonst hätte ich Sie gehört – ich bin nicht mehr so jung, wie ich früher einmal war, und ich brauche heutzutage einen mächtig langen Mittagsschlaf. Kommen Sie von weit her? Ich habe kaum Leute auf dieser Straße gesehen, seit man die Postkutsche nach Arkham eingestellt hat.«
Ich erwiderte, daß ich nach Arkham wolle, und entschuldigte mich für mein rücksichtsloses Eindringen in sein Heim, worauf er weitersprach.
»Freut mich, Sie zu sehen, junger Herr – neue Gesichter sind rar hier in der Gegend, und ich hab' heutzutage nicht mehr viel, was mich aufheitert. Nehme an, Sie kommen aus Boston, nicht wahr? Ich war noch nie dort, aber ich erkenne einen Städter sofort, wenn ich einen sehe – wir hatten einen als Bezirkslehrer vierundachtzig, aber er ging plötzlich fort, und niemand hat seither von ihm gehört –« An dieser Stelle begann der Alte stillvergnügt zu lachen, gab aber keine Erklärung, als ich ihn nach dem Grund fragte. Er schien in überquellend guter Laune zu sein, dennoch besaß er ausgefallene Eigenschaften, wie man an seiner Aufmachung erkennen konnte. Er sprach noch einige Zeit mit einer etwas hektischen Jovialität unzusammenhängendes Zeug weiter, als mir der Gedan-

ke kam, ihn zu fragen, wie er zu einem so seltenen Buch wie Pigafettas »Regnum Congo« gekommen sei. Das Buch beeindruckte mich noch immer, und ich empfand ein gewisses Zögern, es zu erwähnen, aber die Neugier überkam all meine unbestimmten Ängste, die seit dem ersten Anblick des Hauses sich immer mehr verstärkt hatten. Zu meiner großen Erleichterung schien die Frage ihm nicht peinlich zu sein, denn der Alte beantwortete frei und wortreich.

»Oh, das Afrikabuch? Kapitän Ebenezer Holt, der, der im Krieg fiel, gab es mir achtundsechzig im Tausch.« Etwas an dem Namen Ebenezer Holt veranlaßte mich, plötzlich erstaunt aufzublicken. Ich war bei meinen genealogischen Arbeiten auf den Namen gestoßen, aber nur in Berichten aus der Zeit vor der Revolution. Ich fragte mich, ob mein Gastgeber mir bei der Aufgabe helfen könne, mit der ich mich abmühte, und beschloß, ihn später danach zu fragen. Er fuhr fort.

»Ebenezer fuhr jahrelang auf einem Handelsschiff und erwarb in jedem Hafen eine Menge merkwürdiger Dinge. Er kaufte dies in London, nehme ich an – er pflegte in Geschäften derartige Sachen zu kaufen. Ich war einmal in seinem Haus auf dem Hügel – ich handelte mit Pferden –, als ich dies Buch sah. Mir gefielen die Bilder, weshalb er es mir in Tausch gab. Es ist ein merkwürdiges Buch – warten Sie, ich will meine Brille raussuchen –« der Alte fummelte in seinen Lumpen herum und zog ein Paar verschmutzter und erstaunlich alter Gläser mit achteckigen Linsen und Stahlbügeln hervor. Nachdem er sie aufgesetzt hatte, langte er nach dem Band auf dem Tisch und blätterte liebevoll die Seiten um.

»Ebenezer konnte davon ein bißchen lesen – es ist Latein – aber ich kann es nicht. Ich ließ mir von zwei oder drei Schulmeistern ein bißchen was daraus vorlesen, und später noch von Pfarrer Clark, der, von dem behauptet wird, er sei im Teich ertrunken – werden Sie daraus klug?« Ich sagte ihm, das würde ich und übersetzte ihm einen Abschnitt am Anfang des

Buches. Sollte ich einen Fehler gemacht haben, er war nicht gelehrt genug, um mich zu verbessern; denn er schien von meiner englischen Version kindisch entzückt zu sein. Seine Nähe wurde mir allmählich lästig, aber ich sah keine Möglichkeit, ihm auszuweichen, ohne ihn zu kränken. Ich amüsierte mich über die kindische Schwärmerei dieses ungebildeten Alten für die Bilder eines Buches, das er nicht lesen konnte, und fragte mich, inwieweit er die paar englischen Bücher lesen könne, die den Raum zierten. Diese offenbare Einfalt nahm viel von der unbestimmten Beklemmung, die ich empfunden hatte, ich lächelte, und mein Gastgeber fuhr lebhaft fort.
»Komisch, wie Bilder einen zum Nachdenken anregen können. Nehmen Sie das hier gleich am Anfang. Haben Sie je derartige Bäume gesehen, mit großen Blättern, die auf- und niederflattern? Und erst die Menschen – das können doch keine Neger sein –, das übertrifft alles. Ich nehme an, sie sehen eher wie Indianer aus, obwohl sie in Afrika leben. Manche dieser Geschöpfe sehen wie Affen oder wie halb Affe, halb Mensch aus, aber ich habe nie von etwas gehört *wie von diesem einen da.*«
Hier deutete er auf ein Fabelwesen des Künstlers, das man als eine Art Drache mit dem Kopf eines Alligators beschreiben könnte.
»Aber jetzt zeige ich Ihnen das Beste – hier, fast in der Mitte –« Die Stimme des Alten wurde etwas undeutlicher, und in seine Augen kam ein stärkerer Glanz; aber seine tastenden Hände, obwohl sie ungeschickter als vorher zu sein schienen, waren ihrer Aufgabe völlig gewachsen. Die Buchseiten fielen beinah von selbst auseinander, als sei es an dieser Stelle viel benützt worden, und zwar bei Tafel zwölf, die den Metzgerladen der Anziquekannibalen darstellt. Das Gefühl der Beunruhigung war wieder da, obwohl ich es mir nicht anmerken ließ. Das besonders Bizarre war, daß der Künstler die Afrikaner wie Weiße dargestellt hatte – die Gliedmaßen und Viertel, die an den Wänden des Ladens hingen, waren furchtbar,

während der Metzger mit seiner Axt wie schrecklich fehl am Platze wirkte. Aber mein Gastgeber schien den Anblick genauso zu genießen, wie ich ihn verabscheute.

»Was denken Sie darüber – so was habe ich hier noch nie gesehen, nicht? Als ich das sah, sagte ich zu Eb Holt, ›das ist etwas, das einen aufwühlt und das Blut angenehm erregt‹. Als ich in der Heiligen Schrift über das Erschlagen las – wie die Midianiter, die erschlagen wurden –, begann ich, mir darüber Gedanken zu machen, aber ich hatte kein Bild davon gesehen. Hier kann ein Mensch nun sehen, wie es dabei zugeht – ich vermute, es ist sündig, aber sind wir nicht alle in Sünde geboren und leben darin? – Dieser Bursche, der zerhackt wird, erregt mich jedesmal, wenn ich ihn ansehe, und ich muß ihn immer wieder betrachten – sehen Sie, wo ihm der Metzger die Füße abgeschnitten hat? Sein Kopf liegt auf dieser Bank und ein Arm daneben, und der andere Arm liegt auf der anderen Seite des Hackblocks.«

Während der Mann in erschreckender Ekstase murmelte, wurde der Ausdruck seines haarigen, bebrillten Gesichtes unbeschreiblich, aber seine Stimme wurde eher schwächer als stärker. Ich kann meine eigenen Gefühle kaum wiedergeben. All der Schrecken, den ich dunkel vorher empfunden hatte, drang erneut aktiv und lebhaft auf mich ein, und ich wußte, daß ich diese alte, abstoßende Kreatur aufs äußerste verabscheute. Sein Wahnsinn oder seine mindestens teilweise Entartung standen außer Zweifel. Er flüsterte fast nur noch, mit einer Heiserkeit, die schlimmer war als ein Schrei, und ich zitterte, als ich ihm zuhörte.

»Wie ich schon sagte, es ist seltsam, wie einen solche Bilder zum Nachdenken anregen. Wissen Sie, junger Herr, ich bin von diesem hier wie berauscht. Nachdem ich das Buch von Eb bekommen hatte, pflegte ich es häufig anzusehen, besonders wenn ich Pfarrer Clark an Sonntagen in seiner großen Perücke hochtrabend reden hörte. Einmal habe ich was Komisches ausprobiert – aber, junger Herr, haben Sie doch keine Angst – alles, was ich tat, war, das Bild zu betrachten, ehe ich die Schafe für den Markt schlachtete – das Schlachten machte mir irgendwie mehr Spaß, nachdem ich es angesehen hatte –« Der Ton des Alten wurde nun immer leiser und wurde manchmal so schwach, daß seine Worte kaum mehr hörbar waren. Ich lauschte dem Regen und dem Klappern der verschmierten Fenster mit den kleinen Scheiben und bemerkte das Grollen herannahenden Donners, der für die Jahreszeit ungewöhnlich war. Einmal erschütterte ein schrecklicher Blitz und Donner das wackelige Haus in seinen Fundamenten, aber der Flüsternde schien es gar nicht zu bemerken.

»Das Schlachten von Schafen machte irgendwie mehr Spaß – aber wissen Sie, es war nicht so ganz *befriedigend*. Merkwürdig, wie so eine Gier einen packen kann – bei der Liebe des Allmächtigen, junger Mann, sagen Sie es niemand, aber ich schwöre bei Gott, daß dieses Bild mich *nach Nahrung hungern ließ, die ich nicht selbst erzeugen oder kaufen konnte* – aber bleiben Sie doch sitzen, wo fehlt's denn? – Ich habe natürlich nichts getan, aber ich fragte mich immer, wie es wäre, wenn ich es *täte* – Man sagt, Fleisch erzeugt Blut und Fleisch und gibt einem neues Leben, deshalb fragte ich mich, ob ein Mensch nicht sein Leben verlängern könne, wenn das Fleisch *mehr von der gleichen Art wäre* –« Aber der Flüsternde sprach nie mehr weiter. Die Unterbrechung wurde weder durch meine Angst noch durch den rasch zunehmenden Sturm verursacht, bei dessen Toben ich bald darauf meine Augen in einer Einsamkeit geschwärzter Trümmer aufschlagen sollte. Sie wurde durch ein an sich einfaches, aber irgendwie ungewöhnliches Vorkommnis hervorgerufen. Das offene Buch lag flach zwischen uns, mit dem abstoßenden Bild, das uns anstarrte. Als der Alte die Worte *mehr von der gleichen Art* flüsterte, war ein kleiner Platsch zu hören und auf dem vergilbten Papier des offenen Buches wurde etwas sichtbar. Ich dachte an den Regen oder ein durchlässiges Dach, aber Regen ist nicht rot. Auf dem Metzgerladen der Anziquekannibalen glänzte bildhaft ein kleiner, roter Klecks, der dem Grauen des Stiches zusätzliches Leben verlieh. Der Alte sah ihn und hörte zu flüstern auf, schon ehe mein Schrekkensausdruck es nötig erscheinen ließ, sah ihn und blickte zum Boden des Zimmers empor, das er vor einer Stunde verlassen hatte. Ich folgte seinem Blick und bemerkte über uns einen großen, unregelmäßigen, hochrot-feuchten Fleck, der sich auszubreiten schien, während ich ihn betrachtete. Ich schrie weder, noch bewegte ich mich, sondern schloß lediglich die Augen. Gleich darauf fuhr der Blitzschlag aller Blitzschläge hernieder, traf das verfluchte Haus und seine unaussprechlichen Geheimnisse und brachte die Vergessenheit, die allein meinen Verstand rettete.

Herbert West – der Wiedererwecker

I
Aus dem Dunkel

Von Herbert West, der im College und auch im übrigen Leben mein Freund war, kann ich nur mit äußerstem Widerwillen sprechen. Dieser Widerwille ist nicht nur der rätselhaften Art seines kürzlichen Verschwindens zuzuschreiben, sondern er resultierte aus der ganzen Art seiner Lebensarbeit und nahm das erste Mal vor mehr als siebzehn Jahren ausgeprägte Gestalt an, als wir im dritten Jahr unseres Studiums an der Medizinischen Fakultät der Miskatonic-Universität in Arkham waren. Während wir zusammen waren, fesselte mich das Wunderbare und Teuflische seiner Experimente völlig, und ich war sein engster Kamerad. Erinnerungen und Möglichkeiten sind viel schrecklicher als Realitäten.

Der erste gräßliche Zwischenfall unserer Bekanntschaft war der größte Schock, den ich je erlebte, und ich gebe ihn nur ungern wieder. Wie ich bereits sagte, geschah es, als wir Medizin studierten. West hatte sich wegen seiner unmöglichen Theorien über die Natur des Todes und die Möglichkeit, ihn künstlich zu besiegen, unmöglich gemacht. Seine Ansichten, die von der Fakultät und seinen Mitstudierenden weitgehend lächerlich gemacht wurden, drehten sich um die in der Hauptsache mechanisch ablaufende Natur der Lebensvorgänge und erstreckten sich auf die Mittel, den menschlichen Organismus durch genau berechnete chemische Vorgänge anzuregen, wenn der natürliche Prozeß aussetzte. Er hatte während seiner Experimente mit verschiedenen belebenden Lösungen ungeheure Mengen von Kaninchen, Meerschweinchen, Katzen, Hunden und Affen behandelt und getötet, bis er für die Universität zur größten Belastung wurde. Es war ihm wirklich ein paarmal gelungen, bei scheinbar toten Tieren Lebensregungen hervorzurufen, in vielen Fällen sogar sehr heftige, aber er sah bald ein, daß die Vervollkommnung dieses Prozesses, falls er wirklich durchführbar war, notwendigerweise lebenslängliche Forschungsarbeit erfordern würde.

Es wurde gleichermaßen klar, daß die gleiche Lösung bei verschiedenen lebenden Arten nie dieselbe Wirkung haben könne, er würde für den weiteren, spezialisierten Arbeitsprozeß menschliche Versuchsobjekte benötigen. Hier geriet er das erste Mal mit den Universitätsbehörden in Konflikt und wurde aus weiteren Experimenten von keinem geringeren Würdenträger als dem Dekan der Medizinischen Fakultät in Person, dem gelehrten und wohlwollenden Dr. Allan Halsey, ausgeschlossen, dessen Arbeit im Interesse der Leidenden jeder alte Einwohner von Arkham in Erinnerung hat.

Ich war Wests Studien gegenüber stets ausnehmend tolerant gewesen, und wir erörterten häufig seine Theorien, deren Verzweigungen und Zusätze schier endlos waren.

Mit Haeckel einer Meinung, daß alles Leben ein chemischer und physikalischer Prozeß sei und daß die sogenannte »Seele« eine Mythe ist, glaubte mein Freund, daß die künstliche Wiedererweckung eines Toten vom Zustand seines Körpergewebes abhinge und daß, solange die tatsächliche Verwesung noch nicht eingesetzt habe, ein Körper, der im Besitz all seiner Organe ist, mit entsprechenden Maßnahmen wieder funktionsfähig gemacht werden könne, in der ihm eigentümlichen Art, die wir Leben nennen. Daß das Seelen- oder Geistesleben durch einen geringfügigen Verfall der empfindlichen Hirnzellen, den selbst ein kurzfristiger Tod verursachen könnte, beeinträchtigt würde, war West völlig klar. Es war zunächst seine Hoffnung gewesen, ein Reagens zu finden, das die Lebensfähigkeit vor dem Eintritt des eigentlichen Todes wiederherstellen würde, und nur wiederholte Fehlschläge mit Tieren hatten ihm gezeigt, daß natürliche und künstliche Lebensregungen unvereinbar seien.

Dann trachtete er nach äußerst frischem Erhaltungszustand seiner Versuchsobjekte, indem er seine Lösungen unmittelbar nach dem Erlöschen des Lebens ins Blut injizierte. Es war dieser Umstand, der seine Professoren so unbedacht skeptisch machte, denn sie hatten das Gefühl, daß der Tod noch in keinem Fall wirklich eingetreten war. Sie nahmen sich nicht die Zeit, sich mit der Sache näher und vernunftgemäßer zu befassen.

Nicht lange, nachdem ihm die Fakultät seine Arbeit untersagt hatte, vertraute West mir seine Entschlossenheit an, sich auf irgendeine Weise frische Leichen zu verschaffen und im geheimen seine Versuche fortzusetzen, die er nicht mehr öffentlich durchführen durfte.

Ihn die Mittel und Wege erörtern zu hören, war ziemlich abstoßend, denn an der Universität hatten wir uns die anatomischen Versuchsobjekte nie selbst beschaffen müssen. Immer, wenn der Bestand an Leichen ungenügend war, nahmen sich zwei ortsansässige Neger der Sache an, und man stellte ihnen selten unangenehme Fragen. West war damals ein kleiner, schlanker, bebrillter Jüngling mit zarten Gesichtszügen, blondem Haar, blaßblauen Augen und einer sanften Stimme, und es wirkte unheimlich, ihn bei den sehr relativen Vorzügen des Friedhofs der Christ Church und des Potters Field verweilen zu hören, denn in der Christ Church wurde praktisch jede Leiche einbalsamiert, eine Tatsache, die sich auf Wests Forschungsarbeit natürlich ruinös auswirkte. Ich war zu der Zeit sein aktiver und vorbehaltloser Assistent und half ihm, Entscheidungen zu treffen, nicht nur im Hinblick auf die Herkunft unserer Leichen, sondern auch in bezug auf einen passenden Ort für unsere ekelhafte Arbeit. Ich war es, der an das verlassene Chapman-Farmhaus hinter Meadow Hill dachte, wo wir im Untergeschoß einen Operationsraum und ein Labor einrichteten, jedes mit dunklen Vorhängen versehen, um unsere mitternächtliche Tätigkeit zu verbergen. Der Ort lag von jeder Straße

weit ab und außer Sichtweite anderer Häuser, dennoch waren Sicherheitsvorkehrungen notwendig, da Gerüchte, von merkwürdigen Lichtern, von zufällig nächtlicherweise Herumstreifenden in Gang gesetzt, unserem Unternehmen bald abträglich sein würden. Wir kamen überein, das Ganze als chemisches Labor zu bezeichnen, falls man uns entdecken sollte. Nach und nach statteten wir unseren düsteren Hort der Wissenschaft mit Gegenständen aus, die wir entweder in Boston kauften oder heimlich bei der Universität organisierten – Gegenständen, die wir, außer für das kundige Auge, unkenntlich machten –, und beschafften uns Spaten und Hacken für die vielen Gräber, die wir im Keller würden anlegen müssen. An der Universität benutzten wir einen Verbrennungsofen, aber die Apparatur wäre für unser nicht genehmigtes Labor zu kostspielig gewesen. Leichen waren stets eine Belastung – selbst die der kleinen Meerschweinchen aus den oberflächlichen, heimlichen Experimenten in Wests Pensionszimmer.
Wir verfolgten die örtlichen Todesanzeigen wie Ghulen (leichenfressende Dämonen), denn unsere Objekte mußten bestimmte Eigenschaften aufweisen. Was wir brauchten, waren Leichen, die bald nach dem Tod und ohne künstliche Konservierungsmaßnahmen beerdigt worden waren, möglichst frei von verunstaltenden Leiden und natürlich mit allen Organen an Ort und Stelle. Opfer von Unfällen waren unsere größte Hoffnung. Wir hörten wochenlang von nichts Geeignetem, obwohl wir mit Leichenschauhaus- und Krankenhausbehörden sprachen, scheinbar im Interesse des College, so häufig, wie wir es tun konnten, ohne Verdacht zu erregen. Wir fanden heraus, daß das College in jedem Fall Vorrecht hatte, so daß es nötig sein mochte, den Sommer über in Arkham zu bleiben, als nur die wenig besuchten Sommervorlesungen gehalten wurden. Endlich war uns indessen das Glück hold, denn eines Tages erfuhren wir von einem beinah idealen Fall aus dem Potters Field (dem ungeweihten Begräbnisplatz außerhalb der Friedhofs-

mauern), einem kräftigen jungen Arbeiter, der erst am vorangegangenen Morgen im Summer Pond ertrunken war und der unverzüglich und ohne Einbalsamierung auf Kosten der Stadt beerdigt worden war. An diesem Nachmittag entdeckten wir das frische Grab und entschlossen uns, kurz nach Mitternacht mit der Arbeit zu beginnen.
Es war eine abstoßende Beschäftigung, der wir uns in der Finsternis der frühen Morgenstunden unterzogen, obwohl uns damals noch die ausgeprägte Friedhofsangst abging, die spätere Erlebnisse uns bescherten. Wir führten Spaten und abgedunkelte Öllampen mit, denn obwohl elektrische Taschenlampen bereits hergestellt wurden, waren sie nicht so zufriedenstellend wie die heutigen Tungstenleuchten. Der Ausgrabungsprozeß war langsam und unerfreulich – man könnte ihn auf grausige Weise poetisch nennen, wären wir Künstler und nicht Wissenschaftler gewesen – und wir waren froh, als unsere Spaten auf Holz stießen. Als der Fichtensarg völlig freilag, kletterte West hinunter und hob den Deckel ab, dann zerrte er den Inhalt heraus und brachte ihn in sitzende Stellung. Ich langte hinunter und zog den Grabinhalt heraus, dann arbeiteten wir beide angestrengt, um der Stelle ihr früheres Aussehen wiederzugeben. Die Sache machte uns ziemlich nervös, insbesondere die starre Gestalt und das ausdruckslose Gesicht unserer ersten Trophäe, aber es gelang uns, alle Spuren unseres Besuches zu verwischen. Als wir die letzte Schaufel Erde geglättet hatten, steckten wir unser Versuchsobjekt in einen Leinwandsack und machten uns zu dem alten Chapman-Haus hinter Meadow Hill auf.
Auf dem behelfsmäßigen Seziertisch des alten Farmhauses, beim Licht einer starken Acetylenlampe, sah unser Versuchsobjekt nicht sehr gespenstisch aus. Er war ein kräftiger und offensichtlich phantasieloser junger Mann von gesundem, plebejischem Typ gewesen – grobknochig, grauäugig, brünett, ein gesundes Lebewesen ohne psychologische Feinheiten, wahr-

scheinlich mit Lebensvorgängen der einfachsten und gesündesten Art. Jetzt, mit geschlossenen Augen, sah er mehr schlafend denn tot aus; obwohl der sachverständige Test meines Freundes darüber keinen Zweifel ließ. Wir hatten jetzt, was West immer herbeigesehnt hatte – einen wirklichen Toten des Idealtyps, bereit für die Lösung, die nach genauen, sorgfältigsten Berechnungen hergestellt worden war. Unsere Spannung wurde sehr groß. Wir wußten, daß es für so etwas wie einen durchschlagenden Erfolg kaum eine Chance gab, und konnten uns der schrecklichen Furcht möglicher grotesker Resultate einer teilweisen Wiederbelebung nicht verschließen. Wir waren im Hinblick auf den Geist und die Impulse des Geschöpfes sehr besorgt, da in der seit dem Tode verstrichenen Zeit einige der empfindlichen Hirnzellen Schaden erlitten haben mochten. Ich selbst hegte noch einige merkwürdige Vorstellungen von der traditionellen »Seele« des Menschen und fühlte einen Ehrfurchtsschauer vor den Geheimnissen, die ein von den Toten zurückgekehrter zu berichten haben würde. Ich fragte mich, was dieser unkomplizierte junge Mann in unerreichbaren Sphären für Dinge zu Gesicht bekommen würde und was er erzählen könne, wenn man ihn ganz ins Leben zurückriefe. Aber meine Neugierde war nicht überwältigend, da ich größtenteils den Materialismus meines Freundes teilte. Er war gefaßter als ich, während er eine große Menge dieser Flüssigkeit in eine Armvene des Leichnams injizierte und den Einstich sofort fest umwickelte.

Das Warten war furchtbar, aber West blieb ganz ruhig. Ab und zu untersuchte er das Versuchsobjekt mit Hilfe des Stethoskops und ertrug die negativen Ergebnisse wie ein Philosoph. Nach ungefähr dreiviertel Stunden ohne das geringste Lebenszeichen, erklärte er enttäuscht die Lösung für ungeeignet, war aber entschlossen, aus der Gelegenheit das Beste herauszuholen und eine Abwandlung des Rezepts auszuprobieren, bevor er sich dieser schrecklichen Beute entledigte. Wir hatten am Nachmittag im Keller ein

Grab geschaufelt und würden es vor dem Morgengrauen wieder zuschütten müssen – denn obwohl wir ein Schloß am Haus angebracht hatten, wollten wir selbst das entfernteste Risiko einer gräßlichen Entdeckung vermeiden. Außerdem würde der Körper am nächsten Abend auch nicht mehr annähernd frisch genug sein. Wir trugen die einzige Acetylenlampe in das Labor nebenan, ließen unseren schweigenden Gast auf dem Tisch im Dunkeln zurück und widmeten all unsere Energie dem Mischen einer neuen Lösung, deren Wiegen und Abmessen West mit beinah fanatischer Sorgfalt überwachte.

Das schreckliche Ereignis trat plötzlich und gänzlich unerwartet ein. Ich goß gerade etwas von einem Reagenzglas in ein anderes, und West war mit der Alkoholgebläselampe beschäftigt, die uns in dem Gebäude ohne Gasanschluß den Bunsenbrenner ersetzen mußte, als aus dem stockdunklen Zimmer, das wir verlassen hatten eine entsetzliche und dämonische Folge von Schreien herüberdrang, wie sie keiner von uns je vernommen hatte. Das Chaos unbeschreiblicher Töne hätte nicht unsagbarer sein können, wenn der Höllenschlund selbst sich aufgetan hätte, um die Seelenängste der Verdammten loszulassen, denn in einer unvorstellbaren Kakophonie konzentrierte sich all das überirdische Grauen und die ungeheuerliche Verzweiflung der beseelten Natur. Es hatte nichts Menschliches an sich – kein Mensch kann derartige Töne produzieren –, und ohne an unsere jüngste Beschäftigung und ihre mögliche Entdeckung zu denken, sprangen West und ich wie getroffene Tiere aufs nächste Fenster zu, indem wir Reagenzgläser, die Lampe und Retorten umwarfen, um uns wie verrückt in den bestirnten Abgrund der ländlichen Nacht hinauszuschwingen. Ich glaube, wir schrien selbst, als wir wie wahnsinnig der Stadt zustolperten, obwohl wir, als wir die Außenbezirke erreichten, uns zur Fassung zwangen – gerade genug, um den Eindruck von verspäteten Zechern zu erwecken, die von einer nächtlichen Sauftour nach Hause wanken.

Wir trennten uns nicht, so gelang es uns, Wests Zimmer zu erreichen, wo wir bei Gaslicht bis zum Morgengrauen miteinander flüsterten. Bis dahin hatten wir uns mit vernunftgemäßen Theorien und Plänen für eine Nachuntersuchung so weit beruhigt, daß wir den Tag über schlafen konnten – und den Unterricht Unterricht sein ließen. Aber an diesem Abend machten zwei Zeitungsnotizen, die nichts miteinander zu tun hatten, es uns wiederum unmöglich zu schlafen. Das alte, verlassene Chapman-Haus war unerklärlicherweise zu einem formlosen Aschenhügel niedergebrannt, was uns wegen der umgestürzten Lampe verständlich war, außerdem war der Versuch unternommen worden, ein frisches Grab im Potters Field aufzuwühlen, als ob jemand vergeblich ohne Spaten die Erde aufzuscharren versucht hätte. Wir konnten uns dies nicht erklären, denn wir hatten den Grabhügel sehr sorgfältig wieder geglättet.
Und für siebzehn Jahre danach pflegte West sich häufig umzusehen und sich zu beklagen, er bilde sich ein, Schritte hinter sich zu hören. Jetzt ist er verschwunden.

II
Der Seuchendämon

Ich werde nie den schrecklichen Sommer vor sechzehn Jahren vergessen, als wie ein schädlicher Efrit aus Eblis Hallen der Typhus auf Opfer lauernd durch Arkham schlich. Wegen dieser teuflischen Plage entsinnen sich die meisten dieses Jahres, denn leibhaftiges Grauen schwebte auf Fledermausflügeln über den aufeinandergetürmten Särgen in den Gräbern des Christ-Church-Friedhofes, dennoch barg für mich diese Zeit noch größeres Grauen – ein Grauen, von dem nur ich weiß, seit Herbert West verschwunden ist.
Nach Erlangung unseres akademischen Grades arbeiteten West und ich während des Sommersemesters

an der Medizinischen Fakultät der Miskatonic-Universität, und mein Freund war wegen seiner Versuche, die zur Wiederbelebung Verstorbener führen sollten, eine allbekannte Persönlichkeit geworden. Nach der wissenschaftlichen Abschlachtung Tausender kleiner Tiere war die absonderliche Tätigkeit auf Befehl unseres skeptischen Dekans, Dr. Allan Halsey, scheinbar gestoppt worden; obwohl West fortfuhr, in seinem dunklen Pensionszimmer heimliche Versuche durchzuführen, und er hatte bei einer schrecklichen und unvergeßlichen Gelegenheit einen menschlichen Leichnam aus dem Grab im Potters Field gestohlen und in das verlassene Farmhaus hinter Meadow Hill gebracht.

Ich war bei diesem widerlichen Ereignis mit ihm beisammen, und ich sah ihn das Elixier in die toten Venen injizieren, von dem er angenommen hatte, es würde bis zu einem gewissen Grade die chemischen und physischen Lebensvorgänge wieder in Gang bringen. Es hatte gräßlich geendet – in einem Delirium der Furcht, das wir allmählich unseren überreizten Nerven zuzuschreiben begannen – West wurde später nie mehr das unbehagliche Gefühl los, verfolgt und gejagt zu werden. Die Leiche war nicht frisch genug gewesen, es liegt auf der Hand, daß, will man einem Körper seine normalen geistigen Merkmale zurückgeben, er wirklich ganz frisch sein muß. Das Niederbrennen des alten Hauses hatte uns daran gehindert, den Toten zu begraben. Es wäre besser gewesen, wenn wir gewußt hätten, daß er wieder unter der Erde lag.

Nach diesem Erlebnis hatte West für einige Zeit seine Versuche fallenlassen, aber als der Eifer des geborenen Wissenschaftlers allmählich wieder erwachte, fiel er der Collegefakultät wiederum lästig, indem er um den Gebrauch des Sezierraumes und frischer menschlicher Versuchsobjekte bat, im Interesse der Arbeit, die er für so überaus wichtig hielt. Seine Bitten waren indessen vergeblich, denn der Entschluß Dr. Halseys stand unverrückbar fest, und die anderen Professoren bestätigten das Urteil ihres Vorgesetzten. Sie sahen in der umwälzenden Theorie der Wiederbelebung nichts als die unausgegorenen Ideen eines jugendlichen Enthusiasten, dessen zierliche Gestalt, dessen blondes Haar, dessen sanfte Stimme nichts von der übernormalen, beinah teuflischen Art des dahintersteckenden eiskalten Intellekts erahnen ließ. Ich sehe ihn heute vor mir, wie er damals war – und zittere. Sein Gesichtsausdruck wurde zwar härter, aber niemals älter. Und jetzt ist in Sefton ein Unglück geschehen, und West ist verschwunden.

Am Ende des letzten Semesters vor Erlangung des ersten akademischen Grades, geriet West in einem wortreichen Disput mit Dr. Halsey aneinander, der ihm in bezug auf Höflichkeit nicht soviel Ehre machte wie dem gütigen Dekan. Er hatte das Gefühl, nutzlos und unvernünftig in seiner überragend wichtigen Arbeit behindert zu werden, einer Arbeit, die er natürlich in späteren Jahren nach eigenem Ermessen fortsetzen könne, mit der er aber beginnen wolle, solange ihm die ausgezeichneten Einrichtungen der Universität zu Gebote stünden. Er fand es unaussprechlich widerwärtig, daß die traditionsgebundenen Vorgesetzten seine einzigartigen Erfolge bei Tierversuchen ignorierten und auf ihrer Ableugnung der Möglichkeit einer Wiederbelebung beharrten, für einen Geist von Wests logischer Veranlagung nahezu unbegreiflich. Nur größere geistige Reife konnte ihm dazu verhelfen, die unverrückbaren geistigen Grenzen des »Professor-Doktor«-Typs zu erkennen – des Produkts vieler Generationen unnachgiebiger Puritanismus, gütig, gewissenhaft, manchmal sanft und liebenswürdig, dennoch beschränkt und intolerant, Gewohnheiten unterworfen und jeglicher Perspektive ermangelnd. Das Alter hat mehr Nachsicht mit diesen unvollkommenen und dennoch hochherzigen Charakteren, deren einzige wirkliche Untugend Zurückhaltung ist und die am Ende für ihre intellektuellen Sünden dem allgemeinen Gespött anheimfallen – Sünden wie Ptolemäismus, Calvinismus, Antidarwinismus und Antinietzscheismus und alle anderen Arten von Sektiererei und Kleiderordnung. West, trotz überragender wissenschaftlicher Leistungen sehr jung, hatte mit dem guten Dr. Halsey und seinen gelehrten Kollegen wenig Geduld und hegte einen steigenden Groll, gepaart mit dem Wunsch, diesen abgestumpften Ehrenmännern seine Theorien schlagend und überzeugend zu beweisen. Wie die meisten jungen Leute, gab er sich sorgfältig durchdachten Tagträumen hin, von Rache, Triumph und von großmütiger Vergebung, die er schließlich gewähren würde.

Dann war die Seuche grinsend und tödlich aus den alpdruckähnlichen Höhlen des Tartarus emporgestiegen, West und ich hatten zur Zeit ihres Beginns soeben den ersten akademischen Grad erlangt, waren aber für zusätzliche Arbeit im Sommerkurs geblieben, so daß wir in Arkham weilten, als sie in ihrer ganzen dämonischen Wucht über die Stadt hereinbrach. Obwohl noch nicht zugelassene Ärzte, hatten wir jetzt unseren Grad, wir wurden unerbittlich zum öffentlichen Dienst gezwungen, als die Zahl der Kranken zunahm. Die Lage war fast nicht zu bewältigen, und die Todesfälle traten für die örtlichen Leichenbestatter zu häufig ein, um ganz damit fertig zu werden. Beerdigungen ohne vorheriges Einbalsamieren folgten rasch hintereinander, und selbst das Notaufnahmegrab auf dem Friedhof der Christ Church füllte sich mit Särgen nicht einbalsamierter Toter. Dieser Umstand blieb auf West nicht ohne Wirkung, der oft über die Ironie der Lage nachdachte – so viele frische Versuchsobjekte, dennoch nichts für seine verbotene Forschungsarbeit! Wir waren schrecklich überarbeitet und die entsetzliche geistige und nervliche Anstrengung veranlaßte meinen Freund zu krankhaften Grübeleien.

Aber Wests sanftmütige Feinde waren nicht weniger von ihren aufreibenden Pflichten erschöpft, es fanden fast keine Vorlesungen mehr statt, und jeder Doktor der Medizinischen Fakultät half mit, den Typhus zu bekämpfen. Ganz besonders Dr. Halsey hatte sich durch aufopfernden Dienst ausgezeichnet, indem er all seine Kunst mit ganzer Energie auf Fälle verwandte, welche andere wegen der Gefahr oder offensichtlichen Hoffnungslosigkeit mieden. Bevor ein Monat um war, war der furchtlose Dekan zum Volkshelden geworden, obwohl er sich seines Ruhmes gar nicht bewußt war, als er dagegen ankämpfte, vor körperlicher Ermüdung und nervlicher Erschöpfung zusammenzubrechen. West konnte der Seelenstärke seines Feindes seine Bewunderung nicht versagen, aber gerade darum war er mehr denn je entschlossen, ihn von der Wahrheit seiner erstaunlichen Lehrsätze zu überzeugen. Indem er sich die Verwirrung, sowohl der Universitätsarbeit als auch der städtischen Gesundheitsvorschriften zunutze machte, gelang es ihm, die Leiche eines kürzlich Verstorbenen eines Abends in den Sezierraum der Universität zu schmuggeln, und injizierte ihm in meiner Gegenwart eine Modifikation seiner Lösung. Das Wesen öffnete tatsächlich die Augen, aber es starrte lediglich mit einem Blick, der einem die Seele gefrieren ließ, zur Decke, bevor es in Leblosigkeit zurücksank, aus der nichts es erwecken konnte. West meinte, es sei nicht frisch genug – die Sommerhitze ist Leichen nicht hold. Diesmal wurden wir beinah erwischt, bevor wir das Wesen einäschern konnten, und West bezweifelte, ob es ratsam sei, den gewagten Mißbrauch des Universitätslabors zu wiederholen.

Im August erreichte die Epidemie ihren Höhepunkt. West und ich waren halbtot, und Dr. Halsey starb am vierzehnten. Die Studenten nahmen sämtlich an dem am fünfzehnten stattfindenden eiligen Begräbnis teil und kauften einen eindrucksvollen Kranz, obwohl dieser von den Blumenspenden reicher Arkhamer Bürger und denen der Stadtverwaltung völlig in den Schatten gestellt wurde. Es war fast eine öffentliche Angelegenheit, denn der Dekan war sicherlich ein öffentlicher Wohltäter gewesen. Wir waren nach der Beisetzung alle irgendwie niedergeschlagen und verbrachten den Nachmittag in der Bar des Handelshauses, wo West, obwohl erschüttert durch den Tod seines Hauptwidersachers, die anderen mit Hinweisen auf seine berüchtigten Theorien einschüchterte. Als es später wurde, gingen die meisten Studenten heim oder sonstigen Pflichten nach, aber West brachte mich dazu, ihm behilflich zu sein, »uns die Nacht um die Ohren zu schlagen«. Wests Vermieterin sah uns ungefähr um zwei Uhr in der Frühe ankommen, mit einem dritten Mann zwischen uns, und sie sagte zu ihrem Mann, wir müßten offensichtlich alle gut gegessen und getrunken haben.

Offenbar hatte die etwas säuerliche Matrone recht, denn ungefähr um drei Uhr in der Frühe wurde das ganze Haus von Schreien, die aus Wests Zimmer drangen, aus dem Schlaf gerissen, wo sie, nachdem sie die Tür aufgebrochen hatten, uns beide ohnmächtig auf dem blutbefleckten Teppich fanden, zerschlagen, zerkratzt und schwer verletzt, umgeben von den zerbrochenen Überresten von Wests Flaschen und Instrumenten. Nur ein offenes Fenster verriet, was aus unserem Angreifer geworden war und viele wunderten sich, wie er wohl nach dem schrecklichen Sprung davongekommen sein mochte, den er aus dem zweiten Stock auf den Rasen hatte machen müssen. Im Zimmer fanden sich einige merkwürdige Kleidungsstücke, aber West sagte, nachdem er das Bewußtsein wiedererlangt hatte, sie gehörten nicht dem Fremden, sondern sie seien Probestücke, die er für eine bakteriologische Analyse im Rahmen seiner Untersuchungen über die Übertragbarkeit von ansteckenden Krankheiten mitgebracht habe. Er gab den Auftrag, sie so schnell wie möglich in dem großen Kamin zu verbrennen. Der Polizei gegenüber gaben wir beide vor, unseren letzten Begleiter nicht zu kennen. Er war, wie West nervös sagte, ein uns zusagender Fremder, den wir in einer Bar der Innenstadt, von der wir nicht mehr wußten, wo sie sich befand, getroffen hatten. Wir waren alle sehr aufgeräumt gewesen, und West wünschte nicht, daß unser kampflustiger Begleiter verfolgt würde.

In derselben Nacht erlebte Arkham den Beginn des zweiten Grauens, eines Grauens, das in meinen Augen die Seuche selbst in den Schatten stellte. Der Christ-Church-Friedhof wurde zum Schauplatz eines gräßlichen Mordes, ein Friedhofswärter war auf eine Weise, so schrecklich, daß einem die Worte dafür fehlen, durch Krallenhiebe getötet worden, was Zweifel wachrief, ob ein Mensch die Tat begangen haben könne. Das Opfer war lang nach Mitternacht noch lebend gesehen worden – die Morgendämmerung enthüllte die unaussprechliche Begebenheit. Der Direktor eines Zirkus in der Nachbarstadt Bolton wurde verhört, aber er schwor, daß keines seiner Tiere zu irgendeiner Zeit aus seinem Käfig ausgebrochen sei. Die, welche den Leichnam auffanden, stellten fest, daß eine Blutspur zum Notaufnahmegrab führte, wo eine kleine rote Pfütze sich auf dem Betonboden außerhalb des Tores fand. Eine schwache Spur führte in Richtung Wald, verlor sich aber bald.

In der nächsten Nacht tanzten Teufel auf den Dächern von Arkham, und der Wind heulte mit unnatürlichem Wahnsinn. Durch die fiebernde Stadt schlich verstohlen ein Fluch, von dem manche behaupteten, er sei schlimmer als die Seuche, und von dem einige sich zuflüsterten, daß er die verkörperte Teufelsseele der Seuche selbst sei. Das namenlose Wesen drang in acht Häuser ein und ließ roten Tod hinter sich, alles zusammen wurden siebzehn verstümmelte Reste von Körpern von dem stummen, sadistischen Ungeheuer, das herumschlich, zurückgelassen. Einige Personen hatten es im Dunkeln halb gesehen und sagten, es sei ein Weißer und wie ein mißgestalteter Affe oder ein menschenähnliches Scheusal. Es hatte nicht alle hinterlassen, die es angegriffen hatte, denn es war gelegentlich hungrig gewesen. Die Anzahl der Getöteten betrug vierzehn, drei der Körper hatten sich in Seuchenhäusern befunden und waren nicht mehr am Leben gewesen.

In der dritten Nacht fingen es von der Polizei angeführte verzweifelte Suchtrupps in einem Haus in der

Crane Street nahe dem Miskatonic-Campus ein. Sie hatten die Suche sorgfältig vorbereitet, indem sie mit Hilfe eines freiwilligen Telephondienstes untereinander in Verbindung blieben, und als jemand im Collegedistrikt meldete, Kratzen an einem Fensterladen gehört zu haben, wurde das Netz rasch ausgeworfen. Wegen des allgemeinen Alarms und der Vorsichtsmaßnahmen gab es nur zwei weitere Opfer, und die Verhaftung wurde ohne größere Verluste durchgeführt. Das Wesen wurde schließlich durch eine Kugel gestoppt, wenn sie auch nicht tödlich war und unter allgemeiner Erregung und Abscheu schnell ins Ortskrankenhaus transportiert.

Denn es war ein Mensch gewesen. Soviel war klar, trotz der widerlichen Augen, der stimmlosen Affenähnlichkeit und der dämonischen Wildheit. Sie verbanden die Wunde und brachten es in das Irrenhaus von Sefton, wo es sechzehn Jahre lang gegen die gepolsterten Wände der Tobsuchtszelle anrannte – bis zu dem neuerlichen Unglücksfall, als es unter Umständen, die niemand wiedergeben kann, entkam. Was die Leute des Suchtrupps in Arkham am meisten entsetzte, war der Umstand, den sie entdeckten, als sie das Gesicht des Ungeheuers wuschen – die hohnsprechende unglaubliche Ähnlichkeit mit dem gelehrten, aufopferungsvollen Märtyrer, der erst vor drei Tagen beerdigt worden war – dem verstorbenen Dr. Allan Halsey, öffentlicher Wohltäter und Dekan der Medizinischen Fakultät an der Miskatonic-Universität. Für den verschwundenen West und mich waren Abscheu und Grauen am größten. Ich schaudere an diesem Abend, wenn ich daran denke, schaudere noch mehr, als ich es an jenem Morgen tat, als West durch seine Verbände hindurch murmelte: »Verdammt nochmal, es war doch nicht *ganz* frisch genug!«

III
Sechs Schüsse im Mondschein

Es ist ungewöhnlich, alle sechs Schüsse eines Revolvers hintereinander abzufeuern, wenn einer wahrscheinlich genügen würde, aber in Herbert Wests Leben war vieles ungewöhnlich. Es passiert z. B. nicht häufig, daß ein junger Arzt, der das College verläßt, gezwungen ist, die Gründe geheimzuhalten, die seine Wohnungs- und Praxiswahl bestimmen, dennoch war es bei Herbert West der Fall. Als wir unseren Doktorgrad an der Medizinischen Fakultät der Miskatonic-Universität erwarben und unserer Armut abzuhelfen versuchten, indem wir uns als praktische Ärzte niederließen, sorgten wir ängstlich dafür, niemanden zu sagen, daß wir unser Haus wegen seiner einsamen Lage wählten und weil es nah am Potters Field lag.

Solche Zurückhaltung ist selten ohne Grund, unsere war es in der Tat auch nicht; denn unsere Erfordernisse resultierten aus unserer entschieden unpopulären Lebensarbeit. Nach außen hin waren wir nur Ärzte, aber unter der Oberfläche verfolgten wir Ziele von größerer und schrecklicher Bedeutung – denn das Wesentliche in Wests Leben war eine Suche inmitten der schwarzen und verbotenen Gebiete des Unbekannten, bei der wir das Geheimnis des Lebens zu entschleiern und den toten Friedhofsstaub einem ewigen Leben zuzuführen hofften. Solche Suche erfordert ausgefallenes Material, unter anderem frische menschliche Leichen und um sich mit diesen unentbehrlichen Dingen versorgen zu können, muß man abgeschieden und nicht zu weit von der Stätte der Armesündergräber leben.

West und ich hatten uns im College kennengelernt, und ich war der einzige, der für seine gräßlichen Experimente Sympathie aufbrachte. Ich war mit der Zeit sein unzertrennlicher Assistent geworden, und nun, da wir das College verlassen hatten, mußten wir beisammen bleiben. Es war nicht einfach, für zwei gemeinsam praktizierende Ärzte einen geeigneten

Anfang zu finden, aber endlich verschaffte uns der Einfluß der Universität eine Praxis in Bolton – einer Fabrikstadt nahe Arkham, dem Sitz des College. Die Bolton Kammgarnspinnereien sind die größten im Miskatonic-Tal, und ihre aus aller Welt stammenden Arbeiter sind bei den ortsansässigen Ärzten als Patienten nicht gefragt. Wir wählten unser Haus mit großer Sorgfalt aus und nahmen endlich von einem ziemlich heruntergekommenen Landhaus nahe dem Ende der Pond Street Besitz, fünf Nummern vom nächsten Nachbarn und vom örtlichen Potters Field nur durch ein Stück Wiesenland getrennt, das ein schmaler Ausläufer eines ziemlich dichten Forstes, der nördlich davon liegt, in zwei Teile zerschnitt. Die Entfernung war größer, als uns lieb war, aber wir konnten kein näher gelegenes Haus auftreiben, ohne uns ganz auf die andere Seite des Feldes zu begeben, die gänzlich außerhalb des Fabrikdistrikts lag. Wir waren indessen gar nicht unzufrieden, da zwischen uns und unserer unheimlichen Versorgungsquelle niemand wohnte. Der Weg war ein bißchen lang, aber wir konnten unsere stummen Versuchsobjekte ungestört befördern.

Unsere Praxis war von Anfang an überraschend groß – groß genug, um manch jungen Arzt zufriedenzustellen, und groß genug, um für Studenten, deren wahres Interesse ganz anderswo lag, eine langweilige Belastung zu bedeuten. Die Fabrikarbeiter hatten eine etwas stürmische Veranlagung, und neben ihren natürlichen Nöten gaben uns ihre häufigen Zusammenstöße und Messerstechereien viel zu tun. Aber was unser Interesse wirklich in Anspruch nahm, war das Geheimlabor, das wir im Keller eingerichtet hatten – das Labor mit dem langen Tisch unter der elektrischen Beleuchtung, in dem wir in den frühen Morgenstunden häufig Wests Lösungen in die Venen der Geschöpfe injizierten, die wir aus dem Potters Field herbeischleppten. West experimentierte wie verrückt, um etwas zu entdecken, das die menschlichen Lebenserscheinungen wieder in Gang setzen würde, die durch den Tod zum Stillstand gekommen waren, aber wir waren auf die schrecklichsten Hindernisse gestoßen. Die Lösung mußte für die verschiedenen Typen verschieden zusammengesetzt sein – was für Meerschweinchen geeignet wäre, würde sich nicht für menschliche Wesen eignen, und verschiedene Versuchsobjekte machten große Veränderungen notwendig.

Die Leichen mußten außerordentlich frisch sein, sonst würde die leichte Verwesung der Hirnzellen eine vollkommene Wiederbelebung unmöglich machen. Es war in der Tat das größte Probem, sie frisch genug zu bekommen – West hatte während seiner heimlichen Versuche im College mit Leichen zweifelhafter Herkunft schreckliche Erfahrungen gemacht. Das Resultat einer teilweisen oder unvollkommenen Wiederbelebung war viel schrecklicher als die völligen Fehlschläge, wir hatten furchtbare Erinnerungen an derartiges. Stets seit unserer teuflischen Sitzung in dem verlassenen Farmhaus auf Meadow Hill in Arkham hatten wir eine herannahende Bedrohung verspürt, und West, obwohl er in mancher Beziehung ein ruhiger, blonder und blauäugiger wissenschaftlicher Automat war, gestand mir oft ein schauderndes Gefühl heimlichen Verfolgtwerdens ein. Er hatte stets halb das Gefühl, daß jemand hinter ihm her sei – psychologische Wahnvorstellungen seiner erschütterten Nerven, noch verstärkt durch die unzweifelhaft beunruhigende Tatsache, daß zum mindesten eines seiner wiedererweckten Versuchsobjekte am Leben sei – ein grauenhaftes, fleischfressendes Wesen in einer Tobsuchtszelle in Sefton. Dann gab es noch ein anderes, unser erstes, dessen genaues Schicksal wir nie herausbekamen.

Wir hatten in Bolton leidliches Glück mit unseren Versuchsobjekten. Wir hatten uns noch nicht eine Woche dort niedergelassen, als wir uns ein Unfallopfer in der Nacht seines Begräbnisses verschafften, und brachten es fertig, daß es mit einem staunenswert vernünftigen Ausdruck die Augen öffnete, ehe

die Lösung versagte. Es hatte einen Arm verloren –
wenn es ein unversehrter Körper gewesen wäre, hätten wir vielleicht einen besseren Erfolg erzielt. Zwischen damals und dem darauffolgenden Januar verschafften wir uns drei weitere, einen völligen Versager, einen Fall deutlicher Muskelbewegung und ein
reichlich schauerliches Wesen – es richtete sich von
selbst auf und stieß einen Ton aus. Dann folgte ein
Zeitraum, in dem wir gar kein Glück hatten; Beerdigungen waren selten, und die, die stattfanden, betrafen Objekte, die zu sehr von Krankheit gezeichnet
oder zu verstümmelt waren.

In einer Märznacht erlangten wir indessen ganz unerwartet ein Versuchsobjekt, das nicht aus dem Potters Field stammte. In Bolton hatte der herrschende
Geist des Puritanismus das Boxen verboten– mit dem
üblichen Resultat. Häufige, schlecht organisierte
Kämpfe zwischen den Fabrikarbeitern waren an der
Tagesordnung, und gelegentlich wurde ein bescheidenes Berufstalent eingeführt. An diesem Spätwinterabend hatte ein solcher Kampf stattgefunden, offensichtlich mit verheerenden Resultaten, da zwei verängstigte Polen mit zusammenhanglos geflüsterten
Bitten zu uns kamen, sich eines heimlichen und hoffnungslosen Falles anzunehmen. Wir folgten ihnen zu
einer verlassenen Scheune, wo der Rest einer Menge
verschreckter Ausländer eine still auf dem Boden liegende schwarze Gestalt betrachtete.

Der Kampf hatte zwischen Kid O'Brien, einem tölpelhaften, jetzt wie Espenlaub zitternden jungen Mann
mit einer gänzlich un-hibernischen (un-irischen)
Hakennase, und Buck Robinson, »The Harlem Smoke« (»Der dunkle Harlemer«), stattgefunden. Der Neger war k. o. geschlagen worden und eine kurze Untersuchung zeigte uns, daß er es für immer bleiben
würde. Er war ein widerliches, gorillaähnliches Geschöpf mit abnorm langen Armen, die ich nicht umhinkonnte, Vorderbeine zu nennen, und einem Gesicht, das aus den unaussprechlichen Geheimnissen
des Kongo und der Tamtam-Trommeln unter einem

unwirklichen Mond hervorgezaubert worden war. Der Leichnam mußte im Leben sogar noch fürchterlicher ausgesehen haben – es gibt eben viele häßliche Dinge auf der Welt; Furcht lag über der ganzen bedauernswerten Menge, denn sie wußten nicht, was das Gesetz von ihnen fordern würde, wenn man die Angelegenheit nicht geheimhielte, und sie waren dankbar, als West, trotz meines unwillkürlichen Abscheus, vorschlug, das Ding heimlich beiseite zu schaffen – für einen Zweck, der mir nur zu gut bekannt war.
Heller Mondschein lag über der schneelosen Landschaft, wir kleideten das Ding an und trugen es zwischen uns durch die verlassenen Straßen und Wiesen, so, wie wir etwas ganz Ähnliches in einer schrecklichen Nacht in Arkham getragen hatten. Wir näherten uns dem Haus vom Feld auf der Rückseite und trugen unser Versuchsobjekt zur Hintertür hinein, die Kellertreppe hinunter und bereiteten alles für das übliche Experiment vor. Unsere Furcht vor der Polizei war unsinnig groß, obwohl wir unseren Gang zeitlich so abgestimmt hatten, daß wir den einsam patrouillierenden Polizisten der Gegend mieden.
Das Ergebnis war schmerzlich enttäuschend. Schrecklich, wie unsere Beute aussah, reagierte sie auf keine der Lösungen, die wir in den schwarzen Arm injizierten, Lösungen, die wir nach Erfahrungen mit weißen Versuchsobjekten zusammengestellt hatten. Deshalb taten wir, als die Stunde der Morgendämmerung gefährlich näherrückte, das gleiche, was wir mit dem anderen getan hatten – wir schleiften das Ding zu dem Waldausläufer nahe Potters Field und gruben dort ein Grab, so gut es der gefrorene Boden zu machen erlaubte. Das Grab war nicht sehr tief, aber genauso gut wie das des vorangegangenen Versuchsobjektes – das Geschöpf, das sich von selbst aufgerichtet und einen Ton geäußert hatte. Beim Licht unserer abgedunkelten Laternen bedeckten wir es sorgfältig mit Blättern und toten Ranken, leidlich sicher, daß die Polizei es in einem derart düsteren und dich-

ten Wald niemals finden würde.

Am nächsten Tag wurde ich wegen der Polizei immer argwöhnischer, denn ein Patient trug uns Gerüchte von einem verdächtigen Boxkampf und Todesfall zu. West hatte noch einen anderen Grund zur Sorge, denn er war am Nachmittag zu einem Fall gerufen worden, der äußerst bedrohlich ausging. Eine Italienerin war wegen ihres vermißten Kindes, eines Jungen von fünf Jahren, der sich früh am Morgen entfernt hatte und zum Mittagessen nicht erschienen war, hysterisch geworden – sie hatte im Hinblick auf ihr schon immer schwaches Herz höchst bedrohliche Symptome entwickelt. Es war eine sinnlose Hysterie, da der Bub schon früher öfter weggelaufen war, aber italienische Bauern sind äußerst abergläubisch, und diese Frau schien von schlechten Vorzeichen wie von Tatsachen ständig beunruhigt zu sein. Ungefähr um sieben Uhr abends war sie gestorben, und ihr verzweifelter Ehemann hatte eine fürchterliche Szene gemacht, indem er versuchte, West umzubringen, den er aufgeregt dafür verantwortlich machte, nicht genug getan zu haben, um ihr Leben zu retten. Freunde hielten ihn fest, als er ein Stilett zog. West verließ sie inmitten unmenschlicher Schreie, Flüche und Racheschwüre. In seinem neuesten Kummer schien der Bursche sein Kind ganz vergessen zu haben, das zu vorgerückter Nachtstunde noch immer vermißt wurde. Es war davon die Rede, die Wälder zu durchsuchen, aber die meisten Freunde der Familie waren mit der toten Frau und dem schreienden Mann beschäftigt. Alles in allem muß die Nervenanspannung für West ungeheuer gewesen sein. Die Gedanken an die Polizei und den verrückten Italiener wogen beide schwer.

Wir zogen uns etwa um elf zurück, aber ich schlief nicht gut. Für eine so kleine Stadt hatte Bolton eine überraschend gute Polizeitruppe, und ich konnte nicht umhin, die Verwicklungen zu fürchten, die sich ergeben würden, so sie der Angelegenheit von gestern Nacht je auf die Spur kämen. Es könnte das Ende

all unserer Arbeit hier bedeuten und vielleicht Gefängnis für uns beide, West und mich. Diese herumschwirrenden Gerüchte von einem Boxkampf wollten mir nicht gefallen. Nachdem die Uhr drei geschlagen hatte, schien mir der Mond ins Gesicht, aber ich drehte mich um, ohne aufzustehen und den Rolladen herunterzulassen. Dann folgte ein ständiges Rütteln an der Hintertür.
Ich lag ruhig und etwas verwirrt da, aber kurz darauf hörte ich West an meine Tür klopfen. Er war mit einem Schlafrock und Hausschuhen bekleidet und hatte einen Revolver und eine elektrische Taschenlampe in der Hand. Aus dem Revolver schloß ich, daß er eher an den verrückten Italiener als an die Polizei dachte.
»Es wäre besser, wenn wir alle beide gingen«, flüsterte er. »Es wäre auf keinen Fall angängig, nicht aufzumachen, und es könnte ein Patient sein – es würde diesen Narren ähnlich sehen, an die Hintertür zu kommen.«
Dann gingen wir beide auf Zehenspitzen hinunter, mit einer Furcht, die teilweise gerechtfertigt und teilweise von der Art war, wie sie dem Wesen der unheimlichen frühen Morgenstunden entspringt. Das Rütteln setzte sich fort, etwas an Lautstärke zunehmend. Als wir die Tür erreichten, öffnete ich vorsichtig den Riegel und stieß sie auf, und da der Mond klar auf die sich abzeichnende Gestalt herniederschien, tat West etwas Ungewöhnliches. Trotz der offensichtlichen Gefahr, Aufmerksamkeit zu erregen und uns eine polizeiliche Untersuchung auf den Hals zu hetzen – ein Umstand, der durch die verhältnismäßig einsame Lage unseres Hauses noch einmal gnädig abgewendet wurde –, entleerte mein Freund, erregt und ganz überflüssig, alle sechs Kammern seines Revolvers in unseren nächtlichen Besucher. Aber dieser Besucher war weder Italiener noch Polizist. Sich schrecklich gegen den gespenstischen Mond abhebend, ragte ein riesiges, mißgestaltetes Geschöpf, wie man es sich nur im Alptraum vorstellen kann – eine Er-

scheinung mit verglasten Augen, tiefschwarz, beinah auf allen vieren, bedeckt mit Moder, Blättern und Ranken, mit geronnenem Blut verschmiert, zwischen den leuchtenden Zähnen ein schneeweißes, schreckliches, länglichrundes Etwas, das in einer winzigen Hand endete.

IV
Der Schrei des Toten

Der Schrei des Toten rief zusätzliches, akutes Grauen vor Dr. West hervor, das mich in späteren Jahren unserer Verbindung heimsuchte. Es ist verständlich, daß so etwas, wie der Schrei des Toten Grauen einflößt, denn es ist offensichtlich kein angenehmes und gewöhnliches Erlebnis; aber ich war an ähnliche Erlebnisse gewöhnt, deshalb litt ich bei dieser Gelegenheit nur wegen der außergewöhnlichen Umstände. Und wie ich angedeutet habe, es waren nicht so sehr die Toten selbst, die mir Angst einflößten.

Herbert West, dessen Teilhaber und Assistent ich war, besaß wissenschaftliche Interessen, die weit über die übliche Routine des Gemeindearztes hinausgingen. Das war der Grund, daß, als er seine Praxis in Bolton eröffnete, er dieses abgelegene Haus nahe dem Potters Field gewählt hatte. Um es kurz und ohne Umschweife auszudrücken, Wests einziges, ihn ganz in Anspruch nehmendes Interesse war das geheime Studium der Lebenserscheinungen und ihres Aufhörens, das zur Wiedererweckung der Toten mit Hilfe einer anregenden Lösung führen sollte. Für diese schrecklichen Experimente war es notwendig, über eine Dauerversorgung mit ganz frischen Leichen verfügen zu können, ganz frisch, da selbst der geringste Verfall die Hirnstruktur hoffnungslos schädigt, und Menschen, weil wir herausgefunden hatten, daß die Lösung für die verschieden gearteten Organismen verschieden zusammengesetzt sein mußte. Scharen von Kaninchen und Meerschweinchen hatten wir getötet und behandelt, aber die Spur führte ins Nichts. West war nie ganz erfolgreich gewesen, weil es uns nie geglückt war, eine genügend frische Leiche zu erhalten. Was wir brauchten, waren Körper, aus denen das Leben soeben erst entflohen war; Körper mit unbeschädigtem Zellsystem und imstande, auf den Impuls in Richtung der Bewegungsart, Leben genannt, zu reagieren. Es bestand die Hoffnung, daß dieses zweite, künstliche Leben durch wiederholte Injektionen zu einem ewigen werden könne, aber wir hatten erfahren, daß ein gewöhnliches, natürliches Leben auf den Eingriff nicht ansprechen würde. Um die künstlichen Lebensantriebe herzustellen, muß das natürliche Leben erloschen sein – die Versuchsobjekte müssen zwar ganz frisch, aber wirklich tot sein.

Die unheimliche Suche hatte begonnen, als West und ich bei der Medizinischen Fakultät der Miskatonic-Universität in Arkham Studenten waren und wir uns das erste Mal der durchweg mechanischen Art der Lebensvorgänge völlig bewußt waren. Das war vor sieben Jahren, aber West sah auch jetzt kaum einen Tag älter aus – er war klein, blond, glattrasiert, von sanfter Stimme und bebrillt, und nur ein gelegentliches Aufblitzen der kalten blauen Augen verriet die sich verhärtende und wachsende Fanatisierung seines Charakters unter dem Druck seiner schrecklichen Forschungen. Unsere Erlebnisse waren häufig äußerst schrecklich gewesen; die Resultate unvollkommener Wiederbelebungen, wenn diese irdischen Friedhofshüllen durch die verschiedenen Abwandlungen der belebenden Lösung in krankhafte, unnatürliche, hirnlose Bewegung galvanisiert wurden.

Eines dieser Wesen hatte einen nervenerschütternden Schrei ausgestoßen, ein anderes sich urplötzlich aufgerichtet, uns beide bewußtlos geschlagen und war dann in gräßlicher Weise Amok gelaufen, bevor es ins Irrenhaus hinter Gitter gebracht wurde; wieder ein anderes, eine Abscheu erregende afrikanische Monstrosität, hatte sich einen Weg aus dem flachen Grab heraus mit den Händen gewühlt und ein Verbrechen begangen – West hatte dieses Versuchsobjekt erschießen müssen. Es gelang uns nie, Leichen zu bekommen, frisch genug, um nach der Wiederbelebung Spuren von Vernunft zu zeigen, und er hatte dadurch namenloses Grauen geschaffen. Es war beunruhigend, daran zu denken, daß eines oder vielleicht zwei dieser Ungeheuer noch am Leben waren – dieser Gedanke folgte uns wie ein Schatten, bis West schließlich unter schrecklichen Umständen verschwand. Aber zur Zeit des Schreies im Kellerlabor des abgelegenen Hauses in Bolton stand unsere Furcht hinter der Besorgnis um äußerst frische Versuchsobjekte zurück. West war begieriger als ich, so daß es mir beinah vorkam, als schaue er halb begehrlich jeder gesunden lebenden Gestalt nach.

Es war im Juli 1910, daß unser Pech in bezug auf Versuchsobjekte ein Ende nahm. Ich war auf einen langen Besuch bei meinen Eltern in Illinois gewesen und traf West bei meiner Rückkehr in einzigartig gehobener Stimmung an. Er hatte, wie er mir aufgeregt erzählte, das Problem der Frische durch ein Verfahren ganz neuer Art gelöst – dem der künstlichen Erhaltung. Ich hatte gewußt, daß er an einer neuen und gänzlich ungewöhnlichen Einbalsamierungsflüssigkeit arbeitete, und war infolgedessen nicht verwundert, daß sie sich als brauchbar erwies; aber ehe er mir Einzelheiten erklärte, stand ich vor einem Rätsel, wie eine derartige Flüssigkeit bei unserer Arbeit nützlich sein könne; da die beanstandete mangelnde Frische der Versuchsobjekte in der Hauptsache auf die Verzögerung zurückging, mit der sie in unsere Hände gelangten. Dies, das sah ich jetzt, hatte West klar erkannt, indem er seine Einbalsamierungsflüssigkeit eher für zukünftigen, denn unmittelbaren Gebrauch geschaffen hatte, und er vertraute dem Schicksal, ihm bald wieder einen frischen, noch unbeerdigten Leichnam zu verschaffen, wie dies vor Jahren geschehen war, als wir den Neger bekamen, der in einem Boxkampf in Bolton getötet worden war. Endlich war ihm das Schicksal hold gewesen, so daß in diesem

Falle in unserem geheimen Kellerlabor ein Leichnam lag, bei dem die Zersetzung unmöglich begonnen haben konnte. Was sich bei der Wiederbelebung ereignen würde und ob wir auf eine Wiedererweckung des Geistes und der Vernunft hoffen konnten, wagte West nicht vorauszusagen. Das Experiment würde ein Markstein in unseren Studien sein, und er hatte den neuen Körper bis zu meiner Rückkehr aufbewahrt, so daß wir beide an dem Schauspiel in gewohnter Weise teilhaben könnten.

West erzählte mir, wie er zu dem Versuchsobjekt gekommen war. Es war ein lebensvoller Mann gewesen, ein gutgekleideter Fremder, gerade mit dem Zug angekommen, um mit der Bolton Kammgarnspinnerei ein Geschäft abzuschließen. Der Weg durch die Stadt war lang gewesen, und zu der Zeit, als der Reisende bei unserem Haus anhielt, um den Weg zur Fabrik zu erfragen, war sein Herz stark überanstrengt worden. Er hatte ein Anregungsmittel zurückgewiesen und war ganz unvermittelt kurz danach tot zusammengebrochen. Wie man erwarten kann, war der Leichnam für West ein Geschenk des Himmels. Während der kurzen Unterhaltung hatte der Fremde erklärt, daß er in Bolton unbekannt sei, und eine anschließende Untersuchung seines Tascheninhalts enthüllte ihn als einen gewissen Robert Leavitt aus St. Louis, der offenbar keine Angehörigen besaß, die wegen seines Verschwindens Ermittlungen anstellen würden. Sollte man diesen Mann nicht ins Leben zurückrufen können, würde niemand etwas von unserem Versuch erfahren. Wir begruben unser Versuchsmaterial in einem dichten Waldstreifen zwischen dem Haus und Potters Field. Andererseits, falls er ins Leben zurückgerufen werden könnte, wäre unser Ruhm glänzend und für immer etabliert. Deshalb hatte West unverzüglich die neue Flüssigkeit ins Handgelenk der Leiche injiziert, um sie bis zu meiner Ankunft frisch zu halten. Die Sache mit dem vermutlich schwachen Herzen schien West nicht allzusehr zu bekümmern. Er hoffte mindestens zu erreichen, was er noch nie vorher erreicht hatte – die Wiederentzündung des Geistesfunkens und vielleicht ein normales, lebendes Geschöpf.

Nun standen in der Nacht des 18. Juli 1910 West und ich im Kellerlabor und starrten auf die weiße, schweigende Gestalt unter der blendenden Bogenlampe. Das Einbalsamierungsgemisch hatte ungeheuer gut gewirkt, denn als ich fasziniert auf die rüstige Gestalt starrte, die zwei Wochen ohne Leichenstarre dagelegen war, fühlte ich mich veranlaßt, mir von West versichern zu lassen, daß das Wesen wirklich tot sei. Diese Versicherung gab er mir bereitwillig, indem er mich daran erinnerte, daß die wiederbelebende Lösung nie ohne genaue Versuche, ob noch Leben vorhanden sei, angewandt wurde, da sie ohne Wirkung bleiben müsse, wenn nur etwas von der ursprünglichen Lebenskraft vorhanden wäre. Während West fortfuhr, die ersten vorbereitenden Schritte zu unternehmen, war ich von der ungeheueren Kompliziertheit des neuen Experiments beeindruckt, eine Kompliziertheit, die so ungeheuer war, daß er sie keiner Hand anvertrauen konnte, die nicht so feinfühlig war wie die seine. Er verbot mir, die Leiche zu berühren, und injizierte ihr zunächst eine Droge ins Handgelenk, genau neben der Stelle, die er angestochen hatte, als er die Einbalsamierungsmischung injizierte. Dies, sagte er, diene dem Zweck, die Mischung zu neutralisieren, um das Organsystem in einen normalen Entspannungszustand zu bringen, so daß die wiederbelebende Lösung ungehindert wirken könne, wenn er sie einspritze. Kurz danach, als eine Veränderung und ein leichtes Beben auf die toten Glieder einzuwirken schien, drückte West gewaltsam einen kissenähnlichen Gegenstand auf das zuckende Gesicht und nahm ihn erst wieder fort, als der Leichnam ruhig und für unseren Wiederbelebungsversuch bereit schien. Der bleiche Enthusiast nahm jetzt noch einige flüchtige Tests im Hinblick auf absolute Leblosigkeit vor, entfernte sich befriedigt und injizierte schließlich in den linken Arm eine genau dosierte Menge des Lebenselixiers, das wir während des Nachmittags mit mehr Sorgfalt zubereitet hatten, als wir sie seit unserer Zeit am College angewandt hatten, als unsere Erfolge noch neu und unsicher waren. Ich kann die unheimliche, atemlose Spannung nicht beschreiben, in der wir den Erfolg mit diesem ersten wirklich frischen Individuum erwarteten – dem ersten, von dem wir erwarten durften, daß es den Mund zu vernünftiger Rede öffnen würde, um uns vielleicht zu berichten, was es jenseits des unermeßlichen Abgrunds erblickt hatte.

West war ein Materialist, der nicht an das Vorhandensein der Seele glaubte und die ganze Bewußtseinstätigkeit körperlichen Erscheinungen zuschrieb, infolgedessen wartete er nicht auf die Enthüllung schrecklicher Geheimnisse aus den Klüften und Höhlen jenseits der Grenze des Todes. Theoretisch war ich mit ihm fast einer Meinung, dennoch bewahrte ich mir noch instinktiv Reste des einfachen Glaubens meiner Väter; weshalb ich nicht umhinkonnte, den Leichnam mit einer gewissen Ehrfurcht und gespannter Erwartung zu betrachten. Außerdem konnte ich den gräßlichen, nicht menschlichen Schrei nicht vergessen, den wir in jener Nacht vernahmen, als wir in dem verlassenen Farmhaus bei Arkham unser erstes Experiment durchführten.

Es war nur wenig Zeit vergangen, bevor ich sah, daß der Versuch kein totaler Versager werden würde. Eine Spur von Farbe stieg in die bis dahin kalkweißen Wangen und verbreitete sich auch unter den merkwürdig üppigen rotblonden Bartstoppeln. West, der seine Hand am Puls des linken Handgelenks hatte, nickte plötzlich bedeutungsvoll, und beinah gleichzeitig zeigte sich auf dem Spiegel, den wir dem Körper vor den Mund hielten, ein leichter Hauch. Ein paar krampfhafte Muskelbewegungen folgten, dann hörbares Atmen und eine sichtbare Bewegung des Brustkorbs. Ich sah auf die geschlossenen Augenlider und glaubte sie zucken zu sehen. Dann öffneten sich die Lider und ließen Augen erkennen, die grau, ru-

hig und lebendig waren, aber noch ohne bewußte Intelligenz und nicht einmal neugierig. In einem Anfall verrückter Laune flüsterte ich Fragen in die sich rötenden Ohren, Fragen, andere Welten betreffend, an die die Erinnerung noch gegenwärtig sein könnte. Darauffolgende Schrecken verjagten sie aus meinem Gedächtnis, aber ich glaube, die letzte, die ich wiederholte, war: »Wo sind Sie gewesen?« Ich weiß noch immer nicht, ob ich darauf eine Antwort bekam, denn aus dem wohlgeformten Munde drang kein Laut, ich weiß jedoch, daß ich mir in diesem Augenblick fest einbildete, daß die schmalen Lippen sich lautlos bewegten und Silben formten, die ich als »erst jetzt« laut ausgesprochen hätte, wenn dieser Satz Sinn oder Bedeutung gehabt hätte. In diesem Augenblick war ich, wie gesagt, infolge der Überzeugung, daß das große Ziel erreicht sei, in gehobener Stimmung, und daß ein wiedererweckter Leichnam deutlich Worte gesprochen hatte, die von wirklicher Vernunft dirigiert wurden. Im nächsten Moment gab es in bezug auf den Triumph keinen Zweifel mehr, zweifellos hatte die Lösung, zum mindesten vorübergehend, ihre Aufgabe, vernunftgemäß und klar erkennbares Leben in dem Toten wiederherzustellen, voll erfüllt. Aber inmitten des Triumphs überkam mich stärkstes Grauen – nicht Grauen vor dem sprechenden Wesen, sondern Grauen vor der Untat; deren Zeuge ich geworden war, und vor dem Mann, mit dem mein Berufsschicksal mich verband.
Denn die wirklich frische Leiche, die sich nun endlich zu vollem und schrecklichem Bewußtsein durchrang, warf mit angstgeweiteten Augen, in Erinnerung an das letzte irdische Erlebnis, verzweifelt in einem Kampf auf Leben und Tod, um Luft zu bekommen, die Hände empor und brach in einer zweiten, diesmal endgültigen Auflösung zusammen, aus der es keine Rückkehr geben konnte, und stieß den Schrei aus, der auf ewig in meinem schmerzenden Gehirn widerhallen wird:
»Hilfe! Bleib mir vom Leibe, du verdammtes flachs-

haariges Scheusal – bleib mir mit deiner Nadel vom Leibe!«

V
Aus dem Schatten steigt das Grauen

Manche Menschen haben von schrecklichen Dingen erzählt, die nie im Druck erschienen, welche sich auf den Schlachtfeldern des großen Krieges ereigneten. Manche dieser Dinge ließen mich schwach werden, bei anderen würgte mich entsetzliche Übelkeit, während wieder andere mich erbeben und im Dunkeln über die Schulter blicken ließen, dennoch glaube ich, mögen diese noch so schlimm sein, das Allerschrecklichste erzählen zu können – das unnatürliche, das unglaubliche Grauen, das aus dem Schatten emporsteigt. Im Jahre 1915 war ich bei einem kanadischen Regiment in Flandern Arzt im Range eines Oberleutnants, einer der vielen Amerikaner, die der Regierung in ihrer Teilnahme am großen Kampf vorangingen. Ich war nicht aus eigenem Antrieb in die Armee eingetreten, sondern eigentlich als selbstverständliche Folge der Anwerbung des Mannes, dessen unentbehrlicher Assistent ich war – des berühmten Bostoner chirurgischen Spezialisten Dr. Herbert West. Dr. West hatte begierig auf eine Chance gewartet, als Militärarzt im großen Krieg dienen können, und als die Chance sich bot, schleppte er mich beinah gegen meinen Willen mit. Es gab Gründe, warum ich froh gewesen wäre, wenn der Krieg uns getrennt hätte, Gründe, aus denen ich die Ausübung des ärztlichen Berufes und Wests Teilhaberschaft immer lästiger fand; aber als er nach Ottawa gezogen war und dank dem Einfluß eines Kollegen einen Arztposten im Rang eines Majors erhielt, konnte ich der zwingenden Überredungskunst eines Mannes, der entschlossen war, daß ich ihn in meiner üblichen Eigenschaft begleiten müsse, nicht widerstehen.
Wenn ich sage, daß West begierig darauf war, an Schlachten teilzunehmen, will ich damit nicht be-

haupten, daß er entweder von Natur kriegerisch oder auf die Rettung der Zivilisation bedacht war. Immer eine eiskalte, intellektuelle Maschine: schmächtig, blond, blauäugig und bebrillt: ich glaube, er rümpfte manchmal ob meiner gelegentlichen Kriegsbegeisterung und meiner Kritik an untätiger Neutralität die Nase. Es gab indessen im umkämpften Flandern etwas, das er brauchte, und um es zu erlangen, mußte er ein militärisches Äußeres annehmen. Was er brauchte, war etwas, das nicht viele Menschen brauchen; das aber mit dem Spezialzweig der Medizin, den er im geheimen zu verfolgen sich entschlossen hatte, zusammenhing, in dem er erstaunliche und gelegentlich schreckliche Resultate erzielt hatte. Es war in der Tat nicht mehr und nicht weniger als der reichliche Nachschub an frisch Gefallenen in allen Stadien der Verstümmelung.

Herbert West benötigte frische Leichen, denn sein Lebenswerk war die Wiedererweckung der Toten. Dieses Werk war seiner eleganten Klientel, die nach seiner Ankunft in Boston so schnell seinen Ruf verbreitet hatte, unbekannt, mir aber nur allzu gut, der ich seit den alten Tagen an der Medizinischen Fakultät der Miskatonic-Universität in Arkham sein engster Freund und einziger Assistent gewesen war. Bereits in diesen Collegetagen hatte er mit seinen schrecklichen Experimenten begonnen, zuerst an kleinen Tieren und dann an menschlichen Leichen, die er sich auf abstoßende Art verschaffte. Es gab eine Lösung, die er in die Venen der toten Geschöpfe injizierte, und sie reagierten auf merkwürdige Weise, wenn sie frisch genug waren. Es hatte ihn viel Mühe gekostet, das richtige Rezept herauszufinden, denn er fand, daß jeder Organtyp ein Stimulans benötigte, das genau auf ihn abgestimmt war. Grauen beschlich ihn, wenn er über seine Teilversager nachdachte; unbeschreibliche Dinge, die auf eine fehlerhafte Lösung oder ungenügend frische Leichen zurückzuführen waren. Eine gewisse Anzahl dieser Versager waren am Leben geblieben – einer befand sich im Irrenhaus, während die anderen verschwunden waren –, und wenn er an vorstellbare, aber praktisch nicht durchzuführende Möglichkeiten dachte, dann erbebte er oft unter seiner üblichen Gelassenheit.

West hatte schnell begriffen, daß absolute Frische das erste Erfordernis für den Gebrauch seiner Versuchsobjekte war, und hatte deshalb zu schrecklichen und ungeheuerlichen Hilfsmitteln beim Leichenraub seine Zuflucht genommen. Im College und in unserer ersten gemeinsamen Praxis in der Fabrikstadt Bolton war meine Einstellung ihm gegenüber in der Hauptsache die einer faszinierten Bewunderung gewesen. Aber als seine Methoden kühner wurden, begann nagende Furcht sich einzustellen. Mir gefiel die Art nicht, wie er gesunde, lebende Wesen betrachtete; dann folgte die alpdruckähnliche Sitzung im Kellerlabor, bei der ich erfuhr, daß ein bestimmtes Versuchsobjekt ein lebender Mensch gewesen war, als er es sich beschafft hatte. Es war das erste Mal gewesen, daß er bei einem Leichnam die Fähigkeit zu vernünftigem Denken wiedererweckt hatte, und sein Erfolg, um solch gräßlichen Preis erkauft, hatte ihn völlig gefühllos gemacht.

Über seine Methoden in den dazwischenliegenden Jahren möchte ich nicht sprechen. Ich war durch nacktes Angstgefühl an ihn gefesselt und erschaute Dinge, die keine Menschenzunge wiederholen möchte. Nach und nach fand ich Herbert West selbst viel schrecklicher als alles, was er tat – damals dämmerte es mir, daß sein einst normaler wissenschaftlicher Eifer, das Leben zu verlängern, zu einer bloßen morbiden und dämonischen Neugier und einer geheimen Vorliebe für Friedhofsromantik degeneriert war. Sein Interesse wurde zur Sucht für das Abstoßende und scheußlich Anomale; er weidete sich an künstlichen Monstrositäten, die die meisten gesunden Menschen vor Angst und Abscheu würden tot umfallen lassen; er wurde hinter seiner bleichen Intellektualität ein anspruchsvoller Baudelaire des physikalischen Experiments – ein müder Heliogabal der Gräber.

Er begegnete Gefahren, ohne zurückzuweichen, er beging ungerührt Verbrechen. Ich glaube, der Höhepunkt war erreicht, als er seine Meinung bestätigt sah, daß geistig gesundes Leben wiederherstellbar sei, und er hatte neue Welten zu erobern versucht, indem er an der Wiederbelebung einzelner Körperteile experimentierte. Er hatte seltsame und originelle Ideen betreffs der unabhängigen Lebensprozesse organischer Zell- und Nervengewebe, die aus dem natürlichen Körpersystem herausgelöst waren, und er erzielte einige gräßliche Anfangserfolge in Gestalt nie sterbenden, künstlich ernährten Gewebes, das er den beinah ausgebrüteten Eiern eines unbeschreiblichen tropischen Reptils entnommen hatte. Er war aufs äußerste bestrebt, zwei biologische Fragen zu klären – ob ein gewisses Ausmaß an Bewußtsein oder vernunftgemäßer Handlungsweise ohne Gehirn möglich wäre, das vom Nervenstrang der Wirbelsäule und verschiedenen Nervenzentren ausgeht, und zweitens, ob eine Art rein geistiger, unfaßbarer Beziehung abseits des Zellmaterials existieren könne, um die chirurgisch getrennten Teile dessen, was zuvor ein einziger lebender Organismus war, miteinander zu verbinden. All diese Forschungsarbeit erforderte einen reichlichen Nachschub frisch hingeschlachteten Menschenfleisches – das war der Grund, warum Herbert West in den großen Krieg eingetreten war.

Die gespenstische, nicht wiederzugebende Geschichte ereignete sich eines Mitternachts, Ende März 1915, in einem Feldlazarett hinter den Linien bei St. Eloi. Ich frage mich heute noch, ob es nicht ein dämonischer Fiebertraum gewesen sein könnte. West hatte in einem östlich gelegenen Zimmer des scheunenartigen Notgebäudes ein Privatlabor, das ihm auf seine Bitte, er wolle sich neue und gründlichere Methoden für die Behandlung bisher hoffnungsloser Verstümmelungsfälle ausdenken, zugeteilt worden war. Er arbeitete dort wie ein Metzger inmitten seiner blutigen Produkte – ich konnte mich nie an den Gleichmut gewöhnen, mit dem er bestimmte Dinge behandelte und einordnete. Manchmal vollbrachte er an den Soldaten wirklich chirurgische Wunder; aber sein Hauptvergnügen war nicht von allgemein bekannter und philanthropischer Art und machte viele Erklärungen der Geräusche nötig, die selbst inmitten dieses Babels der Verdammten ungewöhnlich waren. Zu diesen Geräuschen gehörten häufige Revolverschüsse – auf einem Schlachtfeld nichts Ungewöhnliches, aber entschieden ungewöhnlich in einem Lazarett. Wests wiederbelebte Versuchsobjekte waren weder für ein langes Leben, noch ein großes Publikum bestimmt. Neben menschlichem Körpergewebe verwendete West viel das Körpergewebe des Reptilembryos, das er mit einzigartigem Erfolg gezüchtet hatte. Es eignete sich besser, als menschliches Material dazu, Leben in organlosen Überresten zu erhalten, und das war jetzt die Haupttätigkeit meines Freundes. In einem finsteren Winkel des Labors hielt er über einem merkwürdig aussehenden Brutofen einen großen, verdeckten Behälter, angefüllt mit reptilischem Zellmaterial, das sich vermehrte und aufgebläht und schrecklich anwuchs.

In der Nacht, von der ich spreche, hatten wir ein großartiges neues Versuchsobjekt – einen Mann, der einst körperlich kräftig und von derart hervorragenden Geistesgaben gewesen war, so daß wir eines feinfühligen Nervensystems sicher sein konnten. Es war voller Ironie, denn es war der Offizier, der West zu seinem Posten verholfen hatte und der jetzt unser Teilhaber hätte werden sollen. Außerdem hatte er in letzter Zeit bis zu einem gewissen Grad die Theorie der Wiederbelebung unter West studiert. Major Sir Eric Moreland Clapham-Lee DSO (Distinguished Service Order, für Armeeoffiziere) war der beste Militärarzt unserer Division und war eilends nach St. Eloi beordert worden, als Nachrichten über schwere Kämpfe das Hauptquartier erreichten. Er war im Flugzeug angekommen, das von dem unerschrockenen Leutnant Ronald Hill gesteuert wurde, nur um genau über seinem Ziel abgeschossen zu werden. Der

Absturz war großartig und schrecklich gewesen, Hill war danach nicht mehr zu erkennen, aber das Wrack gab den großen Chirurgen beinah enthauptet, aber anderweitig in intakter Verfassung frei. West hatte sich begierig des leblosen Körpers bemächtigt, der einst sein Freund und wissenschaftlicher Arbeitskamerad gewesen war, und mir graute, als er mit der Lostrennung des Kopfes fertig war und ihn in seinen Höllenkessel mit dem Reptilgewebe legte, um ihn für spätere Experimente zu konservieren und fuhr fort, den enthaupteten Körper auf dem Operationstisch zu behandeln. Er injizierte frisches Blut, vereinigte bestimmte Venen, Arterien und Nerven des kopflosen Halses und schloß die schreckliche Öffnung, indem er Haut von einem unidentifizierten Versuchsobjekt verpflanzte, das eine Offiziersuniform getragen hatte. Ich wußte, was er wollte – sehen, ob dieser hochentwickelte Körper ohne Kopf Zeichen der Geistestätigkeit, die Sir Eric Moreland Clapham-Lee ausgezeichnet hatte, hervorbringen könne. Einst selbst Student der Wiederbelebung, war sein schweigender Rumpf nun grausam dazu bestimmt, sie zu beweisen.

Ich kann West noch heute unter dem unheimlichen elektrischen Licht sehen, wie er seine Wiederbelebungslösung in die Armvene des kopflosen Leichnams injizierte. Ich vermag die Szene nicht zu beschreiben – ich würde schwach werden, falls ich es versuchte, denn solch ein Raum voll klassifizierter Friedhofsreste, mit Blut und geringeren menschlichen Überresten, die den rutschigen Boden beinah knöcheltief bedecken, mit furchtbaren Reptilabnormitäten, die wachsen, Blasen werfen und über einer blinkernden, blaugrünen Geisterflamme in einem abgelegenen Winkel brodeln, ist schierer Wahnsinn.

Das Versuchsobjekt besaß, wie West wiederholt bemerkte, ein wunderbares Nervensystem. Wir versprachen uns viel davon, und als einige zuckende Bewegungen sichtbar wurden, konnte ich fieberhaftes Interesse in Wests Gesicht erkennen. Ich glaube, er war bereit, für seine sich immer mehr verstärkende Ansicht, daß Bewußtsein, Vernunft und Persönlichkeit unabhängig vom Gehirn existieren können, den Beweis zu erbringen – daß der Mensch nicht eine alles verbindende Geisteszentrale besitzt, sondern lediglich einen Mechanismus aus Nervenmasse darstellt, in der jeder Abschnitt in sich mehr oder weniger abgeschlossen ist. West wollte in einer triumphierenden Demonstration das Geheimnis des Lebens ins Bereich der Mythen verweisen. Der Körper zuckte jetzt viel stärker und begann unter unseren aufmerksamen Blicken sich in schrecklicher Weise herumzuwerfen. Die Arme bewegten sich unruhig, die Beine wurden angezogen, und einzelne Muskeln zogen sich zusammen und verkrümmten sich auf widerliche Weise. Dann warf das kopflose Wesen in einer unverkennbaren Verzweiflungsgeste die Arme empor – eine intelligente Verzweiflung, offenbar ausreichend, um alle Theorien Herbert Wests zu bestätigen. Sicherlich erinnerten sich die Nerven der letzten Handlung im Leben dieses Mannes, des Kampfes, sich aus dem abstürzenden Flugzeug zu befreien.

Was folgte, werde ich nie mehr genau erfahren. Es könnte eine völlige Halluzination gewesen sein, verursacht durch den momentanen Schock infolge der plötzlichen und vollständigen Zerstörung des Gebäudes in verheerendem deutschem Granatfeuer – wer kann es bestreiten, da West und ich nachweislich die einzigen Überlebenden waren?

Vor seinem jüngsten Verschwinden pflegte West dies auch zu denken, aber es gab Zeiten, wo ihm dies nicht gelang, denn es war seltsam, daß wir beide die gleiche Halluzination gehabt haben sollten. Der schreckliche Vorfall war an sich nicht besonders bemerkenswert, nur für das, was er nach sich zog. Der Leichnam auf dem Tisch hatte sich in einem blinden und schrecklichen Herumtasten erhoben und wir hatten einen Ton vernommen. Ich würde den Ton nicht eine Stimme nennen, denn er war zu gräßlich. Dennoch war die Tonfärbung noch nicht das Schrecklichste dar-

an. Auch die Mitteilung war es nicht – sie hatte lediglich gebrüllt: »Spring, Ronald, um Gotteswillen, spring!« Das Schrecklichste war ihr Ursprung.
Denn sie war aus dem großen, verdeckten Behälter gekommen, aus dieser Geisterecke schleichender schwarzer Schatten.

VI
Die Grabeslegionen

Als West vor einem Jahr verschwand, verhörte mich die Polizei ausführlich. Sie hatten den Verdacht, daß ich etwas verschweige, und argwöhnten vielleicht noch Schlimmeres, aber ich konnte ihnen nicht die Wahrheit sagen, da sie sie nicht geglaubt hätten. Sie wußten natürlich, daß West mit Arbeiten in Verbindung gebracht wurde, die für gewöhnliche Menschen außerhalb des Glaubwürdigen lagen, denn seine gräßlichen Experimente mit der Wiederbelebung toter Körper waren lange zu umfangreich gewesen, um eine völlige Geheimhaltung zu gewährleisten; aber die letzte, seelenzerstörende Katastrophe enthielt Elemente teuflischer Phantasie, die selbst mich die Wirklichkeit dessen, was ich erblickte, bezweifeln lassen.
Ich war Wests engster Freund und einziger vertraulicher Assistent. Wir hatten uns vor Jahren beim Medizinstudium getroffen, und ich hatte von Anfang an an seinen gräßlichen Forschungen teilgenommen. Er hatte versucht, nach und nach eine Lösung zu vervollkommnen, welche, in die Venen unlängst Verstorbener eingespritzt, das Leben wiederherstellen würde, eine Arbeit, die Unmengen frischer Leichen erforderte und die infolgedessen die schrecklichsten Handlungen mit sich brachte. Noch schockierender waren die Erzeugnisse einiger dieser Experimente – grausliche Fleischmassen, die tot gewesen waren, die West jedoch zu einem blinden, hirnlosen, übelkeitserregenden Leben erweckt hatte. Dies war das Durchschnittsergebnis, denn um den Geist wieder zu er-

wecken, war es nötig, Versuchsobjekte zu haben, so absolut frisch, daß noch kein Verfall die empfindlichen Hirnzellen geschädigt haben konnte.

Dieses Bedürfnis nach ganz frischen Leichen war Wests moralischer Ruin gewesen. Sie waren schwer zu bekommen, und eines schrecklichen Tages hatte er sich seines Versuchsobjekts versichert, als es noch am Leben und voller Vitalität gewesen war. Ein Kampf, eine Nadel und ein starkes Alkaloid hatten es in einen ganz frischen Leichnam verwandelt, und das Experiment war für einen kurzen und denkwürdigen Augenblick erfolgreich gewesen; aber West war mit gefühlloser und abgestumpfter Seele und harten Augen, die manchmal mit einer Art schrecklicher und berechnender Abschätzung Menschen mit besonders hoch entwickeltem Gehirn und ausnehmend kräftiger Gestalt anblickten, daraus hervorgegangen. Gegen Schluß hatte ich vor West tatsächlich große Angst, denn er fing an, mich auch so anzusehen. Die Leute schienen diese Blicke nicht wahrzunehmen, aber sie nahmen meine Furcht wahr und benutzten dieselbe nach seinem Verschwinden als Grundlage für einige absurde Verdächtigungen.

In Wirklichkeit hatte West mehr Angst als ich, denn seine furchtbare Beschäftigung hatte ein Leben der Heimlichkeit und eine Angst vor jedem Schatten zur Folge. In der Hauptsache fürchtete er die Polizei; aber manchmal saß seine Nervosität tiefer und war schwerer zu bestimmen, da sie gewiße unbeschreibliche Dinge betraf, denen er ein krankhaftes Leben eingehaucht hatte und aus denen er dieses Leben nicht entfliehen sah. Er beendete seine Experimente meist mit Hilfe des Revolvers, war aber ein paarmal nicht flink genug gewesen. Da war das erste Versuchsobjekt, auf dessen ausgeraubtem Grab sich später Kratzspuren fanden. Ebenfalls war da der Körper des Professors aus Arkham, der Kannibalismus begangen hatte, ehe er eingefangen und in die Irrenhauszelle nach Sefton gebracht wurde, wo er sechzehn Jahre lang gegen die Wände anrannte. Die meisten der anderen überlebenden Resultate betrafen Dinge, von denen man nicht gern spricht – denn in späteren Jahren war Wests wissenschaftlicher Eifer zu einer ungesunden und wunderlichen Manie geworden, und er hatte sein größtes Geschick darauf verwendet, nicht ganze menschliche Leichen, sondern nur einzelne Körperteile zu beleben, oder Teile, die er mit anderer als menschlicher Organmaterie vereinigt hatte. Es war zu der Zeit, als er verschwand, ungeheuer abstoßend geworden, viele dieser Experimente kann man im Druck nicht einmal andeuten. Der große Krieg, in dem wir beide als Militärärzte dienten, hatte diese Seite von Wests Charakter noch verstärkt.

Wenn ich behaupte, daß Wests Furcht vor seinen Versuchsobjekten verschwommen war, denke ich besonders an ihren verwickelten Charakter. Sie stammte teilweise aus dem Wissen um die Existenz dieser namenlosen Ungeheuer, während ein anderer Teil aus dem Vorgefühl entsprang, sie könnten ihm unter gewissen Umständen körperlichen Schaden zufügen. Ihr Verschwinden gab der Situation etwas Grauenhaftes – er kannte nur den Aufenthaltsort eines einzigen unter ihnen, des bemitleidenswerten Wesens im Irrenhaus. Dann war da noch eine eher nebelhafte Furcht – ein unheimliches Gefühl, das aus einem merkwürdigen Experiment resultierte, das stattfand, als er 1915 in der kanadischen Armee diente. West hatte inmitten einer heftigen Schlacht den Körper des Majors Sir Eric Moreland Clapham-Lee, DSO, eines Arztkameraden, der um seine Experimente wußte und sie hätte wiederholen können, wiederbelebt. Der Kopf war entfernt worden, so daß die Möglichkeiten eines quasiintelligenten Lebens im Rumpf untersucht werden konnten. Gerade, als das Gebäude von deutschen Granaten zerstört wurde, hatte sich der Erfolg eingestellt. Der Rumpf hatte sich vom Verstand gesteuert bewegt, und kaum glaublich, wir waren beide mit Widerwillen sicher, daß artikulierte Töne von dem abgeschnittenen Kopf ausgingen, der in einem schattigen Winkel des Labors lag. Die Granate war uns in gewisser Weise gnädig gewesen – aber West konnte sich nie so sicher fühlen, wie er gewünscht hätte, daß wir tatsächlich die einzigen Überlebenden waren. Er stellte schaudernd Mutmaßungen über eine mögliche Tätigkeit eines kopflosen Arztes an, der die Möglichkeit hatte, die Toten wiederzubeleben.

Wests letzte Wohnung befand sich in einem ehrwürdigen, sehr eleganten Haus, das einen der ältesten Friedhöfe in Boston überblickt. Er hatte den Ort aus symbolischen und merkwürdig ästhetischen Gründen gewählt, da die meisten Gräber aus der Kolonialzeit stammten und infolgedessen für einen Wissenschaftler, der nur ganz frische Leichen sucht, von wenig Nutzen waren. Das Labor befand sich in einem Tiefkeller und war von Arbeitern von außerhalb heimlich errichtet worden, es enthielt einen riesigen Verbrennungsofen zur unauffälligen und vollständigen Beseitigung von Körpern oder Einzelteilen oder künstlich zusammengesetzten Spottgebilden von Körpern, wie sie bei den morbiden Experimenten und unheiligen Vergnügungen des Eigentümers übrigbleiben mochten. Während der Ausschachtung dieses Kellers waren die Arbeiter auf außerordentlich altes Mauerwerk gestoßen, das zweifellos mit dem alten Friedhof zusammenhing, das dennoch zu tief lag, um mit einer dort bekannten Grabstätte in Zusammenhang zu stehen. Nach einigen Berechnungen entschied West, daß es irgendeine Geheimkammer unter dem Grab der Averills sein müsse, wo die letzte Beisetzung im Jahre 1768 stattgefunden hatte. Ich war bei ihm, als er die salpeterhaltigen, triefenden Mauern untersuchte, welche die Spaten und Hacken der Leute freigelegt hatten, und bereitete mich auf den Gruselschauer vor, den das Freilegen jahrhundertealter Grabgeheimnisse mit sich bringen würde; aber zum erstenmal übertraf bei West neue Ängstlichkeit seine natürliche Neugier, und er verriet seine dekadente Charakterstärke, indem er befahl, das Mauerwerk unangetastet zu lassen und zu verputzen. Es bildete dadurch bis zu der letzten höllischen Nacht einen Teil der Mauern des Geheimlabors. Ich erwähnte Wests Dekadenz, muß aber hinzufügen, daß sie eine rein geistige und unbestimmbare Sache war. Nach außen hin blieb er bis zuletzt der gleiche – ruhig, kalt, schmächtig, hellhaarig, mit bebrillten blauen Augen und von einem allgemein jugendlichen Aussehen, das auch die Jahre und seine Ängste nicht zu verändern vermochten. Er schien ruhig, selbst wenn er an das aufgescharrte Grab dachte, und sah sich um, selbst wenn er des fleischfressenden Geschöpfes gedachte, das in Sefton an den Stäben knabberte und sie umklammerte.

Herbert Wests Ende begann eines Abends in unserem gemeinsamen Studierzimmer, als er seine neugierigen Blicke zwischen mir und der Zeitung hin- und hergehen ließ. Die Überschrift eines merkwürdigen Artikels war ihm in den zerknitterten Seiten aufgefallen, und eine namenlose Riesenklaue schien über sechzehn Jahre hinweg nach ihm zu greifen. Etwas Furchtbares und Unglaubliches war im Irrenhaus von Sefton, fünfzig Meilen entfernt, passiert, das die Nachbarschaft bestürzte und die Polizei vor ein Rätsel stellte. In den frühen Morgenstunden war eine Schar schweigender Männer in das Gelände eingedrungen, und ihr Anführer hatte das Aufsichtspersonal geweckt. Er war eine drohende, militärische Gestalt, die sprach, ohne die Lippen zu bewegen und dessen Stimme nach Art der Bauchredner mit einem riesigen schwarzen Koffer, den er trug, zusammenhing. Sein ausdrucksloses Gesicht sah gut aus und war beinah strahlend schön zu nennen, hatte aber den Direktor schockiert, als das Licht der Halle darauffiel – denn es war ein Wachsgesicht mit gemalten Glasaugen. Ein schrecklicher Unfall mußte diesem Mann zugestoßen sein. Ein größerer Mann führte ihn, ein abstoßender Koloß, dessen blau angelaufenes Gesicht, wovon die eine Hälfte von einer unbekannten Krankheit zerfressen schien. Der Sprecher hatte darum gebeten, das menschenfressende Scheusal, das vor sechzehn Jahren aus Arkham hier eingeliefert worden war, unter seinen Schutz zu nehmen, und als man ihm dies verweigerte, gab er das Zeichen, das einen furchtbaren Aufstand herbeiführte. Die Ungeheuer hatten jeden Wärter, der nicht floh, geschlagen, zertrampelt und gebissen, töteten vier und es gelang ihnen schließlich, das Ungeheuer zu befreien. Die Opfer, die sich des Vorfalls ohne Hysterie erinnern konnten, schworen, daß diese Geschöpfe weniger wie Menschen, denn unvorstellbare Automaten, angeführt von ihrem wachsgesichtigen Führer, gehandelt hätten. Bis man Hilfe herbeirufen konnte, hatte man von den Männern und ihrem verrückten Schutzbefohlenen jede Spur verloren.

Von der Stunde an, als er diesen Artikel las, saß West bis Mitternacht wie gelähmt da. Um Mitternacht läutete die Türglocke, wobei er fürchterlich erschrak. Da alle Hausangestellten im Speicher schliefen, ging ich selbst an die Tür. Wie ich der Polizei berichtete, befand sich kein Wagen auf der Straße, nur eine Gruppe seltsamer Gestalten, die eine große, längliche Kiste trugen, die sie im Zugang zur Diele absetzten, nachdem einer von ihnen mit hoher, unnatürlicher Stimme gebrummt hatte: »Expreßzustellung, schon bezahlt.« Sie verließen das Haus im Gänsemarsch mit schlenkernden Schritten, und als ich ihnen nachschaute, wie sie weggingen, hatte ich den komischen Eindruck, daß sie auf den alten Friedhof zugingen, der an die Rückseite des Hauses anstößt. Als ich die Tür hinter ihnen zuwarf, kam West die Stiege herunter und sah sich die Kiste an. Sie maß ungefähr zwei Quadratfuß und trug Wests richtigen Namen und gegenwärtige Adresse. »Von Eric Moreland Clapham Lee, St. Eloi, Flandern.« In Flandern war vor sechs Jahren ein von Granaten getroffenes Lazarett über dem kopflosen, wiederbelebten Rumpf von Dr. Clapham-Lee und seinem abgetrennten Kopf der – vielleicht – artikulierte Töne ausgestoßen hatte, eingestürzt.

Nicht einmal jetzt war West erregt. Seine Verfassung war viel schrecklicher. Er sagte schnell, »Das ist das Ende – aber laß uns dies verbrennen.« Wir trugen das Ding ins Labor hinunter und lauschten. Ich erinnere mich nur weniger Einzelheiten – Sie können sich meine Gemütsverfassung vorstellen –, aber es ist eine unverschämte Lüge, zu behaupten, es sei Herbert Wests Körper gewesen, den ich in den Verbrennungsofen bugsierte. Wir schoben die ganze, uneröffnete Kiste hinein, schlossen die Tür und schalteten den Strom ein. Aus der Kiste drang kein Ton.

West bemerkte zuerst den abfallenden Verputz an jenem Teil der Mauer, wo das alte Grabmauerwerk verdeckt worden war. Ich wollte davonlaufen, aber er hielt mich fest. Dann erblickte ich eine kleine, schwarze Öffnung, fühlte einen geisterhaften, eisigen Wind und roch die Friedhofseingeweide verfaulender Erde. Da war kein Laut, aber gerade dann erlosch das elektrische Licht, und ich sah gegen ein phosphoreszierendes Leuchten aus dem Jenseits eine Schar schweigender, schwer arbeitender Geschöpfe sich abheben, die nur der Wahnsinn – oder Schlimmeres zu schaffen vermochte. Ihre Umrisse waren menschlich, halbmenschlich, teilweise menschlich und gar nicht menschlich – die Horde war grotesk verschiedenartig. Ruhig entfernten sie nach und nach die Steine aus dem alten Gemäuer. Und dann, als die Lücke groß genug war, kamen sie im Gänsemarsch ins Labor, angeführt von dem stolz aufgerichteten Geschöpf mit dem schönen Wachskopf. Eine Art von irrblickendem Ungeheuer hinter dem Anführer bemächtigte sich Herbert Wests. West leistete keinen Widerstand, noch brachte er einen Ton heraus. Dann sprangen alle auf ihn zu und rissen ihn vor meinen Augen in Stücke und trugen die Einzelteile in das unterirdische Gewölbe der unwirklichen Monstrositäten. Wests Kopf wurde von dem Anführer mit dem Wachskopf hinweggetragen, der die Uniform eines kanadischen Offiziers trug. Als er meinen Blicken entschwand, sah ich, daß die blauen Augen hinter den Brillengläsern mit einem Anflug wilder, sichtbarer

Erregung schrecklich aufblitzten.
Hausangestellte fanden mich in der Frühe bewußtlos auf. West war fort. Der Verbrennungsofen enthielt lediglich unidentifizierbare Asche. Detektive haben mich verhört, aber was kann ich ihnen sagen? Sie werden die Tragödie in Sefton nicht mit West in Verbindung bringen; nicht das und auch nicht die Männer mit der Kiste, deren Existenz sie abstreiten. Ich erzählte ihnen von dem Gewölbe, aber sie deuteten auf die glattverputzte Mauer und lachten. Deshalb sage ich nichts mehr. Sie ziehen den Schluß, daß ich entweder ein Irrer oder ein Mörder sei – möglicherweise bin ich verrückt. Aber ich wäre vielleicht nicht verrückt, wenn diese verfluchten Grabeslegionen nicht so stumm gewesen wären.

Der Tempel

(An der Küste von Yucatan aufgefundenes Manuskript)

Am 20. August 1917 deponiere ich, Karl-Heinrich Graf von Altberg-Ehrenstein, stellvertretender Oberbefehlshaber in der Kaiserlich Deutschen Marine und Kommandant des Unterseebootes U-29, diese Flasche und Dokumente an einem mir unbekannten Punkt im Atlantischen Ozean, etwa 20 Grad nördlicher Breite und 35 Grad westlicher Länge, wo mein Schiff kampfunfähig auf dem Grund des Meeres ruht. Ich tue dies aus dem Wunsch heraus, gewisse ungewöhnliche Tatsachen der Öffentlichkeit zugänglich zu machen; etwas, das ich aller Wahrscheinlichkeit nach nicht mehr erleben werde, um es selbst zu tun, da die mich umgebenden Verhältnisse ebenso bedrohlich wie ungewöhnlich sind, und sie beziehen sich nicht nur auf die hoffnungslose Kampfunfähigkeit des U-29, sondern auch auf die in ihrer Art verhängnisvolle Verminderung meines eisernen Willens.

Am Nachmittag des 18. Juni, wie durch Funkspruch dem U-61, unterwegs nach Kiel, mitgeteilt wurde, torpedierten wir den britischen Frachter *Victory*, zwischen New York und Liverpool, bei 45 Grad 16 Minuten nördlicher Breite und 28 Grad 34 Minuten westlicher Länge und erlaubten der Besatzung, in die Boote zu steigen, um für das Admiralitätsarchiv gute Filmbilder zu bekommen. Das Schiff sank sehr malerisch, mit dem Bug voraus, das Heck hoch aus dem Wasser aufragend, während der Schiffsrumpf senkrecht in die Tiefe schoß. Unsere Kamera ließ nichts aus, und ich bedaure, daß solch ein guter Filmstreifen nie in Berlin ankommen sollte. Danach versenkten wir die Rettungsboote mit unseren Bordgeschützen und gingen auf Tauchstellung.

Als wir ungefähr bei Sonnenuntergang wieder zur Oberfläche emporstiegen, fanden wir auf Deck die Leiche eines Matrosen, dessen Hände in merkwürdiger Weise die Reling umklammerten. Der arme Kerl war jung, ziemlich dunkel und sehr hübsch, vielleicht ein Italiener oder Grieche, und er gehörte zweifellos zur Besatzung der *Victory*. Er hatte offensichtlich gerade bei dem Schiff Zuflucht gesucht, das gezwungen gewesen war, sein eigenes zu vernichten – ein Opfer mehr des ungerechten Aggressionskrieges, den die Engländer gegen unser Vaterland führen. Unsere Leute durchsuchten ihn nach Andenken und fanden in seiner Rocktasche einen merkwürdigen geschnitzten Elfenbeingegenstand, der einen lorbeerbekränzten Jünglingskopf darstellte. Mein Offizierskamerad, Leutnant Klenze, glaubte, daß der Gegenstand sehr alt und von künstlerischem Wert sei, weshalb er ihn dem Mann abnahm und für sich behielt. Wie er je in den Besitz eines gewöhnlichen Matrosen gekommen war, konnte sich keiner von uns vorstellen.

Als wir den Toten über Bord warfen, gab es zwei Zwischenfälle, die die Mannschaft stark beunruhigten. Die Augen des Burschen waren geschlossen gewesen, aber als man ihn zur Reling schleifte, öffneten sie sich halb, und einige unterlagen der seltsamen Täuschung, daß sie Schmidt und Zimmer, die sich über den Leichnam beugten, unverwandt und spöttisch anstarrten. Bootsmann Müller, ein älterer Mann, der es hätte besser wissen müssen, wäre er nicht ein abergläubischer Elsässer gewesen, wurde von diesem Eindruck so erregt, daß er den Leichnam im Wasser beobachtete, und er schwor, daß er nach leichtem Untertauchen die Glieder in Schwimmstellung gebracht habe und gen Süden unter Wasser fortgeschwommen sei. Klenze und mir gefiel diese Zurschaustellung bäuerlicher Unwissenheit gar nicht, und wir wiesen die Leute scharf zurecht, besonders Müller.

Am nächsten Tag ergab sich aus der Unpäßlichkeit einiger Besatzungsmitglieder eine sehr unangenehme Lage. Sie litten offenbar unter der Nervenbelastung unserer langen Reise und hatten schlechte Träume gehabt. Einige erschienen ganz verwirrt und benommen, und nachdem ich mich überzeugt hatte, daß sie ihre Krankheit nicht simulierten, entband ich sie von ihren Pflichten. Die See war ziemlich rauh, weshalb wir auf eine Tiefe gingen, in der die Wogen weniger störend waren. Hier war es, trotz einer irgendwie rätselhaften Südströmung, die wir auf unseren ozeanographischen Karten nicht identifizieren konnten, relativ ruhig. Das Stöhnen der Kranken war entschieden ärgerlich, aber da sie offenbar die übrige Mannschaft nicht demoralisierten, ergriffen wir keine schärferen Maßnahmen. Wir hatten die Absicht, zu bleiben, wo wir waren, und das Linienschiff *Dacia* abzufangen, das in Agentenmeldungen aus New York erwähnt worden war.

Am frühen Abend stiegen wir zur Oberfläche empor und fanden die See nicht mehr so schwer. Die Rauchfahne eines Schlachtschiffes hing am nördlichen Horizont, aber unser Abstand und unsere Fähigkeit unterzutauchen machte uns sicher. Worüber wir uns viel mehr ärgerten, war das Geschwätz des Bootsmannes Müller, das immer verworrener wurde, als die Nacht heraufzog. Er war in verabscheuungswürdig kindischer Verfassung und schwatzte von Sinnestäuschungen toter Körper, die unter Wasser an den Seitenfenstern vorbeitrieben, Körper, die ihn anstarrten und an die er sich trotz ihres aufgedunsenen Zustandes erinnerte, daß er sie während einer unserer siegreichen Kriegshandlungen hatte sterben sehen. Er sagte noch, der junge Mann, den wir gefunden und über Bord geworfen hatten, sei ihr Anführer. Das war ziemlich schauerlich und unnatürlich, deswegen legten wir Müller in Eisen und ließen ihn kräftig auspeitschen. Den Leuten gefiel diese Bestrafung nicht, aber Disziplin war notwendig. Wir lehnten auch die Bitte einer von Seemann Zimmer angeführten Delegation ab, den merkwürdigen, geschnitzten Elfenbeinkopf ins Meer zu werfen.

Am 20. Juni wurden die Seeleute Böhm und Schmidt,

die am Tag vorher krank gewesen waren, tobsüchtig. Ich bedauerte, daß kein Arzt zu unserem Offiziersstab gehörte, da deutsche Leben kostbar sind, aber die ununterbrochene Faselei der beiden, betreffs eines gräßlichen Fluches, drohte die Disziplin zu untergraben, weshalb wir drastische Maßnahmen ergriffen. Die Mannschaft nahm den Fall mürrisch zur Kenntnis, aber es schien Müller zu beruhigen, denn er machte uns danach keine Schwierigkeiten mehr. Wir ließen ihn am Abend frei, und er ging schweigend seinen Pflichten nach.

In der darauffolgenden Woche waren wir alle sehr nervös, wir hielten Ausschau nach der *Dacia*. Die Spannung verstärkte sich durch das Verschwinden von Müller und Zimmer, die zweifellos auf Grund der Furcht, die sie verfolgte, Selbstmord begingen, obwohl niemand sie beobachtete, als sie über Bord sprangen. Ich war ganz froh, Müller los zu sein, denn selbst seine Schweigsamkeit hatte die Mannschaft ungünstig beeinflußt. Jedermann schien zum Schweigen geneigt, als ob sie eine Furcht hegten. Viele waren krank, aber niemand verursachte eine Störung. Leutnant Klenze wurde durch die Anspannung reizbar und ärgerte sich über die geringste Kleinigkeit – wie z. B. eine Schule von Delphinen, die sich in immer größerer Anzahl um U-29 scharten, und über die zunehmende Intensität der Süddrift, die nicht auf unseren Karten verzeichnet war.

Es wurde schließlich offenbar, daß wir die *Dacia* ganz verfehlt hatten. Solche Fehlschläge sind nichts Ungewöhnliches, und wir waren eher erfreut denn enttäuscht, denn unsere Rückkehr nach Wilhelmshaven war nun abgemacht. Am Mittag des 28. Juni nahmen wir Kurs auf Nordost, und trotz einiger komischer Verwicklungen mit der ungewöhnlichen Menge Delphine waren wir bald in Fahrt.

Die Explosion im Maschinenraum um 2 Uhr früh kam völlig unerwartet. Man hatte keinen Maschinendefekt und keine Nachlässigkeit des Personals entdeckt, dennoch wurde das Schiff ohne Vorwarnung von einem Ende zum andern durch einen ungeheueren Stoß erschüttert. Leutnant Klenze eilte in den Maschinenraum und fand den Treibstofftank und fast den ganzen Mechanismus zerstört, die Ingenieure Raabe und Schneider waren sofort tot gewesen. Unsere Lage war in der Tat plötzlich sehr ernst geworden, denn obwohl die chemischen Lufterneuerer intakt waren und obwohl wir die Vorrichtung zum Auf- und Untertauchen und zum Öffnen der Luken noch gebrauchen konnten, solange die Druckluft und die Sammlerbatterien aushielten, waren wir machtlos, das Unterseeboot anzutreiben oder zu steuern. In den Rettungsbooten Zuflucht zu suchen, würde bedeuten, uns in die Hände des Feindes zu begeben, der so sinnlos gegen unser großes deutsches Vaterland erbittert ist und unsere Funkanlage, mit deren Hilfe wir uns mit einem anderen U-Boot der Kaiserlichen Marine hätten in Verbindung setzen können, versagte seit dem Gefecht mit der *Victory*.

Von der Stunde dieses Zwischenfalls bis zum 2. Juli trieben wir planlos und ohne einem Schiff zu begegnen, ständig gen Süden. Die Delphine umschwammen unser U-29 noch immer, ein bemerkenswerter Umstand im Hinblick auf die Entfernung, die wir zurückgelegt hatten. Am Morgen des zweiten Juli sichteten wir ein Kriegsschiff, das die amerikanische Flagge führte, und unsere Leute wurden in dem Wunsch, sich zu ergeben, sehr unruhig. Schließlich mußte Leutnant Klenze einen der Seeleute namens Traube erschießen, der mit besonderer Hartnäckigkeit auf dieser undeutschen Handlungsweise bestand. Dies beruhigte die Mannschaft vorübergehend, und wir tauchten, ohne daß man uns erspäht hatte.

Am nächsten Nachmittag tauchte ein dichter Schwarm Seevögel von Süden her auf, und der Ozean begann verhängnisvoll zu wogen. Wir schlossen die Luken und warteten die weitere Entwicklung ab, bis uns klar wurde, daß wir entweder tauchen müßten, oder wir würden von den steigenden Wellen überspült. Unser Luftdruck und der elektrische Strom wurden schwächer, und wir wünschten jeden unnötigen Gebrauch unserer mageren mechanischen Hilfsmittel zu vermeiden, aber in diesem Fall blieb uns keine Wahl. Wir gingen nicht tief herunter und als die See sich nach einigen Stunden etwas beruhigte, entschlossen wir uns, zur Oberfläche zurückzukehren. Hier entstanden indessen neue Schwierigkeiten, denn das Schiff reagierte auf unsere Führung nicht, trotz allem, was die Mechaniker versuchten. Als die Leute wegen dieser Unterwassergefangenschaft Angstzustände bekamen, begannen einige von ihnen von Leutnant Klenzes Elfenbeinfigürchen zu murmeln, aber der Anblick der automatischen Pistole brachte sie zum Schweigen. Wir hielten die armen Teufel auf Trab, so gut wir konnten, und ließen sie an der Maschinerie herumbasteln, obwohl wir wußten, daß es nutzlos war.

Klenze und ich schliefen für gewöhnlich zu verschiedenen Zeiten, und es passierte während meines Schlafes, ungefähr um 5 Uhr früh am 4. Juli, daß die allgemeine Meuterei losbrach. Die sechs verbliebenen Schweine von Seeleuten, argwöhnend, daß wir verloren seien, waren plötzlich wegen unserer Weigerung, uns dem Yankeeschlachtschiff von vor zwei Tagen zu ergeben, in Raserei ausgebrochen und befanden sich in einem Delirium der Verwünschung und Zerstörung. Sie brüllten wie die Tiere, die sie waren, und zerbrachen unterschiedslos Instrumente und Möbel und kreischten von solchem Unsinn wie dem Fluch des Elfenbeinbildes und dem toten dunkelhaarigen Jüngling, der sie angeschaut hatte und fortgeschwommen war. Leutnant Klenze schien wie gelähmt und unfähig, wie man es von einem weichlichen, weibischen Rheinländer erwartet. Ich erschoß alle sechs Mann, da es nötig war, und vergewisserte mich, daß keiner am Leben blieb.

Wir schoben die Leichen durch die Doppelluken hinaus und waren im U-29 allein; Klenze schien sehr nervös und trank übermäßig. Es war beschlossen, daß wir so lange als möglich am Leben bleiben wollten, indem wir uns des großen Lebensmittelvorrats und der chemischen Sauerstoffversorgung bedienten, von denen nichts unter den verrückten Streichen dieser Schweinehunde von Seeleuten gelitten hatte. Unsere Kompasse, Tiefenmesser und andere empfindliche Instrumente waren zerstört, so daß unsere Berechnungen von da an reine Mutmaßungen, gestützt auf unsere Uhren waren. Das Datum und unser offensichtliches Dahintreiben wurden nach Gegenständen beurteilt, die wir durch unsere Seitenfenster und vom Kommandoturm aus erspähen konnten. Glücklicherweise besaßen wir Sammlerbatterien, die noch lang gebrauchsfähig sein würden, sowohl für die Innenbeleuchtung als auch für den Scheinwerfer. Wir ließen häufig den Strahl um das Schiff kreisen, aber wir sahen lediglich Delphine, die parallel zu unserem Treibkurs schwammen. Ich war an diesen Delphinen wissenschaftlich interessiert, denn obwohl der gewöhnliche *Delphinus delphis* ein walartiges Säugetier ist, das nicht ohne Luft leben kann, beobachtete ich einen der Schwimmer für zwei Stunden genau, sah ihn aber seine Stellung unter Wasser nicht ändern.

Während die Zeit verstrich, stellten Klenze und ich fest, daß wir noch immer nach Süden trieben und dabei tiefer und tiefer sanken. Wir beobachteten die Meeresfauna und -flora, und ich las darüber viel in den Büchern, die ich für meine Freizeit mitgebracht hatte. Ich konnte indessen nicht umhin, die geringen wissenschaftlichen Kenntnisse meines Begleiters wahrzunehmen. Er hatte keine preußische Geisteshaltung, sondern gab sich nutzlosen Einbildungen und Spekulationen hin. Die Tatsache unseres nahenden Todes beeinflußte ihn in seltsamer Weise, er pflegte häufig in Reue für die Männer, Frauen und Kinder zu beten, die wir auf den Grund des Meeres geschickt hatten, wobei er vergaß, daß alles edel ist, was dem Deutschen Reich dient. Mit der Zeit geriet er merklich aus dem Gleichgewicht, starrte für Stunden seine Elfenbeinschnitzerei an und begann phantastische Garne von vergessenen Dingen auf dem Grund des Meeres zu spinnen. Manchmal pflegte ich ihn in einem psychologischen Experiment in seinen irren Reden vorwärts zu locken und seinen endlosen Zitaten und Geschichten von versunkenen Schiffen zu lauschen. Er tat mir sehr leid, denn ich habe es nicht gern, einen Deutschen leiden zu sehen, aber er war nicht der richtige Mann, um mit ihm gemeinsam zu sterben. Ich war auf mich selber stolz in dem Bewußtsein, wie das Vaterland mein Andenken ehren und wie man meine Söhne lehren würde, Männer wie ich zu sein.

Am 9. August erblickten wir den Meeresboden und ich ließ einen starken Scheinwerferstrahl darübergleiten. Es war eine ungeheure wellige Ebene, meist mit Seetang bedeckt und mit den Schalen kleiner Weichtiere übersät. Hier und dort sah man schlammige Dinge von rätselhaftem Umriß, mit Tang behangen und von Entenmuscheln überkrustet, die Klenze als alte Schiffe erklärte, die in ihrem nassen Grab ruhen. Ein Ding erschien ihm besonders rätselhaft, ein spitz hervorragendes Stück festen Materials, das an seinem Scheitelpunkt nahezu vier Fuß aus dem Meeresboden emporragte, ungefähr zwei Fuß dick mit flachen Seiten und glatten Oberflächen, die in sehr stumpfem Winkel aufeinandertrafen. Ich nannte die Spitze ein Stück Felsausbiß, aber Klenze glaubte, Bildwerke darauf zu erkennen. Nach einer Woche begann er zu zittern und wandte dem Anblick den Rücken zu, als ob er Angst habe, dennoch konnte er keine Erklärung geben, außer daß er sich von der riesigen Ausdehnung, der Dunkelheit, Entrücktheit, Altertümlichkeit und dem Geheimnisvollen der Meeresabgründe überwältigt fühlte. Sein Geist war ermüdet, aber ich bin und bleibe ein Deutscher und nahm zweierlei schnell wahr, daß U-29 dem Wasserdruck der Tiefsee blendend standhielt und daß die seltsamen Delphine noch immer um uns waren, selbst in einer Tiefe, in der die Existenz höherer Lebewesen von den meisten Naturwissenschaftlern für unmöglich gehalten wird. Ich war sicher, daß ich unsere Tiefe vorher überschätzt hatte, aber nichtsdestoweniger mußten wir uns tief genug befinden, um diese Phänomene bemerkenswert erscheinen zu lassen. Unsere Geschwindigkeit gen Süden, nach dem Meeresboden zu schätzen, war ungefähr so, wie ich sie nach den auf höherem Niveau angetroffenen Lebewesen berechnet hatte.

Um 3.15 Uhr nachmittags schnappte der arme Klenze völlig über. Er war im Kommandoturm gewesen und hatte den Scheinwerfer bedient, als ich ihn in die Bibliotheksabteilung, wo ich lesend saß, hereinplatzen sah, und sein Gesicht verriet ihn sofort. Ich werde wiederholen, was er sagte, und die Worte, die er betonte, unterstreichen: »*ER* ruft! ER ruft! Ich höre ihn. Wir müssen gehen!« Während er dies sagte, nahm er das Elfenbeinbild vom Tisch, steckte es in die Tasche und ergriff meinen Arm in dem Bestreben, mich über die Kajütentreppe auf Deck zu schleifen. Ich begriff augenblicklich, daß er die Luke zu öffnen beabsichtigte, um sich mit mir ins Wasser draußen zu stürzen; ein närrischer Einfall selbstmörderischer und mörderischer Manie, auf den ich keineswegs vorbereitet war. Als ich mich sträubte und ihn zu beruhigen versuchte, wurde er gewalttätiger und sagte: »Komm jetzt – warte nicht bis später, es ist besser, zu bereuen und Vergebung zu erlangen, als Trotz zu bieten und verdammt zu werden.« Dann versuchte ich das Gegenteil der Beruhigungstaktik und sagte ihm, er sei verrückt – bemitleidenswert geisteskrank. Aber er blieb ungerührt und schrie: »Wenn ich verrückt bin, dann ist es Barmherzigkeit! Mögen die Götter den Menschen bedauern, der in seiner Verstocktheit bis zum schrecklichen Ende bei Verstand bleibt! Komm und werde verrückt, solange *ER* dir noch Barmherzigkeit verheißt!«

Dieser Ausbruch schien den Druck in seinem Gehirn zu entlasten, denn als er fertig war, wurde er viel sanfter und bat mich, ihn allein gehen zu lassen, wenn ich ihn nicht begleiten wolle. Mein Weg wurde mir sofort klar. Er war zwar Deutscher, aber nur ein Rheinländer und ein Gemeiner und jetzt ein möglicherweise gefährlicher Verrückter. Indem ich auf seine Selbstmordpläne einging, konnte ich mich augenblicklich eines Menschen entledigen, der kein Kamerad mehr war, sondern eine Bedrohung. Ich bat ihn, mir das Elfenbeinbild zu geben, bevor er mich verließ, aber diese Bitte löste bei ihm ein derart unheimliches Gelächter aus, daß ich sie nicht wiederholte. Dann fragte ich ihn, ob er seiner Familie in Deutschland ein Andenken oder eine Haarlocke hinterlassen wolle, für den Fall, daß ich gerettet würde, aber er lachte nur noch einmal sein komisches Lachen. Während er die Leiter erstieg, begab ich mich zu den Druckhebeln und betätigte den Mechanismus, der ihn in den Tod sandte, in den entsprechenden Zeitabständen. Nachdem ich sah, daß er nicht mehr im Boot war, ließ ich den Scheinwerferstrahl, in der Absicht, einen letzten Blick auf ihn zu erhaschen, rundum durchs Wasser gleiten, da ich mich versichern wollte, ob das Wasser, wie es theoretisch der Fall sein müßte, ihn sofort plattquetschen oder ob der Körper unbeeinflußt bleiben würde, wie der dieser ungewöhnlichen Delphine. Es gelang mir indessen nicht, meinen toten Kameraden zu finden, denn die Delphine ballten sich dicht und mir die Sicht raubend um den Kommandoturm.

An diesem Abend bedauerte ich wiederholt, daß ich das Elfenbeinbild dem armen Klenze nicht aus der Tasche genommen hatte, als er mich verließ, denn die Erinnerung daran faszinierte mich. Ich konnte den jugendlich schönen Kopf mit seinem Blätterkranz nicht vergessen, obwohl ich von Natur kein Künstler bin. Es tat mir auch leid, daß ich niemand mehr hatte, mit dem ich mich unterhalten konnte. Klenze, obwohl mir geistig nicht ebenbürtig, war immer noch besser als niemand. Ich schlief in dieser Nacht nicht sehr gut und fragte mich, wann genau das Ende kommen würde. Ich hatte sicherlich so gut wie keine Chance, gerettet zu werden.

Am nächsten Tag stieg ich zum Kommandoturm empor und begann die üblichen Untersuchungen bei Scheinwerferlicht. Gen Norden war die Aussicht ziemlich dieselbe, wie an den vier vorangegangenen Tagen, seit wir den Grund gesichtet hatten, aber ich bemerkte, daß das Driften des U-29 sich verlangsamt hatte. Als ich den Strahl nach Süden kreisen ließ, stellte ich fest, daß der Meeresboden davor stark abschüssig abfiel und an verschiedenen Stellen merkwürdig regelmäßige Steinblöcke trug, die gemäß einem bestimmten Plan angeordnet waren. Das Boot glitt nicht sofort ab, um sich der größeren Meerestiefe anzupassen, weshalb ich bald gezwungen war, den Scheinwerfer zu verstellen, um einen starken Strahl nach unten zu senden. Infolge des plötzlichen Wechsels löste sich ein Draht, dessen Reparatur eine Verzögerung von mehreren Minuten nötig machte; aber endlich ging das Licht wieder an und überflutete das Meerestal unter mir.

Ich bin zu keinerlei Gemütsbewegung geneigt, aber meine Verwunderung war sehr groß, als ich sah, was sich mir beim Schein des elektrischen Lichtes darbot. Dennoch hätte ich als jemand, der in der besten preußischen Kulturtradition erzogen wurde, nicht so verwundert sein dürfen, denn Geologie und Tradition erzählen uns gleichermaßen von großen Verschiebungen in Meeres- und Kontinentalregionen. Was ich erblickte, war eine Anzahl kunstvoller, verfallener Gebäude, alle von großartiger, wenn auch noch unbestimmbarer Architektur in verschiedenen Erhaltungsstadien. Die meisten schienen aus Marmor zu bestehen und leuchteten weiß im Strahl des Scheinwerfers; der Grundriß war der einer großen Stadt auf dem Grunde eines schmalen Tales mit zahlreichen, einzeln stehenden Tempeln und Villen auf den steilen Abhängen darüber. Die Dächer waren eingefallen und die Säulen geborsten, aber trotzdem blieb ein Schimmer unendlich alten Glanzes, den nichts auszulöschen vermochte.

Da ich endlich Atlantis gegenüberstand, das ich bisher größtenteils für eine Mythe gehalten hatte, war ich der eifrigste aller Forscher. Einst war auf dem Boden des Tales ein Fluß dahingeströmt; denn als ich die Szenerie genauer untersuchte, erblickte ich Überreste von Stein- und Marmorbrücken, Seemauern, Terrassen und Uferdämmen, die einst blühend und schön gewesen waren. In meiner Begeisterung wurde ich beinahe so idiotisch und sentimental wie der arme Klenze und nahm erst sehr langsam wahr, daß die Südströmung endlich zum Stillstand gekommen war, was dem U-Boot erlaubte, auf der versunkenen Stadt zum Halten zu kommen, so wie ein Flugzeug auf einer Stadt der Oberwelt landet. Ich wurde mir auch nur sehr langsam bewußt, daß die Schule der ungewöhnlichen Delphine verschwunden war.

In ungefähr zwei Stunden lag das Boot auf einer gepflasterten Plaza dicht bei der Felsenwand des Tales. Nach der einen Seite konnte ich die ganze Stadt sehen, die sich von der Plaza aus zum ehemaligen Flußufer abwärtszog, und in überraschender Nähe sah ich mich der reich geschmückten und völlig erhaltenen Fassade eines großen Gebäudes, offenbar eines Tempels, gegenüber, der aus dem soliden Fels herausgehauen war. Über die ursprüngliche Art der Bearbeitung kann ich nur Vermutungen anstellen. Die Fassade, von ungeheueren Ausmaßen, deckt offenbar einen durchgehend hohlen Raum, denn ihre Fenster sind zahlreich und weit verteilt. In der Mitte gähnt eine große offene Tür, zu der eine eindrucksvolle Treppenflucht führt, eingefaßt von exquisiten Bildhauerarbeiten, die die Gestalten eines Bacchanals im Relief zeigten. Zuvorderst sind die großen Säulen und Friese, beide mit Skulpturen von unvorstellbarer Schönheit geschmückt, die offenbar idealisierte ländliche Szenen und Prozessionen von Priestern und Priesterinnen darstellen, die seltsame Zeremonialgegenstände für die Verehrung eines strahlenden Gottes tragen. Die Kunst ist von phänomenaler Vollkommenheit, in der Grundidee größtenteils hellenistisch, doch merkwürdig individuell. Sie vermittelt den Eindruck außerordentlichen Alters, als sei sie eher der entfernteste, als der unmittelbare Vorfahre der griechischen Kunst. Auch gibt es für mich keinen Zweifel, daß dieses massive Werk aus dem unberührten Hügelfelsen unseres Planeten geschaffen wurde. Es ist sichtbarlich ein Teil der Talwand, ich kann mir jedoch kaum vorstellen, wie der riesige Innenraum je ausgehöhlt werden konnte. Vielleicht bildete eine Höhle oder eine Reihe von Höhlen den Kern. Weder Alter noch Überflutung haben die uralte Größe dieser Ehrfurcht einflößenden heiligen Stätte – denn eine heilige Stätte muß es in der Tat sein – annagen können, und heute, nach Tausenden von Jahren, ruht sie, ungetrübt und unversehrt, in der endlosen Nacht und dem Schweigen der Meeresabgründe. Ich kann die Anzahl der Stunden nicht mehr zählen, die ich damit verbrachte, die versunkene Stadt mit ihren Gebäuden, Arkaden, Statuen, Brücken und dem Kolossaltempel mit seiner Schönheit und seinem Geheimnis zu betrachten.

Obschon ich wußte, daß ich dem Tode nahe war, verzehrte mich die Neugier, und ich ließ den Scheinwerferstrahl in eifriger Suche kreisen. Der Lichtstrahl gestattete mir, viele Einzelheiten zu erkennen, aber es gelang ihm nicht, etwas innerhalb der Türöffnung des aus dem Felsen gehauenen Tempels erkennen zu lassen; weshalb ich nach einiger Zeit den Strom abschaltete, da mir bewußt war, daß es nötig sei, Energie zu sparen. Die Strahlen waren jetzt merklich schwächer, als sie es während der Wochen des Dahintreibens gewesen waren. Als ob geschärft durch den bevorstehenden Verlust des Lichtes, wurde mein Wunsch, die Geheimnisse des Wassers zu ergründen, größer. Ich, ein Deutscher, würde der erste sein, diese seit Äonen vergessenen Wege zu betreten! Ich holte einen aus Metall zusammengefügten Taucheranzug hervor prüfte ihn und probierte das tragbare Licht und den Lufttank aus. Obwohl ich Mühe haben würde, die Doppelluken allein zu bedienen, glaubte ich, dieses Hindernis mit meinem wissenschaftlichen Geschick überwinden und dann wirklich in der toten

Stadt umhergehen zu können.

Am 16. August gelang mir der Ausstieg aus U-29, und ich bahnte mir mühselig einen Weg durch die verfallenen, schlammverstopften Straßen zum früheren Fluß. Ich fand keine Skelette oder andere menschliche Überreste, aber ich sammelte Schätze an archäologischen Erkenntnissen aus den antiken Skulpturen und Münzen. Über all dies kann ich jetzt nicht sprechen, außer daß ich Ehrfurcht gegenüber einer Kultur äußere, die am Zenit ihres Ruhmes stand, als noch Höhlenbewohner Europa durchstreiften und der Nil unbeachtet ins Meer floß. Andere, denen dieses Manuskript als Führer dienen mag, sollte es je gefunden werden, müssen Geheimnisse entschleiern, die ich nur andeuten kann. Ich kehrte zum Boot zurück, als meine Batterie schwächer wurde, entschlossen, den Felsentempel am darauffolgenden Tag zu erkunden.

Am 17. August, als mein Wunsch, die Geheimnisse des Tempels zu erforschen, noch stärker zugenommen hatte, überkam mich eine große Enttäuschung, als ich herausfand, daß das Material, das nötig war, um die tragbare Lampe wieder aufzufüllen, in der Meuterei dieser Schweine im Juli kaputtgegangen war. Ich hatte eine maßlose Wut, dennoch hinderte mich meine Vernunft, unvorbereitet in das stockfinstere Innere vorzudringen, das sich als Höhle eines unbeschreiblichen Seeungeheuers, oder als ein Labyrinth von Gängen erweisen könnte, aus denen es für mich kein Entrinnen geben würde. Alles, was ich tun konnte, war, den schwach gewordenen Scheinwerfer einzuschalten und mit seiner Hilfe die Tempelstufen zu erklimmen und die Bildhauerarbeiten der Außenseite zu studieren. Der Lichtstrahl drang in einem Aufwärtswinkel durch die Tür, und ich spähte hinein, um etwas erkennen zu können, aber vergebens. Nicht einmal das Dach war zu erkennen, aber obwohl ich einen oder zwei Schritte ins Innere tat, nachdem ich den Boden mit einem Stock untersucht hatte, wagte ich es nicht, weiter hineinzugehen. Um so mehr, als mich das erste Mal in meinem Leben ein Gefühl

der Furcht beschlich. Mir begann klarzuwerden, was die Launen des armen Klenze verursacht hatte, denn obwohl der Tempel mich mehr und mehr anzog, fürchtete ich seine wäßrigen Abgründe mit blindem und zunehmendem Entsetzen. Ins Unterseeboot zurückgekehrt, machte ich das Licht aus und saß gedankenvoll im Dunkeln. Der Strom mußte jetzt für Notfälle aufgespart werden.
Samstag, den 18. August, verbrachte ich in völliger Dunkelheit, gequält von Gedanken und Erinnerungen, die meinen Willen zu überwältigen drohten. Klenze war verrückt geworden und umgekommen, bevor er bei diesem Überbleibsel einer ungesunden, weit zurückliegenden Vergangenheit angelangt war, und hatte mir geraten, mit ihm zu gehen. Erhielt mir das Schicksal tatsächlich nur deshalb den Verstand, um mich unwiderstehlich einem Ende zuzuführen, das schrecklicher und unausdenkbarer war als alles, was der Mensch erträumen könnte? Klar, meine Nerven waren krankhaft angespannt, und ich muß diese Merkmale schwächerer Menschen ablegen.
Samstag nacht konnte ich nicht schlafen und schaltete das Licht ohne Rücksicht auf die Zukunft ein. Es war ärgerlich, daß die Elektrizität nicht solange vorhalten würde wie die Luft und die Vorräte. Meine Gedanken an einen Gnadentod wurden wieder wach, und ich prüfte meine automatische Pistole. Gegen Morgen muß ich bei brennendem Licht eingeschlafen sein, denn ich wachte gestern nachmittag im Dunkeln auf und fand die Batterien erschöpft. Ich strich mehrere Zündhölzer hintereinander an und bedauerte verzweifelt die Unvorsichtigkeit, die uns schon vor langer Zeit veranlaßt hatte, die wenigen Kerzen zu verbrauchen, die wir mitführten.
Nach dem Erlöschen des letzten Zündholzes, das ich zu verschwenden wagte, saß ich ganz still ohne Licht da. Als ich über das unvermeidliche Ende nachdachte, ließ ich meinen Geist über die vorhergegangenen Ereignisse schweifen, und ein bisher unbewußter Eindruck verstärkte sich, der einen schwächeren und

abergläubischeren Menschen hätte schaudern machen. *Der Kopf des strahlenden Gottes auf den Bildhauerarbeiten des Felsentempels ist der gleiche wie der des geschnitzten Elfenbeinstückes, das der tote Matrose aus dem Meere gebracht und das der arme Klenze dorthin zurückgetragen hatte.*
Ich war ob dieser Zufälligkeit etwas bestürzt, geriet aber nicht in Panik. Nur der primitive Denker ist schnell dabei, das Einzigartige und Komplizierte auf dem kürzeren Weg des Übernatürlichen zu erklären. Die Koinzidenz war merkwürdig, aber ich war ein zu nüchterner Denker, um Dinge miteinander zu verbinden, die keine logische Verbindung zulassen, oder die schrecklichen Ereignisse auf unheimliche Weise mit den verhängnisvollen Vorkommnissen in Verbindung zu bringen, die von der *Victory* Affäre zu meiner gegenwärtigen Notlage geführt hatten. Ich nahm ein Schlafmittel, da ich mich ruhebedürftig fühlte, und verschaffte mir etwas mehr Schlaf. Der Zustand meiner Nerven spiegelte sich in meinen Träumen wider, denn ich schien die Schreie Ertrinkender zu hören und tote Gesichter zu sehen, die sich gegen die Seitenfenster des Bootes preßten. Und mitten unter den toten Gesichtern war das lebende, spöttische Gesicht des Jünglings mit dem Elfenbeinbild.
Ich muß sehr achtgeben, wenn ich mein heutiges Erwachen niederschreibe, denn ich bin abgespannt, und Einbildungen mischen sich notwendigerweise mit Tatsachen. Psychologisch ist mein Fall äußerst interessant, und ich bedaure, daß ich nicht von einer kompetenten Kapazität wissenschaftlich beobachtet werden kann. Als ich die Augen öffnete, war mein erstes Empfinden ein überwältigender Wunsch, den Felsentempel aufzusuchen, ein Wunsch, der ständig größer wurde, dem ich mich dennoch aus einem Furchtgefühl heraus zu widersetzen versuchte, das mich in die Gegenrichtung drängte.
Als nächstes empfing ich den Eindruck von *Licht* inmitten der Finsternis der erschöpften Batterien, ich schien durch das Seitenfenster, das zum Tempel hin-

ausging, eine Art phosphoreszierenden Leuchtens im Wasser zu sehen. Dies erregte meine Neugier, denn mir war kein Tiefseeorganismus bekannt, der ein derartiges Leuchten auszusenden vermöchte. Aber bevor ich es näher untersuchen konnte, drang ein dritter Eindruck auf mich ein, der mich wegen seiner Widersinnigkeit veranlaßte, die Wirklichkeit all dessen, was meine Sinne wahrnahmen, anzuzweifeln. Es war eine Gehörtäuschung; ein Empfinden rhythmischen, melodischen Klanges, wie von einer unheimlichen, dennoch schönen Weise oder einem Choral, der von außen die absolut schalldichte Hülle des U-29 durchdrang. Von meiner psychologischen und nervlichen Anomalität überzeugt, strich ich einige Zündhölzer an und schenkte mir eine steife Dosis einer Bromnatriumlösung ein, die mich so weit zu beruhigen schien, daß sie die Klangillusion zerstreute. Aber das phosphoreszierende Leuchten blieb, und ich konnte nur mit Mühe dem kindischen Drang widerstehen, an das Seitenfenster zu treten und seinen Ursprung auszumachen. Es war grauenhaft realistisch, und ich vermochte mit seiner Hilfe bald die mich umgebenden vertrauten Gegenstände zu unterscheiden, ebenso wie das leere Bromnatriumglas, das ich vorher an seinem Platz nicht hatte sehen können. Dieser Umstand machte mich nachdenklich, und ich durchmaß den Raum und berührte das Glas. Es befand sich wirklich an der Stelle, wo ich es zu sehen geglaubt hatte. Nun wußte ich, daß das Licht entweder echt oder Teil einer Sinnestäuschung war, so fixiert und beständig, daß ich nicht hoffen konnte, sie zu zerstreuen, weshalb ich, jeden Widerstand aufgebend, den Kommandoturm erstieg um nach der Ursache des Leuchtens zu suchen. Konnte es nicht in Wirklichkeit ein anderes U-Boot sein, das Aussicht auf Rettung bot?
Es wird gut sein, wenn der Leser nichts von dem, was folgt, als objektive Wahrheit nimmt, denn seit die Ereignisse die Grenzen der Naturgesetze überschreiten, sind sie notgedrungen die subjektiven und unwirklichen Erzeugnisse meines überreizten Gei-

stes. Als ich den Kommandoturm erreichte, fand ich das Meer im allgemeinen viel weniger leuchtend, als ich erwartet hatte. Nirgends war ein tierisches oder pflanzliches Leuchten, und die Stadt, die sich zum Fluß hinunterzog, war in der Schwärze unsichtbar. Was ich sah, war weder großartig noch grotesk oder erschreckend, dennoch kostete es mich den letzten Rest des Vertrauens in meinen Bewußtseinszustand. *Denn die Türen und die Fenster des aus dem felsigen Hügel herausgehauenen Tempels erglühten lebhaft in flackerndem, strahlendem Glanz, wie von einer mächtigen Altarflamme tief im Innern.*
Die späteren Ereignisse sind verworren. Als ich die unheimlich erleuchtete Tür und die Fenster anstarrte, unterlag ich den ausgefallensten Visionen – Visionen, derart ausgefallen, daß ich sie nicht einmal schildern kann. Ich bildete mir ein, daß ich im Tempel Objekte erkennen konnte, Objekte, teils stehend, teils bewegt, und schien von neuem den unwirklichen Gesang zu hören, der auf mich eingedrungen war, als ich erwachte. Und über alldem stiegen Gedanken und Ängste empor, die sich auf den Jüngling aus dem Meer und das Elfenbeinbild verdichteten, dessen Abbild auf dem Fries und den Säulen des Tempels vor mir wiederkehrte. Ich gedachte des armen Klenze und fragte mich, wo sein Körper das Bildnis, das er ins Meer zurückgebracht hatte, wohl ruhen mögen. Er hatte mich vor etwas gewarnt – und ich hatte es nicht beachtet –, aber er war ein schwachköpfiger Rheinländer, der über Unannehmlichkeiten verrückt wurde, die ein Preuße ohne weiteres ertragen kann.

Der Rest ist einfach. Mein Drang, den Tempel aufzusuchen und zu betreten, ist nun ein unerklärbarer und gebieterischer Befehl geworden, dem ich mich letzten Endes nicht widersetzen kann. Mein eigener Wille kontrolliert meine Handlungsweise nicht mehr, und freie Entscheidung ist von jetzt an nur noch in kleinen Dingen möglich. Es war dieser Wahnsinn, der Klenze barhäuptig und ungeschützt aufs Meer hinaus in den Tod trieb; ich aber bin ein Preuße und ein Mann von gesundem Menschenverstand, und ich werde bis zum Letzten das bißchen verbliebenen Willens gebrauchen. Als ich zuerst erkannte, daß ich gehen muß, bereitete ich meinen Taucheranzug, den Helm und den Lufterneuerer zum schnellen Anlegen vor und begann sofort, diese gedrängte Chronik niederzuschreiben, in der Hoffnung, daß sie eines Tages die Welt erreichen möge. Ich werde das Manuskript in eine Flasche einschließen und es dem Meere anvertrauen, wenn ich U-29 für immer verlasse.

Ich habe keine Furcht, nicht einmal vor den Prophezeiungen des wahnsinnigen Klenze. Was ich gesehen habe, kann nicht wirklich sein. Ich weiß, daß mein eigener Wahnsinn höchstens zur Erstickung führen wird, wenn mein Luftvorrat zu Ende ist. Das Licht im Tempel ist schiere Wahnvorstellung, und ich werde wie ein Deutscher gefaßt in dieser schwarzen und vergessenen Tiefe sterben. Das teuflische Gelächter, das ich beim Schreiben höre, kommt nur aus meinem eigenen, schwach gewordenen Gehirn. So will ich denn sorgfältig meinen Anzug anlegen und kühn die Stufen dieses urzeitlichen Tempels emporsteigen, dieses schweigenden Geheimnisses unergründlicher Wasser und ungezählter Jahre.

Er

Ich sah ihn in einer schlaflosen Nacht, als ich verzweifelt herumwanderte, um meine Seele und meine Wunschvorstellungen zu retten. Es war ein Fehler gewesen, nach New York zu kommen; denn wo ich in dem wimmelnden Labyrinth alter Straßen, die sich endlos von vergessenen Gassen, Plätzen und Uferbezirken zu Gassen, Plätzen und Uferbezirken schlängeln, die genauso vergessen sind, und in den gigantischen modernen Türmen und Zinnen, die sich schwärzlich und riesengroß unter dem abnehmenden Mond erheben, nach prickelnden Wundern und Inspirationen gesucht hatte, fand ich statt dessen nur ein Gefühl des Grauens und der Bedrückung, das mich zu überwältigen, zu beherrschen und zu vernichten drohte.
Die Ernüchterung war nach und nach eingetreten. Als ich mich zuerst der Stadt näherte, hatte ich sie bei Sonnenuntergang von einer Brücke aus erblickt, majestätisch über dem Wasser aufragend, ihre unglaublichen Gipfel und Pyramiden erhoben sich blumengleich und zart aus Seen violetten Dunstes, um in die flammenden Wolken und ersten Sterne des Abends hineinzustoßen. Dann hatte sich Fenster um Fenster über den schimmernden Wassern erhellt, wo Laternen schwankten und dahinglitten und tiefe Hörner unheimliche Harmonien ertönen ließen, und sie war dann selbst ein sternbesätes Traumfirmament geworden, das von Musik aus dem Reich der Feen widerhallte und eins war mit den Wundern von Carcassonne, Samarkand und El Dorado und all den ruhmreichen und halb sagenhaften Städten. Kurz danach führte man mich durch all diese alten Wege, die meiner Phantasie so teuer waren – schmale, sich windende Gassen und Passagen, wo Reihen roter geor-

gianischer Ziegelhäuser mit kleinscheibigen Mansardenfenstern über säulengetragenen Eingängen blinkerten, die einmal auf vergoldete Sänften und paneelierte Kutschen herabgeschaut hatten – und mit dem ersten Begeisterungssturm der Verwirklichung dieser langersehnten Dinge glaubte ich wirklich Schätze von der Art gefunden zu haben, die mich mit der Zeit zu einem Dichter machen würden.

Aber Erfolg und Glück sollten mir nicht werden. Das nackte Tageslicht zeigte nur Schmutz und Fremdartigkeit und die verderblichen Schwellungen sich auftürmender Steine, wo der Mond Schönheit und alten Zauber angedeutet hatte, und die Menschenmassen, die in den klammähnlichen Straßen wimmelten, waren gedrungene Fremde von dunkler Gesichtsfarbe mit harten Zügen und schmalen Augen, gewandte Fremde ohne Träume und ohne Beziehung zu ihrer Umwelt, die einem blauäugigen Menschen aus altem Stamm mit der Liebe zu schönen, grünen Pfaden und den weißen Kirchtürmen eines New-England-Dorfes im Herzen nichts bedeuten konnten.

So kam statt der Gedichte, auf die ich gehofft hatte, nur schaudernde Schwärze und unsägliche Einsamkeit, und ich erkannte schließlich eine furchtbare Wahrheit, die niemand bisher verlauten zu lassen gewagt hatte – das nicht einmal zu flüsternde Geheimnis der Geheimnisse –, die Tatsache, daß diese Stadt aus Stein und Lärm keine spürbare Fortsetzung des alten New York ist, so wie London eine von Alt-London und Paris eine von Alt-Paris ist, sondern daß es in der Tat völlig tot ist, sein hingestreckter Leichnam ist schlecht einbalsamiert und von merkwürdigen belebten Dingen heimgesucht, die nichts mehr mit dem zu tun haben, was es im Leben war. Nach dieser Entdeckung konnte ich nicht mehr ruhig schlafen, obwohl mich so etwas wie resignierende Ruhe überkam, als ich allmählich die Gewohnheit annahm, tagsüber die Straßen zu meiden und mich nur nachts hinauszuwagen, wenn die Dunkelheit das wenige, was von der Vergangenheit sich noch geisterhaft herumtreibt, und alte, weiße Torbögen sich noch der kräftigen Gestalten erinnern, die sie einst durchschritten. Mit dieser Entspannungsmethode konnte ich sogar ein paar Gedichte schreiben und davon absehen, zu meiner Familie nach Hause zurückzukehren, damit es nicht so aussähe, als ob ich als unwürdiger und unterwürfiger Geschlagener zurückkehre.

Dann traf ich den Mann in einer Nacht schlaflosen Herumwanderns. Es war in einem komisch versteckten Hof des Greenwichviertels, wo ich mich in meiner Unwissenheit niedergelassen hatte, da ich gehört hatte, daß dies der gegebene Ort für Dichter und Künstler sei. Die urtümlichen Wege und Häuser und unerwarteten großen und kleinen Plätze hatten mich wirklich begeistert, aber als ich merkte, daß die Dichter und Künstler laute Scharlatane waren, deren Wunderlichkeit Talmi und deren Leben eine Verleugnung all dieser reinen Schönheit ist, die man Poesie und Kunst nennt, blieb ich nur um dieser ehrwürdigen Dinge willen. Ich stellte sie mir vor, wie sie in ihrer besten Zeit gewesen sein mochten, als Greenwich noch ein friedliches Dorf war, das die Stadt noch nicht verschluckt hatte, und in den Stunden vor der Morgendämmerung, wenn all die Zecher sich nach Hause verdrückt hatten, pflegte ich allein in seinen verborgenen Windungen herumzuwandern und über die seltsamen Geheimnisse nachzugrübeln, welche Generationen hier hinterlassen haben mußten. Dies erhielt meine Seele lebendig und gab mir ein paar dieser Träume und Wunschbilder zurück, nach denen der Dichter tief in mir schrie.

Der Mann traf mich zufällig ungefähr um zwei Uhr an einem verhangenen Augustmorgen, als ich mich durch eine Reihe abgelegener Höfe hindurchschlängelte, die nur noch durch die unbeleuchteten Eingangshallen der dazwischenliegenden Gebäude zugänglich sind, die aber einst Bestandteile eines durchlaufenden Netzes malerischer Gassen gebildet hatten. Ich hatte darüber unbestimmte Gerüchte gehört und war mir darüber klar, daß man sie heute auf keinem Stadtplan mehr finden würde, aber die Tatsache, daß sie vergessen waren, machte sie mir erst teuer, so daß ich sie mit verdoppeltem Eifer aufsuchte. Nun, da ich sie gefunden hatte, verdoppelte sich mein Eifer abermals, denn etwas in ihrer Anordnung deutete unbestimmt darauf hin, daß sie vielleicht nur einige von vielen ähnlichen seien, während ihre dunklen, stummen Gegenstücke unerkannt zwischen hohen, glatten Mauern und verlassenen Rückgebäuden eingekeilt sein mochten oder unbeleuchtet hinter überwölbten Torwegen lauerten, geheimgehalten vor den Fremdsprachigen und behütet von scheuen, kontaktarmen Künstlern, deren Praktiken Publizität und das Licht des Tages scheuen.

Er sprach mich unaufgefordert an, da er meine Stimmung und meine Blicke bemerkte, als ich bestimmte Türen mit Klopfern über eisengeländereingefaßten Stufen studierte, während der fahle Schein aus verzierten Oberlichten mein Gesicht schwach beleuchtete. Sein eigenes Gesicht lag im Schatten, und er trug einen breitkrempigen Hut, der irgendwie ausgezeichnet zu dem altmodischen Umhang paßte, den er trug, aber ich war ganz leise beunruhigt, schon bevor er mich ansprach. Seine Gestalt war zierlich, beinah leichenhaft dünn, und seine Stimme erwies sich als wunderbar weich und hohlklingend, obwohl sie nicht besonders tief war. Er habe, so sagte er, mich schon mehrmals bei meinen Wanderungen beobachtet und schlösse daraus, daß ich ihm in der Vorliebe für die Spuren der Vergangenheit ähnlich sei. Ob ich mich nicht gerne von jemand führen lassen würde, der in diesen Forschungszügen lange Übung hat und der über die Gegend Informationen besitzt, die viel tiefgründiger seien, als alles, was ein offenkundiger Neuankömling sich möglicherweise habe aneignen können.

Während er sprach, erhaschte ich im gelben Lichtstrahl eines einsamen Mansardenfensters einen Blick auf sein Gesicht. Es waren vornehme, beinah schöne ältere Züge, und sie trugen den Stempel einer langen Ahnenreihe und einer Kultiviertheit, die für diese

Zeit und diesen Ort ungewöhnlich war. Dennoch beunruhigte mich etwas daran, beinah genausosehr, wie ich von diesen Zügen andererseits eingenommen war – vielleicht weil sie zu weiß und zu ausdruckslos waren oder weil sie so gar nicht mit der Örtlichkeit übereinstimmten, als daß ich mich wohl und behaglich hätte fühlen können. Nichtsdestotrotz folgte ich ihm, denn in diesen trostlosen Tagen war meine Suche nach antiker Schönheit und Geheimnissen alles, was ich hatte, um meine Seele lebendig zu erhalten, und ich betrachtete es als seltene Gunst des Schicksals, jemanden zu treffen, dessen gleichgestimmtes Suchen soviel weiter in die Dinge eingedrungen war als mein eigenes.

Etwas in der Nacht veranlaßte den mantelumhüllten Mann zum Schweigen, und eine endlose Stunde führte er mich ohne unnötige Worte, indem er kurze Bemerkungen machte, die sich auf alte Namen, Daten und Veränderungen bezogen, und mich in der Hauptsache durch Gesten vorwärts dirigierte, als wir uns durch Lücken quetschten, auf Zehenspitzen durch Korridore gingen, über Ziegelmauern kletterten und einmal auf Händen und Knien durch einen niederen, gewölbten Gang krochen, dessen ungeheure Länge und komplizierte Windungen jeden Hinweis auf die geographische Lage auslöschten, den ich mir bis jetzt erhalten hatte. Die Dinge, die wir sahen, waren alt und wunderschön, oder wenigstens erschienen sie mir in den wenigen verlorenen Lichtstrahlen so, bei deren Schein ich sie erblickte, und ich werde nie die schwankenden jonischen Säulen, kannelierten Pilaster und Zaunpfosten mit Vasen obenauf, die ausgebuchteten Türstürze und dekorativen Oberlichte vergessen, die immer merkwürdiger und seltsamer wurden, je tiefer wir in diesen unerschöpflichen Irrgarten unbekannter Altertümer vordrangen.

Wir trafen keinen Menschen, und als es später wurde, wurden die erhellten Fenster weniger und weniger. Die Straßenlampen, auf die wir zuerst gestoßen waren, waren Öllampen in der alten Rautenform gewesen. Später bemerkte ich einige mit Kerzen, und schließlich, nachdem wir einen gruselig unbeleuchteten Hof überquert hatten, wo mein Führer mich mit seiner behandschuhten Hand durch völlige Dunkelheit zu einem schmalen Holztor in einer hohen Mauer geführt hatte, trafen wir auf ein Straßenstück, in dem nur die Front jedes siebten Hauses von einer Laterne beleuchtet wurde – unglaubliche, koloniale Zinnlaternen mit kegelförmigem Oberteil und in die Seitenwände gestanzten Löchern. Diese Gasse führte steil hügelaufwärts – steiler, als ich es in diesem Teil New Yorks für möglich gehalten hätte – und das obere Ende schloß mit der bewachsenen Mauer eines Privatgrundstückes rechtwinklig ab. Dahinter konnte ich eine bleiche Kuppel und die Wipfel der Bäume erkennen, die gegen das unbestimmte Himmelslicht hin- und herschwangen. In dieser Mauer befand sich ein kleines, niederes Tor aus nägelbeschlagener schwarzer Eiche, das der Mann mit einem gewichtigen Schlüssel aufzusperren sich anschickte. Nachdem er mich hineingeführt hatte, geleitete er mich in tiefster Finsternis über etwas, was ein Kiespfad zu sein schien, und schließlich eine steinerne Treppenflucht hinauf zur Tür des Hauses, die er aufschloß und für mich aufhielt.

Wir traten ein, wobei mir von dem Geruch ungeheurer Muffigkeit, der uns entgegenschlug, beinah schwach wurde, und der das Ergebnis jahrhundertelangen, gesundheitsschädlichen Verfalls sein mußte. Mein Gastgeber schien dies nicht wahrzunehmen, und ich sagte aus Höflichkeit nichts, als er mich quer durch die Halle eine geschwungene Treppe hinauf und in ein Zimmer führte, dessen Tür ich ihn hinter uns abschließen hörte. Dann sah ich ihn die Vorhänge der drei kleinscheibigen Fenster zuziehen, die man gegen den heller werdenden Himmel kaum wahrnahm; worauf er zum Kaminsims ging, Feuerstein und Stahl aneinanderschlug und zwei Kerzen eines Kandelabers mit zwölf Leuchtern anzündete, und dann gab er mir durch Gesten zu verstehen, ich solle leise sprechen.

In diesem schwachen Lichtschein sah ich, daß wir in einer geräumigen, gut möblierten und getäfelten Bibliothek waren, die auf die erste Hälfte des achtzehnten Jahrhunderts zurückging, mit großartigen Türgiebeln mit bezaubernden dorischen Randleisten und einem wunderbar geschnitzten Wandschmuck über dem Kaminsims mit Schnörkeln und einer Vase im Oberteil. Über den vollen Bücherregalen hingen an den Wänden entlang in Abständen gut ausgeführte Ahnenbilder, alle zu einer rätselhaften Undeutlichkeit erblindet, die eine unmißverständliche Ähnlichkeit mit dem Mann hatten, der mich jetzt zu einem Stuhl neben dem graziösen Chippendaletisch durch Gesten hinsteuerte. Bevor er sich auf der anderen Seite des Tisches mir gegenüber hinsetzte, verharrte mein Gastgeber einen Augenblick wie in Verlegenheit und dann, indem er langsam seine Handschuhe, seinen breitkrempigen Hut, und den Umhang ablegte, zeigte er sich theatralisch in vollständiger georgianischer Kleidung, von der Zopfperücke und den Halsrüschen zu den Kniehosen, Seidenstrümpfen und Schnallenschuhen, die mir vorher gar nicht aufgefallen waren. Nun sank er langsam in einen Stuhl mit einer Lyra in der Lehne und begann mich genau zu betrachten.
Ohne Hut hatte er das Aussehen hohen Alters, was man vorher kaum bemerkt hatte, und ich fragte mich, ob dieses bisher nicht wahrgenommene Zeichen ungewöhnlicher Langlebigkeit nicht die Quelle meiner Beunruhigung gewesen war. Als er endlich sprach, wobei seine weiche, tönende und merkwürdig gedämpfte Stimme häufig zitterte, hatte ich gelegentlich große Mühe, ihm zu folgen, als ich ihm mit einem Schauer der Verwunderung und halb unterdrückter Furcht, die ständig zunahm, lauschte.
»Sie sehen vor sich«, sagte mein Gastgeber, »einen Mann von sehr exzentrischen Gewohnheiten, für dessen Kleidung bei einem Menschen mit Ihrer Intelligenz und Ihren Neigungen keine Erklärung nötig ist. Nachdem ich über bessere Zeiten nachgedacht hatte,

gab es für mich keine Skrupel, mich ihrer Lebensweise zu versichern und ihre Kleidung und Gewohnheiten anzunehmen, eine Schwäche, die niemanden kränkt, wenn man ihr unauffällig frönt. Ich hatte das Glück, den Landsitz meiner Ahnen behalten zu können, obwohl er von zwei Städten verschluckt worden war, erst von Greenwich, das nach 1800 sich bis hierher ausdehnte, danach von New York, das sich 1830 anschloß. Meine Familie hatte viele Gründe, an diesem Besitz festzuhalten, und ich habe mich nicht um die Verantwortung gedrückt. Der Gutsherr, der im Jahre 1768 die Erbfolge antrat, studierte gewisse Künste und machte gewisse Entdeckungen, die alle mit Einflüssen, welche in diesem Teil des Grundstückes existieren, in Beziehung stehen und die strengste Bewachung notwendig machen. Einige merkwürdige Effekte dieser Künste und Entdeckungen beabsichtigte ich ihnen unter dem Siegel der Verschwiegenheit zu zeigen, und ich glaube, ich kann mich auf meine Menschenkenntnis genügend verlassen, um weder ihrer Anteilnahme noch ihrer Ehrlichkeit zu mißtrauen.«

Er hielt inne, aber ich konnte lediglich mit dem Kopf nicken. Ich habe gesagt, ich sei beunruhigt gewesen, dennoch war für meine Seele nichts gefährlicher als die greifbare Welt New Yorks bei Tageslicht, und ob nun dieser Mann ein harmloser Außenseiter oder jemand mit Macht über gefährliche Künste war, ich hatte keine Wahl, als ihm zu folgen und meinen Wunsch nach dem Wunder zu befriedigen, was immer er zu bieten haben möge. Deshalb hörte ich zu.

»Für – meinen Vorfahren«, fuhr er leise fort, »schienen einige sehr bemerkenswerte Eigenschaften im Willen der Menschheit zu liegen; Eigenschaften, die eine kaum geahnte Macht nicht nur über die eigenen Taten, sondern auch über verschiedene Kräfte und Substanzen in der Natur und über viele Elemente und Dimensionen haben, die als allumfassender als die Natur selbst gelten. Darf ich sagen, daß er über die Heiligkeit solch großer Dinge, wie Raum und

Zeit, spottete und daß er die Riten gewisser Halbblut-Rothäute, die einst auf diesem Hügel ihre Zelte aufschlugen, einer seltsamen Verwendung zuführte? Diese Indianer waren zornig, als das Haus gebaut wurde, und sie gingen ihm mit ihren Bitten, das Grundstück bei Vollmond besuchen zu dürfen, auf die Nerven. Jahrelang stahlen sie sich, wann sie nur konnten, über die Mauer und vollführten heimlich gewisse Handlungen. Dann erwischte 68 der neue Gutsherr sie bei ihren Taten und blieb ob dessen, was er sah, wie angewurzelt stehen. Er schloß daraufhin einen Handel mit ihnen und tauschte den freien Zugang zu seinem Grund und Boden für genaue Kenntnis dessen, was sie taten, ein; wobei er erfuhr, daß ihre Großväter einen Teil ihres Brauches von ihren roten Vorfahren und den anderen von einem alten Holländer zur Zeit der Generalstaaten übernommen hatten. Und der Teufel soll ihn holen, ich befürchte, der Gutsherr muß ihnen mächtig schlechten Rum serviert haben – ob absichtlich oder nicht –, eine Woche, nachdem er das Geheimnis erfahren hatte, war er der einzige Mensch, der es kannte. Sie, mein Herr, sind der erste Außenseiter, der erfährt, daß es ein Geheimnis gibt, und Sie können mich in Stücke reißen, aber ich hätte nicht gewagt, mich so stark in diese – Mächte – einzumischen, wenn Sie nicht auf vergangene Dinge so scharf wären.«
Mir schauderte, als der Mann begann, sich der Umgangssprache und der gewöhnlichen Sprechweise vergangener Zeiten zu bedienen. Er fuhr fort.
»Aber Sie müssen wissen, Herr, daß das, was – der Gutsherr – von diesen wilden Bastarden erfuhr, nur ein kleiner Teil des Wissens war, das er sich später aneignen sollte. Er hatte nicht umsonst in Oxford studiert, noch hatte er sich vergebens mit einem alten Chemiker und Astrologen in Paris unterhalten. Er wurde schließlich dafür empfänglich, daß die ganze Welt nichts als Rauch unseres Intellekts ist; der dem Gewöhnlichen nicht zu Gebote steht, den der Weise aber wie eine Wolke Virginiatabak einatmen

und ausstoßen kann. Was wir brauchen, schaffen wir um uns herum, und was wir nicht brauchen, können wir hinwegfegen. Ich will nicht sagen, das all dies insgesamt wahr ist, aber es ist genügend wahr, um uns hie und da ein hübsches Schauspiel zu bieten. Sie würden, soweit ich es verstehe, durch einen besseren Anblick gewisser früherer Zeiten, als die Phantasie Ihnen zu bieten vermag, angeregt werden, haben Sie bitte deshalb keine Furcht vor dem, was ich Ihnen zeigen werde. Kommen Sie ans Fenster, und seien Sie still.«

Mein Gastgeber ergriff meine Hand um mich an eines der Fenster des übelriechenden Zimmers zu ziehen, und mir wurde kalt bei der ersten Berührung seiner unbehandschuhten Finger. Sein Fleisch, obwohl trocken und fest, war eiskalt, und ich schrak beinah zurück, als er mich vorwärts zog. Aber ich gedachte wieder der Leere und des Grauens der Wirklichkeit und bereitete mich kühn darauf vor, ihm hinzufolgen, wohin auch immer er mich führen möge. Als wir am Fenster waren, zog der Mann die gelben Seidenvorhänge beiseite und richtete meinen Blick in die Finsternis draußen. Einen Augenblick sah ich nichts außer Myriaden von tanzenden, winzigen Lichtern, weit, weit weg von mir. Und dann, wie als Reaktion auf eine unmerkliche Handbewegung meines Gastgebers, schoß ein Blitzstrahl über die Szene, und ich sah auf ein Meer üppigen Laubes hinaus – Laub, das nicht verschmutzt war, und nicht das Dächermeer, das ein normaler Geist erwartet hätte. Zu meiner Rechten glitzerte bösartig der Hudson, und in der Ferne vor mir sah ich den ungesunden Schimmer weiter Salzmarschen mit Scharen von Leuchtkäfern. Der Blitz erlosch, und ein böses Lächeln erhellte das wachsbleiche Gesicht des alten Nekromanten.

»Das war vor meiner Zeit – vor der Zeit des neuen Gutsherrn. Lassen Sie es uns bitte noch einmal versuchen.«

Ich fühlte mich schwach, noch schwächer, als die verfluchte Stadt mich hatte werden lassen.

»Gütiger Gott!« flüsterte ich; »bringen Sie das mit *jeder Zeit* fertig?« Und als er nickte und schwarze Stümpfe entblößte, was einst gelbe Fangzähne gewesen waren, klammerte ich mich an die Vorhänge, um nicht hinzufallen. Aber er stützte mich mit seiner schrecklichen, eiskalten Klaue und machte wiederum seine heimliche Geste.
Wieder blitzte es – aber diesmal über einer Szenerie, die mir nicht ganz fremd war.
Es war Greenwich, das Greenwich, wie es früher war, mit hier und dort einem Dach oder Häuserreihen, wie man es jetzt kennt, dennoch mit schönen grünen Wegen und Feldern und Strecken grasbedeckten Gemeindelandes. Die Marschen glitzerten noch immer im Hintergrund, aber in größerer Entfernung sah ich die Kirchtürme des damaligen New York, Trinity und St. Pauls und die Kirche aus Ziegeln, die ihre Schwestern überragte, über dem Ganzen lag ein leichter Dunst von Holzrauch. Ich atmete schwer, aber nicht so sehr des Anblicks wegen, sondern wegen der Möglichkeiten, die meine Phantasie erschreckt heraufbeschwor.
»Können Sie – wagen Sie – noch weiter zu gehen?« Ich sprach mit Ehrfurcht und ich glaube, er teilte sie für kurze Zeit, dann war das böse Grinsen wieder da.
»Weiter? Was ich gesehen habe, würde Sie in eine verrückte Steinfigur verwandeln! Zurück, zurück – vorwärts, *vorwärts* – schau, du kindischer Schwachkopf!«
Und als er diesen Satz leise murmelte, machte er erneut eine Geste; er brachte am Himmel einen Blitz hervor, der mehr blendete als einer der vorhergegangenen. Für drei lange Sekunden konnte ich den Anblick des Pandämoniums erhaschen, und in diesen Sekunden bot sich mir eine Zukunftsvision, die mich für immer in meinen Träumen verfolgen wird. Ich sah den Himmel von merkwürdigen, fliegenden Objekten wimmeln und darunter eine höllenschwarze Stadt riesiger Steinterrassen, mit gotteslästerlichen Pyramiden, die sich dem Mond entgegenstreckten, und

Teufelslichter, die in unzähligen Fenstern brannten. In luftigen Säulenhallen sah ich die gelben, schielenden Bewohner dieser Stadt ekelerregend herumwimmeln, gräßlich in Orange und Rot gekleidet und wie wahnsinnig zum Hämmern fiebriger Kesselpauken tanzen, sowie Aneinanderschlagen widerlicher Klappern und das manische Jammern gedämpfter Hörner, deren endloses Klagelied sich wellenförmig hob und senkte, wie die Wellen eines unheiligen Ozeans aus Bitumen.

Ich sage, ich sah, daß ich diese Zukunftsvision wahrnahm und mit dem inneren Ohr den gotteslästerlichen Höllenschlund von Kakophonien hörte, der es begleitete. Es war die kreischende Erfüllung allen Grauens, die diese leichenähnliche Stadt je in meiner Seele erweckt hatte, und indem ich jedes Schweigegebot vergaß, schrie ich und schrie und schrie, bis meine Nerven mich im Stich ließen und die Wände um mich herum zitterten.

Dann, als der Blitz schwächer wurde, sah ich, daß auch mein Gastgeber zitterte; und ein Ausdruck entsetzlicher Angst von seinem Gesicht die schlangengleiche Wutverzerrung beinah wegwischte, die mein Schreien hervorgerufen hatte. Er schwankte und klammerte sich am Vorhang fest, wie ich es vorher getan hatte, er drehte den Kopf wild hin und her, wie ein gejagtes Tier. Er hatte weiß Gott Grund dazu, denn als der Widerhall meiner Schreie verebbte, wurde ein anderer, höllisch bedeutungsvoller Ton hörbar, so daß nur meine betäubten Sinne mich bei Vernunft und Bewußtsein hielten. Es war das stetige, verstohlene Knarren der Stiege hinter der verschlossenen Tür, als ob eine barfüßige oder mit Fellschuhen bekleidete Horde heraufkomme und schließlich ein vorsichtiges, zielbewußtes Rütteln der Messingklinke, die im schwachen Kerzenlicht glänzte. Der alte Mann kratzte und spuckte mich in der modrigen Atmosphäre an und stieß Unverständliches aus seiner Kehle hervor, als er bei dem gelben Vorhang schwankte, den er umklammert hielt.

»Der Vollmond – verdammt ... du kläffender Hund – du hast sie gerufen, und sie sind gekommen, mich zu holen! Füße in Mokassins – tote Menschen – Gott verdamme euch, ihr roten Teufel, ich habe eueren Rum nicht vergiftet – habe ich euere vermaledeite Magie nicht geheimgehalten? – ihr habt euch krank gesoffen, Fluch über euch, ihr dürft nicht dem Gutsherrn die Schuld geben – laßt los, ihr! Nehmt die Hand von der Klinke – ich habe nichts für euch hier –«

In diesem Moment erschütterten drei langsame, bedächtige Klopftöne die Türfüllung, und im Munde des verzweifelten Magiers bildete sich weißer Schaum. Seine Furcht verwandelte sich in stahlharte Verzweiflung und machte einem Wiederaufflackern seiner Wut gegen mich Platz, er schwankte einen Schritt auf den Tisch zu, an dessen Kante ich mich noch immer festhielt. Die Vorhänge, die er noch immer mit der rechten Hand umklammerte, während seine linke auf mich einhieb, strafften sich plötzlich und krachten schließlich aus ihrer Befestigung unter der Decke herunter und ließen das volle Mondlicht ins Zimmer strömen, das das Hellerwerden des Himmels angekündigt hatte. In diesen grünlichen Lichtstrahlen verblaßten die Kerzen und ein neues Aussehen des Verfalls überzog das dumpfriechende Zimmer mit seiner wurmstichigen Wandtäfelung, dem durchsackenden Boden, dem zerschlagenen Kaminsims, seinen wackligen Möbeln und zerfetzten Draperien. Es breitete sich auch über den alten Mann aus, ob aus dem gleichen Grunde oder wegen seiner Furcht und Heftigkeit, ich sah ihn zusammenschrumpfen und schwarz werden, als er auf mich zuwankte und mich mit Geierkrallen zu zerreißen drohte. Nur seine Augen blieben unversehrt und sie glühten in einer vorwärtsdrängenden, geweiteten Weißglut, die stärker wurde, je mehr das umgebende Gesicht verkohlte und verschwand.

Das Klopfen wurde nun eindringlicher wiederholt und hatte diesmal ein metallisches Klingen. Das schwarze Ding mir gegenüber war jetzt nur noch ein Kopf mit Augen, der vergebens versuchte, über den absackenden Boden in meine Richtung zu rollen und der gelegentlich schwache, kleine Spucker von unendlicher Bösartigkeit ausstieß. Jetzt erschütterten rasche, splitternde Schläge die schwachen Türfüllungen, und ich sah den Glanz eines Tomahawks, als er das zersplitternde Holz zerhieb. Ich bewegte mich nicht, denn ich war unfähig dazu, aber ich beobachtete benommen, wie die Türe in Stücke fiel und eine riesige, formlose Flut schwarzer Substanz, durchbrochen von leuchtenden, übelwollenden Augen hereindrängte. Sie quoll dick herein, wie eine Ölflut, die ein kaputtes Schott zum Bersten bringt, sie warf einen Stuhl um, als sie sich ausbreitete und floß schließlich unter den Tisch durchs Zimmer, wo der geschwärzte Kopf mit den Augen mich noch immer anstarrte. Sie schloß sich um den Kopf und verschluckte ihn völlig und hatte im nächsten Moment begonnen zurückzuweichen, die unsichtbare Beute mit sich nehmend, ohne mich zu berühren, dann flutete sie wieder zur schwarzen Türöffnung hinaus, die unsichtbaren Stiegen hinunter, die knarrten wie vorher, nur diesmal in umgekehrter Reihenfolge.

Dann gab der Boden endlich nach, und ich rutschte nach Luft ringend in den finsteren Raum darunter, von Spinnweben erstickt und halb ohnmächtig vor Schrecken. Der grüne Mond, der durch die zerbrochenen Fenster schien, zeigte mir die halboffene Tür in die Halle und als ich mich von dem verputzbestreuten Boden erhob und mich von der durchhängenden Zimmerdecke befreite, sah ich eine Sturzflut von Schwärze an mir vorbeifließen, in der eine Menge unheilvoller Augen glühten. Sie suchte die Kellertür und verschwand darin, als sie sie gefunden hatte. Ich fühlte nun, daß der Boden dieses tiefergelegenen Raumes nachzugeben begann, wie der des oberen Zimmers es getan hatte, und einmal war dem Krachen oben der Fall eines Gegenstandes vorbei am Westfenster gefolgt, dies mußte die Kuppel gewesen sein. Da ich mich für einen Moment aus den Schuttmassen befreit hatte, raste ich durch die Halle zur Eingangstür, und als ich mich außerstande fand, sie zu öffnen, ergriff ich einen Stuhl, zerschlug ein Fenster und kletterte hastig auf den ungepflegten Rasen hinaus; wo das Mondlicht über yardhohem Gras und Unkraut tanzte. Die Mauer war hoch und alle Tore versperrt, aber indem ich einen Stapel Kisten aus einer Ecke heranholte, gelang es mir, die Mauerkrone zu erreichen und mich an der großen Steinvase festzuhalten, die dort stand.

In meiner Erschöpfung konnte ich um mich herum nur fremde Mauern und Fenster, sowie alte Giebeldächer erkennen. Die steile Straße, auf der ich hergekommen war, war nirgends zu sehen, und das bißchen, was ich sehen konnte, wurde rasch von einem Nebel verschluckt, der sich vom Fluß her trotz des gleißenden Mondscheins heranwälzte. Plötzlich begann die Vase, an der ich mich festhielt, zu schwanken, als ob sie meine eigene, tödliche Schwindligkeit teile, und im nächsten Moment fiel mein Körper hinunter in ein unbekanntes Schicksal.

Der Mann, der mich auffand, sagte, ich müsse trotz meiner Knochenbrüche einen weiten Weg gekrochen sein, denn eine Blutspur erstreckte sich, soweit er zu schauen wagte. Der aufkommende Regen verwischte bald dieses Bindeglied mit dem Schauplatz meiner schweren Prüfung, und die Berichte konnten nichts weiter feststellen, als daß ich aus unbekannter Richtung am Eingang eines kleinen, dunklen Hofes an der Perry Street aufgetaucht war.

Ich habe nie mehr den Versuch gemacht, in diese finsteren Labyrinthe zurückzukehren, noch würde ich einen vernünftigen Menschen dorthin schicken, wenn ich könnte. Ich habe keine Ahnung, wer oder was der Alte war, aber ich wiederhole, daß die Stadt tot und voll ungeahnten Grauens ist. Wohin Er gegangen ist, ich weiß es nicht; aber ich kehrte nach Hause zurück, zu den sauberen Wegen New Englands, durch die am Abend ein würziger Seewind weht.

Die lauernde Furcht

I
Der Schatten am Kamin

Ein Gewitter lag in jener Nacht in der Luft, als ich zum verlassenen Wohnsitz auf dem Tempest Mountain ging, um der lauernden Furcht zu begegnen. Ich war nicht allein, denn Tollkühnheit verband sich damals noch nicht mit der Vorliebe für das Groteske und Schreckliche, das meine Laufbahn zu einer Reihe von Nachforschungen nach seltsamen Gruseldingen, literarischen und erlebten, hat werden lassen. Bei mir waren zwei treue und kräftige Männer, die ich zu gegebener Zeit hatte kommen lassen, die seit langem wegen ihrer besonderen Eignung in meinen schrecklichen Forschungszügen meine Verbündeten waren. Wir waren vom Dorf heimlich aufgebrochen, wegen der Reporter, die sich nach der unheimlichen Panik vom vergangenen Monat – dem Alpdruck schleichenden Todes – noch hier herumdrückten. Später, so dachte ich, könnten sie mir vielleicht behilflich sein, aber momentan brauchte ich sie nicht. Wolle Gott, ich hätte sie an der Suche teilnehmen lassen, damit ich das Geheimnis nicht hätte so lange allein herumtragen müssen, es aus Angst allein herumtragen, die Welt könne mich für verrückt halten, oder sie könne wegen der dämonischen Begleiterscheinungen der Geschichte selbst verrückt werden. Jetzt, da ich sie sowieso erzähle, weil sonst das Grübeln mich rasend macht, wünsche ich, ich hätte sie nie geheimgehalten. Denn ich, nur ich weiß, welcher Art die Furcht war, die auf dem gespenstischen und trostlosen Berg lauerte.

In einem kleinen Auto legten wir die Meilen durch wilden Forst und Hügel zurück, bis der bewaldete Aufstieg das Weiterfahren unmöglich machte. Das Land sah düsterer aus als gewöhnlich, als wir es bei

Nacht und ohne die übliche Menge von Untersuchenden betrachteten, so daß wir oft versucht waren, unsere Acetylenscheinwerfer zu gebrauchen, trotz der Aufmerksamkeit, die es erregen könnte. Es war nach Einbruch der Dunkelheit keine einladende Landschaft, und ich glaube, ihr angekränkeltes Aussehen wäre mir auch aufgefallen, hätte ich nichts von dem Grauen gewußt, das hier umging. Es gab keine Tierwelt – Tiere bemerken es, wenn der Tod sie belauert. Die uralten, blitzvernarbten Bäume schienen unnatürlich groß und verkrümmt, die übrige Vegetation dick und fiebrig wuchernd, während merkwürdige Erdwälle und Hügel in der kümmerlichen, von Blitzröhren zerfurchten Erde mich an Schlangen und Totenschädel erinnerten, die zu riesigen Proportionen angeschwollen sind.

Die Furcht hatte auf dem Tempest Mountain für mehr als ein Jahrhundert gelauert. Ich erfuhr dies sofort aus den Zeitungsberichten über die Katastrophe, die zuerst die Aufmerksamkeit der Welt auf diese Gegend gelenkt hatte. Der Ort ist eine abgelegene, einsame Höhe in jenem Teil der Catskillberge, wohin die Holländer mit ihrer Zivilisation einst schwach und vorübergehend eindrangen, sie ließ, als sie sich wieder zurückzog, nur einige verfallene Wohnsitze und eine degenerierte Siedlerbevölkerung zurück, die auf abgelegenen Hängen jämmerliche Weiler bewohnte. Normalmenschen besuchten die Gegend selten, bis die Staatspolizei ins Leben gerufen wurde, und auch jetzt patrouillierten nur selten berittene Polizisten dort. Die Furcht ist indessen eine alte Tradition in allen benachbarten Dörfern, da sie in den einfachen Unterhaltungen der armen Kümmerlinge, die manchmal ihre Täler verlassen, um handgeflochtene Körbe für die einfachen Lebensnotwendigkeiten einzutauschen, die sie nicht durch Jagd, Aufzucht oder Selbstherstellung erwerben können, das Hauptgesprächsthema bildet.

Die lauernde Furcht hauste in dem gemiedenen und verlassenen Martense-Wohnsitz, der die hohe, allmäh-

lich ansteigende Erhebung krönt, die häufig Gewittern ausgesetzt ist und der man deshalb den Namen Tempest Mountain (Berg des Sturmes) gab. Seit über hundert Jahren ist das alte, von Waldungen umgebene Steinhaus Gegenstand unglaublich verworrener und schrecklicher Geschichten von einem schweigenden, riesigen, schleichenden Tod, der im Sommer auf der Lauer liegt. Die Siedler erzählten mit jammernder Eindringlichkeit Geschichten von einem Dämon, der sich einsamer Wanderer nach Einbruch der Dunkelheit bemächtigt und sie entweder fortschleppt oder in einem schrecklichen Zustand angeknabberter Verstümmelung zurückläßt; während sie manchmal von einer Blutspur flüsterten, die zu dem abgelegenen Wohnsitz führt. Die einen sagten, der Donner riefe die lauernde Furcht aus ihrer Behausung, während andere behaupteten, der Donner sei ihre Stimme.
Niemand außerhalb dieser abgelegenen Wälder glaubte diese variierenden und widersprüchlichen Geschichten mit ihren unzusammenhängenden, ausgefallenen Beschreibungen des nur flüchtig gesehenen Ungeheuers, dennoch bezweifelte kein Farmer oder Bauer, daß im Martense-Wohnsitz ein fleischfressender Dämon umginge. Die Ortsgeschichte schloß derartige Zweifel aus, obwohl kein Nachweis für einen Geist von den Untersuchenden je erbracht worden war, die das Gebäude nach einer besonders farbigen Erzählung der Siedler besucht hatten. Großmütter berichteten seltsame Sagen von dem Martense-Gespenst; Sagen, die die Martense-Familie selbst betrafen, ihre merkwürdige Verschiedenheit der Augen, ihre langen, geschraubten Annalen und den Mord, der sie mit einem Fluch belegt hatte.
Der Schrecken, der mich zu dem Schauplatz brachte, war eine plötzliche und unheilvolle Bestätigung der unglaublichsten Legenden dieser Bergbewohner. Nach einem Gewitter von noch nie dagewesener Heftigkeit wurde die Gegend in einer Sommernacht von einer panischen Massenflucht der Siedler hochgeschreckt, die nicht nur von Einbildung herrühren

konnte. Der jammervolle Haufe Einheimischer schrie und klagte ob des unglaublichen Grauens, das sie heimgesucht hatte, und niemand zweifelte an ihren Worten. Sie hatten ihn zwar nicht gesehen, hatten aber aus einem ihrer Weiler derartige Schreie gehört, daß sie wußten, der schleichende Tod war gekommen.

Am nächsten Morgen folgten Bürger und berittene Staatspolizisten den verschreckten Gebirglern zu der Stelle, wo, wie sie sagten, der Tod eingekehrt sei. Der Grund unter einem der Siedlerdörfer war nach einem Blitzschlag abgesackt und hatte einige der übelriechenden Hütten zerstört; aber zu diesem Eigentumsverlust kam ein Verlust an Menschenleben hinzu, der ersteren bedeutungslos erscheinen ließ. Von den etwa fünfundsiebzig Einheimischen, die an der Stelle gewohnt hatten, war nicht ein einziger lebend zu sehen. Die aufgeworfene Erde war mit Blut und menschlichen Überresten bedeckt, die eindrucksvoll von dem Wüten dämonischer Zähne und Krallen Zeugnis ablegten, dennoch führte keine sichtbare Spur von der Metzelei hinweg. Alle waren sich sofort darin einig, daß ein schreckliches Tier die Ursache sein müsse, auch wagte niemand, die Beschuldigung zu wiederholen, daß nur die unerquicklichen Morde, die in solch dekadenten Gemeinwesen üblich sind, die rätselhaften Todesfälle bildeten. Diese Beschuldigung wurde erst wiederaufgegriffen, als man herausfand, daß ungefähr fünfundzwanzig der geschätzten Bevölkerung unter den Toten fehlten, aber selbst dann wäre ein Mord an fünfzig Personen durch eine halb so große Anzahl schwer zu erklären gewesen. Aber die Tatsache blieb bestehen, daß in einer Sommernacht ein Blitzstrahl aus dem Himmel herniedergefahren war und ein totes Dorf hinterlassen hatte, dessen Leichen schrecklich verstümmelt, zerbissen und zerkratzt waren.

Die erregte Bevölkerung brachte das Schreckliche sofort mit dem Spuk im Martense-Wohnsitz in Verbindung, obwohl die Örtlichkeiten mehr als drei

Meilen auseinanderlagen. Die Polizisten waren etwas skeptischer und bezogen den Wohnsitz nur oberflächlich in ihre Untersuchungen ein und ließen sie ganz fallen, als sie ihn völlig verlassen fanden. Land- und Dorfbewohner untersuchten indessen den Ort mit unendlicher Sorgfalt, indem sie im Haus alles drunter und drüber kehrten, Teiche und Bäche auspeilten, Büsche niederklopften und den angrenzenden Forst durchstöberten. Es war alles vergebens, der Tod war gekommen, ohne außer der Zerstörung selbst eine Spur zu hinterlassen. Am zweiten Tag der Suche wurde die Angelegenheit von den Zeitungen ausführlich behandelt, deren Berichterstatter Tempest Mountain überrannten. Sie beschrieben sie mit vielen Einzelheiten und vielen Interviews, um die Geschichte des Grauens, wie sie die alten Frauen der Gegend erzählten, aufzuhellen. Ich verfolgte die Berichte zunächst ohne viel Interesse, denn ich bin ein Kenner des Grauenhaften, aber nach einer Woche fand ich eine Atmosphäre vor, die mich merkwürdig erregte, so daß ich am 5. August 1921 mich mit all den Reportern, die sich in dem Hotel in Lefferts Corner drängten, dem Dorf, das Tempest Mountain am nächsten liegt und das das anerkannte Hauptquartier der Suchtrupps bildete, ins Hotelregister eintrug. Noch drei Wochen, und das Auseinandergehen der Reporter verschaffte mir die Freiheit, eine schreckliche Untersuchung, fußend auf genauen Erkundigungen und Prüfungen, mit denen ich mich in der Zwischenzeit beschäftigt hatte, zu beginnen.

So verließ ich nun, während fern der Donner rollte, in einer Sommernacht das Auto, nachdem ich den Motor abgestellt hatte, und stieg mit zwei bewaffneten Begleitern die letzten mit Erdwällen bedeckten Weiten des Tempest Mountain empor und ließ den Strahl der elektrischen Taschenlampe auf die geisterhaften grauen Mauern fallen, die bereits hinter den riesigen Eichen vor uns auftauchten. In dieser angekränkelten nächtlichen Einsamkeit und der schwachen wechselnden Beleuchtung enthüllte der große, kastenähnliche Gebäudekomplex dunkle Andeutungen des Schrecklichen, die der Tag nicht enthüllen konnte; ich zögerte trotzdem nicht, da ich ja mit der finsteren Entschlossenheit hergekommen war, eine Theorie zu erproben. Ich glaubte, der Donner locke die Dämonen aus irgendeinem furchtbaren Geheimversteck, und ob nun dieser Dämon ein greifbares Wesen oder nur ein Pesthauch sei, ich hatte die Absicht, ihn zu sehen.

Ich hatte die Ruine schon vorher gründlich durchsucht, ich wußte deshalb genau, was ich vorhatte, als ich das frühere Zimmer von Jan Martense zum Sitz meiner Nachtwache wählte, dessen Mord in den ländlichen Sagen eine hervorragende Rolle spielt. Ich hatte das unbestimmte Gefühl, daß der Wohnraum dieses früheren Opfers sich für meine Zwecke am besten eigne. Der Raum, ungefähr zwanzig Quadratfuß messend, enthielt wie die anderen Zimmer wertloses Zeug, das einst Möbel gewesen waren. Es lag im zweiten Stock, an der südöstlichen Ecke des Hauses, hatte ein riesiges Ostfenster und ein schmales nach Süden zu, beide ohne Fensterscheiben oder -läden. Gegenüber dem großen Fenster befand sich ein riesiger holländischer Kamin mit Kacheln, die biblische Szenen darstellten, sie zeigten den verlorenen Sohn, und dem schmalen Fenster gegenüber stand ein riesiges Bett, das in die Wand eingebaut war.

Als der durch die Bäume gedämpfte Donner lauter wurde, legte ich mir die Einzelheiten eines Planes zurecht. Zuerst befestigte ich am Sims des großen Fensters drei Strickleitern, die ich mitgebracht hatte, nebeneinander. Ich wußte, daß sie bis zu einer geeigneten Stelle auf dem Rasen draußen reichten, denn ich hatte sie ausprobiert. Dann zerrten wir aus einem anderen Zimmer ein breites Himmelbett und schoben es längsseits gegen das Fenster. Nachdem wir es mit Föhrenzweigen belegt hatten, lagen wir alle mit gezogenen automatischen Pistolen darauf, zwei ruhten sich aus, während der dritte Wache hielt. Aus welcher Richtung der Dämon auch kommen würde, unsere Fluchtmöglichkeit war vorbereitet. Wenn er aus dem Innern des Hauses käme, hätten wir die Leitern an den Fenstern, wenn von draußen, die Tür und die Stiegen. Aus Präzedenzfällen zu schließen, glaubten wir nicht, daß er uns, selbst im schlimmsten Fall, weit verfolgen würde.

Ich wachte nach Mitternacht bis ein Uhr, als ich mich trotz des düsteren Hauses, des ungeschützten Fensters und des heraufziehenden Gewitters außerordentlich schläfrig fühlte. Ich lag zwischen meinen beiden Begleitern, George Bennett zum Fenster und William Tobey auf der Seite zum Kamin hin. Bennett schlief, er hatte offenbar genau dieselbe ungewöhnliche Schläfrigkeit verspürt, die mich bedrohte, weshalb ich Tobey für die nächste Wache einteilte, obwohl ich glaubte, daß er auch am Einschlafen war. Es ist sonderbar, wie gespannt ich den Kamin beobachtet hatte.

Der stärker werdende Donner muß auf meine Träume eingewirkt haben, denn in der kurzen Zeit, da ich schlief, hatte ich geheimnisvolle Träume. Einmal wachte ich teilweise auf, wahrscheinlich weil der Schläfer auf der Fensterseite mir ruhelos einen Arm über die Brust geworfen hatte. Ich war nicht genügend wach, um zu sehen, ob Tobey seinen Pflichten als Wache nachkam, fühlte mich aber in dieser Hinsicht entschieden unbehaglich. Nie zuvor hatte die Anwesenheit des Bösen mich so quälend bedrückt.

Ich muß später wieder eingeschlafen sein, denn mein Geist war mit einem Schlag aus dem Chaos der Sinnestäuschungen zurück, als die Nacht durch Schreie, die über alles hinausgingen, was ich bisher erlebt oder mir hatte vorstellen können, zum Schrecken wurde.

In diesen Schreien krallte sich das Innerste der menschlichen Furcht und Todesangst hoffnungslos und wie irrsinnig an die tiefschwarzen Tore des Vergessens.

Ich erwachte zu rotem Wahnsinn und dem Possenspiel von Teufelswerk, als sich die krankhafte, verdichtete Seelenangst in unvorstellbare Tiefen zurückzog und von dort zurückgeworfen wurde.

Da war kein Licht, aber ich schloß aus dem leeren Platz zu meiner Rechten, daß Tobey verschwunden war; Gott weiß, wohin. Auf meiner Brust lag noch immer der schwere Arm des Schläfers zu meiner Linken.

Dann kam der verheerende Blitzschlag, der den ganzen Berg erzittern ließ, die dunkelsten Tiefen des alten Waldes ausleuchtete und den Patriarchen unter den verkrümmten Bäumen spaltete. Beim dämonischen Aufblitzen eines Feuerballs fuhr der Schläfer plötzlich hoch, während der Lichtschein von jenseits des Fensters seinen Schatten klar erkennbar auf den Rauchabzug über dem Kamin warf, den ich noch immer im Auge behalten hatte. Daß ich noch am Leben und bei Vernunft bin, ist ein Wunder, das ich nicht zu ergründen vermag. Ich kann es nicht ergründen, denn der Schatten auf dem Rauchabzug war nicht der George Bennetts oder eines anderen menschlichen Wesens, sondern eine gotteslästerliche Abnormität aus dem tiefsten Höllenschlund, eine namenlose, formlose Scheußlichkeit, die kein Geist ganz zu fassen und keine Feder richtig zu beschreiben vermag. In der nächsten Sekunde war ich in dem verfluchten Wohnhaus allein, zitternd und vor mich hinplappernd. George Bennett und William Tobey hatten nicht die geringste Spur hinterlassen, nicht einmal die eines Kampfes.

II
Ein im Sturm Vorübergehender

Nach diesem schrecklichen Erlebnis in dem waldumgebenen Wohnsitz lag ich tagelang in nervöser Erschöpfung in meinem Hotelzimmer in Lefferts Corner. Ich kann mich nicht mehr genau erinnern, wie ich es fertigbrachte, das Auto zu erreichen, es zu star-

ten und mich unbemerkt in den Ort zurückzustehlen, denn ich habe keinen genauen Eindruck mehr, mit Ausnahme unheimlich ihre Arme emporreckender Riesenbäume, teuflischen Donnergrollens und Unterweltschatten über den niederen Erdwällen, die die Gegend betüpfelten und durchzogen.
Als ich zitterte und über den Reflex dieses geisteszerstörenden Schattens nachgrübelte, wußte ich, daß ich endlich eines der ungeheuerlichsten Scheusale der Erde hervorgelockt und ausfindig gemacht hatte – einen dieser namenlosen, zerstörenden Einflüsse aus fernen Räumen, dessen schwaches teuflisches Scharren wir manchmal am äußersten Rand des Weltraumes wahrnehmen, dem gegenüber uns unsere begrenzte Sicht gnädige Immunität verleiht. Den Schatten, den ich erblickt hatte, wagte ich kaum zu erklären oder zu identifizieren. Etwas hatte sich in jener Nacht zwischen mir und dem Fenster befunden, aber ich schauderte, wenn ich den Drang, es einzuordnen nicht unterdrücken konnte. Hätte es nur geknurrt, gebellt oder gekichert – selbst das würde die abgründige Schrecklichkeit erträglicher gemacht haben. Aber es war so still. Es hatte einen schweren Arm oder ein Vorderbein auf meine Brust gelegt... offenbar war es ein Lebewesen, oder es war einst eines gewesen... Jan Martense, in dessen Zimmer ich eingedrungen war, war im Friedhof nahe dem Wohngebäude begraben... ich muß Bennett und Tobey finden, falls sie am Leben sind... warum hatte es sie gewählt und mich bis zuletzt übriggelassen?...
Schläfrigkeit ist so erdrückend, und Träume sind so furchtbar...
Nach kurzer Zeit wurde mir klar, daß ich die Geschichte jemanden erzählen müsse, oder ich würde völlig zusammenbrechen. Ich hatte bereits beschlossen, die Suche nach der lauernden Furcht nicht aufzugeben, denn in meiner übereilten Unwissenheit erschien es mir, daß Ungewißheit schlimmer sei, als Aufklärung, wie schrecklich letztere auch sein möge. Dementsprechend entschied ich mich im Geiste, wel-

ches der beste einzuschlagende Kurs sei; wen ich ins Vertrauen ziehen und wie man dem Ding auf die Spur kommen könne, das zwei Menschenleben ausgelöscht und einen grauenhaften Schatten geworfen hatte.

Meine wichtigsten Bekannten in Lefferts Corner waren die umgänglichen Reporter gewesen, von denen einige noch geblieben waren, um die letzten Nachklänge der Tragödie einzuheimsen. Ich entschloß mich, aus ihnen einen Mitarbeiter zu wählen, und je mehr ich überlegte, um so mehr neigte sich meine Wahl einem gewissen Arthur Munroe zu, einem dunklen, hageren Mann von ungefähr fünfunddreißig, dessen Erziehung, Geschmack, Intelligenz und Temperament ihn als einen Menschen zu kennzeichnen schienen, der nicht an konventionelle Gedanken und Erfahrungen gebunden ist.

An einem Nachmittag Anfang September hörte sich Arthur Munroe meine Geschichte an. Ich merkte von Anfang an, daß er sowohl interessiert als auch voller Verständnis war, und als ich geendet hatte, analysierte und besprach er die Angelegenheit mit größtem Scharfsinn und Urteilsvermögen. Sein Rat war noch dazu außerordentlich praktisch; denn er empfahl eine Verschiebung der Arbeiten am Martense-Wohnsitz, bis wir uns durch detaillierte historische und geologische Daten bereichert hatten. Auf seine Initiative hin durchforschten wir die Gegend nach Auskünften, welche die schreckliche Martense-Familie betrafen, und entdeckten dabei einen Mann, der einen sehr aufschlußreichen Ahnenkalender besaß. Wir unterhielten uns auch ausführlich mit solchen Bergbewohnern, die nicht vor dem Grauen auf entferntere Hügel geflohen waren, und ordneten es so an, daß wir unserem Arbeitshöhepunkt eine erschöpfende und endgültige Untersuchung der Orte vorangehen lassen wollten, die mit den Sagen von Siedlertragödien zusammenhingen.

Die Ergebnisse dieser Befragungen waren zuerst nicht sehr aufschlußreich, aber unsere Tabellenauf-

stellungen davon schienen einen ziemlich wichtigen Trend zu enthüllen, nämlich, daß die Anzahl der berichteten Greuel entweder in Bereichen, die dem gemiedenen Haus verhältnismäßig nahe lagen oder die mit den weiten Strecken des krankhaft dichten Forstes in Zusammenhang standen, bei weitem am größten war. Es gab Ausnahmen, das ist wahr, und in der Tat hatte sich das Furchtbare, das das Ohr der Welt erreicht hatte, in einem baumlosen Gebiet ereignet, das sowohl von dem Wohnsitz wie auch von den dazugehörigen Wäldern weit ab lag.
In bezug auf das Wesen und das Aussehen der lauernden Furcht konnten wir aus den verschreckten und einfältigen Hüttenbewohnern nichts herausholen. Sie nannten ihn im selben Atemzug eine Schlange oder einen Riesen, einen Gewitterteufel und eine Fledermaus, einen Geier und einen wandelnden Baum. Wir hielten uns indessen für berechtigt, anzunehmen, daß er ein lebendes Wesen sei, das gegen elektrische Stürme außerordentlich empfindlich ist, und obwohl einige der Geschichten an Flügel denken ließen, glaubten wir, daß seine Abneigung gegen offene Räume eine Fortbewegung über Land als wahrscheinliche Theorie erscheinen ließ. Das einzige, was mit dieser letzteren Ansicht unvereinbar schien, war die Geschwindigkeit, mit der dieses Geschöpf sich fortbewegt haben mußte, wollte es all die Untaten begehen, die man ihm zuschrieb.
Als wir die Siedler näher kennenlernten, fanden wir sie in mancher Hinsicht merkwürdig liebenswert.
Sie waren einfache Tiere, die wegen ihrer verhängnisvollen Ahnenreihe und der abstumpfenden Isolierung nach und nach die Entwicklungsskala hinabstiegen.
Sie hatten Angst vor Außenseitern, gewöhnten sich aber langsam an uns und waren schließlich ungeheuer hilfreich, als wir auf alle Dickichte schlugen und auf der Suche nach der lauernden Furcht im Wohnhaus alle Trennungsmauern herausrissen. Als wir sie baten, uns bei der Suche nach Bennett und Tobey zu

helfen, waren sie äußerst bekümmert, denn sie hatten den Wunsch zu helfen, und dennoch wußten sie, daß diese Opfer so völlig aus der Welt verschwunden waren wie ihre eigenen vermißten Leute. Daß eine große Anzahl von ihnen wirklich getötet und beseitigt wurden, genauso, wie die wild lebenden Tiere längst ausgerottet waren, davon waren wir natürlich fest überzeugt, und wir warteten voll schlimmer Vorahnung, daß neue Tragödien sich ereignen würden.

Mitte Oktober waren wir erstaunt über unseren Mangel an Fortschritt. Wegen der klaren Nächte hatten keine dämonischen Angriffe stattgefunden, und unsere völlig vergebliche Durchsuchung des Hauses und der Umgebung brachte uns beinah dazu, die lauernde Furcht als ein körperloses Agens zu betrachten. Wir fürchteten, kaltes Wetter könne kommen und unsere Forschungen zum Stillstand bringen, denn alle waren sich darin einig, daß der Dämon im Winter im allgemeinen ruhig bliebe. Infolgedessen lag eine Art von Hast und Verzweiflung in unseren letzten Tageslichtuntersuchungen des vom Grauen heimgesuchten Weilers, der jetzt wegen der Ängste der Siedler aufgegeben worden war.

Der unglückliche Siedlungsweiler hatte keinen Namen getragen, aber er hatte lange in einer geschützten, wenn auch baumlosen Felsenspalte zwischen zwei Erhebungen gestanden, die jeweils Cone Mountain und Maple Hill hießen. Er lag dem Maple Hill näher als dem Cone Mountain, einige der primitiven Behausungen waren in der Tat Höhlenwohnungen in der Flanke der früheren Erhebung. Geographisch lag er ungefähr zwei Meilen nordwestlich des Fußes des Tempest Mountain und drei Meilen von dem eichenumfriedeten Wohnsitz. Zwei und eine viertel Meile des Abstandes zwischen dem Weiler und dem Wohnsitz waren völlig offenes Land, die Ebene hatte ein ziemlich flaches Aussehen, mit Ausnahme einiger niederer, sich schlängelnder Erdwälle, an Vegetation gab es nur Gras und da und dort Unkraut. Im Hinblick auf diese Topographie waren wir schließlich zu dem Schluß gekommen, daß der Unhold vom Cone Mountain herabgekommen sein mußte, dessen bewaldeter südlicher Ausläufer beinah an den westlichsten Vorsprung des Tempest Mountain heranreichte. Es gelang uns, die Bodenerhebung überzeugend bis zu einem Erdrutsch vom Maple Hill zu verfolgen, ein riesiger, isoliert stehender Baum war die Einschlagstelle des Blitzes gewesen, der den Unhold herbeigerufen hatte.

Als Arthur Munroe und ich mindestens zum zwanzigsten Male jeden Zoll des verwüsteten Dorfes untersuchten, erfüllte uns eine gewiße Entmutigung, gepaart mit unbestimmbaren und überraschenden Angstgefühlen. Es war völlig unbegreiflich, auch wenn schreckliche und ungewöhnliche Dinge nichts besonderes waren, nach solch überwältigenden Vorfällen einen Schauplatz anzutreffen, der einem nicht den geringsten Hinweis gab; und wir gingen unter dem bleigrauen, sich verdunkelnden Himmel mit jenem tragisch-ziellosen Eifer hin und her, der aus einem Gefühl der Zwecklosigkeit, gepaart mit dem Zwang zum Handeln resultiert. Wir arbeiteten mit minuziöser Sorgfalt, jede Hütte wurde noch einmal betreten, jede Höhlenwohnung in den Hügeln erneut nach Leichen abgesucht, jeder dornenbewachsene Fuß der angrenzenden Hänge auf Verstecke und Höhlen hin durchforscht, aber alles ohne Erfolg. Und dennoch schwebten, wie ich schon sagte, unbestimmbare neue Befürchtungen drohend über uns, als ob riesige Greife mit Fledermausflügeln aus überweltlichen Tiefen blickten.

Im Laufe des Nachmittags wurde es zunehmend schwieriger, etwas zu erkennen, und wir hörten das Grollen eines Gewitters, das sich über dem Tempest Mountain zusammenbraute. An diesem Ort beunruhigte uns dieser Ton natürlich, wenn auch nicht so stark, wie es bei Nacht der Fall gewesen wäre. Wie die Dinge lagen, hofften wir verzweifelt, daß das Gewitter bis nach Einbruch der Dunkelheit warten

würde, und in dieser Hoffnung wandten wir uns von unserem ziellosen Absuchen der Hügel dem nächsten bewohnten Weiler zu, um eine Schar Siedler zu sammeln, die uns bei der Untersuchung helfen sollten.
Wir hatten indessen kaum kehrtgemacht, als die Sicht benehmende sturzflutartige Regenmassen herniederstürzten, daß es unbedingt nötig wurde, Deckung zu suchen. Die ungewöhnliche, beinah nächtliche Dunkelheit des Himmels ließ uns gräßlich straucheln, aber geleitet von den häufigen Blitzen und unserer genauen Kenntnis des Weilers, erreichten wir bald die wasserdichteste Hütte, eine bunte Zusammenstellung unbehauener Stämme und Bretter, deren noch vorhandene Tür und einziges, winziges Fenster nach Maple Hill hinausgingen. Nachdem wir die Tür hinter uns geschlossen hatten, um das Toben des Windes und des Regens auszusperren, schlossen wir den primitiven Fensterladen, von dem wir durch unsere häufigen Durchsuchungen wußten, wo wir ihn finden würden. Es war trostlos, auf wackligen Kisten in der pechschwarzen Finsternis zu sitzen, aber wir rauchten Pfeife und ließen gelegentlich den Strahl unserer Taschenlampe kreisen. Ab und zu konnten wir durch Risse in den Wänden die Blitze sehen, der Nachmittag war so unglaublich finster, daß jeder Blitz außerordentlich hell erschien.
Die stürmische Wache erinnerte mich mit Schaudern an die gräßliche Nacht auf dem Tempest Mountain. Mein Geist wandte sich der merkwürdigen Frage zu, die mir immer wieder durch den Kopf gegangen war, seitdem die furchtbare Sache passierte, und ich fragte mich wiederum, warum der Unhold, der sich den drei Wachhabenden entweder vom Fenster oder aus dem Inneren genähert hatte, den Anfang mit den Männern auf beiden Seiten gemacht hatte und den mittleren bis zuletzt übrigließ, als der ungeheure Feuerball ihn verscheuchte. Warum hatte er seine Opfer nicht in der natürlichen Reihenfolge genommen, mich als zweiten, von welcher Richtung er auch gekommen sein mochte? Mit welcher Art weitreichen-

der Fangarme ging er auf Raub aus? Oder hatte er gewußt, daß ich der Anführer sei, und hatte mich für ein Schicksal aufgespart, das schlimmer war als das meiner Begleiter?
Mitten in diese Erwägungen hinein, wie um sie dramatisch zu unterstreichen, schlug in der Nähe ein furchtbarer Blitz ein, gefolgt vom Geräusch eines Erdrutsches. Gleichzeitig erhob sich der raubgierige Wind zu einem teuflischen, heulenden Crescendo. Wir waren sicher, daß der einzige Baum auf dem Maple Hill wieder getroffen worden war und Munroe erhob sich von seiner Kiste und ging zu dem winzigen Fenster, um sich den Schaden anzusehen. Als er den Laden losmachte, drangen Wind und Regen mit ohrenbetäubendem Heulen herein, so daß ich nicht hören konnte, was er sagte, ich wartete indessen, während er sich hinausbeugte und den Aufruhr der Natur zu ergründen versuchte. Allmählich verriet ein Nachlassen des Windes und die Auflockerung der ungewöhnlichen Finsternis, daß das Gewitter am Abziehen sei. Ich hatte gehofft, es würde bis in die Nacht hinein dauern, um unsere Suche zu unterstützen. Aber ein verstohlener Sonnenstrahl, der durch ein Astloch hinter mir hereindrang, verringerte diese Wahrscheinlichkeit. Indem ich Munroe vorschlug, uns mehr Licht zu verschaffen, selbst wenn noch mehr Schauer folgen sollten, entriegelte und öffnete ich die einfache Tür. Der Boden außerhalb war eine einzige Masse von Schlamm und Pfützen, mit frischen Erdhaufen von dem leichten Erdrutsch, ich konnte aber nichts erblicken, was das Interesse meines Begleiters gerechtfertigt hätte, der sich noch immer aus dem Fenster lehnte. Ich ging zu ihm hin und berührte seine Schulter, aber er rührte sich nicht. Als ich ihn darauf spielerisch schüttelte und herumdrehte, fühlte ich die würgenden Fangarme eines zerfressenden Grauens, dessen Wurzeln in unendliche Vergangenheiten und bodenlose Abgründe der Nacht, die durch alle Zeiten brütet, hinabreichten.
Denn Arthur Munroe war tot. Und an dem, was

von dem zerbissenen und ausgehöhlten Kopf noch
übrig war, befand sich kein Gesicht mehr.

III
Die Bedeutung des roten Scheins

In der sturmdurchtobten Nacht des 8. November 1921
stand ich mit einer Laterne, die Friedhofsschatten
warf und grub allein und idiotisch im Grab von Jan
Martense. Ich hatte mit dem Aufgraben schon am
Nachmittag begonnen, weil ein Gewitter sich zusammenbraute,
und nun, da es dunkel war und der Sturm
über dem widersinnig dicken Blattwerk losgebrochen
war, war ich froh. Ich glaube, daß mein Geist seit
den Ereignissen des 5. August etwas gelitten hat,
auch durch die unheimlichen Schatten des Wohnsitzes,
die allgemeine Anspannung und Enttäuschung
und durch die Geschichte, die sich bei dem Weiler
in einem Oktobersturm ereignete. Nach der Geschichte
hatte ich für einen, dessen Tod ich nicht begriff,
ein Grab geschaufelt, ließ sie glauben, Arthur
Munroe sei fortgegangen. Sie suchten, fanden aber
nichts. Die Siedler hätten es vielleicht verstanden,
aber ich wollte sie nicht noch mehr verängstigen. Ich
kam mir selbst merkwürdig gefühllos vor. Der
Schock in dem Wohngebäude hatte meinem Gehirn
irgendwie geschadet, und ich hatte nur noch die Suche
nach dem Schrecklichen im Sinn, das jetzt in meiner
Phantasie zu verheerenden Dimensionen angewachsen
war, eine Suche, die das Schicksal Arthur
Munroes mich geloben ließ geheimzuhalten und allein
zu bleiben.

Der Schauplatz meiner Grabungen hätte allein schon
genügt, um einen Durchschnittsmenschen zu zermürben.
Unheildrohende, urweltliche Bäume von schokkierender
Größe, von unheimlichem Alter und groteskem
Aussehen schauten hämisch auf mich herab,
wie Pfeiler eines höllischen Drudentempels, die den
Donner dämpften, den zerrenden Wind besänftigten

und nur wenig Regen durchließen. Beleuchtet vom Aufflackern durchscheinender Blitze, erhoben sich jenseits der vernarbten Baumstämme im Hintergrund die feuchten, efeubewachsenen Mauern des verlassenen Wohnhauses, während sich etwas näher der verlassene holländische Garten befand, dessen Wege und Beete von einer weißen, in die Höhe geschossenen, stinkenden, überentwickelten Vegetation vergiftet wurden, die nie richtig das Tageslicht sah. Am allernächsten lag der Friedhof, wo verkrüppelte Bäume wahnwitzige Zweige emporreckten, während ihre Wurzeln die Platten ungeweihter Gräber verschoben und aus dem, was darunter lag, Gift sogen. Hier und dort konnte ich unter der Decke brauner Blätter, die in der vorsintflutlichen Walddüsternis verrotteten und verfaulten, die seltsamen Umrisse einiger dieser niederen Erdwälle verfolgen, die diese von Blitzen zerfurchte Gegend charakterisierten.

Geschichtliches Interesse war es, was mich zu diesem archaischen Grab geführt hatte, geschichtliches Interesse war in der Tat alles, was mir blieb, nachdem alles andere in höhnischem Teufelswerk geendet hatte. Ich glaubte jetzt, daß die lauernde Furcht nichts Greifbares sei, sondern ein Geist mit Wolfszähnen, der auf dem mitternächtlichen Blitz daherfuhr. Wegen der Ortstradition, die ich mit Arthur Munroe zusammen ans Licht gezogen hatte, nahm ich an, daß der Geist der von Jan Martense sei, der 1762 starb. Das war es, warum ich wie verrückt in seinem Grabe wühlte.

Der Martense-Wohnsitz war 1670 von Gerrit Martense, einem reichen Kaufmann aus New Amsterdam erbaut worden, dem der Wechsel der Dinge unter britischer Herrschaft mißfiel, er hatte sich diesen großartigen Wohnsitz auf dem weitabgelegenen, bewaldeten Gipfel erbaut, dessen von niemand betretene Einsamkeit und ungewöhnliche Szenerie ihm zusagte. Die einzige handfeste Enttäuschung, die ihm an diesem Ort begegnete, war die, welche das Vorherrschen ungewöhnlich heftiger Gewitter im Sommer betraf. Als er sich den Hügel erwählte und seinen Wohnsitz errichtete, hatte Mynheer Martense diese häufigen Ausbrüche der Natur einer Eigentümlichkeit jenes Jahres zugeschrieben, aber er nahm bald wahr, daß die Örtlichkeit derartigen Naturerscheinungen besonders ausgesetzt sei. Als er schließlich herausfand, daß sie seinem Kopf nicht guttaten, richtete er sich einen Keller ein, in den er sich vor ihrem wildesten Toben zurückziehen konnte.

Von Gerrit Martenses Nachkommen weiß man weniger als von ihm selbst, da sie alle im Haß gegen die englische Kultur erzogen und dazu angehalten wurden, jene Kolonisten, die sie akzeptierten, zu meiden. Ihr Leben war äußerst einsiedlerisch, und die Leute behaupteten, daß ihre Isolierung sie schwer von Zunge und von Begriff hatte werden lassen. Im Aussehen waren sie alle durch eine merkwürdige, ererbte Ungleichheit der Augen gekennzeichnet, im allgemeinen war eines blau und das andere braun. Ihr gesellschaftlicher Verkehr wurde immer geringer, bis sie schließlich begannen, sich mit der zahlreichen Dienerschaft auf dem Besitz zu verheiraten. Viele der zusammengedrängten Familie degenerierten, zogen auf die andere Seite des Tales und vermischten sich mit der Kümmerlingsbevölkerung, aus der später die bemitleidenswerten Siedler hervorgingen. Der Rest hatte sich finster an den Sitz seiner Ahnen geklammert, sie wurden immer stammesverbundener und schweigsamer, dennoch entwickelten sie eine nervöse Reaktion gegenüber den häufigen Gewittern.

Die meisten Nachrichten darüber erreichten die Außenwelt durch den jungen Jan Martense, der aus einer inneren Ruhelosigkeit heraus zur Kolonialarmee ging, als Nachrichten vom Vertrag von Albany Tempest Mountain erreichten. Er war der erste von Gerrits Nachkommen, der viel von der Welt sah, und als er 1760 nach sechs Jahren Kampf zurückkehrte, wurde er von seinem Vater, den Onkeln und den Brüdern als Außenseiter gehaßt, trotz seiner ungleichen Martense-Augen. Er brachte es nicht mehr fertig, die

Absonderlichkeiten und Vorurteile der Martenses zu teilen, während gerade die Berggewitter ihn nicht mehr so schädlich beeinflußten, wie sie es vorher getan hatten. Statt dessen deprimierte ihn seine Umgebung, und er schrieb einem Freund in Albany häufig von seinen Plänen, das Vaterhaus zu verlassen.

Im Frühjahr 1763 wurde Jonathan Gifford, Jan Martenses Freund in Albany wegen des langen Schweigens seines Briefpartners unruhig, besonders im Hinblick auf die Zustände und Streitigkeiten im Martense-Wohnsitz. Entschlossen, Jan selbst zu besuchen, ritt er in die Berge. Sein Tagebuch erwähnt, daß er Tempest Mountain am 20. September erreichte und das Haus in starkem Verfall fand. Die mürrischen Martenses mit ihren verschiedenen Augen, deren unsauberes, tierisches Aussehen ihn entsetzte, berichteten ihm in abgehackten Kehllauten, daß Jan tot sei. Er sei, beteuerten sie, vergangenen Herbst vom Blitz getroffen worden und sei hinter dem vernachläßigten, tiefliegenden Garten begraben. Sie zeigten dem Besucher das Grab, nackt und ohne Grabstein. Etwas im Verhalten der Martenses stieß Gifford ab und machte ihn mißtrauisch, und eine Woche später kehrte er mit Spaten und Hacke zurück, um den Ort des Begräbnisses zu untersuchen. Er fand, was er erwartet hatte – einen Schädel, grausam zertrümmert, wie von schrecklichen Hieben – weshalb er nach seiner Rückkehr nach Albany die Martenses offen des Mordes an ihrem Verwandten bezichtigte. Juristische Beweise fehlten, aber die Geschichte verbreitete sich rasch in der Gegend, und von dieser Zeit an wurden die Martenses von der Welt geächtet. Niemand wollte mehr mit ihnen zu tun haben, und ihr abgelegener Wohnsitz wurde als verfluchter Ort gemieden. Irgendwie brachten sie es fertig, von den Erzeugnissen ihres Besitzes autark zu leben, denn von fernen Hügeln gelegentlich beobachtete Lichter legten von ihrem Verbleiben Zeugnis ab. Man konnte diese Lichter noch bis 1810 beobachten, aber zuletzt wurden sie sehr selten.

Inzwischen wuchs um den Wohnsitz und den Berg ein teuflischer Sagenkomplex empor. Der Ort wurde mit verdoppelter Beharrlichkeit gemieden und mit jeder geflüsterten Mythe ausgestattet, die die Tradition lieferte. Niemand besuchte ihn bis 1816, als der dauernd fehlende Lichtschein von den Siedlern bemerkt wurde. Zu dieser Zeit stellte eine Gruppe Untersuchungen an, sie fanden das Haus verlassen und teilweise verfallen.

Es lagen keine Skelette herum, so daß man eher auf Auszug als auf Tod schloß. Der Familienverband schien vor mehreren Jahren weggezogen zu sein, und behelfsmäßige Anbauten zeigten, wie groß der Verband vor seiner Auswanderung geworden war. Sein Kulturniveau war weit abgesunken, wie die kaputten Möbel und das herumgestreute Silber bewiesen, das offenbar alles längst nicht mehr benutzt worden war, als seine Eigentümer fortgingen. Aber obwohl die gefürchteten Martenses nicht mehr da waren, blieb die Furcht vor dem Spukhaus bestehen, und sie wurde verstärkt, als neue und seltsame Geschichten unter der entarteten Bergbevölkerung auftauchten. Da stand es nun, verlassen, gefürchtet und mit dem rachedürstenden Geist des Jan Martense verknüpft, da stand es noch immer in der Nacht, als ich Jan Martenses Grab öffnete.

Ich habe meine fortgesetzte Graberei als unsinnig bezeichnet, und das war sie tatsächlich, sowohl was den Gegenstand als auch die Methode betraf. Der Sarg von Jan Martense war bald freigelegt – er enthielt jetzt nur noch Staub und Salpeter – aber in meinem wütenden Eifer, seinen Geist zu exhumieren, schaufelte ich sinnlos und ungeschickt darunter weiter, wo er gelegen hatte. Gott weiß, was ich zu finden erhoffte – ich fühlte lediglich, daß ich das Grab eines Mannes ausschaufelte, dessen Geist bei Nacht umging.

Ich kann unmöglich sagen, welch ungeheure Tiefen ich erreicht hatte, als mein Spaten und kurz darauf meine Füße, in den Boden darunter einbrachen. Das Ereignis war unter diesen Umständen ungeheuer wichtig, denn in meinen verrückten Mutmaßungen hatte ich bereits Gewißheit, daß hier unterirdische Räume existieren müßten. Mein leichter Fall hatte die Laterne zum Erlöschen gebracht, aber ich zog eine elektrische Taschenlampe hervor und blickte in den engen, waagrechten Gang, der sich nach beiden Seiten ins Unendliche verlor. Er war für einen Mann reichlich breit genug, um sich durchzuwinden, und obwohl kein Mensch mit gesunden Sinnen es zu dieser Zeit versucht hätte, vergaß ich Gefahr, Vernunft und Sauberkeit in meinem zielstrebigen Fieber, die lauernde Furcht ans Tageslicht zu ziehen. Indem ich die Richtung dem Hause zu wählte, krabbelte ich tollkühn in den engen Kaninchenbau, indem ich mich blindlings und rasch vorwärts schlängelte und nur selten die Lampe aufleuchten ließ, die ich vor mich hinhielt.

Welche Sprache vermag den Anblick eines Mannes zu beschreiben, der in unendlich abgründiger Erde verloren ist, tastend sich windend, angestrengt atmend, der wie verrückt durch tiefliegende Windungen der uralten Schwärze kriecht, ohne Zeitsinn, Sicherheit, Richtung oder endgültiges Ziel? Es liegt etwas Schreckliches darin, aber das ist es, was ich tat. Ich tat es so lange, daß das Leben zu einer fernen Erinnerung verblaßte und ich mit den Maulwürfen und Maden der nächtlichen Tiefen eins wurde. Es war in der Tat nur Zufall, daß ich nach endlosem Vorwärtswinden meine vergessene elektrische Taschenlampe aus Versehen anknipste, so daß sie unheimlich die Grabgänge aus trockenem Lehm beleuchtete, die sich vor mir erstreckten und schlängelten.

Ich war auf diese Weise einige Zeit vorwärts gekrabbelt, weshalb meine Batterie stark verbraucht war, als der Gang sich plötzlich scharf nach oben wandte und meine Fortbewegungsart veränderte. Als ich den Blick hob, sah ich völlig unvorbereitet zwei teuflische Reflexe, die mit verderblichem und unmißverständlichem Glanz strahlten und die nebelhafte Erinnerungen heraufbeschworen, die mich verrückt machten. Ich hielt automatisch an, obwohl ich nicht den Verstand aufbrachte, mich zurückzuziehen. Die Augen kamen näher, von dem Wesen, zu dem sie gehörten, konnte ich jedoch nur eine Klaue erkennen. Aber was für eine Klaue! Dann hörte ich weit über mir ein fernes Krachen, das ich sofort erkannte. Es war der unheimliche Donner der Berge, zu hysterischer Wut gesteigert – ich mußte schon eine Zeitlang nach oben geklettert sein, so daß ich ganz nah an der Oberfläche war. Und während der Donner gedämpft rollte, starrten diese Augen immer noch mit ausdrucksloser Bösartigkeit.

Ich wußte damals Gott sei Dank nicht, was es war, oder ich wäre gestorben. Aber ich wurde von dem Donner gerettet, der es herbeigelockt hatte, denn nach schrecklichem Warten fuhr aus dem unsichtbaren Himmel einer dieser vom Berg angezogenen häufigen Blitze hernieder, dessen Nachwirkungen ich hier und dort als aufgerissene Erdspalten und Blitzröhren verschiedener Größe bemerkt hatte. Mit zyklopischer Wut durchfuhr es den Boden über dieser verdammten Höhle, mich zwar blind und taub, aber dennoch nicht ganz bewußtlos machend.

Ich schlug und zappelte hilflos in dem Chaos gleitender, nachgebender Erde und sah, daß ich an einer mir vertrauten Stelle an die Oberfläche gelangt war; einer steilen unbewaldeten Stelle am Abhang des Berges. Wiederholtes Wetterleuchten erhellte den zerwühlten Boden und die Überreste des merkwürdigen, niederen Hügels, der sich von dem höherliegenden, bewaldeten Abhang herunterzog, aber es gab in dem Chaos nichts, das mir die Stelle meines Ausstiegs aus der tödlichen Katastrophe zeigte. Mein Hirn befand sich im selben Chaos wie die Erde, und als ein entfernter roter Schein plötzlich über der Landschaft vom Süden her hereinbrach, wurde mir das Grauen, das ich durchlebt hatte, nicht völlig klar.

Aber als mir die Siedler zwei Tage später erklärten, was der rote Schein bedeute, fühlte ich ein stärkeres

Grauen als das, welches der Gang in der Erde, die Klaue und die Augen verursacht hatten; noch mehr Grauen angesichts der überwältigenden Folgen. In einem zwanzig Meilen entfernten Weiler war dem Blitz, der mich an die Oberfläche brachte, eine Orgie der Furcht gefolgt. Ein namenloses Wesen hatte sich von einem überhängenden Baum in eine Hütte mit dünnem Dach fallen lassen. Es hatte eine Untat begangen, aber die Siedler hatten die Hütte in höchster Erregung in Brand gesetzt, bevor es entkommen konnte. Es hatte die Untat genau in dem Augenblick begangen, als die Erde über dem Geschöpf mit der Klaue und den Augen einbrach.

IV
Das Grauen in den Augen

Jemand muß geistig nicht normal sein, der nachdem, was er vom Grauen des Tempest Mountain weiß, allein nach dem Schrecken, der dort lauert, sucht. Daß zum mindesten zwei der Verkörperungen der Furcht umgekommen waren, bildete keine große Gewähr für geistige und körperliche Sicherheit in dieser Unterwelt vielfältigen Diabolismus; dennoch setzte ich meine Suche mit vermehrtem Eifer fort, als die Ereignisse und Enthüllungen noch furchtbarer wurden. Als ich zwei Tage nach meiner schrecklichen Kriecherei durch die Höhle des Wesens mit den Augen und der Klaue erfuhr, daß ein solches Wesen zwanzig Meilen entfernt in böser Absicht auf der Lauer lag, genau in dem Moment, als die Augen mich anfunkelten, machte ich buchstäblich Angstkrämpfe durch. Diese Furcht war jedoch derart mit Staunen und lockender Absurdität gemischt, daß sie beinah eine angenehme Empfindung war. Manchmal, wenn unsichtbare Mächte einem in den Kämpfen eines Alptraums über die Dächer seltsamer toter Städte auf den gähnenden Abgrund von Nis zuwirbeln, ist es eine Erleichterung, ja sogar Entzücken, wie wild zu schreien und sich freiwillig im schrecklichen Wirbelstrom der Traumverdammnis entlangtreiben zu lassen, was auch für grundlose Tiefen sich auftun mögen. Genauso war es mit dem wandelnden Alptraum von Tempest Mountain; die Entdeckung, daß zwei Ungeheuer dort umgegangen waren, erweckte in mir endgültig die wilde Gier, gerade in die Erde der verfluchten Gegend hineinzustürzen und mit bloßen Händen den Tod auszugraben, der aus jedem Zoll des giftigen Bodens hervorschaute.

So bald als möglich besuchte ich das Grab von Jan Martense und grub vergeblich, wo ich vorher gegraben hatte. Eine ausgedehnte Senkung des Bodens hatte alle Spuren des unterirdischen Ganges verwischt, während der Regen so viel Erde in die Ausschachtung gespült hatte, daß ich nicht mehr entscheiden konnte, wie tief ich an jenem Tag gegraben hatte. Ich machte ebenfalls einen schwierigen Ausflug zu dem entfernten Weiler, wo die Todeskreatur verbrannt worden war, und wurde für meine Mühe nur gering belohnt. Ich fand in der Asche der verhängnisvollen Hütte verschiedene Knochen, die aber offenbar nicht dem Ungeheuer gehörten. Die Siedler berichteten, das Ding habe sich nur ein Opfer geholt; aber ich hielt sie darin für ungenau, da außer dem vollständigen Schädel eines menschlichen Wesens sich dort noch ein anderes Knochenbruchstück fand, das irgendwann einmal zu einem menschlichen Schädel gehört hatte. Obwohl der blitzschnelle Fall des Ungeheuers beobachtet worden war, konnte niemand genau sagen, wie es aussah; die, die es kurz gesehen hatten, nannten es einfach einen Teufel. Ich untersuchte den Baum, wo es gelauert hatte, konnte jedoch keine deutlichen Spuren erkennen. Ich versuchte, eine Spur ins Innere des dunklen Waldes zu finden, konnte aber bei dieser Gelegenheit den Anblick der krankhaft riesigen Baumstämme und dieser riesigen, wie Schlangen aussehenden Wurzeln nicht ertragen, die sich so boshaft wanden, bevor sie im Boden verschwanden.

Mein nächster Schritt war, den verlassenen Weiler mit mikroskopischer Sorgfalt erneut zu untersuchen, wo der Tod so vielfältig eingekehrt war und wo Arthur Munroe etwas gesehen hatte, das er nicht mehr als Lebender erzählen durfte. Obwohl meine vergeblichen vorangegangenen Untersuchungen äußerst gründlich gewesen waren, hatte ich nun neue Einzelheiten zu prüfen, denn das schreckliche Durchkriechen des Grabes überzeugte mich, daß zum mindesten eine der Entwicklungsstufen dieser Monstrosität ein unterirdisch lebendes Geschöpf gewesen war. Diesmal, am 14. November, betraf meine Suche hauptsächlich die Abhänge des Cone Mountain und Maple Hill, wo sie den unglücklichen Weiler überblicken, und ich schenkte der losen Erde der Erdrutschregion auf letzterer Erhebung besondere Aufmerksamkeit.

Der Nachmittag meiner Suche brachte nichts ans Licht, und die Abenddämmerung brach herein, als ich auf dem Maple Hill stand und auf den Weiler hinunter und über das Tal zum Tempest Mountain blickte. Es war ein großartiger Sonnenuntergang gewesen, und jetzt ging der beinah volle Mond auf und ergoß eine Silberflut über die Ebene, die entfernten Berge und die merkwürdig niederen Erdwälle, die sich da und dort erhoben. Alles schien mir durch scheußliche, ansteckende Einflüsse verdorben und von einem schädlichen Bündnis mit verbildeten verborgenen Mächten beseelt.

Plötzlich, während ich geistesabwesend auf das mondbeschienene Panorama starrte, wurde mein Auge von etwas Eigenartigem im Wesen und der Anordnung gewisser topographischer Einzelheiten angezogen. Ohne genaue geologische Kenntnisse zu besitzen, war ich von Anfang an an den merkwürdigen Erdwällen und Hügeln dieser Gegend interessiert. Ich hatte festgestellt, daß sie ziemlich ausgedehnt um den Tempest Mountain herum verteilt waren. Dieser Gipfel war unleugbar der Mittelpunkt, von dem die Linien oder Punktreihen unbestimmbar und unregelmäßig ausstrahlten, als habe das unheilvolle Martense-Haus unsichtbare Fangarme des Grauens ausgeworfen. Der Gedanke an solche Fangarme versetzte mich in unerklärliche freudige Spannung, und ich blieb stehen, um meine Gründe, diese Erdwälle für eiszeitliche Erscheinungen zu halten, zu analysieren.

Je mehr ich analysierte, um so weniger glaubte ich daran, und neue groteske Analogien begannen gegen meinen jetzt unvoreingenommenen Geist anzudrängen, die auf Erscheinungen an der Oberfläche und auf meinen Erfahrungen unter der Erde basierten. Bevor es mir bewußt wurde, stieß ich aufgeregte, zusammenhanglose Worte zu mir selbst hervor; »Mein Gott... Maulwurfshügel... der verdammte Ort muß gänzlich von Gängen durchzogen sein... wie viele... jene Nacht im Wohnhaus... sie holten Bennett und Tobey als erste... von beiden Seiten her...« Dann begann ich in rasender Eile, in dem Erdwall zu graben, der sich in meiner Nähe erstreckte; ich grub verzweifelt, zitternd, aber beinah jubelnd, ich grub und kreischte in einem unangebrachten Gefühlsausbruch schließlich laut, als ich auf einen Tunnel oder einen gegrabenen Gang stieß, genau wie der, durch den ich in jener tobenden Nacht gekrochen war.

Danach erinnere ich mich, daß ich, mit dem Spaten in der Hand in schrecklichem Tempo über die mondbeschienenen, erdwalldurchsetzten Wiesen und durch verseuchte, steile Abgründe des heimgesuchten Hügelforstes rannte, springend schreiend, keuchend, auf den schrecklichen Martense-Wohnsitz zulaufend. Ich erinnere mich, daß ich ohne Überlegung in allen Ekken des heidekrautüberwucherten Kellers grub; ich grub, um den Kern und Mittelpunkt dieses bösen Universums von Erdwällen zu finden. Und dann entsinne ich mich, wie ich lachte, als ich zufällig auf den Durchgang stieß, das Loch im Fundament des alten Kamins, wo üppiges Unkraut wuchs, das im Licht der einzigen Kerze, die ich zufällig dabei hatte, merkwürdige Schatten warf. Was noch in dieser Höllenwabe unten verweilte, lauernd und auf den Donner wartend, der es hervorlocke, wußte ich nicht. Zwei waren getötet worden, vielleicht hatte das allem ein Ende bereitet. Aber da blieb noch immer die brennende Entschlossenheit, das innerste Geheimnis der Furcht zu ergründen; die ich nun wieder als endgültig festgelegt, stofflich und für einen lebenden Organismus hielt.

Meine unentschlossenen Überlegungen, ob ich den Durchgang sofort und allein mit meiner Taschenlampe durchforschen, oder ob ich für diese Suche eine Schar Siedler zusammentrommeln solle, wurden nach einiger Zeit durch einen plötzlichen Windstoß von draußen unterbrochen, der die Kerze ausblies und mich in völliger Dunkelheit zurückließ. Der Mond schien nicht länger durch die Risse und Öffnungen über mir, und mit einem Gefühl verhängnisvoller Bestürzung hörte ich das unheimliche und bedeutungsvolle Grollen eines herannahenden Gewitters. Ein Durcheinander zusammengehöriger Gedanken ergriff von meinem Geist Besitz und veranlaßte mich, mich in die entfernteste Ecke des Kellers zurückzutasten. Meine Augen wandten sich indessen nicht einen Moment von der schrecklichen Öffnung im Fundament des Kamins ab, und ich begann flüchtige Eindrücke der zerbröckelnden Ziegel und der unnatürlichen Unkräuter aufzunehmen, als schwacher Blitzschein die Unkrautmassen draußen durchdrang und die Risse in der oberen Mauer erleuchtete. Jede Sekunde wurde ich von einer Mischung aus Furcht und Neugier verzehrt. Was würde der Sturm hervorlocken – oder war überhaupt noch etwas übrig, um es hervorzulocken? Vom Licht eines Blitzes geleitet, ließ ich mich hinter einer dichten Vegetationsgruppe nieder, durch die ich die Öffnung sehen konnte, ohne selbst gesehen zu werden.

Wenn der Himmel Erbarmen hat, dann wird er eines Tages aus meinem Bewußtsein den Anblick dessen auslöschen, was ich sah, und mich die letzten Jahre in Frieden leben lassen. Ich kann jetzt nachts nicht schlafen und muß Betäubungsmittel nehmen, wenn

es donnert. Das Ding tauchte ganz plötzlich und unangekündigt auf, ein teuflisches, rattenähnliches Huschen aus entfernten und unvorstellbaren Schlünden, ein höllisches Keuchen und unterdrücktes Grunzen, und dann brach aus der Öffnung unter dem Kamin eine Masse aussätzigen Lebens hervor – eine Abscheu erregende nachtgeborene Flut körperlicher Verkommenheit, von verheerender Schrecklichkeit als die schwärzesten Gaukeleien von sterblichem Wahnsinn und Krankhaftigkeit. Wirbelnd, kochend, herandrängend, brodelnd wie kriechende Schlangen rollte es heran und aus dem gähnenden Loch heraus, sich wie eine verderbliche Ansteckung ausbreitend und aus dem Keller durch jeden Ausgang hinausströmend – hinausströmend, um sich in dem verfluchten mitternächtlichen Forst zu zerstreuen, um Furcht, Wahnsinn und Tod zu verbreiten. Wie viele es waren, weiß Gott allein – es müssen Tausende gewesen sein. Ihren Strom in dem schwachen, wechselnden Licht zu erblicken, war entsetzlich. Als es so wenige geworden waren, daß man sie als Einzelwesen erkennen konnte, sah ich, daß sie zwergenhafte, deformierte, haarige Teufel oder Affen waren – schreckliche und teuflische Karikaturen der Gattung Affe. Sie waren so entsetzlich still, da war kaum ein Schrei, als einer der letzten Nachzügler sich mit der Gewandtheit langer Übung umdrehte, um aus einem schwächeren Genossen in gewohnter Weise einen Fraß zu machen. Andere schnappten auf, was er übrigließ und fraßen mit schmatzendem Genießen. Dann triumphierte trotz meiner Angstbenommenheit und des Abscheus meine krankhafte Neugier, und als der letzte der Unholde allein aus der jenseitigen Welt unbekannter Alpträume hervorkam, zog ich meine automatische Pistole und erschoß ihn unter dem Schutz des Gewitters.
Kreischend, dahinkriechend, ungestüme Schatten roten, zähen, haftenden Wahnsinns, die einander durch endlose, blutbefleckte Korridore des purpurnen, blitzenden Himmels jagen ... formlose Traumgestalten

und kaleidoskopartige Verwandlungen einer gespenstischen Szene der Erinnerung; Wälder von monströs überentwickelten Eichen mit schlangengleichen Wurzeln, die sich winden und unnennbare Säfte aus einem Boden saugen, der von Millionen kannibalischer Teufel verseucht ist; erdwallähnliche Fangarme, die sich aus einem unterirdischen Kern polypenartiger Entartung hervortasten... Wahnsinnsblitze über bösartigen, efeuumrankten Mauern und dämonische Arkaden, in üppig wuchernder Vegetation erstickend... Dem Himmel sei Dank für den Instinkt, der mich unbewußt zu einem Ort führte, wo Menschen wohnen; zu dem friedlichen Dorf, das unter den ruhig herabblickenden Sternen des wieder aufklarenden Himmels schlief.

In einer Woche hatte ich mich genügend erholt um jemand nach Albany wegen einer Schar Leute zu schicken, um den Martense-Wohnsitz und den ganzen oberen Teil des Tempest Mountain mit Dynamit zu sprengen und alle auffindbaren Gänge in den Erdwällen zu verstopfen und gewisse überentwickelte Bäume zu vernichten, deren bloßes Vorhandensein die Vernunft zu beleidigen schien. Ich konnte etwas schlafen, nachdem dies geschehen war, aber wirkliche Ruhe wird nie über mich kommen, solange ich mich des obskuren Geheimnisses der lauernden Furcht erinnere. Die Geschichte wird mich verfolgen, denn wer vermag zu sagen, daß die Ausrottung eine vollständige ist und daß nicht gleichgeartete Erscheinungen auf der ganzen Welt existieren? Wer kann, mit dem, was ich weiß, an die unbekannten Höhlen der Erde denken, ohne eine alpdruckähnliche Furcht vor künftigen Möglichkeiten? Ich kann keinen Brunnen und keinen Untergrundbahneingang sehen, ohne zu schaudern. Warum können mir die Ärzte nicht etwas geben, damit ich schlafen kann oder mein Gehirn wirklich beruhigen, wenn es donnert?

Was ich in dem aufblitzenden Strahl erblickte, als ich das unnennbare umherstreifende Geschöpf erschoß, war so selbstverständlich, daß fast eine Minute verstrich, ehe ich begriff und in ein Delirium verfiel. Das Wesen war übelkeiterregend, ein schmutziger, weißer Gorilla mit scharfen gelben Fangzähnen und verfilztem Fell. Er war das letzte Produkt degenerierter Säugetiere; das schreckliche Ergebnis von Inzucht, Vermehrung und kannibalischer Ernährung über und unter der Erde, die Verkörperung all der Verstrickungen und des Chaos und der grinsenden Furcht, die hinter der belebten Welt lauert. Es hatte mich sterbend angeblickt und seine Augen hatten die gleiche merkwürdige Eigenschaft, die jene anderen Augen ausgezeichnet hatte, die mich im Untergrund angestarrt und nebelhafte Erinnerungen wachgerufen hatten. Ein Auge war blau, das andere braun. Sie waren die ungleichen Martense-Augen der alten Sagen, und ich verstand in einem alles überschwemmenden Hereinbruch des Grauens, was aus der verschwundenen Familie geworden war; dem schrecklichen, vom Donner zum Wahnsinn getriebenen Haus der Martense.

Arthur Jermyn

Das Leben ist eine häßliche Angelegenheit und aus dem Hintergrund dessen, was wir darüber wissen, kommen dämonische Andeutungen der Wahrheit zum Vorschein, die es manchmal noch tausendfach häßlicher machen. Die Wissenschaft, schon niederdrückend genug mit ihren schockierenden Enthüllungen, wird vielleicht zur endgültigen Vernichterin der Spezies Mensch – so wir eine Spezies für sich sind –, denn ihre Reserven ungeahnten Grauens könnten von keinem sterblichen Gehirn ertragen werden, so man sie auf die Welt losließe. Wenn wir wüßten, was wir sind, wir würden handeln, wie Arthur Jermyn es tat; Arthur Jermyn durchtränkte sich mit Öl und zündete eines nachts seine Kleider an. Niemand tat die verkohlten Reste in eine Urne oder setzte ihm, der er gewesen war, ein Denkmal, denn gewisse Papiere und ein gewisser Gegenstand in einer Kiste wurden gefunden, die in den Menschen den Wunsch erweckten zu vergessen. Manche, die ihn kannten, geben nicht mehr zu, daß er je existierte.
Arthur Jermyn ging aufs Moor hinaus und verbrannte sich, nachdem er den Gegenstand in der Kiste, die aus Afrika eingetroffen war, gesehen hatte. Es war dieser Gegenstand und nicht seine merkwürdige äußere Erscheinung, der ihn veranlaßte, seinem Leben ein Ende zu machen. Manch einer hätte nicht leben mögen, wenn er Arthur Jermyns merkwürdige Züge besessen hätte, aber er war ein Dichter und Gelehrter gewesen, und es hatte ihm nichts ausgemacht. Gelehrsamkeit lag ihm im Blut, denn sein Urgroßvater, Sir Robert Jermyn, war ein berühmter Anthropologe gewesen, während sein Urururgroßvater, Sir Wade Jermyn, einer der ersten Erforscher des Kongogebietes war, und er hatte gelehrt über seine Stäm-

me, Tiere und mutmaßlichen Altertümer geschrieben. Der alte Sir Wade hatte in der Tat einen intellektuellen Eifer besessen, der beinah an Manie grenzte; seine bizarren Vermutungen über eine prähistorische weiße Kongokultur brachten ihm viel Spott ein, als sein Buch »Beobachtungen in verschiedenen Teilen Afrikas« veröffentlicht wurde. 1765 steckte man den furchtlosen Forscher in ein Irrenhaus in Huntingdon.

Wahnsinn fand sich bei allen Jermyns, und die Leute waren froh, daß es nicht zuviele von ihnen gab. Die Linie brachte keine Seitenlinien hervor, und Arthur war ihr Letzter. Die Jermyns sahen nie ganz normal aus, irgend etwas war verkehrt, obwohl Arthur der Schlimmste war, und die alten Familienbilder in Jermyn House zeigten vor der Zeit Sir Wades genug gut aussehende Gesichter. Sicher, der Wahnsinn begann mit Sir Wade, dessen unglaubliche Erzählungen aus Afrika gleichzeitig das Entzücken und den Schrecken seiner wenigen Freunde bildeten. Es trat in seiner Sammlung von Trophäen und Musterstücken zutage, die nicht von der Art waren, wie ein normaler Mensch sie anhäufen und aufbewahren würde, und zeigte sich am auffälligsten in der orientalischen Abgeschlossenheit, in der er seine Frau hielt. Letztere, hatte er erzählt, sei die Tochter eines portugiesischen Händlers, den er in Afrika getroffen hatte, und sie liebe die englische Lebensweise nicht. Sie hatte ihn, zusammen mit ihrem in Afrika geborenen kleinen Sohn, auf dem Hin- und Rückweg von seiner zweiten und längsten Reise begleitet und war mit ihm auf die dritte und letzte gegangen, von der sie nie zurückkehrte. Niemand hatte sie je aus der Nähe gesehen, nicht einmal die Bediensteten, denn sie war von heftiger und seltsamer Gemütsart. Während ihres kurzen Aufenthaltes in Jermyn House hatte sie einen abgelegenen Flügel bewohnt und wurde nur von ihrem Mann betreut. Sir Wade war tatsächlich in seiner Besorgnis um seine Familie äußerst sonderbar, denn als er nach Afrika zurückkehrte, erlaubte er niemand, seinen kleinen Sohn zu pflegen, mit Ausnahme einer abstoßenden Negerin aus Guinea. Als er nach Lady Jermyns Tod zurückkehrte, übernahm er selbst völlig die Betreuung des Knaben.

Aber es waren Sir Wades Reden, besonders dann, wenn er einen gehoben hatte, die hauptsächlich dazu führten, daß seine Freunde ihn für verrückt hielten. In einem Vernunftzeitalter, wie dem achtzehnten Jahrhundert war es für einen Gelehrten unklug, von unheimlichen Gesichten und seltsamen Szenen unter dem Mond des Kongo zu erzählen; von den riesigen Mauern und Säulen einer vergessenen Stadt, verfallen und von Ranken überwachsen und von feuchten, schweigenden Steinstufen, die endlos in die Dunkelheit abgrundtiefer Schatzkammern und unvorstellbarer Katakomben führen. Besonders unklug war es, von Lebewesen zu reden, die dort möglicherweise umgehen, Kreaturen, halb dem Dschungel zugehörig und halb der gottverlassenen alten Stadt – Fabelwesen, die selbst Plinius mit Skepsis schildern würde; Wesen, die aufgetaucht sein mögen, nachdem die großen Affen die sterbende Stadt mit ihren Mauern und Säulen, mit ihren Gewölben und unheimlichen Schnitzereien überrannt hatten. Dennoch sprach Sir Wade, nachdem er das letzte Mal zurückgekehrt war, mit schauerlich-unheimlichem Behagen über diese Dinge, meistens nach dem dritten Glas im »Knights Head«; sich dessen rühmend, was er im Dschungel gefunden hatte, und wie er in den schrecklichen Ruinen, die nur ihm bekannt waren, gewohnt hatte. Und schließlich sprach er von den Lebewesen auf eine Weise, daß man ihn ins Irrenhaus steckte. Er zeigte wenig Bedauern. Seitdem sein Sohn aus dem Babyalter heraus war, liebte er sein Heim immer weniger, bis er es zuletzt zu fürchten schien. Der »Knights Head« war sein Hauptquartier gewesen, und als man ihn einsperrte, drückte er so etwas wie Dankbarkeit für den Schutz aus. Drei Jahre später starb er.

Wade Jermyns Sohn Philipp war ein höchst merkwürdiger Mensch. Trotz starker körperlicher Ähnlich-

keit mit seinem Vater waren seine Erscheinung und sein Benehmen in vieler Hinsicht so roh, daß er allgemein gemieden wurde. Obwohl er die Verrücktheit nicht geerbt hatte, was manche befürchteten, war er entsetzlich dumm und zu kurzzeitigen Intervallen unkontrollierbarer Gewalttätigkeit geneigt. Von Wuchs war er klein, aber sehr kräftig und von unglaublicher Gelenkigkeit. Zwölf Jahre, nachdem ihm der Titel zugefallen war, heiratete er die Tochter seines Wildhüters, eine Person mit Zigeunerblut, wie man sagte, aber bevor sein Sohn geboren wurde, ging er als einfacher Matrose zur Marine und machte das Maß des allgemeinen Abscheus voll, das seine Gewohnheiten und seine Mesalliance begonnen hatten. Nach dem Ende des amerikanischen Krieges hörte man, er sei Matrose auf einem Handelsschiff des Afrikahandels, er genoß eine Art Ruf für seine Kraft- und Kletterleistungen, verchwand aber eines Nachts für immer, als sein Schiff vor der Küste des Kongo lag.
In Sir Philipp Jermyns Sohn nahm die von allen akzeptierte Familieneigentümlichkeit eine seltsame, verhängnisvolle Wendung. Groß und leidlich gut aussehend, mit einer Art von unheimlicher orientalischer Anmut, trotz leichter Unregelmäßigkeit der Proportionen, begann Robert Jermyn sein Leben als Gelehrter und Forscher. Er war es, der als erster die große Sammlung wissenschaftlicher Funde, die sein verrückter Großvater aus Afrika mitgebracht hatte, wissenschaftlich erfaßte und der den Familiennamen sowohl in der Forschung, als in der Ethnologie berühmt machte. 1815 heiratete Sir Robert eine Tochter des siebten Viscount Brightholme und wurde in der Folgezeit mit drei Kindern gesegnet, deren ältestes und jüngstes wegen geistiger und körperlicher Defekte nie in der Öffentlichkeit zu sehen waren. Niedergedrückt durch das familiäre Mißgeschick, suchte der Wissenschaftler Trost in der Arbeit und unternahm zwei lange Expeditionen ins Innere von Afrika. 1849 brannte der zweite Sohn Nevil, eine aus-

gesprochen abstoßende Persönlichkeit, der das schroffe Wesen Philipp Jermyns mit dem Hochmut der Brightholmes in sich vereinigte, mit einer gewöhnlichen Tänzerin durch, man verzieh ihm aber, als er im folgenden Jahr zurückkehrte. Er kehrte nach Jermyn House als Witwer mit einem kleinen Sohn, Alfred, zurück, der eines Tages Arthur Jermyns Vater werden sollte.

Freunde sagten, es sei eine Reihe von Kümmernissen gewesen, die Sir Roberts Geist verwirrten, dennoch war es vielleicht nur ein bißchen afrikanische Folklore, die das Unglück verursachte. Der ältere Gelehrte hatte Sagen des Ongastammes nahe dem Arbeitsfeld seines Großvaters und seiner eigenen Forschungen gesammelt, in der Hoffnung, eine Bestätigung für Sir Wades unglaubliche Erzählungen von einer verlorenen Stadt, bevölkert mit seltsamen Bastardwesen zu finden. Eine gewiße Folgerichtigkeit in den merkwürdigen Papieren seines Ahnen deutete darauf hin, daß die Phantasie des Verrückten durch Mythen der Eingeborenen angeregt worden war. Am 19. Oktober 1852 sprach der Forscher Samuel Seaton mit einem Manuskript und Notizen, die er bei den Onga gesammelt hatte, in Jermyn House vor, in der Annahme, daß gewisse Sagen von einer grauen Stadt mit weißen Affen, die von einem weißen Gott beherrscht wurden, für den Ethnologen von Wert sein könnten. In seiner Unterhaltung fügte er viele zusätzliche Einzelheiten hinzu; deren Inhalt wohl nie bekanntwerden wird, da eine Reihe gräßlicher Tragödien plötzlich ausbrach. Als Sir Robert Jermyn aus seiner Bibliothek trat, hinterließ er dort den erwürgten Leichnam des Forschers und ehe man ihn daran hindern konnte, hatte er seine drei Kinder umgebracht, die beiden, die man nie zu sehen bekam und den Sohn, der durchgebrannt war. Nevil Jermyn starb bei dem erfolgreichen Versuch, seinen eigenen, zwei Jahre alten Sohn zu retten, der offensichtlich in die Mordpläne des alten Mannes miteinbezogen werden sollte. Sir Robert selbst starb nach

wiederholten Selbstmordversuchen und der eigensinnigen Weigerung, einen Ton zu äußern, im zweiten Jahr seiner Isolierung an einem Schlaganfall.
Sir Alfred Jermyn war bereits vor seinem vierten Geburtstag Baronet, aber seine Neigungen entsprachen nicht seinem Titel. Mit zwanzig hatte er sich einer Schar Tingeltangelkünstler angeschlossen, und mit sechsunddreißig hatte er Weib und Kind verlassen, um mit einem amerikanischen Wanderzirkus herumzuziehen. Sein Ende war äußerst abstoßend. Unter den Tieren der Schau, mit der er reiste, befand sich ein riesiges Gorillamännchen von hellerer Farbe, als der Durchschnitt, ein überraschend gutmütiges Tier, das bei den Künstlern sehr beliebt war. Von diesem war Alfred Jermyn außerordentlich fasziniert, und gelegentlich sahen sich die beiden lange Zeit durch die dazwischenliegenden Stäbe an. Eines Morgens in Chicago, als der Gorilla und Alfred Jermyn einen äußerst geschickten Boxkampf probten, versetzte ihm der erstere einen stärkeren Schlag als gewöhnlich, was den Körper und die Würde des Amateurtrainers verletzte. Was darauf folgte, davon sprachen die Mitglieder »Der Größten Schau der Welt« nicht gern. Sie waren nicht darauf vorbereitet, Alfred Jermyn einen schrillen, unmenschlichen Schrei ausstoßen zu hören oder zuzusehen, wie er seinen tapsigen Gegner mit beiden Händen ergriff, ihn auf den Boden des Käfigs schleuderte und ihn wütend in die haarige Kehle biß. Der Gorilla war nicht auf der Hut gewesen, aber nicht für lang, denn bevor der reguläre Trainer eingreifen konnte, war der Körper, der einem Baronet gehört hatte, nicht mehr zu erkennen.

II

Arthur Jermyn war der Sohn Sir Alfred Jermyns und einer Tingeltangelsängerin unbekannter Herkunft. Als der Ehemann und Vater seine Familie im Stich ließ, nahm die Mutter das Kind mit nach Jermyn House, wo niemand mehr war, der gegen ihre Anwesenheit hätte Einwände erheben können. Sie hatte durchaus eine Vorstellung davon, was zur Würde eines Edelmannes gehört, und sorgte dafür, daß ihr Sohn die beste Erziehung bekam, die die beschränkten Mittel ermöglichten. Die Familieneinkünfte waren nun trostlos dürftig, und Jermyn House war jämmerlich verfallen, aber der junge Arthur liebte das alte Gebäude und alles, was darinnen war. Er glich keinem der Jermyns, die je gelebt hatten, denn er war ein Dichter und Träumer. Einige der Nachbarfamilien, die Geschichten über die unsichtbare portugiesische Ehefrau des alten Sir Wade Jermyn gehört hatten, erklärten, daß ihr romanisches Blut wohl wieder durchgebrochen sei, aber die meisten Menschen lächelten höhnisch über seine Empfänglichkeit für das Schöne und schrieben sie seiner Tingeltangelmutter zu, die gesellschaftlich nicht anerkannt wurde. Die poetische Empfindsamkeit Arthur Jermyns war wegen seiner sonderbaren persönlichen Erscheinung um so bemerkenswerter. Die meisten Jermyns hatten irgendwie merkwürdige oder abstoßende Züge besessen, aber in Arthur Jermyns Fall war das besonders auffällig. Es ist schwer zu sagen, wem er gerade ähnelte, aber sein Ausdruck, seine Gesichtszüge und die Länge seiner Arme vermittelten denen, die ihn zum erstenmal sahen, einen Schauer des Widerwillens.

Es war der Geist und Charakter Arthur Jermyns, der einen mit diesem Anblick versöhnte. Begabt und gelehrt, heimste er in Oxford die höchsten Ehren ein und es schien wahrscheinlich, daß er den geistigen Ruf der Familie wiederherstellen würde. Obwohl mehr von poetischer, denn wissenschaftlicher Veranlagung, plante er, die Arbeiten seiner Vorväter über afrikanische Völkerkunde und Altertümer fortzusetzen, wozu er sich die wirklich wunderbare, wenn auch seltsame Sammlung Sir Wades nutzbar machte. Mit seinem schwärmerischen Geist gedachte er oft der vorgeschichtlichen Kultur, an die der verrückte For-

scher so unerschütterlich geglaubt hatte, und pflegte über die schweigende Stadt im Dschungel Geschichte um Geschichte zu weben, die letzterer in seinen phantastischen Notizen und Aufsätzen erwähnt hatte. Für die nebelhaften Äußerungen, die eine namenlose Rasse von Dschungelbastarden betrafen, hegte er ein seltsames Gefühl, gemischt aus Grauen und Anziehung; er überdachte die möglichen Grundmotive einer solchen Vorstellung, und versuchte, Licht in die neueren Daten zu bringen, die sein Urgroßvater und Samuel Seaton bei den Onga gesammelt hatten.
Im Jahre 1911, nach dem Tode seiner Mutter, entschloß sich Sir Arthur Jermyn, seine Untersuchungen bis zur Grenze des Möglichen voranzutreiben. Er verkaufte einen Teil seines Besitzes, um das nötige Geld aufzubringen, stattete eine Expedition aus und reiste per Schiff zum Kongo. Er verständigte sich mit den belgischen Behörden wegen einer Anzahl Führer, er verbrachte ein Jahr im Land der Onga und Kaliri, wo er wissenschaftliche Daten fand, die seine höchsten Erwartungen überstiegen. Unter den Kaliri war ein alter Häuptling namens Mwanu, der nicht nur ein gutes Erinnerungsvermögen, sondern auch einen hohen Intelligenzgrad und Interesse an alten Sagen besaß. Dieser Alte bestätigte alle Erzählungen, die Jermyn zu Ohren gekommen waren, er fügte seinen eigenen Bericht von der steinernen Stadt und den weißen Affen hinzu, wie man ihn berichtet hatte.
Nach Mwanus Angaben existierten die graue Stadt und die Bastardwesen nicht mehr, sie waren von den kriegerischen N'bangu vor vielen Jahren ausgerottet worden. Nachdem dieser Stamm die meisten Gebäude zerstört und die Lebewesen umgebracht hatte, nahmen sie die ausgestopfte Göttin mit sich, die der Gegenstand ihrer Suche gewesen war; die weiße Affengöttin, welche die seltsamen Geschöpfe verehrt hatten und von der die Kongo-Tradition behauptete, der Körper einer Frau zu sein, die als Prinzessin diese Wesen regiert hatte. Mwanu hatte keine Ahnung,

wer diese weißen, affenähnlichen Geschöpfe gewesen sein könnten, aber er glaubte, sie seien die Erbauer der Ruinenstadt gewesen. Jermyn konnte keine Vermutungen anstellen, aber durch die eindringliche Befragung erfuhr er die bilderreiche Legende der ausgestopften Göttin.

Die Affenprinzessin, so hieß es, wurde die Gemahlin eines großen weißen Gottes, der aus dem Westen gekommen war. Lange Zeit hatten sie gemeinsam über die Stadt geherrscht, aber als sie einen Sohn bekamen, zogen alle drei fort. Später waren der Gott und die Prinzessin zurückgekehrt und nach dem Tode der Prinzessin ließ ihr göttlicher Gemahl den Körper mumifizieren und schloß ihn in einem großen Hause ein, wo er verehrt wurde. Dann reiste er allein ab. Die Legende scheint hier drei Varianten zu bieten. Gemäß der einen Geschichte ereignete sich weiter nichts mehr, außer daß die ausgestopfte Göttin zum Symbol der Vorherrschaft wurde, welcher Stamm sie auch jeweils besitzen möge. Aus diesem Grunde schleppten die N'bangu sie fort. Die zweite Geschichte erzählte von der Wiederkehr des Gottes und seinem Tod zu Füßen seines im Schrein eingeschlossenen Weibes. Eine dritte berichtete von der Rückkehr des Sohnes, der zum Mann oder Affen oder Gott herangewachsen war, wie man es nimmt – ohne sich seiner Identität bewußt zu sein. Sicher hatten die einfallsreichen Schwarzen das meiste aus den Ereignissen gemacht, die hinter den ungewöhnlichen Sagen liegen mögen.

Über das wirkliche Vorhandensein der Dschungelstadt, wie sie der alte Sir Wade beschrieben hatte, war sich Arthur Jermyn nicht mehr im Zweifel, und es wunderte ihn kaum, als er am Anfang des Jahres 1912 auf deren Reste stieß. Ihre Größe war wohl übertrieben worden, dennoch bewiesen die herumliegenden Steine, daß es nicht nur ein Negerdorf gewesen war. Unglücklicherweise fand man keinerlei Bildhauerarbeit, und der geringe Umfang der Expedition verhinderte das Unternehmen, den einzig sichtbaren Eingang freizulegen, der in das Gewölbesystem hinunterzuführen schien, das Sir Wade erwähnt hatte. Die weißen Affen und die ausgestopfte Göttin wurden mit allen Eingeborenenhäuptlingen der Gegend erörtert, aber es blieb einem Europäer überlassen, die Angaben des alten Mwanu zu ergänzen. M. Verhaeren, belgischer Agent eines Handelsplatzes am Kongo, glaubte, er könne die ausgestopfte Göttin nicht nur auffinden, sondern auch erwerben; da die einst mächtigen N'bangu nun Untertanen der Regierung König Alberts seien, und mit etwas Überredungskunst veranlaßt werden könnten, sich von der grausigen Gottheit zu trennen, die sie weggeschleppt hatten. Als Jermyn per Schiff nach England zurückkehrte, geschah dies in der erregenden Erwartung, daß er in wenigen Monaten einen unschätzbaren ethnologischen Fund erhalten würde, der die phantastischsten Erzählungen seines Ururgroßvaters bestätigen würde – das heißt, die phantastischste, die er je gehört hatte. Landleute in der Nähe von Jermyn House hatten vielleicht unwahrscheinlichere Geschichten gehört, die ihnen von ihren Ahnen überliefert worden waren, die Sir Wade am Tisch des »Knights Head« zugehört hatten.

Arthur Jermyn wartete sehr geduldig auf die angekündigte Kiste von M. Verhaeren, während er in der Zwischenzeit mit vermehrtem Fleiß die Manuskripte studierte, die sein verrückter Vorfahre ihm hinterlassen hatte. Er begann, sich mit Sir Wade stark geistesverwandt zu fühlen und Andenken an dessen Privatleben in England und an dessen afrikanische Abenteuer zu suchen. Mündliche Überlieferungen von der geheimnisvollen, abgeschlossen lebenden Ehefrau waren zahlreich, aber kein greifbares Andenken an ihren Aufenthalt in Jermyn House war verblieben. Jermyn fragte sich, welcher Umstand eine derartige Austilgung bewirkt und möglich gemacht hatte, und er entschied, daß die Geisteskrankheit des Ehemannes der Hauptgrund gewesen war. Seine Urururgroßmutter, entsann er sich, soll die Tochten eines portugiesischen Händlers in Afrika gewesen sein. Sicherlich hatten ihr praktisches Erbe und eine oberflächliche Kenntnis der dunklen Kontinents sie veranlaßt, sich über Sir Wades Berichte aus dem Landesinnern lustig zu machen, etwas, das solch ein Mann wahrscheinlich nie vergeben würde. Sie war in Afrika gestorben, vielleicht von ihrem Ehemann dorthin geschleppt, der entschlossen war, für das, was er erzählt hatte, den Beweis zu liefern. Aber wenn Jermyn sich diesen Überlegungen hingab, konnte er nur ob ihrer Nutzlosigkeit lächeln, angestellt anderthalb Jahrhunderte nach dem Tod seiner seltsamen Vorfahren.

Im Juni des Jahres 1913 traf ein Brief von M. Verhaeren ein, der ihm vom Auffinden der ausgestopften Göttin berichtete. Es sei, behauptete der Belgier, ein ungewöhnliches Objekt, ein Objekt, dessen Einstufung über die Fähigkeiten eines Laien hinausging. Ob es den Menschen oder Affen zugehöre, könne nur ein Wissenschaftler bestimmen und die Bestimmung würde durch den schlechten Erhaltungszustand sehr erschwert. Zeit und das Klima im Kongo sind Mumien nicht zuträglich, besonders wenn ihre Präparation derart laienhaft war, wie es hier der Fall zu sein schien. Um den Hals des Geschöpfes befand sich eine Goldkette, die eine leere Anhängerkapsel trug, auf dem die Muster eines Wappens zu sehen waren, zweifellos das Amulett eines unglücklichen Reisenden, das die N'bangu weggenommen und ihrer Göttin als Glücksbringer umgehängt hatten. Auf die Konturen des Gesichts der Mumie anspielend, schlug M. Verhaeren einen launigen Vergleich vor; oder er drückte vielmehr humorvoll seine Verwunderung aus, was es auf seinen Korrespondenten für einen Eindruck machen würde, aber er sei zu stark wissenschaftlich interessiert, um viele Worte an leichte Scherze zu verschwenden. Die ausgestopfte Göttin, schrieb er, würde gut verpackt ungefähr einen Monat nach Erhalt des Briefes eintreffen.

Der Gegenstand in der Kiste wurde am Nachmittag

des 5. August in Jermyn House abgeliefert, wo er sofort in den großen Raum gebracht wurde, der die Sammlung afrikanischer Funde beherbergte, wie sie von Sir Robert und Arthur geordnet worden war. Was dann folgte, kann man am besten den Erzählungen der Bediensteten und den später untersuchten Gegenständen und Papieren entnehmen. Von den verschiedenen Berichten ist der des alten Familien-Butlers Soames am ausführlichsten und zusammenhängendsten. Diesem vertrauenswürdigen Mann zufolge, schickte Sir Arthur Jermyn alle aus dem Zimmer, bevor er die Kiste öffnete, aber der gleich darauf folgende Lärm von Hammer und Meißel zeigte, daß er das Unternehmen nicht aufschob. Einige Zeit war nichts zu hören, wie lang, konnte Soames nicht genau beurteilen, aber es war sicher keine Viertelstunde später, daß ein gräßlicher Schrei, zweifellos in Jermyns Stimme, gehört wurde. Unmittelbar darnach tauchte Jermyn aus dem Zimmer auf und raste wie wahnsinnig zur Vorderseite des Hauses, als ob ihm ein gräßlicher Feind auf den Fersen sei. Der Ausdruck seines Gesichts, eines Gesichts, das auch im Ruhezustand häßlich genug war, spottete jeder Beschreibung. Als er die Eingangstür beinah erreicht hatte, schien ihm etwas einzufallen, er machte in seiner Flucht kehrt und verschwand schließlich die Kellertreppe hinunter. Die Bediensteten waren aufs äußerste verblüfft und warteten oben am Treppenabsatz, aber ihr Herr kam nicht wieder. Ein Ölgeruch war alles, was von unten heraufdrang. Nach Einbruch der Dunkelheit war an der vom Keller in den Hof führenden Tür ein Klappern zu vernehmen, und ein Stallbursche sah Arthur Jermyn, von Kopf bis Fuß von Öl glänzend, und nach dieser Flüssigkeit stinkend, sich heimlich hinwegstehlen und im Torfmoor, das das Haus umgibt, verschwinden. Dann erlebten alle in einer Übersteigerung äußersten Grauens das Ende mit. Ein Funken erschien auf dem Moor, eine Flamme schoß empor und eine menschliche Feuersäule hob die Arme zum Himmel. Das Haus

Jermyn existierte nicht mehr.

Der Grund, warum Sir Arthur Jermyns verkohlte Reste nicht eingesammelt und beigesetzt wurden, liegt an dem, was man danach auffand, besonders das Ding in der Kiste. Die ausgestopfte Göttin bot einen Übelkeit erregenden Anblick, zusammengeschrumpft und zerfressen, aber sie war unverkennbar ein mumifizierter weißer Affe einer unbekannten Spezies, nicht so behaart, wie die bekannten Spielarten und entschieden dem Menschen näherstehend – in schockierender Weise. Eine genaue Schilderung wäre wenig erfreulich, aber zwei ins Auge springende Besonderheiten müssen berichtet werden, denn sie decken sich in unerhörter Weise mit gewissen Aufzeichnungen von Sir Wades afrikanischen Expeditionen und mit den kongolesischen Sagen vom weißen Gott und der Affenprinzessin. Die beiden in Frage stehenden Besonderheiten sind diese: das Wappen auf dem goldenen Anhänger am Hals des Geschöpfes war das Wappen der Jermyns und die scherzhafte Andeutung M. Verhaerens, daß eine gewisse Ähnlichkeit in Verbindung mit dem eingeschrumpften Gesicht mit lebendigem, scheußlichem Grauen auf niemand anderen als den empfindsamen Sir Arthur Jermyn, Urururenkel des Sir Wade Jermyn und einer unbekannten Ehefrau zutraf. Mitglieder des Königlich Anthropologischen Instituts verbrannten das Ding, warfen die Anhänger in einen Brunnen, und einige von ihnen geben nicht einmal zu, daß Arthur Jermyn je existierte.

Nyarlathotep

Nyarlathotep... das schleichende Chaos... ich bin der Letzte... ich will es dem lauschenden leeren Raum erzählen...
Ich kann mich nicht mehr deutlich erinnern, wann es begann, aber es war vor Monaten. Die allgemeine Spannung war grauenhaft. Zu einer Jahreszeit politischen und sozialen Umbruchs gesellte sich eine merkwürdige, brütende Vorahnung schrecklicher körperlicher Gefahr, einer weitverbreiteten und allumfassenden Gefahr, wie man sie sich nur in den schrecklichsten Nachtphantasien vorstellen kann. Ich erinnere mich, daß die Menschen mit bleichen und bekümmerten Gesichtern einhergingen, und an gewisperte Warnungen und Prophezeiungen, die niemand bewußt zu wiederholen oder von denen er vor sich selbst zuzugeben wagte, daß er sie gehört hatte. Ein Gefühl ungeheurer Schuld lag über dem Land, und aus den Abgründen zwischen den Sternen fegte kühler Luftzug, der die Menschen in dunklen und einsamen Orten erschauern ließ. Da gab es eine teuflische Änderung in der Jahreszeitenfolge – die Herbsthitze verweilte furchterregend, und jedermann fühlte, daß die Welt und vielleicht das ganze Universum aus der Kontrolle der bekannten Götter oder unbekannter Mächte geraten sei.
Und dann kam Nyarlathotep aus Ägypten. Niemand konnte sagen, wer er sei, aber er war aus altem, einheimischen Blut und sah wie ein Pharao aus. Die Fellachen knieten nieder, wenn sie seiner ansichtig wurden, dennoch konnten sie nicht sagen, warum. Er sagte, er sei aus dem Dunkel von vor siebenzwanzig Jahrhunderten emporgestiegen, und er habe Botschaften aus Orten vernommen, die man nicht auf unserem Planeten findet. In die Länder der Zivilisa-

tion kam Nyarlathotep, dunkel, schlank und düster, kaufte er dauernd seltsame Instrumente aus Glas und Metall und kombinierte sie zu Instrumenten, die noch seltsamer waren. Er sprach viel über die Wissenschaften – über Elektrizität und Psychologie und veranstaltete Demonstrationen seiner Fähigkeiten, die seine Zuschauer sprachlos machten und die dennoch seinen Ruhm in ungeheuerem Maße anwachsen ließen. Menschen gaben einander den Rat, Nyarlathotep aufzusuchen und schauderten dabei. Und wohin Nyarlathotep ging, verschwand die Ruhe, denn die frühen Morgenstunden wurden von Schreien des Alptraums zerrissen. Noch nie waren diese Alptraumschreie ein solch öffentliches Problem gewesen, jetzt wünschten weise Männer beinah, sie könnten den Schlaf in den frühen Morgenstunden verbieten, auf daß das Kreischen der Städte den bleichen, mitleidigen Mond nicht so sehr beunruhigen möge, der auf grünen Wassern, die unter Brücken hindurchglitten, und alten Kirchtürmen, die sich verfallend gegen den kränklichen Himmel abhoben, schimmerte.

Ich erinnere mich noch, als Nyarlathotep in meine Stadt kam – die große, die schreckliche Stadt unzähliger Verbrechen. Mein Freund hatte mir von ihm und von der zwingenden Faszination und dem Zauber seiner Enthüllungen erzählt, und ich brannte vor Eifer, seine tiefsten Geheimnisse zu erforschen. Mein Freund sagte, sie seien über die fieberhaftesten Vorstellungen hinaus grauenhaft und eindrucksvoll, daß das, was auf eine Leinwand in einem verdunkelten Raum projiziert werde, Dinge prophezeie, die niemand, außer Nyarlathotep zu prophezeien wage, und im Sprühen seiner Funken wurde den Menschen das genommen, was noch niemals weggenommen worden war und was man bloß an den Augen erkennen konnte. Und ich hörte von denen, die es wußten, die weitverbreitete Andeutung, daß Nyarlathotep Anblicke zuteil würden, die andere nicht sehen dürften.

Es war in jenem heißen Herbst, daß ich mit der ruhelosen Menge durch die Nacht ging, um Nyarlathotep zu besuchen, durch diese erstickende Nacht, endlose Stiegen hinauf in ein Zimmer, das einem die Luft benahm. Auf die Leinwand geworfen sah ich Kapuzengestalten zwischen Ruinen und gelbe, böse Gesichter, die hinter umgestürzten Denkmälern hervorlugten. Und ich sah die Welt ankämpfen gegen die Finsternis, gegen die Wellen der Zerstörung aus den hintersten Räumen, wirbelnd, aufwühlend und kämpfend rund um eine dunkler werdende, auskühlende Sonne. Dann umtanzten die Funken in erstaunlicher Weise die Köpfe der Zuschauer, Haare standen zu Berge, während Schatten, grotesker, als man sagen kann, hervorkamen und sich auf den Köpfen niederließen. Und als ich, der nüchterner und mehr wissenschaftlich eingestellt war als die übrigen, zitternd einen Protest von »Schwindel« und »statischer Elektrizität« murmelte, warf Nyarlathotep uns alle hinaus, die schwindelnden Stiegen hinunter, in die feuchten, heißen, verlassenen mitternächtlichen Straßen. Ich schrie laut, ich hätte keine Angst, daß ich nie Angst haben könne; und andere schrien zum Trost mit mir. Wir schworen einander, daß die Stadt genau die gleiche und noch am Leben sei, und als das elektrische Licht schwächer zu werden begann, verfluchten wir die Elektrizitätsgesellschaft immer wieder und lachten über die Grimassen, die wir dabei schnitten.

Ich glaube, wir fühlten, daß etwas vom grünlichen Mond herunter auf uns einwirke, denn als wir von seinem Licht abhängig wurden, ordneten wir uns in merkwürdig unfreiwillige Marschkolonnen und schienen unseren Bestimmungsort genau zu kennen, obwohl wir nicht wagten, daran zu denken. Einmal sahen wir aufs Pflaster und fanden, daß die Platten lose und von Gras verschoben waren, und kaum eine rostige Metallschiene zeigte an, wo die Trambahn gefahren war. Und dann sahen wir einen Trambahnwagen, allein, ohne Fenster, verfallen und beinah auf der Seite liegend. Als wir unsere Blicke über den Horizont schweifen ließen, konnten wir den dritten Turm beim Fluß nicht entdecken und stellten fest, daß die Silhouette des zweiten Turmes am Oberteil ausgenagt war. Dann spalteten wir uns in schmale Kolonnen auf, von denen es jede in eine andere Richtung zu ziehen schien. Eine verschwand in einer schmalen Straße zur Linken und hinterließ nur den Widerhall eines fürchterlichen Klagelautes. Eine andere zog den mit Unkraut bewachsenen Untergrundbahneingang hinab, mit einem heulenden Gelächter. Meine eigene Kolonne zog es aufs offene Land hinaus, und ich fühlte gleich ein Frösteln, an dem nicht der heiße Herbst schuld war, denn als wir auf das dunkle Moor hinausschritten, erblickten wir rund um uns das höllische Mondgeglitzer üblen Schnees. Spurenloser, unerklärlicher Schnee, der nur in eine Richtung gefegt war, wo ein Abgrund gähnte, der durch die glitzernden Wände noch schwärzer wirkte. Die Kolonne schien in der Tat sehr dünn, als sie verträumt in den Abgrund hineinstapfte. Ich blieb zurück, denn der schwarze Spalt in dem grünleuchtenden Schnee war furchtbar, und ich glaubte den Widerhall beunruhigender Klagetöne gehört zu haben, als meine Begleiter verschwanden, aber meine Kraft zum Verweilen war nur gering. Wie angelockt von denen, die vor mir gegangen waren, schwebte ich beinah zwischen die riesigen Schneewächten, zitternd und verschreckt, in den dunklen Abgrund des Unvorstellbaren. Schreiend wie ein fühlendes Wesen, dumpf delirierend, nur die Götter, die da waren, können es wissen. Ein vergehender, empfindsamer Schatten, der sich in Händen windet, die keine Hände sind, und ich wirbelte blind an schrecklichen Mitternächten verrottender Schöpfungen vorbei, Leichen toter Welten, mit Wunden, welche die Städte waren, Grabeswinde, die an den bleichen Sternen vorbeistreichen und sie fast zum Erlöschen bringen. Hinter den Welten vage Geister schrecklicher Dinge, halb sichtbare Säulen ungeheiligter Tempel, die auf namenlosen Felsen unter dem Raum stehen, und in schwindelerregende Leere über den Sphären von Licht und Finsternis. Und durch diesen abstoßenden Friedhof des Universums gedämpfter, wahnsinnig machender Trommelwirbel und dünnes, monotones Wimmern gotteslästerlicher Flöten aus den undenkbaren, unbeleuchteten Kammern jenseits der Zeit; das abscheuliche Schlagen und Pfeifen zu deren Musik langsam, ungeschickt und absurd die gigantischen, dunklen, letzten Götter tanzen – die blinden, stummen, hirnlosen Zwerge, deren Seele Nyarlathotep ist.

Das gemiedene Haus

I

Selbst das größte Grauen ist selten ohne Ironie. Manchmal liegt sie direkt in der Zusammenstellung der Ereignisse, während sie sich manchmal auf ihre Zufallsposition zwischen Personen und Orten bezieht. Die letzte Spielart wird durch einen Fall in der alten Stadt Providence belegt, wo Edgar Allan Poe in den späten vierziger Jahren während seiner vergeblichen Werbung um die begabte Dichterin Mrs. Whitman, sich häufig aufzuhalten pflegte. Poe stieg für gewöhnlich im Mansion House an der Benefit Street ab – die umbenannte Golden Ball Inn, unter deren Dach Washington, Jefferson und Lafayette geweilt hatten –, und sein Lieblingsspaziergang führte ihn in nördlicher Richtung entlang derselben Straße zu Mrs. Whitmans Heim und dem benachbarten, am Hügel liegenden St.-Johns-Friedhof, dessen verborgene weite Fläche mit den Grabsteinen aus dem achtzehnten Jahrhundert auf ihn eine besondere Anziehungskraft ausübte.

Dies ist nun die Ironie. In seinem so häufig wiederholten Spaziergang war der Meister des Schrecklichen und Bizarren genötigt, an einem Haus an der Ostseite der Straße vorbeizugehen, einem düsteren, altmodischen Bau, der auf dem steil ansteigenden Seitenhügel thronte, mit einem großen, ungepflegten Grundstück, das aus einer Zeit stammte, als die Gegend noch teilweise offenes Land war. Es scheint nicht so, daß er je darüber schrieb oder davon sprach, auch gibt es keinen Beweis dafür, daß er es überhaupt bemerkte. Dennoch kam dieses Haus für die zwei Menschen, die darüber gewisse Informationen besaßen, an Grauen der unheimlichsten Phantasie dieses Genius gleich oder überbot sie sogar, der es so oft unwissentlich passierte, und es steht böse lauernd, als Symbol all dessen, was unaussprechlich schrecklich ist.

Das Haus war – und ist in Wirklichkeit noch – von der Art, die Aufmerksamkeit Neugieriger zu erregen. Ursprünglich ein Farm- oder Halbfarmgebäude, hielt es sich an den üblichen Kolonialstil aus der Mitte des achtzehnten Jahrhunderts von der wohlhabenden Sorte mit Spitzdach, zwei Stockwerken und ohne Mansardenfenster, mit georgianischer Eingangstür und Innentäfelung, die der fortschrittliche Geschmack der Zeit vorschrieb. Es schaute mit einem Giebel nach Süden und steckte bis zu den unteren Fenstern im östlich ansteigenden Hügel und gegen die Straße lag es bis zum Fundament frei. Bei seiner Erbauung vor anderthalb Jahrhunderten, hatte es sich der Neigung und Begradigung der Straße in dieser Nachbarschaft angepaßt, denn die Benefit Street, zunächst Back Street genannt, war als ein Weg angelegt worden, der sich zwischen den Friedhöfen erster Siedler dahinschlängelte, sie wurde erst dann begradigt, als die Umbettung der Leichen auf den nördlichen Begräbnisplatz es schicklich erscheinen ließ, sie durch die alten Familiengrabstätten hindurchzuführen.

Am Anfang war die Westmauer etwa zwanzig Fuß oberhalb eines steilen Rasens vom Weg abgelegen, aber eine Verbreiterung der Straße schnitt ungefähr zur Zeit der Revolution das meiste des dazwischenliegenden Grundes ab und legte die Fundamente frei, so daß man für den Keller eine Ziegelmauer errichten mußte, was dem tiefliegenden Keller eine Straßenfront gab, bei der die Tür und zwei Fenster über dem Boden lagen, nahe der neuen Trassenführung des öffentlichen Verkehrs. Als vor einem Jahrhundert ein Bürgersteig angebracht wurde, beseitigte man den letzten Zwischenraum, und Poe muß bei seinen Spaziergängen nur eine steil ansteigende Ziegelmauer gesehen haben, die genau mit dem Bürgersteig abschloß und die in einer Höhe von zehn Fuß von der uralten, schindelgedeckten Masse des eigentlichen Hauses überragt wurde.

Das farmähnliche Gebäude zog sich nach hinten weit den Hügel hinauf, beinah bis Wheaton Street. Der Grund südlich des Hauses, der an die Benefit Street anstieß, lag natürlich weit über dem Niveau des vorhandenen Bürgersteigs und bildete eine Terrasse, die von einer hohen Einfassungsmauer aus feuchten, bemoosten Steinen gefaßt war, durchschnitten von einer steilen, schmalen Treppenflucht, die einen zwischen canyonähnlichen Außenflächen hinein in die oberen Regionen mit kümmerlichem Rasen, rheumatischen Ziegelmauern und vernachlässigten Gärten brachte, deren zerbrochene Zementvasen, rostigen Kessel, die von ihren Dreifüßen aus Knotenstöcken heruntergefallen waren, und ähnlicher Zubehör den Hintergrund für die verwitterte Eingangstür mit ihrem zerbrochenen Oberlicht, verfallenen jonischen Säulen und wurmstichigen dreieckigen Ziergiebel bildete.

Was ich in meiner Jugend über das gemiedene Haus hörte, war lediglich, daß in ihm die Menschen in alarmierend großer Zahl starben, das war es, sagte man mir, warum die ursprünglichen Besitzer ungefähr zwanzig Jahre nach Erbauung des Hauses ausgezogen waren. Es war einfach ungesund, vielleicht wegen der Feuchtigkeit und der Schwämme im Keller, des überall herrschenden krankmachenden Geruchs, des Luftzugs in den Korridoren oder der Qualität des Wassers aus dem Pumpbrunnen. Diese Dinge waren unangenehm genug, und sie waren alles, was bei den Menschen, die ich kannte, Glauben fand. Erst die Notizbücher meines Onkels, des Altertumsforschers Dr. Elihu Whipple, enthüllten mir ausführlich die dunkleren und unsicheren Vermutungen, die in der Folklore unter den Hausangestellten früherer Zeiten und der einfachen Leute eine Unterströmung bildeten, Vermutungen, die sich nie weit verbreiteten und die größtenteils vergessen waren, als Providence zu einer Großstadt mit rasch wechselnder, moderner Bevölkerung anwuchs.

Es ist eine allgemeine Tatsache, daß das Haus vom vernünftigen Teil der Gemeinde nie im wirklichen Sinne als Spukhaus betrachtet wurde. Da waren keine weitverbreiteten Geschichten von klirrenden Ketten, kaltem Luftzug, ausgeblasenen Lichtern oder Gesichtern am Fenster. Extremisten behaupteten manchmal, das Haus bringe Unglück, aber sogar sie gingen nicht weiter. Was wirklich außer Frage stand, ist, daß eine ungeheuere Anzahl Menschen darin starben oder genauer, gestorben waren, da das Gebäude nach einigen merkwürdigen Ereignissen vor über sechzig Jahren wegen der schieren Unmöglichkeit, es zu vermieten, ohne Bewohner war. Das Leben dieser Personen war nicht plötzlich durch eine bestimmte Ursache verkürzt worden, es schien eher, als würde ihre Lebenskraft heimlich erschöpft, so daß jeder von ihnen an einer Neigung zur Kränklichkeit, die vielleicht von Natur aus vorhanden war, früher starb. Und die, welche nicht starben, entwickelten in verschiedenem Grade eine Art Blutarmut oder Schwindsucht und manchmal eine Abnahme der geistigen Fähigkeiten, was gegen die Gesundheitszuträglichkeit des Gebäudes sprach. Man muß hinzufügen, daß die benachbarten Häuser von schädlichen Eigenschaften völlig frei waren.

Soviel war mir bekannt, ehe meine hartnäckige Fragerei meinen Onkel veranlaßte, mir seine Notizen zu zeigen, die uns schließlich in die schrecklichen Untersuchungen verwickelten. Während meiner Kindheit stand das gemiedene Haus leer, mit kahlen, knorrigen und schrecklich alten Bäumen, hohem, merkwürdig bleichem Gras und alptraumähnlichem, mißgestaltetem Unkraut innerhalb des hochgelegenen Terrassenhofes, wo sich nie Vögel aufhielten. Wir Buben pflegten durch den Besitz zu rennen, und ich erinnere mich noch meines jugendlichen Schreckens, nicht nur ob der krankhaften Seltsamkeit der unheimlichen Vegetation, sondern auch wegen der geisterhaften Atmosphäre und dem Geruch des baufälligen Hauses, durch dessen unversperrte Vordertür wir oft auf der

Suche nach Schauerlichem hineingingen. Die Fenster mit den kleinen Scheiben waren größtenteils zerbrochen, und eine unnennbare Atmosphäre der Trostlosigkeit lastete auf der wackligen Täfelung, den schiefhängenden inneren Fensterläden, der abblätternden Tapete, dem abfallenden Verputz, der unsicheren Stiege und den kaputten Möbelstücken, die noch vorhanden waren. Staub und Spinnweben verstärkten den schrecklichen Eindruck, und ein Junge galt in der Tat als tapfer, der freiwillig die Leiter zum Speicher hinaufkletterte, einem riesigen, langen Raum mit Dachbalken, lediglich erhellt von kleinen, blinkernden Fenstern an den Giebelenden, angefüllt mit einem Trümmerhaufen von Truhen, Stühlen und Spinnrädern, welche die unendlichen Jahre der Lagerung in schrecklichen und höllischen Umrissen verdeckt und behängt hatten.

Aber trotzdem war der Speicher nicht der schrecklichste Teil des Hauses. Es war der dunkle, feuchte Keller, der irgendwie in uns den stärksten Abscheu erregte, obwohl er nach der Straße zu völlig oberirdisch lag, mit einer einzigen, schmalen Tür, die ihn vom belebten Bürgersteig trennte. Wir wußten nicht genau, sollten wir ihn wegen seiner geisterhaften Anziehung öfter aufsuchen oder ihn zum Besten unserer Seele und unserer Vernunft meiden. Einmal war der schlechte Geruch des Hauses dort am stärksten, und zweitens gefiel uns der weiße Schwammbewuchs nicht, der gelegentlich bei regnerischem Sommerwetter aus dem harten Erdboden emporschoß. Diese Schwämme, grotesk der Vegetation im Hof draußen ähnelnd, waren wirklich schrecklich in ihren Formen, scheußliche Parodien von Schwämmen und Fichtenspargeln, wir hatten nirgendwo ähnliches gesehen. Sie verrotteten rasch und wurden in einem Stadium leicht phosphoreszierend; so daß nächtliche Vorübergehende manchmal von Hexenfeuern sprachen, die hinter den kaputten Scheiben der üblen Geruch verbreitenden Fenster glühten.

Niemals besuchten wir – selbst nicht in ausgelassenster Hallowe'en Stimmung – diesen Keller bei Nacht, konnten aber auch manchmal bei unseren Tagesbesuchen dieses Phosphoreszieren bemerken, besonders wenn der Tag dunkel und feucht war. Wir glaubten dort auch öfter etwas Unfaßbares zu entdecken, etwas sehr Merkwürdiges, das indessen höchstens angedeutet war. Es bezog sich auf eine Art schwach sichtbares, weißliches Muster auf dem ungepflasterten Boden – ein vager, sich verändernder Niederschlag von Schimmel oder Salpeter, den wir manchmal zwischen dem spärlichen Schwammbewuchs in der Nähe des riesigen Herdes der im Keller gelegenen Küche glaubten erkennen zu können. Gelegentlich fiel uns auf, daß dieser Fleck eine unheimliche Ähnlichkeit mit einer zusammengekauerten Menschengestalt habe, obwohl im allgemeinen kein derartiger Gedankenzusammenhang bestand, und häufig fand sich überhaupt kein weißlicher Niederschlag. An einem bestimmten, verregneten Nachmittag, als diese Illusion besonders ausgeprägt erschien und als ich mir noch zusätzlich eingebildet hatte, ich hätte eine Art von dünner, gelblicher Ausdünstung bemerkt, die sich von dem Salpetermuster zur Kaminöffnung des Herdes hinaufzog, sprach ich mit meinem Onkel über die Sache. Er lächelte über diese merkwürdige Einbildung, aber mir schien, als ob dieses Lächeln etwas von Erinnerungen geprägt sei. Ich hörte später, daß eine ähnliche Vorstellung sich in einigen der unheimlichen Geschichten des einfachen Volkes fand – eine Vorstellung, die gleichermaßen auf leichenfressende Dämonen, Wolfsgestalten, die sich aus dem Rauch des großen Kamins entwickelten, und auf merkwürdige Umrisse der kräftigen Baumwurzeln, die sich durch die losen Steine des Fundaments ihren Weg in den Keller bahnten, anspielte.

II

Erst als ich erwachsen war, machte mich mein Onkel mit den Notizen und Daten bekannt, die er bezüglich des gemiedenen Hauses gesammelt hatte. Dr. Whipple war ein vernünftiger, konservativer Arzt der alten Schule, und er war trotz all seines Interesses an dem Haus nicht darauf aus, einen jungen Menschen in seinem Interesse für das Anomale zu ermutigen. Seine eigene Ansicht, die lediglich ein Gebäude und Standort von ausgesprochen gesundheitsschädlichen Eigenschaften voraussetzte, hatte nichts mit abnormen Dingen zu tun, aber es war ihm klar, daß gerade das Malerische, das sein eigenes Interesse erregte, im phantasievollen Geist eines Jungen die Form aller möglichen grausamen, phantastischen Gedankenverbindungen aufleben lassen würde.

Der Doktor war Junggeselle, ein weißhaariger, altmodischer Gentleman und ein bedeutender Lokalhistoriker, der oft mit solch streitsüchtigen Hütern der Tradition, wie Sidney S. Rider und Thomas W. Bicknell die Degen gekreuzt hatte. Er lebte mit einem Diener in einem georgianischen Heim mit Türklopfer und einer Treppe mit Eisengeländer, das unheimlich auf der steilen Steigung der North Court Street neben dem alten aus Ziegeln gebauten Gerichts- und Kolonialgebäude balancierte, wo sein Großvater – ein Vetter des berühmten Kaperkapitäns Whipple, der den bewaffneten Schoner seiner Majestät, Gaspee, 1772 verbrannte – in der gesetzgebenden Körperschaft am 4. Mai 1776 für die Unabhängigkeit der Rhode Island Kolonie gestimmt hatte. In der feuchten, niederen Bibliothek mit der modrigen weißen Täfelung, geschnitztem Wandschmuck über dem Kaminsims, weinbewachsenen Fenstern mit kleinen Scheiben, befanden sich um ihn all die Erinnerungsstücke und Andenken an seine alteingesessene Familie, unter denen sich viele zweifelhafte Anspielungen auf das gemiedene Haus in Benefit Street befanden. Dieser Pestort liegt nicht weit entfernt – denn die Benefit Street verläuft längs oberhalb des Gerichtsgebäudes, entlang eines abfallenden Hügels, auf den sich die erste Siedlung hinaufzog.

Als am Ende meine dauernden Belästigungen und mein Erwachsensein aus meinem Onkel den gehüteten Schatz, den ich haben wollte, herauslockten, da lag vor mir eine Chronik, die merkwürdig genug war. So langatmig, statistisch und langweilig genealogisch manches an der Sache war, so lief doch ein nicht abreißender Faden von brütendem, hartnäckigem Grauen und übernatürlicher Bosheit hindurch, der mich noch mehr beeindruckte, als er den guten Doktor beeindruckt hatte. Weit auseinanderliegende Ereignisse paßten unheimlich zusammen, und scheinbar unbedeutende Einzelheiten waren Fundgruben schrecklicher Möglichkeiten. Eine neue und brennende Neugier wuchs in mir, mit der verglichen meine jungenhafte Neugier schwach und unfertig erschien. Die erste Enthüllung führte zu einer erschöpfenden Untersuchung und schließlich zu der schauerlichen Suche, die sich für mich und die Meinen so verhängnisvoll auswirken sollte. Denn mein Onkel bestand schließlich darauf, sich der von mir begonnenen Suche anzuschließen, und nach einer gewissen Nacht in jenem Haus verließ er es nicht mit mir. Ich fühlte mich einsam ohne die gütige Seele, deren lange Lebensjahre nur mit Ehre, Tugend und gutem Geschmack, mit Wohlwollen und Gelehrsamkeit angefüllt waren. Ich habe zu seinem Gedenken eine Marmorurne im St.-Johns-Friedhof aufstellen lassen – dem Ort, den Poe liebte – der verborgenen Waldung aus riesigen Weiden, die auf dem Hügel liegt, wo Gräber und Grabsteine sich still zwischen der altersgrauen Masse der Kirche und den benachbarten Häusern und Böschungen der Benefit Street zusammendrängen.
Die Geschichte des Hauses, die inmitten eines Durcheinanders von Daten beginnt, gab keinen Hinweis auf das Düstere, weder auf den Bau noch auf die wohlhabende und ehrenwerte Familie, die es errichtete. Dennoch war von Anfang an der Fluch des Unheils zu erkennen, der bald zu schicksalsträchtiger Bedeutung anwuchs. Die sorgfältig zusammengetrage-

nen Aufzeichnungen meines Onkels begannen mit der Errichtung des Gebäudes im Jahre 1763, und sie verfolgten das Thema mit ungewöhnlich vielen Einzelheiten. Offenbar wurde das gemiedene Haus zuerst von William Harris, seiner Frau Rhoby Dexter und ihren Kindern, der 1755 geborenen Elkanah, der 1757 geborenen Abigail, dem 1759 geborenen William jr. und der 1761 geborenen Ruth bewohnt. Harris war ein bedeutender Kaufmann und Seefahrer im Handel mit Westindien und stand in Beziehung zu der Firma des Obadiah Brown und seines Neffen. Nach Browns Tod im Jahre 1761 machte die neue Firma Nicholas Brown & Co. Harris zum Kapitän der in Providence gebauten Brigg Prudence mit 120 Tonnen, was ihm die Möglichkeit gab, die neue Heimstatt zu errichten, die er sich seit seiner Verheiratung gewünscht hatte.

Der Standort, den er gewählt hatte – ein erst kürzlich begradigter Teil der neuen und eleganten Back Street, die über dem dichtbewohnten Cheapside an der Seite des Hügels entlanglief – war alles, was man sich wünschen konnte, und das Gebäude machte seiner Lage alle Ehre. Es war das Beste, das man sich mit bescheidenen Mitteln leisten konnte, und Harris hatte es eilig, einzuziehen, ehe das fünfte Kind, das die Familie erwartete, geboren würde. Das Kind, ein Knabe, kam im Dezember, aber es war eine Totgeburt. Auch wurde nie mehr über anderthalb Jahrhunderte dort ein Kind lebend geboren.

Im nächsten April wurden einige der Kinder krank, Abigail und Ruth starben, bevor der Monat herum war. Dr. Job Ives diagnostizierte die Störung als ein Kindesfieber, obwohl andere behaupteten, es sei ein Dahinsiechen oder ein Verfall gewesen. Es schien jedenfalls ansteckend zu sein; da Hannah Bowen, eine der beiden Bediensteten, im darauffolgenden Juni starb. Eli Lideason, der andere Bedienstete, klagte dauernd über Schwäche und wäre auf die Farm seines Vaters in Rehoboth zurückgekehrt, hätte er nicht plötzlich zu Mehitabel Pierce, die als Hannahs Nachfolgerin eingestellt worden war, eine Zuneigung gefaßt. Er starb im folgenden Jahr – das in der Tat ein trauriges Jahr war, da es den Tod von William Harris selbst sah, der durch das Klima auf Martinique geschwächt war, wo ihn sein Beruf für beträchtliche Zeiträume während des abgelaufenen Jahrzehnts festgehalten hatte.

Die verwitwete Rhoby Harris erholte sich nie mehr von dem Schock, den der Tod ihres Mannes verursacht hatte und das Dahinscheiden ihrer Erstgeborenen, Elkanah, zwei Jahre danach, versetzte ihrer Vernunft den Todesstoß, 1768 fiel sie einer milden Form von Geisteskrankheit zum Opfer und hielt sich danach nur noch im oberen Teil des Hauses auf, ihre ältere, unverheiratete Schwester Mercy Dexter war eingezogen, um sich der Familie anzunehmen. Mercy war eine reizlose, grobknochige Frau und von großer Stärke, aber ihre Gesundheit verschlechterte sich auffallend seit der Zeit ihrer Ankunft. Sie hing sehr an ihrer unglücklichen Schwester und hatte zu ihrem einzigen noch lebenden Neffen eine besondere Zuneigung, der sich aus einem kräftigen Kleinkind zu einem kränklichen, spindeldürren Jungen entwickelt hatte. In diesem Jahr starb die Dienerin Mehitabel, und der andere Diener, Preserved Smith, kündigte ohne vernünftige Erklärung oder zum mindesten nur mit unglaublichen Geschichten und Klagen, er verabscheue den Geruch des Hauses. Eine Zeitlang konnte Mercy keine weitere Hilfe mehr auftreiben, da sieben Todesfälle und ein Fall von Wahnsinn, die sich alle innerhalb eines Zeitraums von fünf Jahren ereignet hatten, einen Komplex von Haus zu Haus geflüsterten Gerüchten auslöste, der später so ausartete. Sie bekam indessen am Ende zwei Bedienstete von außerhalb, Ann White, eine mürrische Frau aus jenem Teil von North Kingston, der dann als Stadtgemeinde Exeter abgetrennt wurde, und einen tüchtigen Mann aus Boston, namen Zenas Low.

Es war Ann White, durch die das unheimliche, müßige Geschwätz endgültig Gestalt annahm. Mercy hätte soviel Verstand haben müssen, zu wissen, daß man niemand aus dem Nooseneck Hiil Country anstellen dürfe, denn diese abgelegene Hinterwäldlergegend war damals, genau wie heute, der Sitz unmöglichen Aberglaubens. Sogar noch 1892 grub die Gemeinde Exeter eine Leiche aus und verbrannte mit vielen Zeremonien ihr Herz, um bestimmte vermutete Heimsuchungen zu verhindern, die der Volksgesundheit und dem Frieden abträglich waren, und man kann sich die Denkweise derselben Gegend im Jahre 1768 vorstellen. Anns Zunge war bösartig aktiv, weshalb Mercy sie nach ein paar Monaten entließ und die treue und liebenswürdige Amazone aus Newport, Maria Robbins, an ihre Stelle setzte.

Währenddessen äußerte die arme Rhoby Harris in ihrem Wahnsinn Träume und Einbildungen der verheerendsten Art. Zeitweise wurden ihre Schreie unerträglich und sie stieß lange Zeit schreiend grauenhafte Dinge hervor, die es notwendig machten, ihren Sohn vorübergehend bei seinem Vetter Peleg Harris in der Presbyterian Lane, nahe dem neuen Collegegebäude einzuquartieren. Dem Knaben schien es nach diesen Besuchen besser zu gehen, und wäre Mercy so klug gewesen, wie sie wohlmeinend war, hätte sie ihn für immer bei Peleg wohnen lassen. Was es genau war, das Mrs. Harris in ihren Anfällen von Gewalttätigkeit herausschrie, verrät die Tradition nicht; oder vielmehr bringt sie derart widersinnige Darstellungen, die sich durch ihre schiere Absurdität aufheben. Es klingt bestimmt widersinnig, wenn eine Frau, die nur die Grundlagen der französischen Sprache beherrscht, häufig stundenlang in einer rohen Dialektform dieser Sprache schrie, oder daß die gleiche Frau, allein und behütet, sich wild über ein Ding, das sie anstarre beschwerte, das sie biß und an ihr herumknabberte. Im Jahre 1772 starb der Diener Zenas Low, und als Mrs. Harris davon hörte, lachte sie mit einem abstoßenden Entzücken, das sogar nicht zu ihrem Wesen paßte. Im nächsten Jahr starb sie selbst und wurde an der Seite ihres Gatten

im North Burial Ground zur letzten Ruhe gebettet.
Bei Ausbruch des Konfliktes mit Großbritannien im Jahre 1775 brachte es William Harris trotz seiner knapp sechzehn Jahre und seiner schwachen Konstitution fertig, in die Erkundungsarmee unter General Greene einzutreten, und er erfreute sich von dieser Zeit an einer ständigen Verbesserung seiner Gesundheit und seines Prestiges. Im Jahre 1780 traf und heiratete er als Hauptmann der Rhode-Island-Streitkräfte unter Oberst Angell Phebe Hetfield aus Elizabethtown, die er nach seiner ehrenvollen Entlassung im folgenden Jahr, nach Providence brachte. Die Rückkehr des jungen Soldaten war kein Ereignis von ungemischter Freude. Das Haus, es stimmt, war noch in guter Verfassung; die Straße war verbreitert worden und hatte ihren Namen von Back Street in Benefit Street geändert. Aber Mercy Dexters einst robuste Gestalt war zusammengesunken und merkwürdig verfallen, so daß sie jetzt eine gebeugte, bemitleidenswerte Figur mit einer hohlen Stimme und von beunruhigender Blässe war – Eigenschaften, welche die einzige, verbliebene Dienerin Maria in einzigartiger Weise teilte. Im Herbst des Jahres 1782 brachte Phebe Harris eine totgeborene Tochter zur Welt, und am 15. Mai des folgenden Jahres schied Mercy Dexter aus ihrem nützlichen, kargen und tugendhaften Leben.
William Harris, der nun endlich von dem von Grund auf schädlichen Charakter seines Heims überzeugt war, ergriff nun Maßnahmen, es zu verlassen und für immer zu schließen. Nachdem er sich mit seiner Frau zusammen vorübergehend im neu eröffneten Golden Ball Inn einquartiert hatte, bereitete er alles für die Erbauung eines neuen und schöneren Hauses in der Westminster Street, in dem sich vergrößernden Stadtteil über der Brücke vor. Dort wurde im Jahre 1785 sein Sohn Dutee geboren; und die Familie blieb dort, bis das Vordringen des Handels sie zurück über den Fluß zur Angell Street, im neuen Eastside Wohnbezirk trieb, wo der verstorbene Ar-

cher Harris im Jahre 1876 seinen üppigen, aber scheußlichen Wohnsitz mit dem Mansardendach errichtete. William und Phebe erlagen beide der Gelbfieberepidemie von 1797, aber Dutee wurde von seinem Vetter Rathbone Harris, dem Sohn von Peleg, erzogen.
Rathbone war ein praktischer Mann, deshalb vermietete er das Haus in der Benefit Street, trotz Williams Wunsch, es unbewohnt zu lassen. Er betrachtete es als Verpflichtung seinem Mündel gegenüber, aus dem Besitztum des Jungen das Beste herauszuholen, auch kümmerten ihn die Todesfälle und Krankheiten nicht, die einen häufigen Mieterwechsel verursachten, oder die ständig zunehmende Abneigung, mit der das Haus allgemein betrachtet wurde. Es ist wahrscheinlich, daß er lediglich Verärgerung empfand, als ihn im Jahre 1804 der Stadtrat aufforderte, wegen der vieldiskutierten vier Todesfälle, die wahrscheinlich durch die im Abnehmen begriffene Fieberepidemie verursacht worden waren, das Haus mit Schwefel, Teer und Kampferholz auszuräuchern. Sie sagten, der Ort habe einen Fiebergeruch.
Dutee selbst dachte wenig an das Haus, denn als er erwachsen war, wurde er Matrose auf einem Kaperschiff und diente mit Auszeichnung auf der *Vigilant* unter Kapitän Caboone im Kriege von 1812. Er kehrte unverletzt zurück, heiratete im Jahre 1814 und wurde in jener denkwürdigen Nacht des 23. September 1815 Vater, als ein großer Sturm die Wasser der Bucht über die halbe Stadt schwemmte und eine große Schaluppe die Westminster Street hinauftrieb, so daß ihre Masten beinah an die Fenster des Harris-Hauses stießen, eine symbolische Bestätigung, daß Welcome, der neugeborene Knabe, der Sohn eines Seefahrers sei.
Welcome überlebte seinen Vater nicht, sondern er lebte nur, um bei Fredericksburg 1862 ruhmreich zu sterben. Weder er noch sein Sohn Archer kannten das gemiedene Haus als etwas anderes als eine beinah unmöglich zu vermietende Belastung – vielleicht

wegen der Dumpfheit und des ungesunden Geruches vernachlässigten Alters. Es wurde tatsächlich nach einer Serie von Todesfällen, die ihren Höhepunkt 1861 erreichte, welche die Kriegsbegeisterung beinah in Vergessenheit brachte, nie mehr vermietet. Carrington Harris, der Letzte der männlichen Linie, kannte es nur als den verlassenen und irgendwie malerischen Mittelpunkt von Sagen, bis ich ihm von meinen Erlebnissen erzählte. Er hatte die Absicht gehabt, es abzureißen und an der Stelle ein Apartment-Haus zu errichten, er entschied sich jetzt nach meinem Bericht, es stehen zu lassen, Leitungen zu installieren und es zu vermieten. Auch hat er bis jetzt nie Schwierigkeiten gehabt, Mieter zu finden. Das Grauen ist daraus verschwunden.

III

Man kann sich wohl vorstellen, wie stark mich die Annalen der Familie Harris beeindruckten. In diesen fortlaufenden Aufzeichnungen schien mir eine hartnäckige böse Macht zu brüten, die unzweifelhaft mit dem Haus und nicht mit der Familie in Zusammenhang stand. Dieser Eindruck wurde durch die weniger systematische Gliederung verschiedener Daten meines Onkels bestätigt – Lebensbeschreibungen, die nach Klatsch von Hausangestellten niedergeschrieben wurden, Zeitungsausschnitte, Kopien von Sterbeurkunden, von zeitgenössischen Ärzten ausgestellt, und dergleichen mehr. Ich kann nicht damit rechnen, das ganze Material verarbeiten zu können, denn mein Onkel war ein unermüdlicher Altertumsforscher und an dem gemiedenen Haus außerordentlich interessiert; aber ich möchte auf verschiedene wichtige Punkte hinweisen, die wegen ihrer ständigen Wiederkehr in vielen Berichten aus verschiedenen Quellen bemerkenswert sind. Zum Beispiel war der Dienstbotenklatsch beinah einmütig darin, dem schwammverseuchten und übelriechenden Keller des Hauses ein großes Vorherrschen übler Einflüsse zuzuschreiben. Es hatte Bedienstete gegeben – besonders Ann White –, die sich weigerten, die Küche im Keller zu benutzen, und zum mindesten drei klarumrissene Beschreibungen bezogen sich auf die merkwürdigen, quasi-menschlichen Konturen, welche Baumwurzeln und Schimmelflecken in diesem Bereich annahmen. Letztere Erzählungen interessierten mich zutiefst, auf Grund dessen, was ich in meiner Knabenzeit dort gesehen hatte, aber ich fühlte, daß die Bedeutung zum größten Teil in jedem Fall durch Hinzufügungen aus dem üblichen Bestand an lokalen Geistergeschichten stark verdunkelt wurde.

Ann White, mit ihrem Exeter-Aberglauben hatte die ausgefallenste und gleichzeitig folgerichtigste Geschichte ausgestreut; die darauf anspielte, daß unter dem Haus einer jener Vampyre begraben sein müsse – einer jener Toten, die ihre Körperform beibehalten und sich vom Blut oder Atem der Lebenden ernähren – deren schreckliche Legionen ihre raubgierigen Gestalten oder Geister bei Nacht aussenden. Um einen Vampyr zu vernichten, muß man, so erzählten die Großmütter, ihn ausgraben und sein Herz verbrennen oder mindestens einen Pfahl durch dieses Organ treiben, und Anns hartnäckiges Beharren auf einer Suche unter dem Keller war der Hauptgrund gewesen, weshalb man sie entlassen hatte.

Ihre Geschichten fanden indessen ein breites Publikum, und sie wurden um so bereitwilliger aufgenommen, als das Haus tatsächlich auf einem Boden stand, der einst für Begräbniszwecke verwendet worden war. In meinen Augen lag das Interessante daran weniger in diesem Umstand, sondern in der merkwürdig abgestimmten Art, mit der sie mit gewissen anderen Dingen ineinanderpaßten – die Beschwerde des scheidenden Dieners Preserved Smith, der vor Ann dagewesen war und nie von ihr gehört hatte, daß »etwas ihm bei Nacht den Atem benehme«, die Totenscheine der Opfer des Fiebers von 1804, die Dr. Chad Hopkins ausgestellt hatte und die zeigten, daß alle vier Verstorbenen unerklärliche Blutarmut aufwiesen; und die dunklen Punkte in Rhoby Harris' Wahnvorstellungen, in denen sie sich über die scharfen Zähne und glasigen Augen einer halb sichtbaren übernatürlichen Erscheinung beschwerte. Obwohl ich frei von ungerechtfertigtem Aberglauben bin, riefen diese Dinge in mir merkwürdige Gefühle hervor, die noch durch zwei weit auseinanderliegende Zeitungsausschnitte, die auf Todesfälle im gemiedenen Haus anspielten – einer aus der *Providence Gazette and Country Journal* vom 12. April 1815 und der andere aus dem *Daily Transcript and Chronicle* vom 27. Oktober 1845 – jeder schilderte genau einen erschreckend grauenhaften Umstand, dessen Duplizität bemerkenswert war. Es scheint, daß in beiden Fällen die Sterbenden, im Jahre 1815 eine gütige alte Dame namens Stafford und 1845 ein Lehrer in mittleren Jahren namens Eleazar Durfee, in gräßlicher Weise verändert wurden; glasig vor sich hinstarrend, versuchten sie, die sie behandelnden Ärzte in die Kehle zu beißen. Noch rätselhafter indessen war der letzte Fall, der dem Vermieten des Hauses ein Ende setzte – eine Serie von Todesfällen durch Blutarmut, der zunehmender Wahnsinn vorausgegangen war, in dessen Verlauf die Patienten geschickt versuchten, ihren Verwandten durch Zahnbisse in den Hals oder das Handgelenk ans Leben zu gehen.

Dies war 1860 und 1861, als mein Onkel gerade erst seine Arztpraxis eröffnet hatte und bevor er an die Front ging, hatte er viel darüber von älteren Berufskollegen gehört. Das wirklich Unerklärliche war die Art und Weise, in welcher die Opfer – ungebildete Leute, denn das übelriechende und allgemein gemiedene Haus konnte an niemand andern mehr vermietet werden – Verwünschungen in französischer Sprache plapperten, einer Sprache, die sie unmöglich studiert haben konnten. Man mußte dabei an die arme Rhoby Harris, fast ein Jahrhundert früher, denken, und es erschütterte meinen Onkel derart, daß er anfing, historische Daten über das Haus zu sammeln, nachdem er sich einige Zeit nach seiner Rückkehr aus dem Krieg einen Bericht aus erster Hand der Ärzte Chase und Whitmarsh angehört hatte. Ich konnte in der Tat erkennen, daß mein Onkel tief über die Sache nachgedacht hatte und daß er über mein eigenes Interesse froh war – ein unvoreingenommenes und mitfühlendes Interesse, das es ihm ermöglichte, mit mir Dinge zu besprechen, über die andere nur gelacht hätten. Seine Vorliebe ging nicht so weit wie meine, aber er fühlte, daß der Ort in seinen phantastischen Möglichkeiten ungewöhnlich sei und als Anregung auf dem Gebiet des Grotesken und Makabren bemerkenswert.

Ich war meinerseits geneigt, die ganze Angelegenheit todernst zu nehmen, und begann sofort damit, nicht nur das Beweismaterial durchzusehen, sondern soviel zu sammeln, wie ich nur konnte. Ich unterhielt mich mit dem ältlichen Archer Harris, dem Besitzer des Hauses, noch oft bis zu seinem Tode im Jahre 1916 und erhielt von ihm und seiner noch lebenden unverheirateten Schwester Alice authentische Bestätigung all der Familiendaten, die mein Onkel gesammelt hatte. Als ich ihn indessen fragte, welche Verbindung mit Frankreich und seiner Sprache das Haus haben könne, bekannten sie, sie seien genauso verblüfft und unwissend wie ich. Archer wußte nichts, und alles, was Miß Harris mir sagen konnte, war, daß eine alte Andeutung, von der ihr Großvater Dutee Harris gehört hatte, ein wenig Licht hineinbringen könne. Der alte Seefahrer, der den Schlachtentod seines Sohnes Welcome um zwei Jahre überlebte, hatte die Geschichte nicht selbst gekannt, sich aber erinnert, daß sein erstes Kindermädchen, die alte Maria Robbins, sich irgendeiner Sache dunkel bewußt war, das den irren französischen Reden Rhoby Harris' eine unheimliche Bedeutsamkeit verliehen haben könnte, die sie so oft während der letzten Lebenstage der unglücklichen Frau gehört hatte. Maria hatte in dem gemiedenen Haus von 1769 bis zum Auszug der Familie im Jahre 1783 geweilt und hatte Mercy

Dexter sterben sehen. Einmal deutete sie dem Kind Dutee gegenüber die etwas seltsamen Umstände in Mercys letzten Momenten an, aber er hatte bald alles darüber vergessen, außer daß es etwas Sonderbares war. Überdies erinnerte die Enkelin sich dieses wenigen nur mit Mühe. Sie und ihr Bruder waren an dem Haus nicht so sehr interessiert wie Archers Sohn Carrington, der gegenwärtige Besitzer, mit dem ich nach meinem Erlebnis sprach.

Nachdem ich aus der Harris-Familie alle Auskünfte herausgeholt hatte, die sie mir geben konnte, wandte ich meine Aufmerksamkeit den früheren Aufzeichnungen und Verträgen der Stadt mit mehr Forschungseifer zu als dem, den mein Onkel gelegentlich bei der gleichen Arbeit gezeigt hatte. Was ich wünschte, war eine umfassende Geschichte des Ortes von seiner Besiedlung im Jahre 1636 – oder noch früher, falls irgendeine Narrangasett – Indianersage ans Licht gezogen werden könnte, um die nötigen Daten zu liefern. Ich fand, als ich anfing, daß das Land Teil eines langen Streifens des Landstückes gewesen war, das man ursprünglich John Throckmorton zugeeignet hatte, einer von ähnlichen schmalen Landstreifen, die bei der Tower Street am Fluß begannen und sich über den Hügel hinauf zu einer Grenzlinie erstreckten, die in groben Zügen mit der heutigen Hope Street übereinstimmt. Das Throckmorton-Grundstück war natürlich später oft unterteilt worden, und ich ging besonders eifrig jenem Abschnitt nach, durch den sich später die Back Street oder Benefit Street zog. Ein Gerücht behauptete in der Tat, es sei der Friedhof der Throckmortons gewesen, aber als ich die Aufzeichnungen etwas sorgfältiger prüfte, fand ich heraus, daß alle Gräber zu einem frühen Zeitpunkt auf den North Burial Ground an der Pawtucket West Road verlegt worden waren.

Dann stieß ich plötzlich – durch einen Zufall, da es sich nicht im Hauptteil der Aufzeichnungen befand und man es leicht hätte übersehen können – auf etwas, das meinen größten Eifer erweckte und das sich so einfügte, wie das mit verschiedenen anderen der merkwürdigen Entwicklungsstufen der Angelegenheit der Fall gewesen war. Es war ein Bericht über einen Pachtvertrag von 1697 über ein kleines Grundstück an einen gewissen Etienne Roulet und dessen Frau. Endlich war das französische Element zum Vorschein gekommen – dies – und ein anderes, tieferes Element des Grauens, das dieser Name aus den dunkelsten Nischen meiner unheimlichen und vielfältigen Lektüre hervorzauberte – und ich studierte fieberhaft den Plan der Örtlichkeit, wie sie vor dem Durchstich und der teilweisen Begradigung der Back Street zwischen 1747 und 1758 gewesen war. Ich fand, daß dort, wo das gemiedene Haus jetzt stand, die Roulets sich einen eigenen Friedhof hinter einem einstöckigen Haus mit Mansarde angelegt hatten und daß kein Bericht über die Verlegung der Gräber existierte. Das Dokument endete in der Tat in großer Verwirrung, und ich sah mich genötigt, beide, sowohl die Rhode Island Historical Society und die Shepley Library gründlich zu durchsuchen, bis ich eine Tür des Ortes fand, die der Name Etienne Roulet aufschließen würde. Ich fand am Ende doch etwas; etwas von solch vager, aber schrecklicher Bedeutung, daß ich mich sofort daranmachte, den Keller des gemiedenen Hauses selbst mit erneuter und erregter Genauigkeit zu untersuchen.

Die Roulets, so schien es, waren 1696 von East Greenwich gekommen, am Westufer der Narragansett-Bay herunter. Sie waren Hugenotten und stammten aus Caude und waren auf großen Widerstand gestoßen, bevor die Leute des Magistrats von Providence ihnen erlaubten, sich in der Stadt niederzulassen. Unbeliebtheit hatte sie in East Greenwich verfolgt, wohin sie 1686 nach der Aufhebung des Edikts von Nantes gekommen waren, und das Gerücht besagte, die Ursache der Unbeliebtheit ginge über bloße Rassen- und Nationalvorurteile oder über die Landstreitigkeiten, die andere französische Siedler mit den englischen in Rivalität verstrickten, die nicht einmal Gouverneur Andros unterdrücken konnte, hinaus. Aber ihr eifriger Protestantismus, zu eifrig, wie manche flüsterten – und wegen ihrer sichtbaren Notlage, als man sie aus der Gemeinde buchstäblich vertrieben hatte, hatte man ihnen Asyl gewährt; und der dunkle Etienne Roulet, der weniger zur Landwirtschaft denn zum Lesen merkwürdiger Bücher und zum Zeichnen komischer Diagramme taugte, bekam einen Posten als Schreiber im Lagerhaus von Pardon Tillingshasts Werft, weit unten südlich in der Town Street. Es gab indessen später irgendeine Art von Aufruhr – vielleicht vierzig Jahre später, nach dem Tod des alten Roulet – und niemand hat von der Familie später noch etwas gehört.

Es schien so, als hätte man sich der Roulets über ein Jahrhundert und länger gut erinnert und sie häufig als farbige Unterbrechung des ruhigen Lebens in diesem New-England-Hafen diskutiert. Etiennes Sohn Paul, ein mürrischer Bursche, dessen unruhige Lebensführung vielleicht den Aufstand provozierte, der die Familie auslöschte, war in besonderem Maße eine Quelle von Vermutungen, und obwohl Providence nie die Hexenpanik seiner puritanischen Nachbarn teilte, wurde von alten Frauen häufig angedeutet, daß seine Gebete weder zur rechten Zeit gesprochen, noch auf das richtige Objekt gerichtet waren. All dies hatte unzweifelhaft die Grundlage der Geschichte gebildet, welche der alten Maria Robbins bekannt war. Was für eine Beziehung es zu den in französisch geführten irren Reden der Rhoby Harris und denen anderer Bewohner des gemiedenen Hauses hatte, konnte nur die Phantasie oder künftige Entdeckungen entscheiden. Ich fragte mich, wie vielen von denen, die die Geschichte kannten, dieses zusätzliche Bindeglied mit dem Schrecklichen bekannt war, das meine ausgedehnte Lektüre mir zugänglich gemacht hatte; diesem schicksalsträchtigen Detail in den Annalen morbiden Grauens, das von der Kreatur *Jaques* Roulet aus Caude berichtet, der im Jahre 1598 als

Hexenmeister zum Tode verurteilt worden war, den aber später das Pariser Parlament vor dem Scheiterhaufen rettete und ihn in ein Irrenhaus sperrte. Er war mit Blut und Fleischfetzen bedeckt in einem Wald gefunden worden, kurz nachdem Wölfe einen Knaben getötet und zerrissen hatten. Man hatte gesehen, wie einer der Wölfe unverletzt davonlief. Sicher eine hübsche Erzählung am Kamin, mit einer merkwürdigen Bedeutsamkeit bezüglich des Namens und Ortes, aber ich entschied, daß der Klatsch in Providence nicht allgemein davon gewußt haben konnte. Hätten sie es gewußt, die zufällige Namensgleichheit hätte drastische und schreckliche Handlungen nach sich gezogen – oder könnte nicht tatsächlich das Flüstern einiger weniger den endgültigen Aufstand ausgelöst haben, der die Roulets in der Stadt auslöschte?

Ich besuchte von jetzt an den verfluchten Ort mit größerer Häufigkeit, studierte die krankhafte Vegetation des Gartens, untersuchte alle Mauern des Gebäudes und schaute mir jeden Zoll des festgestampften Kellerbodens genau an. Schließlich ließ ich mit Carrington Harris' Erlaubnis für die unbenutzte Tür, die vom Keller direkt auf die Benefit Street hinausführt, einen Schlüssel anfertigen, da ich es vorzog, einen unmittelbaren Zugang zur Außenwelt zu haben, als ihn mir die dunkle Stiege, die Diele im Parterre und die Eingangstür bieten konnten. Dort, wo die krankhafte Ausstrahlung am stärksten war, suchte ich und schnüffelte ich an langen Nachmittagen herum, während das Sonnenlicht durch die spinnwebenbehangene, über dem Boden gelegene Tür hereinströmte, wo ich mich nur wenige Fuß von dem friedlichen Bürgersteig draußen befand. Meine Anstrengungen wurden durch nichts Neues belohnt – nur dieselbe bedrückende Dumpfheit und schwache Andeutungen giftiger Gerüche und Salpeterkonturen auf dem Boden – und ich stelle mir vor, daß viele Fußgänger mir neugierig durch die zerbrochenen Scheiben zugeschaut haben müssen.

Schließlich versuchte ich, auf Vorschlag meines Onkels, den Fleck nächtlicherweile zu untersuchen und in einer stürmischen Nacht ließ ich den Strahl einer elektrischen Stablampe über den schimmligen Boden mit seinen unheimlichen Konturen und mißgestalteten, halb leuchtenden Schwämmen gleiten. Der Ort hatte mich an jenem Abend merkwürdig herabgestimmt, und ich war beinah vorbereitet, als ich sah – oder zu sehen glaubte –, daß sich zwischen den weißlichen Ablagerungen eine besonders scharfe Ausprägung der »zusammengekauerten Gestalt« befand, die ich dort seit meiner Knabenzeit vermutet hatte. Ihre Deutlichkeit war erstaunlich und ohne Beispiel – und als ich hinsah, glaubte ich wiederum die dünne, gelbliche, schimmernde Ausdünstung zu erkennen, die mich an einem regnerischen Nachmittag vor vielen Jahren erschreckt hatte.

Sie stieg von jenem menschengestaltähnlichen Schimmelfleck beim Herd empor; ein kaum wahrnehmbarer, kränklicher, beinah leuchtender Dampf, der, als er zitternd in der feuchten Luft hing, vage und schockierende Andeutungen einer Form entwickelte, nach und nach nebelhaft zerfließend und in die Schwärze des Kaminabzugs hinaufsteigend, einen üblen Gestank hinter sich herziehend. Es war wahrhaft schrecklich und für mich um so mehr, nach allem, was ich über den Ort wußte. Ich wollte nicht davonlaufen, ich sah, wie er dünner wurde – und als ich ihn betrachtete, sah ich, daß er mich seinerseits gierig mit Augen beobachtete, die mehr denkbar, denn sichtbar waren. Als ich meinem Onkel davon erzählte, war er äußerst aufgeregt, und nach einer Stunde angestrengten Nachdenkens kam er zu einem endgültigen und drastischen Entschluß. Indem er in seinem Geist die Wichtigkeit der Angelegenheit und die Bedeutung unserer Beziehung dazu abwägte, bestand er darauf, daß wir beide das Grauen dieses Hauses in einer gemeinsamen Nacht oder Nächten angestrengter Wache in dem dumpfen, schwammverseuchten Keller prüfen und wenn möglich, zerstören sollten.

IV

Am Mittwoch, dem 25. Juni 1919, brachten mein Onkel und ich zwei Feldstühle und ein faltbares Feldbett, zusammen mit wissenschaftlichen Apparaten, die schwer und kompliziert waren, in das gemiedene Haus, nachdem wir Carrington Harris ordnungsgemäß verständigt hatten, machten aber keine Andeutungen, was wir zu finden erwarteten. Wir brachten alles während des Tages in den Keller, wir dunkelten die Fenster mit Papier ab und planten, am Abend zur ersten Nachtwache zurückzukehren. Wir hatten die Tür vom Keller ins Parterre versperrt und da wir zur äußeren Kellertür einen Schlüssel besaßen, waren wir bereit, unsere teuere und empfindliche Apparatur – die wir heimlich und mit großen Kosten erworben hatten – solange hierzulassen, wie wir gezwungen waren, die Nachtwachen auszudehnen. Es war unsere Absicht, gemeinsam bis spät in die Nacht aufzubleiben und dann mit zweistündigen Ruhepausen dazwischen einzeln zu wachen, ich zuerst und dann mein Begleiter, der jeweils zur Zeit unbeschäftigte Teilnehmer sollte sich auf dem Feldbett ausruhen.

Die selbstverständliche Führerrolle, mit der mein Onkel die Instrumente aus dem Labor der Brown-Universität und der Cranston-Street-Waffenfabrik herbeigeschafft und ganz selbstverständlich die Leitung unseres Abenteuers übernommen hatte, war eine wunderbare Bestätigung der innewohnenden Vitalität und Elastizität eines Mannes von einundachtzig Jahren. Elihu Whipple hatte stets den Hygienevorschriften entsprechend gelebt, die er als Arzt predigte, und wäre nicht später das Unglück passiert, würde er heute noch im vollen Besitz seiner Kräfte unter uns leben. Nur zwei Personen ahnten, was wirklich passierte – Carrington Harris und ich. Ich mußte es Harris erzählen, weil ihm das Haus gehörte und er Anspruch darauf hatte, zu erfahren, was da aus ihm nun endlich verschwunden war. Noch dazu hatten wir vorher mit ihm über unsere Suche gesprochen; und ich hatte nach dem Tode meines Onkels das Gefühl, daß er es verstehen und mich in lebenswichtigen Erklärungen unterstützen würde. Er wurde sehr bleich, versprach aber, mir zu helfen, und entschied, daß es jetzt ungefährlich sei, das Haus zu vermieten.

Zu behaupten, wir seien in dieser regnerischen Nacht, als wir wachten, nicht nervös gewesen, wäre eine grobe und lächerliche Übertreibung. Wir waren, wie ich schon sagte, keineswegs kindisch abergläubisch, aber wissenschaftliche Studien und Überlegungen hatten uns gelehrt, daß das uns bekannte dreidimensionale Universum nur den geringsten Teil des ganzen Kosmos an Substanz und Energie umfaßt. In diesem Fall deuteten überwältigende und erdrückende Beweise aus vielen authentischen Quellen auf die hartnäckige Existenz gewisser Kräfte von großem Einfluß und mit, vom menschlichen Standpunkt aus, ungewöhnlicher Bösartigkeit hin. Zu behaupten, daß wir tatsächlich an Vampyre und Werwölfe glaubten, wäre ein oberflächliches Pauschalurteil. Man müßte eher sagen, wir waren nicht bereit, die Möglichkeit gewisser unbekannter und unergründeter Spielarten der Lebenskraft und der verdünnten Materie auszuschließen, die im dreidimensionalen Raum wegen ihrer intimeren Verbindung mit anderen Raumeinheiten selten vorkommen, die sich dennoch nahe genug an der Grenze unseres Raumes befinden, um uns mit gelegentlichen Erscheinungen heimzusuchen, die wir, mangels eines geeigneten Standpunktes, nie zu erfassen hoffen können.

Kurzum, es schien meinem Onkel und mir, daß eine unwiderlegliche Anzahl von Tatsachen auf einen ständig im gemiedenen Haus verweilenden Einfluß hindeuteten; den man auf den einen oder anderen der unseligen französischen Siedler aus der Zeit vor zweihundert Jahren zurückverfolgen könne und der mittels seltener und unbekannter Bewegungsgesetze der Atome und Elektronen noch handlungsfähig war.

Daß die Familie Roulet eine abnorme Hinneigung zu den äußeren Wesenskreisen besessen hatte – für dunkle Sphären, für die der normale Mensch nur Abscheu und Grauen empfindet –, schienen die geschichtlichen Aufzeichnungen zu beweisen. Hatten dann nicht vielleicht die Aufstände dieser vergangenen siebzehnhundertunddreißiger Jahre im krankhaften Gehirn des einen oder anderen von ihnen – besonders dem des finsteren Paul Roulet – einen Bewegungsmechanismus ausgelöst, der offensichtlich den ermordeten Körper überlebte und der fortfuhr, in einem mehrdimensionalen Raum im Verlauf der ursprünglichen Kraftlinien zu wirken, die durch den wilden Haß der ihre Rechte verletzenden Gemeinde bestimmt war?

Im Lichte der neuen Wissenschaft, die die Relativitätstheorie und inneratomare Einflüsse einschließt, war so etwas bestimmt keine physikalische oder biochemische Unmöglichkeit. Man könnte sich ohne weiteres einen fremden Substanz- oder Energiekern, formlos oder nicht, vorstellen, der durch unmerklichen und geringen Entzug der Lebenskraft oder Körpergewebes und Flüssigkeiten aus anderen, greifbaren Lebewesen, in die er eindringt und mit deren Körpersubstanz er manchmal völlig verschmilzt, lebt. Er könnte aktiv feindselig sein, oder er wird nur von Beweggründen blinder Selbsterhaltung diktiert. Auf jeden Fall müßte solch ein Ungeheuer in unserem Aufbau der Dinge notgedrungen eine Anomalie und ein Eindringling sein, dessen Vernichtung die wichtigste Aufgabe für jeden Menschen bildet, der nicht ein Feind der Welt, ihres Lebens und ihrer Vernunft ist.

Was uns am meisten verwirrte, war unsere völlige Unwissenheit, war der Anblick, den das Wesen bieten würde. Kein geistig Gesunder hatte es je gesehen, und wenige hatten es mit Bestimmtheit gefühlt. Es könnte reine Energie sein – eine ätherische Form außerhalb des Substanzbereiches –, oder es könnte zum Teil aus Materie bestehen; irgendeiner unbekannten und unbestimmten formveränderlichen Masse, imstande, sich nach Laune in nebelhafte Annäherungen an den festen, flüssigen, gasförmigen oder schwachen ungeteilten Zustand zu verwandeln. Der menschenähnliche Schimmelfleck auf dem Boden, die Form des gelblichen Dampfes und die Windungen der Baumwurzeln in den alten Geschichten, alle erinnerten mindestens entfernt an eine Menschengestalt, aber wie charakteristisch oder von welcher Dauer diese Ähnlichkeit sein könne, vermochte niemand mit Sicherheit zu sagen.

Wir hatten uns zur Bekämpfung zwei Waffen ausgedacht, eine große, besonders angepaßte Crookessche Röhre, die von starken Sammlerbatterien betrieben wurde und die mit besonderen Schutzschirmen und Reflektoren ausgestattet war, falls es sich als unkörperlich erweisen sollte und man ihm nur mit kräftigen, zerstörenden Ätherstrahlungen beikommen könnte, und ein Paar Armeeflammenwerfer, von der Sorte, die im Weltkrieg benutzt wurde, für den Fall, daß es sich als teilweise stofflich und mechanischer Vernichtung zugänglich erweisen würde – denn wir waren, gleich der abergläubischen Landbevölkerung von Exeter bereit, das Herz des Wesens zu verbrennen, so ein Herz zum Verbrennen vorhanden war. Wir brachten den ganzen Angriffsapparat im Keller sorgfältig in seiner Hülle auf das Feldbett und die Stühle und auf die Stelle vor dem Herd, wo der Moder merkwürdige Umrisse angenommen hatte, zur Aufstellung. Dieser suggestive Fleck war übrigens nur schwach sichtbar, als wir unsere Möbel und Instrumente aufstellten und als wir an jenem Abend zur eigentlichen Nachtwache zurückkehrten. Einen Augenblick bezweifelte ich beinah, daß ich es je in einer mehr klargezeichneten Form gesehen hatte – aber dann dachte ich an die Sagen.

Unsere Wache im Keller begann um 10 Uhr abends Sommerzeit, und als sie sich hinzog, bestand immer noch keine Aussicht auf wichtige Ereignisse. Ein schwacher, abgeschirmter Lichtschein der regengepeitschten Lampen auf der Straße und ein schwaches Phosphoreszieren der abscheulichen Schwämme herinnen zeigten die triefenden Steinmauern, von denen alle Spuren von Tünche verschwunden waren, den feuchten, übelriechenden schimmelfleckigen festgestampften Boden mit seinen abstoßenden Schwämmen; die verrottenden Überreste dessen, was einst Hocker, Stühle und Tische gewesen waren, sowie andere formlose Möbelstücke; die dicken Parterrebalken über uns; die wacklige Brettertür, die zu Verschlägen und Kammern unter anderen Teilen des Hauses führte; die zerbröckelnde Steintreppe mit ihrem zerstörten hölzernen Geländer und den einfachen, höhlenartigen Herd aus geschwärzten Ziegeln, wo verrostete Eisenfragmente das frühere Vorhandensein von Haken, Bratböcken, Bratspieß, Auslegern bezeugte und eine Tür zum Backsteinofen – diese Gegenstände und unsere einfachen Betten und Feldstühle sowie die schwere und komplizierte Vernichtungsapparatur, die wir mitgebracht hatten.

Wir hatten, wie bei meinen eigenen früheren Untersuchungen die Tür zur Straße unversperrt gelassen, damit uns für den Fall von Manifestationen, mit denen wir nicht fertig werden könnten, ein direkter und praktischer Fluchtweg offenblieb. Unsere Vorstellung war, daß unsere fortgesetzte nächtliche Anwesenheit es hervorlocken würde, was für ein böses Wesen auch hier lauern möge; und da wir vorbereitet waren, konnten wir das Ding mit dem einen oder anderen unserer Hilfsmittel vernichten, sobald wir es erkannt und genügend beobachtet hatten. Wie lange es dauern würde, das Ding zu bannen und auszulöschen, wußten wir nicht. Wir waren uns indessen auch bewußt, daß unser Unternehmen alles andere als ungefährlich war, denn in welcher Stärke das Ding erscheinen würde, vermochte niemand vorauszusagen. Aber wir fanden, das Spiel sei den Einsatz wert, und ließen uns allein und ohne Zögern darauf ein; in dem Bewußtsein, daß die Inanspruchnahme fremder Hilfe uns nur der Lächerlichkeit preisgeben und vielleicht unser ganzes Unternehmen zunichte machen würde. Dies war unsere Geistesverfassung, als wir uns bis weit in die Nacht hinein unterhielten, bis die zunehmende Schläfrigkeit meines Onkels mich ihn daran erinnern ließ, er solle sich zu seinem zweistündigen Schlaf niederlegen.

Etwas wie Furcht durchschauerte mich, als ich in den frühen Morgenstunden allein dasaß – ich sage allein, denn wer neben einem Schläfer sitzt, ist tatsächlich allein; vielleicht mehr allein, als er sich klarmacht. Mein Onkel atmete angestrengt, sein tiefes Ein- und Ausatmen wurde vom Regen draußen begleitet und durch ein anderes nervenzermürbendes Geräusch von irgendwo herinnen tropfendem Wasser unterstrichen – denn das Haus war selbst bei trockenem Wetter schauerlich feucht, in diesem Sturm glich es ausgesprochen einem Sumpf. Ich studierte die lockere, alte Maurerarbeit der Wände beim Licht der Schwämme und der schwachen Strahlen, die sich von der Straße durch die verhängten Fenster hindurchstahlen, und einmal, als mir von der giftigen Atmosphäre des Ortes beinah übel wurde, öffnete ich die Tür und schaute die Straße hinauf und hinunter und ließ meine Augen sich an vertrauten Anblicken und meine Nase sich der gesunden Luft erfreuen. Noch immer ereignete sich nichts, um meine Wachsamkeit zu belohnen, ich gähnte wiederholt, meine Müdigkeit siegte über die Furcht.

Dann bewegte sich mein Onkel im Schlaf und erregte meine Aufmerksamkeit. Er hatte sich schon ein paarmal während der zweiten Hälfte der ersten Stunde unruhig auf dem Feldbett umgedreht, aber jetzt atmete er ungewöhnlich unregelmäßig, indem er gelegentlich einen Seufzer ausstieß, der mehr etwas von einem erstickten Stöhnen an sich hatte. Ich beleuchtete ihn mit meiner elektrischen Taschenlampe und sah, daß er das Gesicht abgewandt hatte, deshalb stand ich auf und ging auf die andere Seite des Feldbettes, ich knipste das Licht erneut an, um zu sehen, ob er Schmerzen habe. Was ich sah, enervierte mich im Hinblick auf seine Geringfügigkeit in überraschender Weise. Es muß lediglich die Verbindung eines merkwürdigen Umstandes mit dem düsteren Charakter des Ortes und unsere Aufgabe gewesen sein, aber sicherlich war der Umstand an sich weder schrecklich noch unnatürlich. Es war nur, daß der Gesichtsausdruck meines Onkels, der zweifellos von merkwürdigen Träumen gequält wurde, für ihn durchaus nicht charakteristisch schien. Sein gewöhnlicher Gesichtsausdruck war von freundlicher, wohlerzogener Ruhe, während jetzt verschiedene Empfindungen in ihm zu kämpfen schienen. Ich glaube, im ganzen war es diese *Verschiedenheit,* die mich hauptsächlich bewegte. Mein Onkel, der in zunehmender Verstörtheit nach Luft rang und sich herumwarf und dessen Augen sich langsam öffnete, schien nicht nur einer, sondern viele Menschen zu sein und machte den Eindruck der Entfremdung gegen sein eigenes Selbst.

Plötzlich begann er zu murmeln, und als er sprach, gefiel mir das Aussehen seines Mundes und seiner Zähne nicht. Die Worte waren zunächst unverständlich, und dann erkannte ich – mit außerordentlichem Schrecken – etwas an ihnen, das mich mit kalter Furcht erfüllte, bis ich mich des Bildungsumfanges meines Onkels und der endlosen Übersetzungen erinnerte, die er von anthropologischen und altertumswissenschaftlichen Artikeln in der *Revue des Deux Mondes* gemacht hatte. Denn der ehrwürdige Elihu Whipple murmelte in *Französisch,* und die wenigen Sätze, die ich verstehen konnte, schienen mit den dunkelsten Mythen in Zusammenhang zu stehen, die er sich aus dem berühmten Pariser Magazin angeeignet hatte. Plötzlich brach auf der Stirn des Schläfers Schweiß aus, und er sprang halbwach abrupt in die Höhe. Das französische Durcheinander ging in einen Schrei in englisch über, und die heisere Stimme brüllte erregt: »Mein Atem, mein Atem!« Dann wurde er völlig wach, und während sein Gesichtsausdruck wieder normal wurde, ergriff mein Onkel meine Hand und be-

gann, einen Traum zu erzählen, dessen wichtigen Kern ich nur mit einer Art Ehrfurcht erahnen konnte.
Er sagte, er sei von einer Anzahl durchschnittlicher Träume in einen Schauplatz hinübergeschwebt, dessen Fremdartigkeit an nichts erinnerte, was er je gesehen hatte. Es war von dieser Welt und dennoch wieder nicht – ein schattenhaftes, räumliches Durcheinander in dem er Bestandteile vertrauter Dinge in fremder und beunruhigender Zusammenstellung sah. Da war die Vorstellung merkwürdig ineinanderfließender Bilder, bei denen eines das andere überdeckte; eine Anordnung, in der Umstände von Zeit und Raum aufgelöst schienen und sich auf widersinnigste Weise mischten. In diesem kaleidoskopartigen Strudel phantastischer Bilder waren gelegentliche Schnappschüsse, wenn man den Ausdruck gebrauchen darf, von einzigartiger Klarheit, aber unerklärlicher Verschiedenartigkeit.
Einmal glaubte mein Onkel, in einer nachlässig gegrabenen Grube zu liegen, während eine Menge wütender Gesichter, eingerahmt von üppigen Locken, mit Dreispitzhüten finster auf ihn heruntersah. Dann wieder schien er sich im Inneren eines Hauses zu befinden – eines offenbar alten Hauses –, aber die Einzelheiten und die Bewohner wechselten ständig, und er konnte bezüglich der Gesichter, der Möbel, nicht einmal seiner selbst sicher sein, da sogar die Türen und Fenster sich in dem gleichen fließenden Zustand zu befinden schienen wie die vermutlich mehr beweglichen Gegenstände. Es war komisch – verdammt komisch, und mein Onkel sprach beinah verlegen, als ob er erwarte, daß man ihm nicht glaube, als er erklärte, daß viele der fremden Gesichter unmißverständlich die Züge der Harris-Familie getragen hätten. Die ganze Zeit hatte er ein Gefühl des Erstickens, als ob ein nicht zu bestimmendes Etwas sich in seinem Körper ausbreite und sich seiner wichtigen Lebensvorgänge zu bemächtigen trachte. Mir schauderte bei dem Gedanken an diese Lebensvorgänge, abgenützt,

wie sie durch einundachtzig Jahre ständigen Funktionierens sein mochten, im Kampf mit unbekannten Mächten, vor denen der jüngste und stärkste Organismus wohl Angst haben könnte, aber ich überlegte mir im nächsten Augenblick, daß Träume eben nur Träume sind und daß diese ungemütlichen Gesichter höchstens die Reaktion meines Onkels auf unsere Untersuchungen und Erwartungen sein konnten, die in letzter Zeit unseren Geist ausschließlich in Anspruch genommen hatten.

Die Unterhaltung trug noch dazu bei, meine seltsamen Empfindungen bald zu zerstreuen, nach einiger Zeit gab ich meiner Müdigkeit nach und legte mich meinerseits zum Schlafen hin. Mein Onkel schien nun hellwach und war bereit, seine Wache anzutreten, obwohl ihn sein Alptraum lange vor den ihm zustehenden zwei Stunden geweckt hatte. Der Schlaf ergriff sofort Besitz von mir, und ich wurde sogleich von Träumen der aufregendsten Art heimgesucht. Ich empfand in meinen Traumgesichten eine komische und abgründige Verlorenheit, während Feindseligkeit von allen Seiten auf das Gefängnis eindrang, in dem ich eingesperrt war. Ich schien gefesselt und geknebelt zu sein und wurde von den widerhallenden Schreien einer entfernten Menschenmenge verhöhnt, die nach meinem Blut dürstete. Das Gesicht meines Onkels erschien mir in weniger erfreulichem Zusammenhang als im Wachzustand, und ich erinnerte mich vieler vergeblicher Kämpfe und Versuche zu schreien. Es war kein erholsamer Schlaf, und eine Sekunde lang bedauerte ich nicht, daß der widerhallende laute Schrei, der durch die Grenzen des Traumes hindurchhieb, mich zu einer geschärften und erschreckten Wachsamkeit hochriß, in der jeder Gegenstand vor meinen Augen sich mit übergroßer Schärfe und Wirklichkeit abhob.

V

Ich hatte mit dem Gesicht vom Stuhl meines Onkels abgewandt dagelegen, und in diesem blitzartigen Erwachen sah ich zunächst nur die Tür zur Straße, das etwas nördlicher gelegene Fenster, die Wände und den Boden sowie die Decke an der Nordseite des Raumes, all das war in krankhafter Eindringlichkeit in einem Licht, heller als das Leuchten der Schwämme oder die Lichtstrahlen von draußen, in meinem Gehirn eingeprägt. Es war kein starkes oder nur annähernd starkes Licht, bestimmt bei weitem nicht stark genug, um ein Buch zu lesen. Aber es warf meinen und den Schatten des Feldbettes auf den Boden und hatte eine gelbliche durchdringende Energie, die auf Dinge hindeutete, die wirksamer waren als Leuchtkraft. Ich nahm dies mit unnatürlicher Schärfe wahr, trotz der Tatsache, daß zwei meiner Sinne heftig angegriffen wurden. Denn in meinen Ohren widerhallte noch dieser gräßliche Schrei, während meine Nase sich gegen den Gestank empörte, der den Ort erfüllte. Mein Geist, genauso wach wie meine Sinne, erkannte das außerordentlich Ungewöhnliche, und ich sprang beinah automatisch auf und wandte mich um, um nach den Vernichtungsinstrumenten zu greifen, die wir auf den Moderfleck vor dem Herd gerichtet hatten. Als ich mich umdrehte, hatte ich Angst davor, was ich erblicken würde, denn es war mein Onkel, der geschrien hatte, und ich wußte nicht, gegen welche Bedrohung ich ihn und mich würde verteidigen müssen.

Dennoch war der Ausblick noch schlimmer, als ich befürchtet hatte. Es gibt ein Grauen, das über das Grauen hinausgeht, und dies war einer der Kernpunkte aller erträumbaren Scheußlichkeiten, die der Kosmos sich aufspart, um einige wenige Verfluchte und Unglückliche zu vernichten. Aus dem schwammverseuchten Boden stieg ein dampfförmiges Leichenlicht, gelb und krank, das Blasen warf und zu gigantischer Höhe emporschlug, in Umrissen, die halb menschlich, halb die eines Ungeheuers waren, durch die ich den Kamin und Herd dahinter erkennen konnte. Es bestand fast nur aus Augen – wolfsähnlich und höhnisch –, und der runzelige, insektengleiche Kopf löste sich nach oben in einen dünnen Nebelstrom auf, der sich übelriechend kräuselte und schließlich im Kamin verschwand. Ich sage, daß ich das Ding sah, aber erst in der bewußten Rückschau konnte ich seine verdammte Gestaltähnlichkeit mit Sicherheit feststellen. Zu jener Zeit war es für mich lediglich eine wogende, düster phosphoreszierende Wolke schnell emporschießender Abscheulichkeit, die das einzige Objekt, auf das all meine Aufmerksamkeit gerichtet war, einhüllte und sich in grauenhafter Verwandlung auflöste. Dieses Objekt war mein Onkel – der ehrwürdige Elihu Whipple – der mich mit geschwärzten und verfallenden Zügen höhnisch ansah und Zusammenhangloses plapperte und bluttriefende Krallen nach mir ausstreckte, um mich in einem Wutanfall zu zerreißen, den das Grauen hervorgerufen hatte.

Es war nur der Sinn für Pflichterfüllung, der mich daran hinderte, den Verstand zu verlieren, ich hatte mich auf diesen entscheidenden Augenblick vorbereitet, und dieses unbewußte Training kam mir zu Hilfe. Indem ich das blasenwerfende Übel als eine Substanz erkannte, die nicht mit Hilfe der Materie oder stofflicher Chemie erreichbar sein würde, ignorierte ich den Flammenwerfer, der zu meiner Linken stand, ich schaltete den Strom des Crookesschen Röhrenapparates ein und richtete auf diese Szene vergänglicher Gotteslästerlichkeit die stärksten Ätherstrahlungen, welche die Kunst des Menschen aus den Räumen und Säften der Natur hervorzaubern kann. Es entstand ein bläulicher Dunst und ein heftiges Blubbern, und das gelbliche Leuchten wurde nach meiner Meinung schwächer. Ich merkte aber, daß das angeblich schwächere Licht nur durch den Kontrast bewirkt wurde und daß die Lichtwellen aus dem Apparat überhaupt keine Wirkung hatten.

Dann erblickte ich inmitten dieses teuflischen Schauspiels ein neues Grauen, das mich zum Schreien veranlaßte und mich tastend und taumelnd zur Tür, hinaus auf die stille Straße brachte, ohne daran zu denken, was für abnorme Schrecken ich auf die Welt loslassen würde oder was für Gedanken und Meinungen der Menschen ich auf mich herabbeschwören würde. In dieser düsteren Mischung von Blau und Gelb unterlag die Gestalt meines Onkels einer übelkeiterregenden Verflüssigung, deren Wesenheit jeder Beschreibung spottete und in der mir sein unsichtbar werdendes Gesicht sich in solchem Persönlichkeitswechsel spiegelte, wie ihn nur der Wahnsinn erdenken kann. Er war zu gleicher Zeit ein Teufel oder eine Menge, ein Leichenhaus und eine Scheingestalt. Von den vermischten und undeutlichen Lichtstrahlen erhellt, nahm das gallertartige Gesicht ein Dutzend – zwanzig – hundert Aspekte an; es grinste, als es auf einem Körper, der wie Talg schmolz, zu Boden sank, mit einer fratzenhaften Ähnlichkeit fremder und dennoch nicht fremder Legionen.

Ich sah die Züge der Harris-Linie, männlich und weiblich, erwachsen und kindlich und andere alte und junge Züge, grob und kultiviert, vertraute und unvertraute. Für eine Sekunde blitzte eine entartete Nachahmung einer Miniatur der armen Rhoby Harris auf, die ich im School of Design Museum gesehen hatte, und ein andermal glaubte ich das grobknochige Abbild Mercy Dexters zu erhaschen, wie sie mir nach einem Gemälde in Carrington Harris' Haus erinnerlich war. Es war über die Maßen schrecklich; als gegen das Ende zu eine seltsame Mischung von Gesichtern der Bediensteten und denen kleiner Kinder nahe dem schwammbewachsenen Boden aufflackerte, wo eine Pfütze grünlichen Fettes sich auszubreiten begann, es schien, als bekämpften die wechselnden Gesichter sich gegenseitig und als seien sie bestrebt, Konturen, wie die des gütigen Gesichts meines Onkels zu bilden. Ich würde gern glauben, daß er in diesem Moment noch existierte und daß er versuchte, von mir Abschied zu nehmen. Ich bilde mir ein, daß ich einen Abschiedsgruß aus meiner eigenen ausgetrockneten Kehle hervorstieß, als ich auf die Straße wankte, ein dünnes Rinnsal aus Fett folgte mir durch die Tür zum regennaßen Bürgersteig.

Alles übrige ist schattenhaft und gräßlich. Niemand befand sich auf der durchnäßten Straße, und es gab auf der ganzen Welt keinen Menschen, dem ich etwas zu erzählen gewagt hätte. Ich wanderte ziellos südlich am College Hill und am Athenaeum vorbei, die Hopkins Street hinunter und über die Brücke zum Geschäftsviertel, wo hohe Gebäude über mich zu wachen schienen, wie die modernen materiellen Dinge die Welt gegen alte und unerträgliche Wunder schützt. Dann zog im Osten eine feuchtgraue Morgendämmerung herauf, gegen die sich der uralte Hügel und die ehrwürdigen Kirchtürme abhoben und mich zu dem Ort zu winken schienen, wo mein schreckliches Werk noch unvollendet war. Ich ging dann auch schließlich, naß, ohne Hut und benommen, durch das Morgenlicht und durchschritt wiederum die schreckliche Tür in der Benefit Street, die ich halb offen gelassen hatte und die vor den Augen der früh aufgestandenen Bewohner, mit denen ich nicht zu sprechen wagte, immer noch schützend auf- und zuschwang.

Das Fett war verschwunden, da der modrige Boden durchlässig war. Und vor dem Herd befand sich keine Spur der zusammengekauerten Gestalt aus Salpeter mehr. Ich blickte auf das Feldbett, die Stühle, die Apparate, meinen liegengelassenen Hut und den vergilbten Strohhut meines Onkels. Benommenheit beherrschte mich, und ich wußte kaum noch, was Traum und was Wirklichkeit war. Dann kehrten die Gedanken langsam zurück, und ich wußte, daß ich Zeuge von Dingen geworden war, die schrecklicher waren als das, was ich geträumt hatte. Während ich mich niederließ, versuchte ich, soweit mein Verstand es zuließ, Mutmaßungen darüber anzustellen, was nun eigentlich passiert war und wie ich dem Grauen ein

Ende bereiten könne, wenn es tatsächlich Wirklichkeit gewesen war. Es schien weder aus fester Masse noch aus Äther oder sonstwas zu bestehen, was der Geist eines Sterblichen zu erfassen vermag. Was sonst als eine fremdartige Ausdünstung, irgendein vampyrähnlicher Dunst, von dem die Landbevölkerung von Exeter erzählt, daß er über bestimmten Friedhöfen lauere? Das war das Stichwort, ich fühlte es und schaute mir wiederum den Boden vor dem Herd an, wo Schimmel und Salpeter diese merkwürdige Form angenommen hatten. In zehn Minuten hatte ich meinen Entschluß gefaßt, nahm meinen Hut und ging nach Hause, wo ich badete, aß und per Telephon einen Auftrag über eine Breithacke, einen Spaten, eine Militärgasmaske und sechs Ballonflaschen voll Schwefelsäure aufgab, die alle am nächsten Morgen an der Kellertür des gemiedenen Hauses in der Benefit Street abgeliefert werden sollten. Ich versuchte danach zu schlafen, und als mir dies nicht gelingen wollte, verbrachte ich die Stunden mit Lesen und der Abfassung alberner Verse, um meiner schlechten Stimmung entgegenzuarbeiten.

Um 11 Uhr vormittags am anderen Tag begann ich zu graben. Das Wetter war sonnig, worüber ich froh war. Ich war noch immer allein, denn sosehr ich das unbekannte Grauen fürchtete, nach dem ich suchte, hatte ich noch mehr Furcht davor, jemanden davon zu erzählen. Ich erzählte Harris später davon, nur weil es unumgänglich nötig war und weil er von alten Leuten merkwürdige Geschichten gehört hatte, die ihn wenig geneigt machten, etwas daran zu glauben. Als ich die stinkende, schwarze Erde vor dem Herd herausschaufelte, bewirkte mein Spaten, daß aus den weißen Schwämmen, die er zerschnitt, eine zähe gelbe Jauchenflüssigkeit quoll. Ich zitterte ob der zweifelnden Gedanken, was ich wohl ausgraben würde. Manche Geheimnisse des Erdinnern tun den Menschen nicht gut, und dies schien mir eines davon zu sein.

Meine Hand zitterte spürbar, aber ich grub immer

noch weiter und stieg nach einiger Zeit in das große Loch hinunter, das ich ausgehöhlt hatte. Mit dem Tieferwerden des Loches, das ungefähr sechs Quadratfuß maß, verstärkte sich der üble Geruch, und mir schwand jeder Zweifel, daß mir der unmittelbare Kontakt mit dem Höllenwesen, dessen Ausdünstungen das über anderthalb Jahrhunderte alte Haus mit einem Fluch belegt hatten, bevorstand. Ich fragte mich, wie es wohl aussehen möge – was seine Gestalt und Substanz sein würde, und wie groß es durch die langen Zeiträume geworden war, in denen es anderen das Leben ausgesogen hatte. Endlich stieg ich aus dem Loch heraus und verteilte die angehäufte Erde, dann stellte ich die sechs großen Ballonflaschen mit Säure an zwei Seiten auf, so daß ich sie, wenn nötig, alle schnell hintereinander in die Öffnung gießen könne. Dann deponierte ich Erde an den beiden anderen Seiten, ich mußte etwas langsamer arbeiten und die Gasmaske aufsetzen, da der Geruch stärker wurde. Ich verlor fast die Nerven, als ich mich dem namenlosen Ding am Grund der Grube so nahe wußte.

Plötzlich traf mein Spaten auf etwas, das weicher als Erde war. Mir schauderte, und ich machte eine Bewegung, wie um aus dem Loch herauszuklettern, das mir jetzt bis zum Halse reichte. Dann kehrte mein Mut zurück, und ich scharrte im Licht der elektrischen Lampe, die ich mitgebracht hatte, noch mehr Dreck beiseite. Die Oberfläche, die ich freilegte, war fischartig und glasig – eine Art halbverwesten geronnenen Gelees von schwacher Durchsichtigkeit. Ich scharrte weiter und stellte fest, daß es eine Form hatte. Da war ein tiefer Einschnitt, wo ein Teil der Substanz sich über den andern legte. Das freigelegte Stück war riesig und ungefähr zylindrisch, wie ein mammutähnliches, bläulichweißes abgebogenes Ofenrohr, der größte Teil hatte ungefähr einen Durchmesser von zwei Fuß. Ich scharrte immer noch weiter, dann sprang ich plötzlich aus dem Loch heraus, hinweg von dem schmierigen Ding, ich zog schnell die Korken der schweren Ballonflaschen heraus, kippte eine nach der anderen um und goß ihren zersetzenden Inhalt in diese Leichenhöhle, auf die unvorstellbare Abnormität, deren riesigen *Ellbogen* ich gesehen hatte.

Der einen fast blendende Mahlstrom grün-gelblichen Dampfes, der stürmisch aus dem Loch emporquoll, als die Säurefluten hinunterflossen, wird mir ewig im Gedächtnis bleiben. Den ganzen Hügel entlang sprachen die Leute von dem gelben Tag, als giftige und schreckliche Dämpfe aus dem Fabrikabfall aufstiegen, der in den Providence-River geschüttet worden war; aber ich weiß, wie sehr sie sich bezüglich seines Ursprungs irren. Sie erzählen auch von dem furchtbaren Dröhnen, das zur gleichen Zeit aus einer unterirdischen in Unordnung geratenen Wasser- oder Gasleitung drang – ich könnte sie widerlegen, wenn ich es wagte. Es war unbeschreiblich schockierend, und ich weiß nicht, wie ich es überlebt habe. Mir wurde schwach, nachdem ich die vierte Ballonflasche entleert hatte, mit der ich hantiert hatte, nachdem die Dämpfe bereits begonnen hatten, in die Maske einzudringen, aber als ich mich wieder erholt hatte, sah ich, daß das Loch keinen neuen Dampf mehr ausstieß.

Ich entleerte die beiden letzten Ballonflaschen ohne besonderes Resultat, und nach einiger Zeit fand ich es sicher genug, die Erde in die Grube zurückzuschaufeln. Es herrschte bereits Zwielicht, ehe ich fertig war, aber die Furcht hatte den Ort verlassen. Die Feuchtigkeit stank nicht mehr so sehr und all die seltsamen Schwämme waren zu einer Art harmlosen grauen Pulvers zerfallen, das wie Asche über den Boden wehte. Einer der von weit unten gekommenen Schrecken dieser Erde war für immer vernichtet und wenn es eine Hölle gibt, hat sie nun endlich die teuflische Seele eines unheiligen Wesens aufgenommen. Als ich den letzten Spaten voll Moder flachklopfte, vergoß ich die ersten von vielen Tränen, womit ich dem Andenken meines geliebten Onkels den ersten Tribut zollte.

Im nächsten Frühjahr wuchsen im Terrassengarten des gemiedenen Hauses kein bleiches Gras und keine merkwürdigen Unkräuter mehr, und kurz danach vermietete Carrington Harris das Haus. Es hat noch immer etwas Geisterhaftes, aber die Fremdartigkeit zieht mich an. Sollte es einmal abgerissen werden, um einem geschmacklos aufgemachten Laden oder einem gewöhnlichen Apartmenthaus Platz zu machen, wird meine Erleichterung mit einem merkwürdigen Bedauern gemischt sein. Die unfruchtbaren alten Bäume im Hof haben angefangen, kleine süße Äpfel zu tragen, und im letzten Jahr nisteten Vögel in den knorrigen Zweigen.

NACHWORT
Dirk W. Mosig
LOVECRAFT: DER DISSONANZ-FAKTOR IN DER PHANTASTISCHEN LITERATUR

Leon Festingers kognitive Dissonanztheorie hat während der vergangenen 20 Jahre einen bemerkenswerten heuristischen Einfluß auf die Psychologie ausgeübt. Sie hat eine ungeheure Anzahl von Forschungsprojekten hervorgebracht, und nicht selten haben ingeniöse Experimente zu einem weitergehenden Verständnis des *modus operandi* kognitiver Mechanismen beigetragen, die bei der Reduktion psychologischer Dissonanz eine Rolle spielen – wobei letztere einen ebensolchen Trieb darstellt wie der Hunger, der reduziert werden muß. Der vorliegende Aufsatz versucht, die Dissonanztheorie auf das Gebiet der Literatur anzuwenden. Sein Verfasser behauptet, daß diese Theorie einen idealen Rahmen liefert, um die Gründe für die beunruhigende emotionale Wirkung zu erläutern, die bestimmten Werken der phantastischen Literatur, insbesondere den Geschichten und Romanen Howard Phillips Lovecrafts (1890-1937), zukommt.
Die kognitive Dissonanztheorie vermag eine begriffliche Reinterpretation der primären Charakteristika der Lovecraftschen Erzählungen um übernatürlichen Horror und kosmisches Veräußertsein zu leisten.
Kognitive Dissonanz ist ein unangenehmes, schmerzliches, disharmonisches Gefühl, resultierend aus psychologischen Unvereinbarkeiten, d. h. aus einem Zusammenprall oder Konflikt zwischen zwei Ideen oder zwischen Überzeugungen und Verhaltensweisen. Wenn zwei Ideen nicht zusammenstimmen oder sich gegenseitig widersprechen, sagt man von ihnen, daß sie sich im Zustand der Dissonanz befinden. Das gleiche gilt, wenn unser Verhalten nicht mit unseren Überzeugungen konsistent ist oder wenn Ereignisse unseren Erwartungen unerwartet zuwiderlaufen.

Tritt Dissonanz einmal auf, muß sie reduziert werden und sei es durch einen Wandel der Ansichten, Überzeugungen, Vorstellungen oder Verhaltensweisen; anders gesagt, Dissonanz ist ein motivierender Zustand und die mit ihr verbundene Spannung kann durch eine Rückkehr zu einem Zustand kognitiver Konsonanz oder psychologischer Harmonie gelöst werden. Leon Festinger formuliert das in seinem vielzitierten Aufsatz in *Scientific American* so:

> Um die kognitive Dissonanz als einen motivierenden Zustand zu begreifen, muß man einen [klaren] Begriff von den Bedingungen haben, die sie hervorrufen. Die einfachste Definition von Dissonanz läßt sich vielleicht im Hinblick auf die Erwartungen einer Person geben. Wir alle haben im Verlauf unseres Lebens eine große Anzahl von Erwartungen darüber angehäuft, welche Dinge zusammenpassen und welche nicht. Wird eine solche Erwartung nicht erfüllt, tritt Dissonanz auf. Jemand, der ungeschützt im Regen steht, erwartet z. B., daß er naß wird. Stünde er im Regen und würde nicht naß, träte zwischen diesen beiden Informationen eine Dissonanz auf.[1]

Festinger führt weiter aus, daß in einem solchen Fall jedermanns Erwartungen ähnlich seien; mit anderen Worten, wir alle würden erwarten, naß zu werden, wenn wir ohne Regenschirm oder einen anderen Schutz im Regen stünden. Natürlich gilt diese Regel der Erwartungsuniformität nicht allgemein; es gibt viele Fälle, wo die Erwartungen verschiedener Personen voneinander abweichen; der eine wird zum Beispiel dort mit ihrem Versagen rechnen, wo ein anderer zuversichtlich auf ihren Erfolg baut, obwohl beide vor derselben Aufgabe stehen. Nichtsdestoweniger ist der Fall, in dem die Erwartungen relativ einheitlich lauten, für die vorliegende Diskussion besonders relevant. Die Gattung phantastischer Literatur, die von H. P. Lovecraft und anderen Autoren dieses Genres mit »weird fiction« etikettiert wird, hängt in ihrer Wirkung von der Darstellung der Übertretung von Naturgesetzen ab, und gerade hinsichtlich der Naturgesetze neigen unsere Erwartungen dazu, uniform zu sein.

In seiner gelehrten Monographie *Supernatural Horror in Literature* diskutiert Lovecraft die ästhetische Theorie der Gruselgeschichte (weird tale), und betont, »die echte Gruselgeschichte« muß, mit einer Ernsthaftigkeit und Ungeheuerlichkeit, die dem Thema angemessen ist, jene entsetzlichste Vorstellung des menschlichen Gehirns andeuten, nämlich eine unheilvolle und sonderbare Aufhebung oder Annullierung jener festen Naturgesetze, die unser einziger Schutz gegen die Angriffe des Chaos und der Dämonen aus dem unergründlichen All sind.[2]

Wollte man das oben Gesagte in die Sprache der Dissonanztheorie übersetzen, ließe sich feststellen, daß Lovecraft den wesentlichen Bestandteil einer Gruselgeschichte in der Durchkreuzung einheitlicher Lesererwartungen sieht, und zwar hinsichtlich der akzeptierten oder vermuteten Ordnung und Gesetzmäßigkeit des Kosmos – »all des Friedens und Gleichgewichts, die sich der normale Geist durch seine gewohnte Vorstellung von der äußeren Natur und der Naturgesetze angeeignet hat«[3] –, anders formuliert, in einer dissonanz-induzierenden Vorstellung. Ein solches Dissonanzelement muß, soll es wirkungsvoll sein, innerhalb eines Rahmens extremer Wahrscheinlichkeit präsentiert werden, und geschieht dies, wird die Dissonanz häufig von einem Affekt des Schreckens, der Furcht oder von beidem begleitet. Wir wollen diese beiden Charakteristika genauer untersuchen.

Extreme Wahrscheinlichkeit ist deshalb so wesentlich, weil Dissonanz schwerlich dort auftreten kann, wo nicht zuerst – in Coleridges Worten – »eine bereitwillige Aufhebung des Zweifels« im Leser erzeugt wurde, und diese Aufhebung des Zweifels wird nur dann erfolgen, wenn man beim Knüpfen der Gruselgeschichte wie bei der Konstruktion eines sorgfältig angelegten Schwindels verfährt. Lovecraft war sich dieses Umstands wohl bewußt und warf in dem Essay »Notes on Writing Weird Fiction« Licht auf die eigene Schreibweise:

> Beim Schreiben einer Gruselgeschichte bin ich immer sorgfältig um die Schaffung der rechten Stimmung und Atmosphäre bemüht, sowie um die richtige Akzentuierung. Ein Bericht über unmögliche, unwahrscheinliche oder unfaßliche Phänomene läßt sich [wirkungsvoll] nicht wie eine herkömmliche Erzählung mit sachlicher Handlung und konventionellen Gefühlen darbieten. Unbegreifliche Vorfälle und Umstände müssen ein besonderes Handikap überwinden, und dies ist nur dadurch zu erreichen, daß man in jeder Phase der Geschichte einen sorgsamen Realismus bewahrt, *außer* in jener, die an das eine besagte Wunder rührt. Dieses Wunder will sehr eindrucksvoll und wohlabgewogen geschildert sein – mit einer sorgfältigen emotionalen »Steigerung« –, ansonsten wird es platt und nicht überzeugend wirken.[4]

In einem anderen Essay geht Lovecraft auf die Natur dieses »besonderen Handikaps« ein und führt weiter aus:

> Unbegreifliche Vorfälle und Umstände bilden eine von allen anderen Storyelementen gesonderte Kategorie und können durch bloße herkömmliche Erzählweise nicht überzeugend gestaltet werden. Sie müssen das Handikap der Unglaubwürdigkeit überwinden; und dies ist nur durch einen in jeder *anderen* Phase der Geschichte sorgfältig bewahrten Realismus zu erreichen [...]. Auch die Akzentuierung muß stimmen – sie muß stets über *dem Wunder der zentralen Abnormalität* schweben. Man darf nicht vergessen, daß jede Übertretung dessen, was wir Naturgesetz nennen, *an sich* eine viel grö-

ßere Ungeheuerlichkeit ist als jedes andere Ereignis oder Gefühl, das einem menschlichen Wesen möglicherweise begegnen kann [...]. Die bare, frevelhafte Monstrosität der einen bestimmten Abweichung von der Natur sollte alles andere überragen. Die Charaktere sollten darauf reagieren, wie wirkliche Menschen auf etwas Derartiges reagieren, wenn sie plötzlich im Alltag damit konfrontiert würden; sie sollten das seelenzerrüttende Staunen zeigen, das normalerweise jeder zeigen würde...[5]

Der obige Auszug verrät ohne Zweifel ein gehöriges Maß an psychologischer Einsicht. Die Übertretung der Naturgesetze oder vielmehr die Durchkreuzung der damit verbundenen Erwartungen würde fraglos in einen Zustand »seelenzerrüttender« Dissonanz führen, aber ein solcher Zustand ließe sich nur dort erreichen, wo der Unglaube aufgehoben ist und das dissonante Ereignis nicht einfach als falsch oder lächerlich zurückgewiesen wird. (Eine solche Zurückweisung wäre natürlich an sich schon ein höchst effektiver, dissonanz-reduzierender oder dissonanz-vermeidender Mechanismus!) Geht man bei der Gruselgeschichte mit extremem Realismus zu Werke, gelingt der unerläßliche Rahmen der Glaubwürdigkeit viel eher, denn erscheint in der Story alles natürlich und glaubhaft, wird man geneigt sein, in dem unnatürlichen Element ein Abweichen von der erwarteten Realität zu sehen, das sich in einer realen Welt ereignet. Diese Art Geschichte dürfte psychologisch beunruhigender sein (d. h. eine größere Abweichung von kognitiver Konsonanz bewirken, und zwar auf Grund des größeren Kontrastes zwischen erwartungserfüllenden und erwartungszerstörenden Elementen) als eine Story, die ausschließlich von unmöglichen und phantastischen Ereignissen handelt oder eine Kette von unwahrscheinlichen Begebenheiten als selbstverständlich hinnimmt, denn in den letzteren Fällen hat man an die Erzählung vermutlich weder auf die Realität bezogene Erwartungen geknüpft, noch solche, die durch die Enthüllung der sich zuspitzenden Ereignisse erschüttert werden könnten.

Wenn nun die geschickt gebaute Gruselgeschichte durch das Hervorrufen kognitiver Dissonanz ihre beunruhigende Wirkung im Leser erzielt, indem sie ihn mit einer erwartungszerstörenden Vorstellung innerhalb eines sorgfältig konstruierten Rahmens aus erwartungserfüllenden Elementen konfrontiert, und wenn es sich mit der Dissonanz wie mit einem Trieb verhält, der reduziert oder vermieden werden muß, was geschieht dann mit einem Leser, der einen solchen Zustand psychologischer Inkonsistenz erfährt? Eigentlich schiene es nur recht und billig, erst einmal danach zu fragen, warum sich wohl irgend jemand mit dieser dissonanz-induzierenden Literaturgattung aus freien Stücken befassen sollte! Die Antwort ist ganz simpel. Obwohl der Leser seinen Zweifel ausgesetzt hat, solange er sich der Geschichte hingibt, kann er doch jederzeit das Buch zuklappen und die Dissonanz reduzieren, indem er sich sagt: »Es war ja nur eine Geschichte.« Im Grunde weiß er von vornherein, daß er nur eine Geschichte lesen wird, und fühlt sich deshalb sicher und unbedroht, wenn er sich ein Exempel dieses Literaturzweigs heraussucht -- vielleicht sucht und erfährt er den gleichen Nervenkitzel, den ein Kind bei einem Zoobesuch erlebt, wenn es mit dem Gefühl, auf der anderen Seite der Gitterstäbe in Sicherheit zu sein, die wilden Löwen beobachtet. Und trotzdem, bricht man den Bann, indem man das Buch zuklappt und sich selbst versichert, daß es nur eine Geschichte war, so scheint dies die Dissonanz doch nicht völlig zu eliminieren, die durch eines der Meisterstücke dieses Genres (eine Anzahl der besten Geschichten Lovecrafts wären typische Beispiele) hervorgerufen wurde – ein Teil der Spannung wirkt nach und ist dafür verantwortlich, daß uns die beunruhigende Geschichte frisch im Gedächtnis bleibt und dort eine »unvergeßliche« Qualität erwirbt. Das liegt vielleicht zum Teil daran, daß das Wiedererinnern der Geschichte einen Grad der Dissonanz neuschafft und den Prozeß fortsetzt – mit den Worten einer Figur aus dem Roman *Berge des Wahnsinns*: »Es gibt gewisse Erfahrungen und Andeutungen, die zu einschneidend sind, um zu vernarben, und die einen nur mit einer so gesteigerten Sensitivität zurücklassen, daß die bloße Erinnerung schon den ganzen ursprünglichen Horror wiederentfacht.«[6] (Eine typische, von den Lesern der Lovecraftschen Werke oft geäußerte Bemerkung ist, daß sie von bestimmten Szenen und Ereignissen in seinen Geschichten über längere Zeit hinweg verfolgt werden; der Verfasser erinnert sich daran, durch die Lektüre von Lovecrafts »Die Farbe aus dem All« lange Zeit beunruhigt worden zu sein, ein Gefühl, das zur Wiederentdeckung des Autors dreizehn Jahre nach seiner ursprünglichen Bekanntschaft mit besagter Geschichte führte!)

Und doch gehört zur Wirkung eines Meisterstücks der Gruselliteratur mehr als nur die glaubhafte Darstellung eines unglaubhaften Ereignisses, und zur langanhaltenden Wirkung einer solchen Geschichte mehr als nur ein unreduzierter Dissonanzrest, der von einer erneuten, durch das Erinnern der Geschichte ausgelösten Dissonanz geschürt wird. Der Nachwirkungseffekt scheint mit einer affektiven Komponente verbunden zu sein, für gewöhnlich mit Schrecken oder Furcht (eingeschlossen die Mischung aus beiden, die wir als »Terror« kennen, sowie die Verschmelzung von Furcht mit Abscheu und Ekel, der wir die Bezeichnung »Horror« geben). Diese emotionale Komponente scheint den durch solche erwartungszerstörende Literatur ausgelösten Zustand der Dissonanz zu begleiten. Welcher Natur ist der Stimulus, der solche affektiven Reaktionen auslöst?

Für Lovecraft stellt das *Unbekannte* das wirkungsvollste furchtauslösende Element der Gruselgeschichte dar. »Das älteste und stärkste Gefühl der Menschheit« – argumentiert er – »ist die Furcht, und die älteste und stärkste Furcht ist die Furcht vor dem Unbekannten.«[7] In seinen »Notes on Writing Weird

Fiction« führt er dies weiter aus und hebt hervor:

> Diese Geschichten betonen häufig das Element des Horrors, weil die Furcht unser tiefstes und stärkstes Gefühl ist und jenes, das sich am besten zur Schaffung der Natur hohnsprechender Illusionen eignet. Horror und das Unbekannte oder Sonderbare gehören immer eng zusammen, so daß es schwerfällt, ein überzeugendes Bild zertrümmerter Naturgesetze oder kosmischen Veräußertseins und »Außenseitertums« zu schaffen, ohne dabei das Gefühl der Furcht zu betonen.[8]

Das Unbekannte wirkt nicht nur als furchtauslösender Stimulus, der die mit dem Element der Unvereinbarkeit verbundene Dissonanz begleitet, sondern seine Einbeziehung in die Gruselgeschichte steigert zugleich auch die Glaubwürdigkeit der Darstellung einer Überschreitung von Naturgesetzen, woraus wiederum der entscheidende Grad kognitiver Dissonanz resultiert, der das Meisterstück von einer wirkungslosen Brotarbeit unterscheidet.

Andererseits vermutet Sigmund Freud in seinem berühmten Aufsatz über »Das Unheimliche«, daß die Eindringlichkeit der Gruselgeschichte nicht auf der Furcht vor dem Unbekannten beruht, sondern auf der Furcht vor dem *Bekannten,* anders gesagt, vor dem, was einst bekannt war, dann ins Unbewußte verdrängt wurde, und uns jetzt wieder bewußt zu werden droht.[9] In seiner Diskussion der Etymologie des Wortes »unheimlich« weist er darauf hin, daß man so *»Alles nennt, was im Geheimnis, im Verborgenen ... bleiben sollte und hervorgetreten ist«*[10] (eine Beobachtung, die den Verfasser an Lovecrafts berühmte Zeilen erinnerte, mit denen er das Monster in »Der Außenseiter« beschreibt, »es war die grauenhafte Entblößung all dessen, was für immer die barmherzige Erde zudecken sollte«[11]...). Freud vermutet weiter, daß, wenn die psychoanalytische Theorie in der Behauptung recht hat, daß jeder Affekt einer Gefühlsregung [...] durch die Verdrängung in Angst verwandelt wird, so muß es unter den Fällen des Ängstlichen eine Gruppe geben, in der sich zeigen läßt, daß dieses Ängstliche etwas *wiederkehrendes* Verdrängtes ist. Diese Art des Ängstlichen wäre eben das Unheimliche, und dabei muß es gleichgültig sein, ob es ursprünglich selbst ängstlich war oder von einem anderen Affekt getragen.[12]

Im selben Aufsatz postuliert Freud das Prinzip des *Wiederholungszwanges* im seelisch Unbewußten,

der von den Triebregungen ausgeht, wahrscheinlich von der innersten Natur der Triebe selbst abhängt, stark genug ist, sich über das Lustprinzip hinauszusetzen, gewissen Seiten des Seelenlebens den dämonischen Charakter verleiht [...]. Wir sind darauf vorbereitet, daß dasjenige als unheimlich verspürt werden wird, was an diesen inneren Wiederholungszwang mahnen kann.[13]

Wer hat recht? Ist das Gruselige, das Unheimliche wegen seiner unbekannten oder fremdartigen Eigenschaften beunruhigend, wie Lovecraft zu glauben schien, oder löst es deshalb Angst aus, weil es droht, dem Bewußtsein »nichts Neues oder Fremdes, sondern etwas dem Seelenleben von alters her Vertrautes, das ihm nur durch den Prozeß der Verdrängung entfremdet worden ist«[14], zurückzugeben? Die kognitive Dissonanztheorie wirft Licht auf diesen scheinbaren Widerspruch. Das Fremde, das Unheimliche, das Bizarre wirkt nicht deswegen nervenaufreibend (d. h. ruft Dissonanz hervor), weil es etwas Bekanntes darstellt oder weil es unbekannt ist, sondern weil es in beiden Fällen einer Gruppe psychologischer Erwartungen Gewalt antut. In gewissem Sinn hatten Freud und Lovecraft recht. Die Rückkehr des Verdrängten *ist* angstauslösend, *weil* es den Überzeugungen und Vorstellungen einer Person hinsichtlich ihrer vergangenen Erfahrungen und Verhaltensweisen zuwiderläuft. Und die Konfrontation mit dem Unbekannten in Gestalt einer unbegreiflichen Verletzung der Naturgesetze *löst* Angst aus, *weil* dies die unzulässige und unerträgliche Zertrümmerung fundamentaler Erwartungen darstellt, die der phänomenologischen Vorstellung, die jemand von der »Realität« hat, eine notwendige Dimension der Geborgenheit und Sicherheit verleihen. Wir sollten also vielleicht sagen, daß das Gemeinsame der beiden Fälle nicht die Angst vor dem Bekannten oder die Angst vor dem Unbekannten ist, sondern eine *durch Dissonanz induzierte Angst*.

Da sowohl bekannte wie unbekannte Elemente zur totalen Dissonanz beitragen können, liegt die Vermutung nahe, daß eine Geschichte, die beide Elemente beinhaltet, eine besonders beunruhigende emotionale Wirkung haben müßte. Trifft dies auf Lovecrafts wirkungsvollste unheimliche Geschichten zu? Schon eine oberflächliche Untersuchung ergibt, daß dies tatsächlich so ist und daß sich Lovecraft der Wirksamkeit des erwartungszerstörenden »Bekannten« als angstauslösendem Stimulus wohl bewußt war. Besonders deutlich macht dies die Geschichte »Der Außenseiter«, in der der unselige Erzähler im Glauben, er stehe »dem unnennbaren Scheusal, das durch sein bloßes Erscheinen eine fröhliche Gesellschaft in einen Haufen kopflos flüchtender Wesen verwandelt hatte«, gegenüber, die Hand ausstreckt, um die Erscheinung abzuwehren, nur um dann die kalte Oberfläche eines Spiegels zu berühren:

[...] in derselben flüchtigen Sekunde [brach] eine Lawine seelentötender Erinnerung über mich herein. Ich wußte in dieser Sekunde alles, was geschehen war, [...] und was der Gipfel des Entsetzens war, ich erkannte die unselige Spottgeburt, die glotzend vor mir stand [...]. [doch] in dem äußersten Schrecken jenes Augenblicks vergaß ich, was mich erschreckt hatte, und der Ausbruch schwarzer Erinnerung verschwand in einem Chaos widerhallender Bilder.[15]

Hier wird ziemlich eindeutig die Wiederkehr verdrängter Erinnerungen dargestellt, und die Angst vor dem Bekannten exquisit mit der Angst vor dem Unbekannten gemischt (der Erzähler entpuppt sich als wiederbelebter Leichnam). In zahlreichen anderen Lovecraft-Geschichten scheint die Dissonanz-Induktion sowohl mit Elementen des »Bekannten« als auch des »Unbekannten« verbunden zu sein oder mit dem Unbekannten von innen genausogut wie mit dem Unbekannten von außen (z. B. »Die Ratten im Gemäuer«, »Grauen in Red Hook«, »Cthulhus Ruf«, »Das Ding auf der Schwelle«, *Berge des Wahnsinns* und anderes mehr). Man hat die Vermutung geäußert[16], der beunruhigende Effekt dieser Erzählungen könne an der Übernahme archetypischer Motive in die Stories festgemacht werden oder vielmehr an der Tatsache, daß die Geschichten wie um archetypische Symbole und Bilder herum gebaut wirken. Die Konfrontation mit solchen unbewußten Inhalten würde natürlich mit bewußten Annahmen und Erwartungen kollidieren und in Dissonanz enden, und eine derartige Bedrohung der inneren Sicherheit würde Besorgnis und verwandte Gefühlsregungen nach sich ziehen.

Das oben Gesagte legt andere Spekulationen nahe. Es ist weithin bekannt, daß Lovecraft seine Träume als primäre Inspirationsquelle für eine Anzahl seiner Geschichten und Gedichte benutzte, und zwar in einem Maße, daß er mit Fug und Recht ein *oneirischer* Schriftsteller genannt werden könnte. Innerhalb der psychoanalytischen Theorie sind Träume wunscherfüllende Mechanismen, die von unbewußten Gefühlskräften kontrolliert werden; im bewußten Zustand lassen sie sich infolge des Waltens der Zensur nur entstellt erinnern; die Zensur greift ein, um das Gefühl der Beklemmung zu vermeiden, das aus einer direkten Konfrontation mit den unverfälschten primären Triebregungen des Es resultieren würde. Folglich wirken die meisten Träume unschuldig und nur geringfügig beunruhigend.

Trotzdem berichtete Lovecraft von besonders lebhaften und beunruhigenden Träumen. Kann der Grund hierfür in einer teilweise uneffektiven Zensur liegen, und wenn ja, was mag die Ursache für dies Zensurversagen und für die bewußte Sensibilität gewesen sein? Eine interessante Antwort hierauf wäre vielleicht möglich, wenn wir uns die Freiheit nehmen, einen Begriff aus der Jungschen oder analytischen Theorie zu entleihen (in der Träume ebenfalls als direkte Manifestationen des Unbewußten betrachtet werden), ohne dabei hoffentlich das Hauptanliegen dieses Aufsatzes aus den Augen zu verlieren. Im Alter von zweieinhalb Jahren wurde Lovecraft für immer von seinem Vater getrennt, den man auf Grund einer Parese hospitalisierte (fünf Jahre später starb er in dieser Anstalt). Diese Vaterlosigkeit wurde teilweise dadurch behoben, daß das Kind in seinem Großvater mütterlicherseits einen Ersatzvater fand. Eingedenk dieses biographischen Details wollen wir uns nun einer von Edward F. Edinger vorgebrachten Theorie zuwenden:

> Fehlt der persönliche Vater, gibt es keine Schicht persönlicher Erfahrung, um zwischen dem Ego und dem ehrfurchteinflößenden Bild des archetypischen Vaters zu vermitteln. Es bleibt eine Art Loch in der Psyche zurück, durch welches die mächtigen archetypischen Inhalte des kollektiven Unbewußten dringen. Ein solcher Zustand bedeutet eine echte Gefahr. Er droht mit der Überflutung des Ego durch die dynamischen Kräfte des Unbewußten, ruft Desorientiertheit und den Verlust des äußeren Realitätsbezugs hervor. Vermag das Ego jedoch, diese Gefahr zu überwinden, wird das Loch in der Psyche zu einem Fenster, das Einsicht in die Tiefen des Seins gewährt.[17]

Gleichgültig ob man nun Edingers Hypothese über die psychische Sensibilisierung für (oder das »Fenster« auf) Elemente des Unbewußten, die (oder das) in Verbindung mit Vaterlosigkeit auftreten kann (im Falle Lovecrafts vielleicht durch seine Beziehung zur Person des Großvaters überwunden) akzeptiert oder nicht, es bleibt die Tatsache, daß Lovecraft seine Träume als äußerst lebhaft und beunruhigend empfand – oder sollen wir sagen, dissonant? –, und es ist weiterhin wahrscheinlich, daß das Resultat davon irgendeine Form der Dissonanz-Reduktion sein mußte. In der Sprache der Psychoanalyse könnten wir sagen, infolge seiner schöpferischen Begabung sublimierte er seine Alpträume in Kunst; im Rahmen einer Dissonanztheorie können wir feststellen, daß er die Dissonanz reduzierte, indem er seine beunruhigenden Träume in Geschichten und Gedichte verwandelte und ihnen so jede objektive Realität oder Bedeutung absprach. Ebenso wie ein Leser seiner Werke die »seelenzerrüttende« Übertretung von Naturgesetzen (und der damit verbundenen Erwartungen) verkraften kann, indem er das Buch schließt und erleichtert seufzt: »Es war ja nur eine Geschichte«, konnte Lovecraft mit und sogar von seinen lebhaften Traumbildern leben, indem er aus solchen oneirischen Erfahrungen »nur eine Geschichte« machte – in beiden Fällen ist im wesentlichen derselbe Dissonanz-Reduktions-Mechanismus beteiligt. Weiterhin ist klar, daß Lovecraft seinen Träumen – und dem Träumen allgemein – jede psychologische Bedeutung absprach und dabei speziell den Begriff kollektiver Erinnerungen oder Archetypen, die ihren Ausdruck in Träumen finden, zurückwies:

> Die Natur der Träume betreffend, steht es, glaube ich, außer Frage, daß sie aus unzusammenhängenden Fetzen früher erfahrener Eindrücke bestehen (einige davon längst vergessen und für gewöhnlich tief im Unterbewußten begraben), die die undisziplinierte, schlafende Phantasie zu neuen und oft-

mals höchst unvertrauten Formen gruppiert. An
der Oberfläche wirken sie fremdartig, und trotzdem ist jeder wesentliche Bestandteil irgendwann
einmal vom Geist aufgenommen worden [...] aus
Büchern, Bildern, Erfahrungen usw. Ich glaube
überhaupt nicht an ein Erbgedächtnis. Erworbene
Eigenschaften werden nicht auf dem gewöhnlichen
Wege vererbt; und selbst wenn sie es würden, wären sie doch nur generelle Neigungen – gewiß nicht
die speziellen, individualisierten Impressionen, die
bei jenem eigentümlichen Gefühl unerklärlicher
Vertrautheit eine Rolle spielen, das manche Anblicke und Träume in uns wachrufen.[18]

Lovecraft mag natürlich mit seiner Ansicht über das
Wesen der Träume recht gehabt haben, aber wie dem
auch sei, klar ist jedenfalls, daß eine so bewußte Haltung zur weiteren Reduktion jeder mit seinen oneirischen Erfahrungen verbundenen Dissonanz beigetragen haben würde, und dazu gehört auch die »unerklärliche Vertrautheit«, die manche seiner Träume
hervorriefen.

Beim Lesen Lovecrafts verblüfft einen oft die *Ehrlichkeit,* die die meisten seiner entnervenden Gruselstories zu kennzeichnen scheint. Man hat darauf hingewiesen[19], daß diese Eigenschaft seiner Werke mit
der Tatsache in Bezug gesetzt werden kann, daß er
weder schrieb, um die Grillen des Lesepublikums zu
befriedigen, noch um die Forderungen seines Portemonnaies zu erfüllen, sondern ausschließlich, wenn
die Visionen und Träume nach Ausdruck verlangten,
mit anderen Worten, wenn er einen echten Dissonanzzustand erlebte, den er dann durch die Umwandlung
der Visionen in Kunst reduzierte.

Doch Lovecraft war nicht nur Autor phantastischer
Erzählungen und spekulativer Gedichte; wie wir aus
seiner theoretischen Diskussion der Gruselgeschichte
wissen, war er ebenfalls ein scharfsichtiger Beobachter
menschlicher Reaktionen und Gefühle. Zusätzlich war
er ein Philosoph und Denker nicht geringen Ranges,

eine Tatsache, die gern übersehen wird. Das ist deshalb besonders bedauerlich, weil ohne das Begreifen seines metaphysischen Standpunkts ein Verstehen seines fiktionalen Œuvres nicht möglich ist – seine Geschichten und Gedichte sind in gewisser Weise Manifestationen seiner Weltanschauung und von sehr bestimmten philosophischen Tendenzen durchdrungen, die dem Œuvre Einheit und Zusammenhang verleihen. Eine Diskussion über Lovecraft, die auf die Untersuchung seiner ernsten Gedankengänge verzichtet, kann weder vollständig noch befriedigend sein; folglich geziemt es uns, einige seiner philosophischen Überlegungen im Rahmen der kognitiven Dissonanz zu betrachten.
Lovecraft war ein rationalistischer Denker, der innerhalb einer mechanistisch-materialistischen Weltsicht einer *indifferenten* Schau des Kosmos huldigte.

Ich bin kein Pessimist sondern ein *Indifferentist* – das heißt, ich erliege nicht dem Fehler anzunehmen, daß die Resultante der das organische Leben umgebenden und beherrschenden Naturkräfte irgendeine Verbindung mit den Wünschen und Neigungen auch nur irgendeines Teils dieses organischen Lebensprozesses haben wird. Pessimisten sind genauso unlogisch wie Optimisten [...] beide Schulen bewahren spurenhaft die primitive Vorstellung einer bewußten Teleologie – in einem Kosmos, der sich in jeder Hinsicht einen Dreck um die speziellen Wünsche und das letztendliche Wohlergehen von Moskitos, Ratten, Läusen, Hunden, Menschen, Pferden, Flugechsen, Bäumen, Schwämmen, Dodos oder anderen biologischen Energieformen schert.[20]

Obwohl er sich das Universum jenem trivialen Zufall organischen Lebens namens Mensch gegenüber weder günstig noch feindlich gesinnt dachte und die menschliche Existenz als grundsätzlich bedeutungslos in einem sinnlosen Kosmos einschätzte, *war* er doch hinsichtlich der menschlichen Fähigkeit, diese trübe und schmucklose Sicht der Realität zu ertragen, *pessimistisch*. Diese Sorge kam in seinem Schaffen oft zum Ausdruck und stellt eines der philosophischen Hauptthemen seiner literarischen Produktion dar – ein Punkt, der innerhalb der Dissonanztheorie sehr an Bedeutung gewinnt und ihn erneut als scharfblickenden Beobachter seiner Mitmenschen zeigt.

Eins der besten Beispiele für Lovecrafts Pessimismus hinsichtlich der menschlichen Fähigkeit, eine ungeschminkte (d. h. dissonante) Realitätssicht zu ertragen, bieten die Worte von Francis Wayland Thurston, des Erzählers in »Cthulhus Ruf« (1926). Der Eingangsabsatz lautet:

> Die größte Gnade auf dieser Welt ist [...] das Nichtvermögen des menschlichen Geistes, all seine Inhalte miteinander in Verbindung zu bringen. Wir leben auf einem friedlichen Eiland des Unwissens inmitten schwarzer Meere der Unendlichkeit, und es ist uns nicht bestimmt, diese weit zu bereisen. Die Wissenschaften – deren jede in eine eigene Richtung zielt – haben uns bis jetzt wenig gekümmert; aber eines Tages wird das Zusammenfügen der einzelnen Erkenntnisse so erschreckende Aspekte der Wirklichkeit eröffnen, daß wir durch diese Enthüllung entweder dem Wahnsinn verfallen oder aus dem tödlichen Licht in den Frieden und die Sicherheit eines neuen, dunklen Zeitalters fliehen werden.[21]

Angenommen, die obigen Worte spiegeln die Sorge des Autors wider, ließe sich hinzufügen, daß – sollte Lovecrafts Annahme zutreffen, daß das Nichtvermögen des menschlichen Geistes, all seine Inhalte miteinander in Verbindung zu bringen, eine Gnade sei –, dann in der menschlichen Fähigkeit, die Dissonanz zu reduzieren, die den bruchstückhaften psychologischen Verbindungen entspringt, die er *zustande bringen kann*, eine noch größere »Gnade« zu sehen ist, obwohl sie manchmal schlimme Folgen haben kann. In die Sprache der Dissonanztheorie übersetzt, sagt Lovecraft, daß es so schmerzliche, erschreckende und traumatische Grade der Dissonanz gibt, daß extreme und radikale Dissonanz-Reduktionsmechanismen eingreifen, sobald ein solcher Grad erreicht wird.

Er ist der Meinung, daß das Zusammenfügen der wissenschaftlichen Erkenntnisse allmählich zu einer Schau der Realität und der absolut sinn- und bedeutungslosen Stellung des Menschen im Universum führen wird, einer Schau, die sich zu den fundamentalen menschlichen Überzeugungen und Erwartungen als so dissonant erweist, daß der Mensch, der eine solche »seelenvernichtende« kognitive Diskrepanz nicht ertragen kann, diese Realitätssicht entweder total ableugnet, verfälscht und zurückweist (damit auch die Wissenschaft als das Methodeninstrument, das solch gräßliche Aspekte eröffnet), und kopfüber in ein neues Zeitalter des Obskurantismus und sicherheitsversprechenden Aberglaubens taucht oder schlicht und einfach das Opfer eines psychotischen Zusammenbruchs wird. Wahrlich extreme Dissonanz-Reduktionsmechanismen und eine trübe Perspektive!

Obwohl Lovecraft seiner Zeit eindeutig voraus war, steht er mit seinen Einsichten in die schädlichen Wirkungen neuen Wissens nicht völlig allein. Erst kürzlich gab Alvin Toffler in seinem Buch *Future Shock* im wesentlichen das gleiche zu verstehen. In der Sprache unserer Theorie wird durch die Konfrontation des Menschen mit einer plötzlichen Veränderung – z. B. allzu raschem Fortschritt oder umwälzend neuen Ansichten der Realität – seinen Annahmen und Erwartungen Gewalt angetan, und dies führt zu Graden kognitiver Dissonanz, die reduziert werden müssen. Befinden sich, wie Festinger schreibt[22], zwei Vorstellungen im Zustand der Dissonanz, wird es eine, oder beide, zur Veränderung drängen; kollidiert eine Information mit unseren Überzeugungen, können wir die Wichtigkeit der fraglichen Information minimalisieren, die Information entstellen, ihre Existenz leugnen, oder wir können unsere Überzeugung ändern.

Doch je größer und unerwarteter die Veränderung, desto größer und schmerzlicher die Dissonanz und desto dringender ihre Reduktion.

Überzeugungen sind zählebig, besonders solche, an die wir uns fest gebunden haben, vor allem, wenn die Bindung ohne ausreichende Rechtfertigung geschah. Oft ist es da einfacher, die dissonante Information zurückzuweisen, ihre Wichtigkeit oder Gültigkeit lächerlich zu machen und herunterzuspielen, oder die Dissonanz zu reduzieren, indem wir uns des Beistands anderer versichern, die unserer Meinung sind. Menge verleiht Sicherheit; je mehr mit uns übereinstimmen, desto weniger wahrscheinlich werden wir den anderen Weg der Dissonanzreduktion beschreiten, der da heißt: Aufgabe veralteter Überzeugungen und Annahme einer neuen Realitätssicht. Lovecraft scheint tatsächlich zu bezweifeln, ob die meisten Menschen, wenn nicht sogar alle, *in der Lage sind,* eine äußerst dissonante Sicht der Realität zu akzeptieren, ohne »durch die Enthüllung dem Wahnsinn zu verfallen«. Ist die bedrohte Überzeugung trivial oder unwichtig, kann sie natürlich recht bereitwillig aufgegeben werden, aber für eine Idee, die in unserem Dasein eine zentrale oder kritische Rolle spielt – wie z. B. der Glaube an den Sinn unseres Lebens und an das Vorhandensein eines Zwecks im Universum –, trifft dies wohl kaum zu (wiewohl unsere Annahme solcher Überzeugungen nur das Resultat von Geburtsumständen und sozialer Prägung sein mag). Genannte Überzeugungen sind für die meisten Menschen so lebenswichtig, daß jeder andere Weg der Dissonanz-Reduktion viel eher versucht werden wird – sogar der Irrsinn.

Es hat leider den Anschein, daß Lovecraft mit seiner Voraussage von der Heraufkunft eines neuen dunklen Zeitalters nicht zu pessimistisch war, nimmt man als Anzeichen dafür die allgegenwärtigen und wahnwitzigen Schrullen und Obsessionen von sicherheitsgewährendem Aberglauben und dergleichen – das wiedererwachte Interesse an Astrologie, Okkultem,

Religion, Hexerei, dem Paranormalen und die zahllosen allerorten aus dem Boden sprießenden Kulte – diese ganzen psychologischen Stützen und Krücken, die kognitive *Konsonanz* schaffen. Wir haben alle das traurige Schauspiel der Massen von »Gläubigen« miterlebt, die sich verzweifelt an verschiedenartige erklärende Fiktionen und Doktrinen klammern und eine Myriade sicherheitsfördernder Rituale praktizieren (von denen einige jenen absolut nicht unähnlich sind, die in Lovecrafts ironischen Geschichten die Anhänger des Cthulhukults durchführen). Die kürzliche Tragödie um The People's Temple in Guyana hat uns der trostreichen und selbsttrügerischen Annahme beraubt, daß all diese Tendenzen im Grunde harmlos sind, und ein objektiver Beobachter könnte amüsiert feststellen, wie wir noch immer versuchen, unsere Dissonanz zu reduzieren, indem wir uns bemühen, das tragische Ereignis zu isolieren und zahllose »Erklärungen« für den Massenselbstmord herbeizuschaffen. Man stellt mit Verblüffung fest, daß – hält der Trend an – das von Lovecraft (selbst ein wissenschaftlicher Rationalist) vorhergesehene dunkle Zeitalter viel eher da sein wird, als er es erwartete, und man könnte nüchtern hinzufügen, daß eine solche neue Ära, wenngleich sie auch den Massen durch einen gewissen Grad psychologischer Konformität Sicherheit und kognitive Konsonanz bescheren könnte, doch wahrscheinlich die vereinten Schrecken des Mittelalters und der Lovecraftschen Alpträume verblassen lassen würde.

Aber vielleicht ist es noch nicht zu spät, den Trend umzukehren, und es gibt Grund zur Hoffnung. Theorien wie die der kognitiven Dissonanz sind gewiß ermutigende Zeichen, denn sie versorgen uns mit konsequenten Systemen zum Verständnis menschlichen Verhaltens und können als Sprungbretter für den Versuch dienen, das Handeln des Menschen zu modifizieren oder zu beeinflussen – vielleicht kann das neue dunkle Zeitalter noch verhindert werden. Gleichgültig wie verstohlen, automatisch oder unbewußt die Dissonanz-Reduktionsmechanismen auch operieren, das Wissen um ihr gestaltendes Einwirken auf unsere Entscheidungen, Wahrnehmungen und Verhaltensweisen kann unsere Chancen, die Richtung solcher Veränderungen zu kontrollieren, nur steigern.

Die obigen Exkurse, in denen wir einige von Lovecrafts philosophischen Ideen näher untersuchten und auf ihre Relevanz und Folgen innerhalb der kognitiven Dissonanztheorie prüften, scheinen uns weit vom Gebiet der Literatur entfernt zu haben. Zum Abschluß unserer Diskussion über diesen Aspekt in Lovecrafts Werk könnte der Hinweis lohnend sein, daß Lovecrafts rationalistische Weltanschauung im Hinblick auf seine thematischen Vorlieben beim Schreiben alles andere als paradox, sondern vielmehr extrem konsistent mit diesen ist. Es läßt sich tatsächlich so argumentieren, daß der Grund, weshalb Lovecraft eine Verletzung der Naturgesetze als die »entsetzlichste Vorstellung des menschlichen Gehirns« empfand, nichts anderes war als eine Konsequenz seiner wissenschaftlichen Orientierung – diese für einen materialistischen Denker ganz einfach die unmöglichste, beunruhigendste und dissonanteste aller Vorstellungen, und folglich das ideale Kernstück einer Gruselgeschichte. Lovecraft, ein völlig Ungläubiger in Sachen Übernatürliches, schrieb seinen eigenen Typus »übernatürlicher« Erzählungen für Ungläubige, und schaffte es, Dissonanz in Personen auszulösen, die die Geister und Phantome der traditionellen Schauerliteratur kalt gelassen hätten.

Zusammenfassend sind wir in diesem Aufsatz zu folgenden Schlüssen gelangt. Erstens, Gruselliteratur der Art, wie sie H. P. Lovecraft schrieb, hängt in ihrer Wirkung von einer Dissonanz ab, die aus der Schilderung einer Durchkreuzung recht allgemeiner Erwartungen bezüglich der Naturgesetze resultiert. Zweitens, in der wirkungsvollen Gruselgeschichte wird die Abweichung von den Naturgesetzen in einem Kontext extremer Wahrscheinlichkeit präsentiert, um so eine bereitwillige Aufhebung des Zweifels zu erreichen, die zur Dissonanz-Induktion im Leser unerläßlich ist. Drittens, obwohl die Leute Gruselgeschichten lesen, weil sie einen »sicheren« Nervenkitzel suchen, reduziert, im Falle einer besonders wirkungsvollen Gruselgeschichte, das Zuklappen des Buches und das Betonen des fiktionalen Charakters des Reizes die Dissonanz nicht restlos; ein Teil der Spannung bleibt zurück und ist zum Teil dafür verantwortlich, daß uns die Geschichte späterhin gut im Gedächtnis bleibt. Viertens, eine wirkungsvolle Gruselgeschichte ruft auch einen Begleiteffekt des Schreckens oder der Furcht hervor, der an die Dissonanz gebunden ist, die aus einer Erwartungszerstörung resultiert, die entweder die äußere Realität betrifft oder die Vorgeschichte und Persönlichkeit des Lesers; anders gesagt, der Affekt ist dissonanz-induziert. Fünftens, es ist ein Kennzeichen besonders beunruhigender Gruselgeschichten, daß sie als entscheidende Reize sowohl Elemente des Bekannten wie des Unbekannten einschließen. Sechstens, ein oneirischer Autor, dem seine Träume als Dissonanzquelle erscheinen, wird vielleicht versuchen, die Dissonanz zu reduzieren, indem er seine Träume in Kunst umwandelt und ihnen somit jede objektive Bedeutung abspricht. Und siebtens, sowohl als Beobachter menschlichen Verhaltens wie als Philosoph läßt Lovecraft ungewöhnliche Einsicht erkennen, sieht man seine Bemerkungen im Rahmen einer Dissonanztheorie; außerdem spricht sich die Philosophie des Autors in seinem literarischen Œuvre aus und ist für das Verständnis desselben entscheidend. An dieser Stelle sollte es einleuchten, daß die kognitive Dissonanztheorie einen exzellenten Rahmen abgibt, um die Wirkung bestimmter Werke der phantastischen Literatur zu untersuchen und zu verstehen, und um manche der literarischen, psychologischen und philosophischen Einsichten eines ihrer Hauptexponenten zu reinterpretieren. Es bleibt zu hoffen, daß dieser Aufsatz zu weiteren Erkundungen in diesem Gebiet anregt.

(Deutsch von Michael Walter)

Anmerkungen

1 Leon Festinger, »Cognitive Dissonance«, *Scientific American*, Oktober 1962, S. 94.
2 H. P. Lovecraft, *Supernatural Horror in Literature* (N. Y.: Ben Abramson, 1945), S. 15.
3 H. P. Lovecraft, *At the Mountains of Madness and Other Novels* (Sauk City, Wisc.: Arkham House, 1964), S. 26.
4 H. P. Lovecraft, *Marginalia* (Sauk City, Wisc.: Arkham House, 1944), S. 138-139.
5 *Ebd.*, S. 140-141 (in »Some Notes on Interplanetary Fiction«).
6 H. P. Lovecraft, *At the Mountains of Madness and Other Novels*, S. 87.
7 H. P. Lovecraft, *Supernatural Horror in Literature*, S. 12.
8 H. P. Lovecraft, *Marginalia*, S. 135.
9 Sigmund Freud, *Das Unheimliche*, S. 241-274 (in »Sigmund Freud, Studienausgabe, Band IV, Psychologische Schriften«, Frankfurt, 1970).
10 *Ebd.*, S. 248.
11 H. P. Lovecraft, »Der Außenseiter« (in H. P. Lovecraft, *Das Ding auf der Schwelle*, Frankfurt, 41980, *suhrkamp taschenbuch* 357, S. 44).
12 *Freud, a. a. O.*, S. 263-264.
13 *Ebd.*, S. 261.
14 *Ebd.*, S. 264.
15 H. P. Lovecraft, »Der Außenseiter« (in H. P. Lovecraft, *Das Ding auf der Schwelle*, Frankfurt, 41980, *suhrkamp taschenbuch* 357, S. 44, 45).
16 Z. B. Barton L. St. Armand, *The Roots of Horror in the Fiction of H.P. Lovecraft* (Elizabethtown, N. Y.: Dragon Press, 1977) und Dirk W. Mosig, »Toward a Greater Appreciation of H. P. Lovecraft: The Analytical Approach«, in Gahan Wilson (Ed.), *The First World Fantasy Awards* (N. Y.: Doubleday, 1977), S. 290-301.
17 Edward F. Edinger, *Ego and Archetype* (Baltimore, MD: Penguin, 1973), S. 132.

18 H. P. Lovecraft, *Dreams and Fancies* (Sauk City, Wisc.: Arkham House, 1962), S. 42-43.
19 Dirk W. Mosig, »The Great American Throw-Away«, *The Platte Valley Review*, 6:1 (April, 1978), S. 51.
20 H. P. Lovecraft, *Selected Letters*, Bd. 3 (Sauk City, Wisc.: Arkham House, 1971), S. 39.
21 H. P. Lovecraft, »Cthulhus Ruf« (in H. P. Lovecraft, *Cthulhu. GeisterGeschichten*, Frankfurt, [6]1980, *suhrkamp taschenbuch* 29, S. 193).
22 Leon Festinger, *A Theory of Cognitive Dissonance* (Stanford, CA.: Stanford University Press, 1957).

Der Aufsatz von Dirk W. Mosig, »Lovecraft: The Dissonance Factor in Imaginative Literature« erschien in *The Platte Valley Review* 7, No. 1 (1979), Kearney State College Press, S. 129-144.

© - Vermerke & Originaltitel

Die Stadt ohne Namen (The Nameless City). In: Weird Tales, Oct. 1938. © 1939 by August Derleth and Donald Wandrei for The Outsider and Others; © 1965 by August Derleth for Dagon and other Macabre Tales

Dagon. In: Weird Tales, Oct. 1923. © The Outsider, Dagon a. a. O.

Der Hund (The Hound). In: Weird Tales, Febr. 1924. © 1943 by August Derleth and Donald Wandrei for Beyond the Wall of Sleep. In: Dagon a. a. O.

Das Fest (The Festival). In: Weird Tales, Jan. 1925. © The Outsider, Dagon a. a. O.

Das merkwürdige hochgelegene Haus im Nebel (The Strange High House in the Mist). In: Weird Tales, Oct. 1931. © The Outsider, Dagon a. a. O.

Grauen in Red Hook (The Horror at Red Hook). In: Weird Tales, Jan. 1927. © The Outsider, Dagon a. a. O.

Das Bild im Haus (The Picture in the House). In: Weird Tales, Jan. 1927. © The Outsider: © 1963 by August Derleth for The Dunwich Horror and Others.

Herbert West — der Wiedererwecker (Herbert West — Reanimator). In: Home Brew, 1922. In: Weird Tales, 1942 & 1943. © Beyond the Wall of Sleep, Dagon a. a. O.

Der Tempel (The Temple). In: Weird Tales, Sept. 1925. © The Outsider, Dagon a. a. O.

Er (He). In: Weird Tales, Sept. 1926. © The Outsider, Dagon a. a. O.

Die lauernde Furcht (The Lurking Fear). In: Home Brew, 1923, Weird Tales, June 1928. © The Outsider, Dagon a. a. O.

Arthur Jermyn (Arthur Jermyn). In: The White Ape. In: Weird Tales, May 1933 bzw. April 1924. © The Outsider, Dagon a. a. O.

Nyarlathotep (Nyarlathotep). In: Beyond the Wall of Sleep a. a. O.

Das gemiedene Haus (The Shunned House). © Driftwind Press, Athol, Mass., 1928; Weird Tales, Oct. 1937 © The Outsider © 1968 by August Derleth for At the Mountains of Madness and other Novels a. a. O.

Die »Phantastische Bibliothek« im suhrkamp taschenbuch

Kôbô Abe
- Die Erfindung des R 62. Erzählungen. Übersetzt von Michael Noetzel. PhB 333. st 2559. 233 Seiten
- Die vierte Zwischeneiszeit. Roman. Übersetzt von Siegfried Schaarschmidt. PhB 331. st 2530. 222 Seiten

Die andere Zukunft. Sieben Bände in Kassette. PhB 368

Algernon Blackwood
- Besuch von Drüben. Gruselgeschichten. Übersetzt von Friedrich Polakovics. PhB 331. st 2701. 246 Seiten
- Das leere Haus. Phantastische Geschichten. Übersetzt von Friedrich Polakovics. PhB 339. st 2664. 241 Seiten
- Der Tanz in den Tod. Unheimliche Geschichten. Übersetzt von Friedrich Polakovics. Ausgewählt von Kalju Kirde. PhB 355. st 2792. 222 Seiten

Jonathan Carroll. Schlaf in den Flammen. Roman. Übersetzt von Peter Bartelheimer. PhB 252. st 1742. 266 Seiten

Mircea Eliade. Der besessene Bibliothekar. Roman. Übersetzt von Richard Reschika. PhB 357. st 2828. 358 Seiten

Herbert Genzmer
- Das Amulett. Roman. PhB 338. st 2641. 279 Seiten
- Die Einsamkeit des Zauberers. Roman. PhB 362. st 2871. 181 Seiten

Marcus Hammerschmitt. Der Glasmensch und andere Science-fiction-Geschichten. Mit einem Nachwort des Autors. PhB 324. st 2473. 188 Seiten

Stanisław Lem
- Also sprach GOLEM. Übersetzt von Friedrich Griese. Mit einem Nachwort von Richard Popp.
PhB 175. st 1266. 192 Seiten
- Die Astronauten. Übersetzt von Rudolf Pabel.
PhB 16. st 441. 285 Seiten
- Eine Minute der Menschheit. Eine Momentaufnahme. Aus Lems Bibliothek des 21. Jahrhunderts. Übersetzt von Edda Werfel. PhB 110. st 955. 112 Seiten
- Fiasko. Roman. Übersetzt von Hubert Schumann.
PhB 369. st 3174. 432 Seiten
- Frieden auf Erden. Roman. Übersetzt von Hubert Schumann. PhB 220. st 1574. 273 Seiten
- Der futurologische Kongreß. Aus Ijon Tichys Erinnerungen. Übersetzt von I. Zimmermann-Göllheim.
PhB 29. st 534. 139 Seiten
- Irrläufer. Erzählungen. Mit einem Vorwort von Stanisław Lem. Übersetzt von Hanna Rottensteiner.
PhB 285. st 1890. 242 Seiten
- Die Jagd. Neue Geschichten des Piloten Pirx. Übersetzt von Roswitha Buschmann, Kurt Kelm und Barbara Sparing. PhB 18. st 302. 272 Seiten
- Das Katastrophenprinzip. Die kreative Zerstörung im Weltall. Aus Lems Bibliothek des 21. Jahrhunderts. Übersetzt von Friedrich Griese. PhB 125. st 999. 88 Seiten
- Lokaltermin. Roman. Übersetzt von Hubert Schumann.
PhB 200. st 1455. 340 Seiten
- Memoiren, gefunden in der Badewanne. Mit einer Einleitung des Autors. Übersetzt von Walter Tiel. Einleitung aus dem Polnischen von Klaus Staemmler.
PhB 25. st 508. 286 Seiten
- Der Mensch vom Mars. Roman. Mit einem Nachwort von Stanisław Lem. Übersetzt von Hanna Rottensteiner.
PhB 291. st 2145. 160 Seiten

- Mondnacht. Hör- und Fernsehspiele. Übersetzt von Klaus Staemmler, Charlotte Eckert, Jutta Janke und I. Zimmermann-Göllheim. PhB 57. st 729. 211 Seiten
- Nacht und Schimmel. Erzählungen. Übersetzt von I. Zimmermann-Göllheim. PhB 1. st 356. 291 Seiten
- Die phantastischen Erzählungen. Herausgegeben von Werner Berthel. PhB 210. st 1525. 448 Seiten
- Die Ratte im Labyrinth. Ausgewählt von Franz Rottensteiner. PhB 73. st 806. 274 Seiten
- Robotermärchen. Herausgegeben von Franz Rottensteiner. Übersetzt von I. Zimmermann-Göllheim und Caesar Rymarowicz. PhB 85. st 856. 160 Seiten
- Der Schnupfen. Kriminalroman. Übersetzt von Klaus Staemmler. PhB 33. st 570. 208 Seiten
- Sterntagebücher. Übersetzt von Caesar Rymarowicz. Mit Zeichnungen des Autors. PhB 20. st 459. 528 Seiten
- Die Stimme des Herrn. Roman. Übersetzt von Roswitha Buschmann. PhB 311. st 2494. 288 Seiten
- Terminus und andere Geschichten des Piloten Pirx. Übersetzt von Caesar Rymarowicz. PhB 61. st 740. 211 Seiten
- Der Unbesiegbare. Utopischer Roman. Übersetzt von Roswitha Dietrich. PhB 322. st 2459. 228 Seiten
- Die Untersuchung. Kriminalroman. Übersetzt von Jens Reuter und Hans Juergen Mayer. PhB 14. st 435. 242 Seiten
- Vom Nutzen des Drachen. Erzählungen. Übersetzt von Hubert Schumann und Hanna Rottensteiner.
PhB 297. st 2199. 199 Seiten

H. P. Lovecraft
- Azathoth. Vermischte Schriften. Übersetzt von Franz Rottensteiner. Ausgewählt von Kalju Kirde.
PhB 230. st 1627. 320 Seiten
- Berge des Wahnsinns. Eine Horrorgeschichte. Übersetzt von Rudolf Hermstein. PhB 350. st 2760. 192 Seiten

- The Best of H. P. Lovecraft. Übersetzt von H. C. Artmann u. a. PhB 332. st 2552. 240 Seiten
- Cthulhu. Geistergeschichten. Übersetzt von H. C. Artmann. PhB 19. st 29. 239 Seiten
- Das Ding auf der Schwelle. Unheimliche Geschichten. Übersetzt von Rudolf Hermstein. Mit einem Nachwort von Kalju Kirde. PhB 2. st 357. 211 Seiten
- Der Fall Charles Dexter Ward. Eine Horrorgeschichte. Übersetzt von Rudolf Hermstein.
  PhB 260. st 1782. 227 Seiten
- Der Flüsterer im Dunkeln. Eine Horrorgeschichte. Übersetzt von Rudolf Hermstein. PhB 351. st 2761. 123 Seiten
- Das Grauen im Museum und andere Erzählungen. Übersetzt von Rudolf Hermstein. Ausgewählt von Kalju Kirde. PhB 136. st 1067. 332 Seiten
- In der Gruft und andere makabre Erzählungen. Übersetzt von Michael Walter. PhB 347. st 2757. 224 Seiten
- Die Katzen von Ulthar und andere Erzählungen. Übersetzt von Michael Walter. Herausgegeben von Kalju Kirde. PhB 345. st 2755. 208 Seiten
- Lesebuch. Herausgegeben von Franz Rottensteiner. Mit einem Essay von Barton Lévi St. Armand.
  PhB 184. st 1306. 441 Seiten
- Die Literatur der Angst. Zur Geschichte der Phantastik. Übersetzt von Michael Koseler.
  PhB 320. st 2422. 152 Seiten
- Der Schatten aus der Zeit. Erzählung. Übersetzt von Rudolf Hermstein. PhB 352. st 2762. 112 Seiten
- Stadt ohne Namen. Horrorgeschichten. Mit einem Nachwort von Dirk W. Mosig. Übersetzt von Charlotte von Klinckowstroem. PhB 346. st 2756. 300 Seiten
- Die Traumsuche nach dem unbekannten Kadath. Eine Erzählung. Übersetzt von Michael Walter.
  PhB 348. st 2758. 128 Seiten

H. P. Lovecraft / August Derleth
- Die dunkle Brüderschaft. Unheimliche Geschichten. Übersetzt von Franz Rottensteiner. PhB 173. st 1256. 233 Seiten
- Das Tor des Verderbens. Übersetzt von Michael Koseler. PhB 307. st 2287. 192 Seiten

Svend Åge Madsen. Dem Tag entgegen. Utopischer Roman. Übersetzt von Horst Schröder. PhB 128. st 1020. 215 Seiten

Edgar Allan Poe. Die Grube und das Pendel. Schaurige Erzählungen. Übersetzt von Erika Gröger und Heide Steiner. PhB 356. st 2818. 134 Seiten

Matthias Robold. Hundert Tage auf Stardawn oder Der Status des Menschen. Roman. PhB 366. st 3016. 278 Seiten

Franz Rottensteiner (Hg.)
- H. P. Lovecrafts kosmisches Grauen. Herausgegeben von Franz Rottensteiner. PhB 344. st 2733. 342 Seiten
- Phantastische Träume. Herausgegeben von Franz Rottensteiner. PhB 100. st 954. 428 Seiten

Murilo Rubião. Der Feuerwerker Zacharias. Erzählungen. Übersetzt und mit einem Nachwort von Ray-Güde Mertin. PhB 292. st 2151. 154 Seiten

Stefan Schütz. Schnitters Mall. Eine kanadische Erzählung. PhB 360. st 2855. 154 Seiten

Arkadi Strugatzki/Boris Strugatzki
- Die bewohnte Insel. Roman. Übersetzt von Erika Pietraß. PhB 282. st 1946. 352 Seiten
- Die dritte Zivilisation. Roman. Übersetzt von Aljonna Möckel. PhB 294. st 2163. 168 Seiten

- Picknick am Wegesrand. Utopische Erzählung. Übersetzt von Aljonna Möckel. Mit einem Nachwort von Stanisław Lem. PhB 49. st 670. 224 Seiten

Klaus Völker/Dieter Sturm (Hg.). Von denen Vampiren oder Menschensaugern. Dichtungen und Dokumente. Herausgegeben von Dieter Sturm und Klaus Völker. PhB 306. st 2281. 609 Seiten

suhrkamp taschenbücher
Eine Auswahl

Tschingis Aitmatow. Dshamilja. Erzählung. Mit einem Vorwort von Louis Aragon. Übersetzt von Gisela Drohla. st 1579. 123 Seiten

Isabel Allende
- Eva Luna. Roman. Übersetzt von Lieselotte Kolanoske. st 1897. 393 Seiten
- Fortunas Tochter. Roman. Übersetzt von Lieselotte Kolanoske. st 3236. 486 Seiten
- Das Geisterhaus. Übersetzt von Anneliese Botond. st 1676. 500 Seiten
- Im Reich des Goldenen Drachen. Übersetzt von Svenja Becker. st 3689. 337 Seiten
- Paula. Übersetzt von Lieselotte Kolanoske. st 2840. 488 Seiten
- Die Stadt der wilden Götter. Übersetzt von Svenja Becker. st 3595. 336 Seiten

Ingeborg Bachmann. Malina. Roman. st 641. 368 Seiten

Jurek Becker
- Amanda herzlos. Roman. st 2295. 384 Seiten
- Bronsteins Kinder. Roman. st 2954. 321 Seiten
- Jakob der Lügner. Roman. st 774. 283 Seiten

Samuel Beckett
- Molloy. Roman. Übersetzt von Erich Franzen. st 2406. 248 Seiten
- Warten auf Godot. Deutsche Übertragung von Elmar Tophoven. Vorwort von Joachim Kaiser. Dreisprachige Aussprache. st 1. 245 Seiten

Louis Begley
- Lügen in Zeiten des Krieges. Roman. Übersetzt von Christa Krüger. st 2546. 223 Seiten
- Mistlers Abschied. Roman. Übersetzt von Christa Krüger. st 3113. 288 Seiten
- Schiffbruch. Roman. Übersetzt von Christa Krüger. st 3708. 288 Seiten
- Schmidt. Roman. Übersetzt von Christa Krüger. st 3000. 320 Seiten
- Schmidts Bewährung. Roman. Übersetzt von Christa Krüger. st 3436. 314 Seiten

Thomas Bernhard
- Alte Meister. Komödie. st 1553. 311 Seiten
- Heldenplatz. st 2474. 164 Seiten
- Holzfällen. st 3188. 336 Seiten
- Wittgensteins Neffe. st 1465. 164 Seiten

Peter Bichsel
- Eigentlich möchte Frau Blum den Milchmann kennenlernen. 21 Geschichten. st 2567. 73 Seiten
- Kindergeschichten. st 2642. 84 Seiten

Ketil Bjørnstad. Villa Europa. Übersetzt von Ina Kronenberger. st 3730. 536 Seiten

Volker Braun. Unvollendete Geschichte. st 1660. 112 Seiten

Bertolt Brecht
- Dreigroschenroman. st 1846. 392 Seiten
- Geschichten vom Herrn Keuner. st 16. 108 Seiten
- Hundert Gedichte. Ausgewählt von Siegfried Unseld. st 2800. 188 Seiten

Lily Brett
- Einfach so. Roman. Übersetzt von Anne Lösch.
  st 3033. 446 Seiten
- New York. Übersetzt von Melanie Walz. st 3291. 160 Seiten
- Zu sehen. Übersetzt von Anne Lösch. st 3148. 332 Seiten

Antonia S. Byatt. Besessen. Roman. Übersetzt von Melanie Walz. st 2376. 632 Seiten

Truman Capote. Die Grasharfe. Roman. Übersetzt von Annemarie Seidel und Friedrich Podszus. st 3135. 208 Seiten

Paul Celan. Gesammelte Werke 1-3. Gedichte, Prosa, Reden. Drei Bände. st 3202-3204. 998 Seiten

Clarín. Die Präsidentin. Roman. Übersetzt von Egon Hartmann. Mit einem Nachwort von F. R. Fries. st 1390. 864 Seiten

Sigrid Damm. Ich bin nicht Ottilie. Roman. st 2999. 392 Seiten

Marguerite Duras. Der Liebhaber. Übersetzt von Ilma Rakusa. st 1629. 194 Seiten

Karen Duve. Keine Ahnung. Erzählungen. st 3035. 167 Seiten

Hans Magnus Enzensberger
- Ach Europa! Wahrnehmungen aus sieben Ländern. Mit einem Epilog aus dem Jahre 2006. st 1690. 501 Seiten
- Gedichte. Verteidigung der Wölfe. Landessprache. Blindenschrift. Die Furie des Verschwindens. Zukunftsmusik. Kiosk. Sechs Bände in Kassette. st 3047. 633 Seiten

Hans Magnus Enzensberger (Hg.). Museum der modernen Poesie. st 3446. 850 Seiten

Laura Esquivel. Bittersüße Schokolade. Mexikanischer Roman um Liebe, Kochrezepte und bewährte Hausmittel. Übersetzt von Petra Strien. st 2391. 278 Seiten

Max Frisch
- Andorra. Stück in zwölf Bildern. st 277. 127 Seiten
- Biedermann und die Brandstifter. Ein Lehrstück ohne Lehre. st 2545. 95 Seiten
- Homo faber. Ein Bericht. st 354. 203 Seiten
- Mein Name sei Gantenbein. Roman. st 286. 288 Seiten
- Montauk. Eine Erzählung. st 700. 207 Seiten
- Stiller. Roman. st 105. 438 Seiten

Carole L. Glickfeld. Herzweh. Roman. Übersetzt von Charlotte Breuer. st 3541. 448 Seiten

Norbert Gstrein
- Die englischen Jahre. Roman. st 3274. 392 Seiten
- Das Handwerk des Tötens. Roman. st 3729. 357 Seiten

Fattaneh Haj Seyed Javadi. Der Morgen der Trunkenheit. Roman. Übersetzt von Susanne Baghestani. st 3399. 416 Seiten

Peter Handke
- Die drei Versuche. Versuch über die Müdigkeit. Versuch über die Jukebox. Versuch über den geglückten Tag. st 3288. 304 Seiten
- Kindergeschichte. st 3435. 110 Seiten
- Der kurze Brief zum langen Abschied. st 172. 195 Seiten
- Die linkshändige Frau. Erzählung. st 3434. 102 Seiten
- Mein Jahr in der Niemandsbucht. Ein Märchen aus den neuen Zeiten. st 3084. 632 Seiten
- Wunschloses Unglück. Erzählung. st 146. 105 Seiten

Christoph Hein
- Der fremde Freund. Drachenblut. Novelle. st 3476. 176 Seiten
- Horns Ende. Roman. st 3479. 320 Seiten
- Landnahme. Roman. st 3729. 357 Seiten
- Willenbrock. Roman. st 3296. 320 Seiten

Marie Hermanson
- Muschelstrand. Roman. Übersetzt von Regine Elsässer. st 3390. 304 Seiten
- Die Schmetterlingsfrau. Roman. Übersetzt von Regine Elsässer. st 3555. 242 Seiten

Hermann Hesse
- Demian. Die Geschichte von Emil Sinclairs Jugend. st 206. 200 Seiten
- Das Glasperlenspiel. Versuch einer Lebensbeschreibung des Magister Ludi Josef Knecht samt Knechts hinterlassenen Schriften. st 2572. 616 Seiten
- Siddhartha. Eine indische Dichtung. st 182. 136 Seiten
- Unterm Rad. Erzählung. st 52. 166 Seiten
- Steppenwolf. Erzählung. st 175. 280 Seiten

Ödön von Horváth
- Geschichten aus dem Wiener Wald. st 3336. 266 Seiten
- Glaube, Liebe, Hoffnung. st 3338. 160 Seiten
- Jugend ohne Gott. st 3345. 182 Seiten
- Kasimir und Karoline. st 3337. 160 Seiten

Bohumil Hrabal. Ich habe den englischen König bedient. Roman. Übersetzt von Karl-Heinz Jähn. st 1754. 301 Seiten

Uwe Johnson
- Jahrestage. Aus dem Leben der Gesine Cresspahl. Einbändige Ausgabe. st 3220. 1728 Seiten
- Mutmassungen über Jakob. st 3128. 308 Seiten

James Joyce
- Dubliner. Übersetzt von Dieter E. Zimmer.
  st 2454. 228 Seiten
- Ulysses. Roman. Übersetzt von Hans Wollschläger.
  st 2551. 988 Seiten

Franz Kafka
- Amerika. Roman. st 2654. 311 Seiten
- Der Prozeß. Roman. st 2837. 282 Seiten
- Das Schloß. Roman. st 2565. 424 Seiten

André Kaminski. Nächstes Jahr in Jerusalem. Roman.
st 1519. 392 Seiten

Ioanna Karystiani. Schattenhochzeit. Roman. Übersetzt von
Michaela Prinzinger. st 3702. 400 Seiten

Bodo Kirchhoff. Infanta. Roman. st 1872. 502 Seiten

Wolfgang Koeppen
- Tauben im Gras. Roman. st 601. 210 Seiten
- Der Tod in Rom. Roman. st 241. 187 Seiten
- Das Treibhaus. Roman. st 78. 190 Seiten

Else Lasker-Schüler. Gedichte 1902-1943. st 2790. 439 Seiten

Gert Ledig. Vergeltung. Roman. Mit einem Nachwort von
Volker Hage. st 3241. 224 Seiten

Stanisław Lem
- Der futurologische Kongreß. Übersetzt von I. Zimmermann-Göllheim. st 534. 139 Seiten
- Sterntagebücher. Mit Zeichnungen des Autors. Übersetzt von Caesar Rymarowicz. st 459. 478 Seiten

Hermann Lenz. Vergangene Gegenwart. Die Eugen-Rapp-Romane. Neun Bände in Kassette. 3000 Seiten. Kartoniert

H. P. Lovecraft. Cthulhu. Geistergeschichten. Übersetzt von H. C. Artmann. Vorwort von Giorgio Manganelli. st 29. 239 Seiten

Amin Maalouf
- Leo Africanus. Der Sklave des Papstes. Roman. Übersetzt von Bettina Klingler und Nicola Volland. st 3121. 480 Seiten
- Die Reisen des Herrn Baldassare. Roman. Übersetzt von Ina Kronenberger. st 3531. 496 Seiten
- Samarkand. Roman. Übersetzt von Widulind Clerc-Erle. st 3190. 384 Seiten

Andreas Maier
- Klausen. Roman. st 3569. 216 Seiten
- Wäldchestag. Roman. st 3381. 315 Seiten

Angeles Mastretta. Emilia. Roman. Übersetzt von Petra Strien. st 3062. 413 Seiten

Robert Menasse
- Selige Zeiten, brüchige Welt. Roman. st 2312. 374 Seiten
- Sinnliche Gewißheit. Roman. st 2688. 329 Seiten
- Die Vertreibung aus der Hölle. Roman. st 3493. 496 Seiten
- Das war Österreich. Gesammelte Essays zum Land ohne Eigenschaften. st 3691. 464 Seiten

Eduardo Mendoza. Die Stadt der Wunder. Roman. Übersetzt von Peter Schwaar. st 2142. 503 Seiten

Alice Miller
- Am Anfang war Erziehung. st 951. 322 Seiten

- Das Drama des begabten Kindes und die Suche nach dem wahren Selbst. st 950. 175 Seiten

Magnus Mills
- Die Herren der Zäune. Roman. Übersetzt von Katharina Böhmer. st 3383. 216 Seiten
- Indien kann warten. Roman. Übersetzt von Katharina Böhmer. st 3565. 230 Seiten

Adolf Muschg
- Der Rote Ritter. Eine Geschichte von Parzivâl. st 2581. 1089 Seiten
- Sutters Glück. Roman. st 3442. 336 Seiten

Cees Nooteboom
- Allerseelen. Übersetzt von Helga van Beuningen. st 3163. 440 Seiten
- Die folgende Geschichte. Übersetzt von Helga van Beuningen. st 2500. 148 Seiten
- Philip und die anderen. Roman. Übersetzt von Helga van Beuningen. st 3661. 168 Seiten
- Rituale. Roman. Übersetzt von Hans Herrfurth. st 2446. 231 Seiten

Kenzaburô Ôe. Eine persönliche Erfahrung. Roman. Übersetzt von Siegfried Schaarschmidt. st 1842. 240 Seiten

Sylvia Plath. Die Glasglocke. Übersetzt von Reinhard Kaiser. st 2854. 262 Seiten

Ulrich Plenzdorf. Die neuen Leiden des jungen W. st 300. 140 Seiten

Marcel Proust. Auf der Suche nach der verlorenen Zeit. Frankfurter Ausgabe. Herausgegeben von Luzius Keller. Übersetzt von Eva Rechel-Mertens. Sieben Bände in Kassette. st 3641-3647. 5300 Seiten

João Ubaldo Ribeiro. Brasilien, Brasilien. Roman. Übersetzt von Curt Meyer-Clason und Jacob Deutsch. st 3098. 731 Seiten

Patrick Roth
- Corpus Christi. st 3064. 192 Seiten
- Die Nacht der Zeitlosen. st 3682. 150 Seiten

Ralf Rothmann
- Hitze. Roman. st 3675. 292 Seiten
- Junges Licht. Roman. st 3754. 238 Seiten
- Milch und Kohle. Roman. st 3309. 224 Seiten

Carlos Ruiz Zafón. Der Schatten des Windes. Übersetzt von Peter Schwaar. st 3800. 565 Seiten

Jorge Semprún. Was für ein schöner Sonntag! Übersetzt von Johannes Piron. st 3032. 394 Seiten

Arnold Stadler. Mein Hund, meine Sau, mein Leben. Roman. Mit einem Nachwort von Martin Walser. st 2575. 164 Seiten

Andrzej Stasiuk. Die Welt hinter Dukla. Übersetzt von Olaf Kühl. st 3391. 175 Seiten

Jürgen Teipel. Verschwende Deine Jugend. Ein Doku-Roman. Über den deutschen Punk und New Wave. Vorwort von Jan Müller. Mit zahlreichen Abbildungen. st 3271. 336 Seiten

Hans-Ulrich Treichel
- Der irdische Amor. Roman. st 3603. 256 Seiten

- Tristanakkord. Roman. st 3303. 238 Seiten
- Der Verlorene. Erzählung. st 3061. 175 Seiten

Galsan Tschinag
- Der blaue Himmel. Roman. st 2720. 178 Seiten
- Die graue Erde. Roman. st 3196. 288 Seiten
- Der weiße Berg. Roman. st 3378. 290 Seiten

Mario Vargas Llosa
- Das Fest des Ziegenbocks. Roman. Übersetzt von Elke Wehr. st 3427. 540 Seiten
- Das grüne Haus. Roman. Übersetzt von Wolfgang A. Luchting. st 342. 429 Seiten
- Der Krieg am Ende der Welt. Roman. Übersetzt von Anneliese Botond. st 1343. 725 Seiten
- Tante Julia und der Kunstschreiber. Roman. Übersetzt von Heidrun Adler. st 1520. 392 Seiten
- Das Paradies ist anderswo. Roman. Übersetzt von Elke Wehr. st 3713. 496 Seiten
- Tod in den Anden. Roman. Übersetzt von Elke Wehr. st 2774. 384 Seiten

Martin Walser
- Brandung. Roman. st 1374. 319 Seiten
- Ehen in Philippsburg. st 1209. 343 Seiten
- Ein fliehendes Pferd. Novelle. st 600. 151 Seiten
- Halbzeit. Roman. st 2657. 778 Seiten
- Ein springender Brunnen. Roman. st 3100. 416 Seiten
- Seelenarbeit. Roman. st 3361. 300 Seiten

Robert Walser
- Der Gehülfe. Roman. st 1110. 316 Seiten
- Geschwister Tanner. Roman. st 1109. 381 Seiten
- Jakob von Gunten. Ein Tagebuch. st 1111. 184 Seiten